Vanessa Jung

Zwei Sterne für uns

atb aufbau taschenbuch

Vanessa Jung wurde 1980 in München geboren. Seit ihrer Kindheit arbeitet sie als Schauspielerin und studierte schließlich in New York an der Neighborhood Playhouse School of the Theatre Schauspielerei. Parallel begann sie Drehbücher zu schreiben und verbindet seitdem die Schauspielerei mit ihrer Arbeit als Autorin. »Zwei Sterne für uns« ist ihr erster Roman. Sie lebt mit ihren beiden Kindern und Mann und Hund in München.

New York, 1999: Sekunden, bevor das neue Jahrtausend beginnt, erblickt Kata ihn zwischen all den Feierwütigen. In Kapuzenpulli und Jeans steht er plötzlich einfach da – Jackson. Augenblicklich ist Kata fasziniert von dem jungen Künstler, doch nach der gemeinsamen Nacht ist sie derart überfordert von ihren Gefühlen, dass sie das Weite sucht. Ihre einzige Hoffnung auf ein Wiedersehen mit Jackson bleibt eine hastig niedergekritzelte Festnetznummer zu ihrer WG auf der Upper West Side …

München, 2017: Katas Leben steht kopf, als sie frisch getrennt von ihrem Mann Samu, der ihr damals nach New York das Herz zusammengeflickt hat, ein Bild im Schaufenster einer Galerie entdeckt. Das freche Gemälde stammt von niemand anderem als Jackson. Auf einmal sind alle Erinnerungen wieder da, und Kata kann nicht anders: Sie muss nach Berlin zu Jacksons Vernissage.

Vanessa Jung

Zwei Sterne für uns

Roman

aufbau taschenbuch

MIX
Papier | Fördert
gute Waldnutzung
FSC® C083411

ISBN 978-3-7466-4033-4

Aufbau Taschenbuch ist eine Marke
der Aufbau Verlage GmbH & Co. KG

1. Auflage 2023

www.aufbau-verlage.de
10969 Berlin, Prinzenstraße 85

Umschlaggestaltung und Motiv www.buerosued.de, München
Satz Greiner & Reichel, Köln
Druck und Binden CPI books GmbH, Leck, Germany

Printed in Germany

Für Mama, für Omi.
Für Sabrina.

Liebe.
Das Wort, das alles zusammenbringt,
was zwischen zwei Menschen sein kann.

New York, 1999

Es war Silvesterabend. Der Abend, die Nacht, der Jahreswechsel, dem die ganze Welt entgegenfieberte. Millennium. Das Jahr 2000 stand kurz bevor. Manche behaupteten, um Punkt Mitternacht gäbe es einen großen Knall und die Welt explodiere, alles würde sich neu justieren. Aber für mich war es nur eine Zahl. Die Erde würde sich einfach weiterdrehen, dachte ich. Dabei ahnte ich nicht, dass meine Welt sich in dieser Nacht schlagartig verändern würde.

Die Stadt, die niemals schläft. Ich stand in einer Schneise Feierwütiger. Meine Mädels waren im Getümmel verloren gegangen. Also nicht direkt. Ich hatte sie verloren. Amy an einen gut aussehenden Boxertypen aus Harlem und Suki an ihren Kunstprofessor, mit dem sie nicht ganz jugendfrei über die Tanzfläche wirbelte. Irgendwie fühlte ich mich merkwürdig, aber nicht alleingelassen, ganz im Gegenteil. Ein ungewohntes Kribbeln erfasste mich. Die Feiermeute war aufgekratzter als gewöhnlich, gemeinsam brüllten sie den alles entscheidenden Countdown. Erwartungsvoll, aber auch etwas angsterfüllt.

Ich ließ das ungewohnte Kribbeln zu und machte seine Quelle aus.

Er stand in einiger Entfernung. Um ihn herum tanzten Knicklichter, sein Gesicht leuchtete abwechselnd neongrün und pink auf. Zu Beginn des Countdowns war er an mir vorbeigehuscht. Als alle »49« riefen, hatte ich schemenhaft sein Gesicht wahrgenommen, spürte eine krasse Anziehung, einzig allein durch seine Anwesenheit in dem aufgeheizten Raum.

Ich war unruhig geworden und hatte bis runter zur 25 versucht, seine Gestalt komplett auszumachen.

Jetzt stand er da, jetzt hatte ich freie Bahn. Mein Blick konnte unbehelligt über seinen etwas schlaksigen Körper wandern. Hängende Jeans, ein Kapuzenpulli, die Haare über den Nacken fallend bis zu den Schultern. So entspannt und unaufgeregt stand er einfach da, mir noch den Rücken zugewandt. Bei 12 hatte er sich dann zur Seite gedreht und einem Kumpel zugeprostet. Ich sah, wie sich kleine Lachfalten um seine Augen bildeten. Bei sechs hatte er sich schließlich umgedreht, bei vier sah er auf und setzte in das Zählen ein: »Drei, zwei, eins.« Im tosenden Rausch des gellenden »Happy New Year« wanderten seine Augen durch die Menge der feiernden Gestalten und trafen meine.

Es war, als hätte jemand den Ton ausgeschaltet: Stille.

Wir sahen uns einfach nur an. Trotz etlicher Meter Entfernung. Mein dünnes Glitzerkleid vibrierte. Mein Körper darunter war es, der zitterte, obwohl mir auf einen Schlag knallheiß war. Meine alberne Partykrone blinkte hektisch auf meinem Kopf. Alle um uns herum lagen sich in den Armen, und wir standen, beinahe bewegungslos, durch ein magisches Band voneinander angezogen und doch distanziert, einfach da. Die kleinste Bewegung konnte diese unverhoffte Nähe durchtrennen. War es das, was jetzt geschehen würde?

Durch das Starren begannen meine Augen zu brennen, und ich blinzelte. Er schob seinen Mundwinkel nach oben in ein entwaffnendes Lächeln. Seine im dämmrigen Licht beinahe surreal strahlenden Zähne schienen wie eine Einladung. Der Beat der Musik synchronisierte sich mit meinem Herzschlag. Bum, Bum, Bum. Musste ich jetzt etwas tun?

Diese Entscheidung wurde mir im nächsten Moment abgenommen, als Amy mir schwer und partytrunken um den Hals fiel und mich fast zu Boden riss.

»Happy New Year, German girl!«, kreischte sie schrill in mein Ohr. Ich hatte große Mühe, mich auf den Beinen zu halten. Beeilte mich, wieder hochzukommen, aber als ich dann aufsah, war es bereits zu spät. Er war verschwunden.

Unruhig klapperten meine Augen den Raum ab. Vergebens. Suki winkte lässig von der Tanzfläche und Amy versuchte, mich aus meiner Starre zu holen, aber ich wollte nicht. Mir war nicht nach tanzen. Mich zog es ins Freie, ich brauchte frische Luft, wollte schnell eine rauchen.

Enttäuscht bahnte ich mir meinen Weg durch tanzende, lachende, vor Freude heulende, singende Menschen. Der große Knall war ausgeblieben, alle hatten überlebt, die Erde drehte sich weiter.

Draußen vor der Bar tummelten sich Massen von Menschen auf der Straße. Es war so kalt, dass sich alle wie Pinguine zusammengerottet hatten, um sich aneinander zu wärmen. Ein tröstender Anblick. Ich sog die eiskalte Januarluft ein und zuckte zusammen, als die Kälte an meinen Zähnen schmerzte. Mein Blick fiel hinauf in den Himmel. Dort erhellten Silvesterraketen das Schwarz der Nacht. Hier und da mischten sich grelle Sterne dazwischen, beinahe winzig, aber doch so klar. Wie tief verborgene Augen, die uns hier unten beobachteten. Ich musste über meine wirren Gedanken schmunzeln. Schon oft hatten mir diese mich ständig beobachtenden Augen den Weg gewiesen.

Hier im Village schienen die Häuser, eng aneinandergeschmiegt, als würden sie mit der Menge tanzen. Ich kniff meine Augen zusammen, die heiße, aufgestaute Luft in der Bar hatte mich beinahe betrunken gemacht. Hatte ich mir all das gerade eben nur eingebildet? Er war aus dem Nichts aufgetaucht und genauso rasch wieder verschwunden. Da und wieder weg. Die Begegnung so kurz, dass die Erinnerung nicht lange würde anhalten können.

Musste sie auch nicht. Nur ein Blick in Richtung der Mülltonnen, und die dort lässig lehnende Gestalt war mir ungewohnt vertraut. Das zum Mund geführte Feuerzeug erhellte für ein paar Sekunden sein Gesicht. Die Flamme blitzte in seinen Augen auf, ehe ihn wieder die Dunkelheit verbarg und nur noch das Glühen seiner Zigarette mir den Weg zeigte.

Seine warme, sichere Stimme mit fettem New-Jersey-Akzent war erstaunlich beruhigend. »Brauchst du Feuer?«

Ich versuchte sein Gesicht auszumachen, ehe ich in seine Richtung ging. Ob ich Feuer brauchte? In mir loderte es bereits.

Mein zum Glitzerkleid passendes Paillettentäschchen baumelte mir über meine halb erfrorene Schulter, als ich mit kalten Fingern versuchte, die zerknautschte Packung Parliament-Zigaretten herauszuziehen. Irgendwann schaffte ich es tatsächlich und schob mir eine Zigarette zwischen die trockenen Lippen. Er richtete sich auf und tauchte im Schein der blinkenden Barbeleuchtung auf. Als er sich zu mir beugte und gentlemanlike meine Zigarette entzündete, meinte ich seinen warmen Atem zu spüren, so nahe kam er mir.

»Ich bin Jackson«, sagte er cool.

»Kata«, entgegnete ich. Er hob eine Braue. »Von Katharina«, ergänzte ich schnell.

Er blies den Rauch aus. »Bist du Deutsche?«

»Ja.«

»Machst du hier Urlaub?«, fragte er bemüht lässig.

Ich sog kräftig den Rauch ein, es brannte in meiner Kehle. Mir gefiel diese Frage irgendwie. Dennoch zögerte ich einen Moment genussvoll.

»Nein, ich studiere an der NYU. Und du?«

Er lächelte.

»Ich lebe hier.«

Ich erwiderte sein Lächeln, denn ohne es auszusprechen, wussten wir, dass wir Zeit hätten, uns kennenzulernen.

München, 2017

Der Schmerz war undefinierbar geworden. Eben noch pochend, dann dröhnend, schließlich nachebbend, ehe er ebenso wütend erneut aufflammte. Mein Spiegelbild glich einer Fratze. Eine Fratze, die mich hämisch wissend angrinste. Sie zeigte mir blökend die Zunge, ehe sie sich zu einem verkrampften Heulgesicht zusammenzog. Keine Träne mehr, schwor ich mir. Keine.

Mein leerer Körper fühlte sich an, als hätte ich einen lang anhaltenden Muskelkater nach zu viel Sport. Alles schmerzte, alles krampfte, alles zog sich zusammen. Mein Magen glich einem verschrumpelten, in der Sonne vertrockneten Apfel. Das Hungerknurren wurde von meinem Schluchzen übertönt.

Ich kapierte mich nicht. Wie konnte jemand, der so gelebt hatte wie ich, derart in Selbstmitleid zergehen? Obwohl ich wusste, dass das nicht stimmte. Es war kein Selbstmitleid. Mein Herz war definitiv gebrochen. In zwei glatte Hälften. Es wieder zu kitten, bedürfe einem Spezialkleber, ultrastark.

Jetzt hockte ich also hier. In der mittlerweile zu groß geratenen Altbauwohnung in Schwabing.

Ich hatte nicht damit gerechnet. So schon gar nicht. Es war zwar ab und zu mal da gewesen, dieses Gefühl, aber die 16 Meter hohe Welle kam dann doch aus dem Nichts. Sie würde brechen, irgendwann. Hatte ich es heraufbeschworen?

Die 16 Meter standen für die 16 Jahre meiner wie ich finde mühevoll, aber vor allem liebevoll errichteten Ehe. War ich all die Jahre eine Surferin gewesen, sich im Balanceakt haltend, immer auf einer Seite? Jedenfalls jetzt, da die Welle brach, stürzte alles über mir zusammen.

Ich drohte unter dem Druck unterzugehen. Wurde von Wasser umspült, japste nach Luft, suchte verzweifelt nach dem richtigen Weg. Würde ich es jemals an die Oberfläche schaffen?

Ich musste der Wahrheit ins Angesicht sehen, auch wenn sie eine Fratze zog: Meine Ehe war über mir zerschellt, und alle Beteiligten irrten nun ziellos im offenen Ozean umher. Mein Mann Samu und die beiden Kinder Paul und Emma. Irgendwie verloren auf offener See. Wann kam das Rettungsboot?

Mir war klar, es lag an mir, die Segel herumzureißen und alle wieder mit an Bord zu hieven. Dann einen sicheren Hafen anzusteuern. Aber bis zum nächsten Sturm waren es nur ein paar Stunden und was, wenn er diesmal nichts von uns übrig lassen würde?

Letzte Woche hatte ich meinen 41. Geburtstag gefeiert. Mit Samu war ich seit 17 Jahren zusammen. Wir heirateten im Jahr, als wir uns kennenlernten, im selben Jahr wurde ich mit Paul schwanger. Fünf Jahre später kam Emma. Alles ganz normal, mein Leben lief gut.

Samu ploppte damals völlig unverhofft in mein Leben. Ich kam rat- und rastlos aus New York nach München zurück. Keinen Cent in der Tasche und außerdem keinen Plan. Ich heulte ununterbrochen. Wehmütig über New York, über mein mir gestohlenes Herz, das ein Fremder im Big Apple mit sich herumschleppte.

Ich mochte Samu auf Anhieb. Seine Ehrlichkeit und die Gabe, die Dinge beim Namen zu nennen. Ihm hingegen gefiel meine dramatische Art. Er selbst kannte derartige Gefühlsausbrüche nicht. Für ihn stand fest, die Zeit in New York hatte mir ganz und gar nicht gutgetan.

Und so passierte es dann. Ich hörte auf, meinem gestohlenen Herzen nachzujagen, heilte das, was noch vorhanden war, und genoss Samus Anwesenheit. Er war immer da. Als hätte man ihn angeknipst, wusste er zu allem den richtigen Rat, Spruch oder Witz. Er war perfekt, weil er allem widersprach, wie ich mir mein Leben vorgestellt hatte.

Die Geburt meines zweiten Kindes, meiner Tochter, ließ mich komplett ankommen. Manchmal konnte ich es nicht fassen, dass ich so viel Glück gehabt hatte. Die Kunst wurde immer mehr zur Nebensache, und ich entfernte mich von der Vorstellung, sie irgendwann einmal zu meinem Beruf zu machen. Als Künstlerin durchzustarten, davon hatte ich damals geträumt. Später, als die Kinder da waren, stellte ich mir dann vor, als Galeristin zu arbeiten. Das alles klappte nicht. Ich steckte zurück, begnügte mich mit einem Job im Archiv der Alten Pinakothek und widmete mich hauptberuflich meiner Familie.

Irgendwann lernte ich, Kunst einfach nur ansehen zu können, ohne total emotional zu werden oder an mein großes Scheitern zu denken. Manchmal schmerzte es noch, dass ich meine Karriere einfach so an mir hatte vorbeiziehen lassen. Dennoch hatte ich ein gutes Leben, eine gute Liebe. Eine, die allen Beteiligten guttat.

Wenn du den Horizont jedoch aus den Augen verlierst, bekommst du nicht mit, wann die Welle bricht.

»Mama!«, schallte die Stimme meiner Tochter durch die bereits leeren Räume. Ich schrak aus meinen Gedanken.

»Mhm?« Meine Stimmte war kaum hörbar, vom Weinen heiser.

»Ich suche meine Kuschelschildkröte.«

Emma kam auf mich zu, und ich sah sie seit Langem mal wieder so richtig an. Meine kleine Große, nächsten Monat würde sie zehn. Ihr Bruder lehnte an der Wohnungstür und wartete darauf, dass es klingelte. Er überragte mich auch aus der Ferne. Wann war er mir buchstäblich entwachsen? Schon mit zwölf waren wir auf Augenhöhe, dann wuchs er einfach weiter und überragte mich. Seitdem Samu ausgezogen war, sprach er nicht mehr mit mir. Würdigte mich kaum eines Blickes, weil er mir die Schuld daran gab, dass sein geliebter Vater litt. Wir kommunizierten nur noch über Emma. Die starke, tapfere Kleine.

Ich bemühte mich, die Tränen zurückzuhalten. Emma wand sich, sie konnte es nicht leiden, wenn ich weinte.

»Die haben wir doch letztes Jahr schon aussortiert«, antwortete ich auf ihre Frage. Emma zuckte mit den Achseln.

»Jetzt will ich sie wieder zurück.« Emma schaffte es, ihre Wut darüber, dass sie jetzt ständig den Ort wechseln sollte, um ihre Eltern zu sehen, runterzuschlucken. Sie schlug sich ehrlich tapfer zwischen den Fronten ihrer Eltern. Sie wollte sich für keinen von uns entscheiden, das musste sie auch nicht.

»Warte, dann suchen wir sie«, sagte ich und fand mühevoll auf die Beine. Ich hasste mich dafür, dass ich mich so gehen ließ. Im Vorbeigehen streifte Emma meinen Arm.

»Das wird schon, Mama.« Sie war eindeutig die erwachsenere von uns beiden.

Die Kinder packten bereits zum zweiten Mal ihre Sachen, um sie in der noch fremden Wohnung ihres Vaters wieder auszupacken. Samu, noch unsicher, wie er die Zeit mit ihnen allein bewerkstelligen sollte, würde jeden Moment klingeln, und die Kinder gehen. Es brach mir mein Herz. Ich kannte dieses Gefühl ja bereits, auch, dass es wieder verheilte. Aber der Schmerz war ein anderer. Meine Kinder derart leiden zu sehen, hielt mir unmittelbar vor Augen, dass ich etwas in ihnen kaputtgemacht hatte. Den Glauben daran, jemanden bedingungslos lieben zu können.

Ich hatte das Boot nicht umlenken können. Nein, ich war es gewesen, die es auflaufen ließ. Ich hatte die Trennung von Samu gewollt, weil ich das Gefühl hatte neben ihm zu ertrinken. Und ich ganz allein hatte die Kinder der Gefahr ausgesetzt, dass sie jetzt ihren Vater lieber haben könnten als mich.

Ich fand das Kuscheltier in einer der Kisten mit den aussortierten Sachen. Der Anblick der zerknautschten Schildkröte versetzte mir einen Stich in die Magengrube. Emma hatte sie zur Einschulung bekommen, sie sollte sie beschützen, wenn sie sich draußen in der großen Welt allein fühlte.

Puh, wenn ich gekonnt hätte, ich hätte in diesem Moment zurückgespult oder zumindest auf Pause gedrückt.

Das klingt jetzt wie eine Phrase aus einem Ratgeber, aber es stimmte. Der gemeinsame Alltag war irgendwann zu meinem Alltag geworden und meine liebevollen Gefühle für Samu durch ständiges Anklagen ersetzt worden. Ich erwischte mich, wie ich neidisch war. Auf meinen eigenen Mann, weil er derjenige war, der beruflich immer weitermachen konnte und so etwas wie eine Karriere aufzuweisen hatte. Weil er nicht unter dem anhaltend schlechten Gewissen litt, seinen Kindern und dem Partner nicht genügen zu können. Weil er nicht an der Veränderung seines Aussehens und seines Körpers litt. Er hatte die Kilos, die er aus Solidarität für mich in den Schwangerschaften zugenommen hatte, wieder runter, joggte jeden Abend seine Runde, hielt sich fit, auch für mich und die Kinder, wie er sagte. Er pflegte seine Freundschaften von früher und war zufrieden. Das dachte ich zumindest immer.

»Ich habe auf so viel verzichtet«, hatte er über einem Glas Rotwein gesagt, als wir nach einigen emotionalen Ausbrüchen das erste Mal die Trennung auf den Tisch packten. »Ich habe immer alles versucht, um diese Familie finanziell gut über Wasser halten zu können.«

Ja, nur mich, mich hast du nicht über Wasser halten können, ich war einfach untergegangen. Blubb, blubb, blubb.

Oh, ich wusste, wie unfair das war, denn Samu hatte mich einst gerettet. Mich in den Genuss gebracht, was es bedeutete, bedingungslos geliebt zu werden. Und ich hatte einfach aufgegeben, mich über die Jahre nicht nur von ihm, sondern vor allem von mir selbst entfernt. Bevor ich ihn getroffen hatte, hatte ich mal etwas gewollt. War das einzig dadurch ersetzt worden, Mama zu sein und zu einer Arbeit zu gehen, die man nicht mochte?

»Du hast so große Panik davor, mit mir hier allein in unserem Zuhause zu sitzen und unsere Kinder in ihre verheißungsvolle Zukunft zu winken. Warum?«

Ich konnte es ihm nicht beantworten. Meine Gefühle waren über den Zustand des andauernden Zukurzkommens so verbittert, dass ich es ihm nicht sagen konnte. Ich hatte mich so sehr darauf versteift, dass Samu am Nichtleben meines eigenen Lebens Schuld hatte, dass ich in der Trennung von ihm die einzige Rückkehrmöglichkeit zu mir selbst sah.

»Ich will, dass wir uns scheiden lassen.«

Die Worte waren damals augenblicklich im Raum verklungen, kein Echo hallte nach und dennoch hatte dieser eine simple Satz massive Folgen. Ich hatte ihn im Affekt schon ein paarmal geschrien, und Samu hatte daraufhin gerufen: »Dann lass dich doch scheiden!« Aber jetzt war ich so ruhig, die Bedrohung so groß, er wusste, dass ich nicht scherzte, und es verletzte ihn zutiefst. Ich hatte keine Trennung vorgeschlagen, kein ›jeder lebt mal für sich‹. Ich wollte das mühevoll aufgebaute Band zwischen uns einreißen – und zwar ein für alle Mal.

An jenem Abend redeten wir seit Langem erstmals wieder über unsere Gefühle. Und doch fingen wir erst an, miteinander zu reden, als schon alles gesagt war. Es war vorbei, Samu zog sich zunächst komplett zurück, dann aus.

Paul würdigte mich keines Blickes, als ich mit Emma zur Tür kam.

»Komm schon«, forderte Emma ihn auf, aber mein Versuch meinem gefühlsstarken Sohn über den Kopf zu streicheln, scheiterte, als er meiner Berührung auswich und sich an seiner Schwester vorbei ins Treppenhaus schob. *Wer gibt dir das Recht?*, hallte es in meinen Ohren.

Ich machte einen Versuch, ihm zu folgen, aber Emma schüttelte den Kopf und schloss vehement die Tür. Das Schloss in der Tür, es klang wie ein Schuss, mitten ins Herz.

New York, 2000

Nach der gemeinsamen Zigarette waren wir entgegen dem Strom der Menschen gelaufen, die ins Herz Manhattans Richtung Times Square wanderten. Uns zog es zum Hudson River, wo die Enge der Stadt am Ufer des Flusses Erleichterung fand. Es war so eisig kalt, alle Umherstreunenden zogen ihre Mäntel und Kapuzen fest um ihre Körper. Aber ich, ich glühte. Wir liefen wie in Zeitlupe. Weiße Rauchwolken schoben sich von unseren Mündern in den kalten Millenniumshimmel.

Er hieß Jackson und hatte sein Kunststudium an der New York University bereits vor ein paar Jahren abgeschlossen. Jetzt arbeitete er als freier Bildhauer und Bühnenbildner für Theater Off-Broadway und tauchte nur noch gelegentlich zu Partys der Uni auf. Das erklärte, warum Jackson überhaupt auf der Silvesterparty war, die der Millennium-Abschlussjahrgang organisiert hatte. Er war dabei, sich in der Stadt einen Namen zu machen. Das war mir in diesem Moment allerdings egal. Ich hatte keine Ahnung warum, aber irgendetwas in mir ließ mich komplett treiben, ohne zu wissen wohin. Orientierung suchte ich nur in seinem Gesicht. Ich konnte nicht wegsehen. Seine Züge waren so wunderbar imperfekt. Seine etwas zu eng aneinander stehenden Augen, die dunklen Pupillen, die mit dem Braun seiner Iris verschwammen, die fein gezogenen Brauen darüber, als seien sie hauptsächlich dazu da, damit seine Lachfältchen ihm nicht aus dem Gesicht fielen. Der etwas schmale Mund, die Grübchen, darüber ein sich in alle Richtung bohrender Bartansatz. Ich musste ihn die ganze Zeit ansehen. Ihm gefiel das. Sein Lächeln war eine Einladung, mehr von ihm wissen zu wollen. Er, Jackson, 28, ursprünglich aus New Jersey, wohnhaft in Lower Manhattan.

»Du bist eiskalt«, bemerkte er, als er zufällig meine Hand berührte.

»Ja, ich spüre nichts«, sagte ich schnell.

»Ist das jetzt gut oder nicht?«, fragte er stirnrunzelnd und mit leicht kratziger Stimme. Sein Amerikanisch war glockenklar.

»Ich spüre die Kälte nicht«, löste ich auf und bemühte mich um ein Lächeln, doch meine Gesichtszüge waren von dem eisigen Wetter tatsächlich wie gelähmt.

Jackson blieb abrupt stehen, öffnete seinen dicken Wollmantel. Ich war völlig verunsichert. Allein schon die Kälte trieb mich zu ihm, es war quasi überlebensnotwendig, dass meine Arme sich unter dem Mantel behutsam auf seine knochigen Hüften legten.

»Nur eine Vorsichtsmaßnahme«, lächelte ich und spürte seinen Atem jetzt ganz nah an meinem Ohr. Ich bekam noch mehr Gänsehaut.

»Schon klar«, flüsterte er zurück und hielt mich einen Moment, die Unsicherheit sprach aus der Art, wie er mich berührte. Wir standen einen Moment so da. Zwei sich völlig Unbekannte in einer nach außen hin sehr innig anmaßenden Umarmung in der Neujahrsnacht in New York City. Wir wirkten wie ein Liebespaar, nicht wie Fremde, die sich gerade erst begegnet waren. Es war befremdlich und anziehend zugleich. Verborgen unter seinem Hoodie konnte ich Jacksons regelmäßigen Herzschlag erspüren, der sich, je länger wir so dastanden, allmählich beschleunigte.

Manche Momente im Leben passieren vollkommen unüberlegt und sie treiben einem später die Schamesröte ins Gesicht. Manch verpasste Gelegenheit löst noch Jahre später eine

Enttäuschung aus. Ich dachte in diesem Augenblick mit Jackson an rein gar nichts. Schloss einfach kurz die Augen und sog den Moment ein. Erst dann kamen die Gedanken. Wie absurd, ich kenne diesen Menschen überhaupt nicht. Aber ich schob sie beiseite. Keine Scheu, keine Skepsis. Sonst war ich vorsichtig, immer auf der Hut, vor allem, wenn ich mich Männern näherte. Aber jetzt hörte ich nur auf mein Gefühl, das sich, angefeuert von unseren beiden Herzschlägen, vereinte. In mir breitete sich eine große Sehnsucht nach dem fremden Menschen aus, den ich da einfach so im Arm hielt. Und ich wusste, es war okay. Wir waren okay. Und so umarmte ich nicht nur Jackson, sondern den Augenblick, ganz und gar.

München, 2017

Nachdem die Kinder weg waren, und die Stille der Altbauwohnung in meinen Ohren zu einem unerträglichen Brummen mutierte, schnappte ich mir meinen Mantel und ging nach draußen. Ich wollte die Tür hinter mir erst wieder öffnen, wenn sich der Sturm gelegt hatte. Wie naiv.

Die frühsommerliche Sonne Ende Mai wärmte mein vom Nicht-mehr-Weinen-Können dennoch verquollenes Gesicht. Der Kaffeemann auf der Türkenstraße nickte mir durch die Scheibe seiner Kaffeebar einladend zu. Ein freundliches Gesicht, ich war erleichtert.

»Ciao, Kata!«

Ich folgte ihm ins Innere und bestellte wie jeden Tag einen Flat White. Carlo war ein echter Süditaliener und schüttelte wie jeden Tag angewidert den Kopf.

»Wenn du diesen Kaffee mit so viel Milch mischst, kannst du auch gleich deutschen Filterkaffee trinken.«

Ich genoss irgendwie, dass er seine Belehrung nicht aufgab. »Si, certo, Carlo.«

Ich schob ihm 4 Euro über den Tresen, gab 50 Cent Trinkgeld wie jeden Tag. Alles war wie immer. Nur, dass ich jetzt Single war.

Samu war vor einem Monat in die kleine Terrassenwohnung nach Giesing gezogen, die seine Eltern eigentlich mal für uns beide gekauft hatten und die er bis vor Kurzem vermietet hatte. Sie sollte mal unsere Rente sein, unsere gemeinsame.

Ich verschluckte mich am Kaffee. Beim Gedanken, dass ich alles kaputtgemacht hatte, bekam ich keine Luft.

Die Wohnung, an deren Terrasse ein kleines Stückchen Isarkanal vorbeilief. Samu würde in diesem Moment dort mit unseren Kindern sitzen und in der Hoffnung, dass nichts anbeiße, Angeln in den Kanal halten, weil Samu Vegetarier war. Paul hätte endlich das Handy weggelegt und seinen Freunden für heute abgesagt, weil sein Dad jetzt seine volle Aufmerksamkeit bräuchte, und Emma würde all ihren Schmerz wegschieben und wie immer die Große mimen, so dass es Papa nicht allzu schwerfiel. Lange würden wir das nicht durchhalten, das Schweigen. Irgendwann müssten wir darüber sprechen. Über alles. Irgendwann müsste Paul wieder mit mir sprechen.

Ich bog in eine kleine Straße in Richtung Ludwigstraße ein. Es war immer mein Plan gewesen, die kleine Galerie dort am Eck zu übernehmen und illustre Künstler der kaufwilligen Münchner Gesellschaft zu präsentieren. Das war zumindest mal die Idee gewesen, ehe ich die Kunst an den Nagel gehängt hatte.

Abrupt blieb ich stehen. Es war nur kurz in mein Sichtfeld geraten, aber ich hielt inne. Das Bild im Fenster der Galerie auf der anderen Straßenseite übte eine solche Anziehungskraft auf mich aus, dass ein Weitergehen unmöglich war. Es war das Außergewöhnlichste, was ich seit Langem gesehen hatte. Bunt und nicht besonders groß zeigte es eine Art maskenartigen Totenkopf mit dunklen Augenhöhlen, in deren Mitte sich mit naiven Strichen gezeichnete Sterne befanden. Darum tanzten beinahe fratzenartige Gesichter. Das Besondere an dem Bild aber war, das man es auch auf den Kopf stellen konnte und es ein ähnliches Maskengesicht ergab.

Ich konnte es erst einmal gar nicht einordnen. Es war unglaublich naiv, erzeugte aber zugleich Neugierde und strahlte dennoch Ruhe aus. Ich musste lächeln und wollte schon weiter, da huschte mein Blick über die Initialen in der rechten unteren Ecke des Bildes. Jetzt musste ich unweigerlich laut lachen. *J. C.* Ja, klar. Diese Provokation auf Leinwand sollte also eine Botschaft an mich sein? Ich schüttelte erst den Kopf, dann den Rest meines Körpers, um die wirren Gedanken loszuwerden und ging ein paar Schritte weiter, als ich meine Spiegelung in der Scheibe wahrnahm. Der für die warmen Temperaturen viel zu dicke Wollmantel ließ mich mächtig wirken. Meine Strubbelmähne war verpeilt zusammengebunden und das aufgequollene Gesicht hinter einer von Samus ausrangierten Sonnenbrillen verborgen. Ich fand mich zum Wegrennen. Und doch war da etwas: In meine eigentlich total fade Erscheinung mischten sich in der Reflektion die Farben des Bildes vor mir, fast so, als wolle es mich wieder zum Leben erwecken.

»Wer bist du?«, fragte ich leicht schizophren die mir völlig Fremde in der Spiegelung. »Was hast du heute schon noch vor?«

Erst holte ich tief Luft, ließ dann einen tiefen Seufzer los und machte auf dem Absatz kehrt. Ich enterte die Galerie.

Die Besitzerin musterte mich misstrauisch, sie kannte mich schon. Ich, die hier ständig herumlungerte, aber noch nie ein Bild gekauft hatte. Ich ignorierte sie und starrte auf die Tafel am Eingang, auf der die Biografie des Künstlers gedruckt stand.

Jackson Carter. Geboren 1972 in New Jersey.

Die Buchstaben verschwammen vor meinen Augen, einzig sein Name trat in scharfen Konturen in mein Blickfeld. Jackson. Das Bild war von ihm.

Die Galeristin musste meine Fassungslosigkeit wohl erkannt haben, denn ihre Stimme war um einiges milder als bei der knappen Begrüßung soeben, als sie mir jetzt erzählte, dass das Bild eine Leihgabe einer Galerie aus Berlin war, in der Jackson Carter eine Ausstellung haben würde. Der Künstler würde am Eröffnungsabend der Vernissage anwesend sein.

»Wirklich poetisch seine Kunstfertigkeit«, schloss sie und tippte auf die Preistafel von 28 000 Euro.

»Auch nicht ganz billig.« Ich hob eine Braue, das war ein stolzer Preis. Dann legte ich meinen Kopf schief und sog das Bild in Gänze noch einmal ein. Das hatte mich mein Kunstprofessor einst an der NYU gelehrt. Wenn man den Kopf schief legt, verschiebt sich die Perspektive nur für einen Augenblick, und es macht den Anschein, als könne man unter die Fassade der Farben blicken und dem Ungewissen, welches der Künstler mit dem Bild vielleicht aussagen wollte, ein Stück näher sein. Die zwei Sterne in den Augenhöhlen des Bildes schienen sich beinahe zu bewegen. Wie ein Kompass, der mir die Richtung weisen wollte. So ein Quatsch. Es war einzig und allein ein Zufall. Dennoch ein merkwürdiger.

Ich nahm alle Facetten des Bildes in mir auf, ehe ich dann sehr eilig die Galerie verließ.

Bereits an der nächsten Straßenecke hatte ich auf meinem Smartphone die Seite der Galerie in Berlin Mitte aufgerufen.

Jackson käme in einer Woche nach Deutschland.

New York, 2000

Wir sogen den Geruch des jeweils anderen ein, als wir dort in unserer Umarmung verharrten. Mein Magen grollte wütend, mir war richtig übel vor Hunger.

Jackson sah mich an. »Alles klar bei dir?«

»Ich sterbe vor Hunger!«, sagte ich und musste lachen ob des Wortlautes. »I'm dying of hunger.«

Jackson versuchte, meine wortwörtliche Übersetzung zu verstehen. »You are starving?!«

Ich nickte und befreite mich aus der Wärme seiner Arme und zog ihn in Richtung Pier. Hier gab es mitunter die besten Falafel der Stadt. Jackson folgte mir wie selbstverständlich auf Schritt und Tritt.

Der Falafelstand am Pier war gut besucht, aber nicht mehr als sonst. Da die Partycrowd jetzt allmählich in die Clubs der Stadt zog, machte dieser Ort nun beinahe den Eindruck, als handle es sich um eine stinknormale Freitagnacht.

»Ich habe hier anfangs immer gemalt. Der Fluss erinnerte mich an zu Hause«, erklärte ich und hoffte, Jackson würde nicht anfangen, meine Heimatstadt im Internet zu suchen, denn im Vergleich zur beschaulichen Isar war der Hudson River ein Ozean.

Ich orderte Falafel Spezial für uns beide, zwei Heineken, dazu zwei Tequila Shots. Zum Essen kauerten wir uns unter einen Heizstrahler, und es schmeckte wie ein Fünf-Gänge-Menü.

Bei Tageslicht war der Ausblick auf den Hudson River schon beeindruckend, aber jetzt erleuchteten nur die Spiegelung vereinzelter Raketen, die auf der anderen Seite in New Jersey gezündet wurden, den schwarzen Fluss. Die Sterne hatten es in dieser Nacht schwer, den mit Raketenstaub verhangenen Nachthimmel zu säumen, was mich immer verunsicherte. Sternenlose Nächte hatten sich für mich bisher immer sehr einsam angefühlt. Als hätten meine Weggefährten da oben mich verlassen.

»Die Sterne trauen sich noch nicht raus«, folgte Jackson meinem Blick in den Himmel. »Die wissen noch nicht, was sie vom neuen Jahrtausend halten sollen.«

Ich fühlte mich nicht einsam, überhaupt nicht. Und Jackson war der Grund. Also wandte ich den Blick jetzt ihm zu und fing an, seine nicht ganz symmetrischen Züge im grellen Neonlicht des Falafelstandes gedanklich nachzuzeichnen.

»Was ist?«, fragte Jackson, der unsicher damit kämpfte, sich den Hummus nicht über sein ganzes Gesicht zu verteilen.

»Du bist schwer zu malen.«

Er hob eine Braue.

»Deine T-Linie ist sehr hoch und deine Nase nicht ganz gerade, außerdem ist deine Oberlippe zu schmal im Vergleich zur Unterlippe.«

Jackson sog seine Unterlippe ein, und ich konnte nicht wegsehen. Ich hätte ihn gern geküsst. Genau in diesem Moment. Jackson näherte sich mir unvermittelt, und ich dachte schon, ich hätte es laut ausgesprochen, und er gab meinem Verlangen nach einem Kuss so einfach nach. Stattdessen flüsterte er nur: »Dein Gesicht ist einfach nur perfekt.«

Er fuhr mit seiner kalten Fingerspitze sanft über die Silhouette meines Gesichtes, als würde er es zeichnen, und ich konnte nicht anders und schmiegte meine Wange in seine Hand.

Mir war bewusst, an jedem anderen Ort auf der Welt wären

wir jetzt übereinander hergefallen. Aber nicht in New York. In jeder Wohnung, in jedem WG-Zimmer wurde gerade gefeiert. Die Hotels waren ausgebucht, alle zelebrierten das Überleben der prognostizierten Apokalypse. Die Stadt drohte, aus allen Nähten zu platzen, nirgends war man allein. Nirgendwo war es still.

Wissend, dass der Moment noch nicht gekommen war, verharrten wir noch einen Augenblick in der beschaulichen Umgebung des Hudson Rivers, ehe Jackson mich fragte, ob ich nicht Lust hätte, noch ein bisschen zu feiern.

»Hey, wir haben Millennium überlebt!«, johlte er.

Ich war etwas überrumpelt von Jacksons plötzlicher Feierlaune, ließ mich aber sofort von seiner Lebensfreude animieren und folgte ihm zurück in die nicht mehr ganz so überfüllten Straßen. Der Nachthimmel klärte sich allmählich.

München, 2017

Jacksons Bild hatte sich in mein Hirn gefressen. Ich konnte es nicht mehr abschütteln, die Farben tauchten immer wieder vor meinem inneren Auge auf. Warum jetzt? Wie war die kleine Galerie am Eck, an der ich beinahe täglich vorbeiging, ausgerechnet auf ihn gekommen? Auf den bis dato hier noch ziemlich unbekannten Künstler aus New York? 28 000 Euro für dieses maskenartige bunte Etwas! Eine Frechheit, versuchte ich mir einzureden. Ja, und was für eine! Eine großartige.

Sofort malte ich mir aus, wie in dem einst so schlaksigen Körper von damals heute sein immer noch jung gebliebener Geist wohnen musste, um so ein provokant naives Bild zu malen. Jacksons mühelose Art mit Menschen, insbesondere mit mir, umzugehen, hatte mir viele schlaflose Nächte beschert. Lange hatte sich mein Körper schmerzvoll nach seinem verzehrt. Lange hatte ich gegrübelt, wie er wohl jetzt aussehen würde, was er gerade im Moment machte und mit wem er zusammen war. Bis sein Bild in mir verblasste, und ich von meinem Leben zu abgelenkt war, um mich mit seinem zu beschäftigen.

Aber seit ich Jacksons Bild gefunden hatte – ehrlich gesagt glaubte ich, dass es mich gefunden hat –, war es alles wieder da. Peng, auf einen Schlag. Jackson.

Mit einem Klick fand ich im Netz zu dem, nicht wie von mir angenommen, unbedeutenden Namen ein Bild von ihm. Da war er. Sein Gesicht, immer noch voller Makel und doch makellos. Er lächelte mich vom Screen meines Laptops an.

Schien mir mit seinem Jersey-Akzent beinahe zuzurufen: »Na, damit haste wohl nicht gerechnet, was? Bereit, dass ich wieder alles auf den Kopf stelle? Deine ganze mittlerweile nicht mehr so heile Welt?«

Zwei Tage hatte ich ihn mir immer wieder auf dem Bildschirm meines Laptops angesehen. Seit meiner Rückkehr aus New York vor 17 Jahren hatte ich mich nie mehr nach ihm erkundigt. Bis jetzt.

Erst am Sonntag klappte ich den Laptop zu, als meine Kinder wieder nach Hause kamen. Nach einem Wochenende bei ihrem Vater. Das zweite bis jetzt. Immer noch überfordert davon, welches Zuhause denn jetzt das eigentliche Zuhause sein sollte. Überfordert von dem Gedanken, ob sie sich für ein Elternteil entscheiden mussten. Wen sollten sie jetzt lieber haben? Sollten sie das überhaupt?

»Und? Wie war es?«, fragte ich und merkte, wie meine Stimme kippte, ich war überambitioniert. Paul zuckte mit den Schultern und zog schweigend an mir vorbei. Emma bemühte sich um Leichtigkeit. Sie roch fremd. So war das wohl jetzt. Ich hielt Paul leicht am Arm und fragte, ob sie Lust auf Pasta hätten.

»Ich habe keinen Hunger. Papa hat Burger gemacht.« Natürlich hatte er das, das Duell war eröffnet. Ich schämte mich sofort für diesen Gedanken und ließ meinen Sohn ziehen.

»Er braucht noch Zeit«, sagte meine kluge Tochter und klang dabei unnatürlich reif. Ich fühlte mich augenblicklich klein.

Mir war klar, ich musste mit meinen Kindern reden, ehe zu dem fremden Geruch noch die komplette Entfremdung kam. Sie waren alt genug, beide gingen emotional so unterschiedlich mit der Situation um. Sie waren Teil des zerbrochenen Familienkonstrukts. Eigentlich waren sie es doch, die Samu und mich erst zu einer Familie gemacht hatten. Aber ich scheute mich so davor. Davor, erwachsen sein zu müssen. Meine Kinder zu bitten, mich zu verstehen, obwohl ich mich im Moment selbst nicht erkannte. Konnten sie jetzt nicht einfach diejenigen sein, die mich in den Arm nahmen und mir sagten, alles würde gut? Nein, das konnten sie nicht. Das musste ich tun. Die Kinder waren zerrissen. Mir schauderte bei dem Gedanken.

»Kann ich bei Feline essen? Wir wollten noch 'ne Runde in den Hof«, fragte Emma besorgt. Sie wollte mich nicht allein lassen, weil sie wusste, ich müsste die Stille um Paul und mich allein aushalten.

»Klar«, sagte ich knapp. Meine Augen füllten sich mit Tränen. Weichei, dachte ich.

»Ich kapier's nicht«, sagte Emma vorsichtig. »Wenn du weinen musst, warum musste Papa dann ausziehen?«

Es fühlte sich an, als hätte mir meine Tochter mit diesem Satz mitten ins Gesicht geschlagen.

Eltern sind wirklich Monster. Sie sorgen dafür, dass zerrissene Kinder gebrochene Erwachsene werden.

Emma wartete noch kurz eine Antwort ab, die ich ihr aber nicht geben konnte, griff sich dann ihre Schildkröte, die sie offenbar das ganze Wochenende nicht losgelassen hatte. Irgendjemand musste schließlich auf sie aufpassen, wenn ich es schon nicht tat. Sie ging.

»Tschüssi«, hallte es aus dem Flur.

Ich war das Monster. Ein egoistisches Monster. Ich hasste mich dafür. Vor allem für die Tatsache, dass ich, als meine Kinder emotional hilflos umherschwirrten, nur daran denken konnte, warum er sich ausgerechnet jetzt durch sein Bild einen Weg zurück in mein kaputtes Leben gebahnt hatte. Jackson. Ich dachte nur an ihn.

Aus Pauls Zimmer wummerte »No Roots« von Alice Merton. Wie passend. Hatte ich meinen Kindern wirklich ihre Wurzeln genommen? Ich holte tief Luft, dann stellte ich mich.

Ich schlich durch die halb leere Wohnung zu seinem Zimmer. Ich klopfte, wartete ab. Als ich keine Reaktion bekam, trat ich ein in das Reich meines Sohnes.

Er kauerte auf einer Ecke seines Bettes und zog lustlos die noch frischen Sachen aus seinem Rucksack. Er trug das Gleiche wie vor zwei Tagen. Ich setzte mich vor ihn auf den Boden und sah ihn ratlos an. Er nahm mir diese Überforderung nicht ab und doch steigerte er sie durch die Verachtung, die in seinem Blick lag.

»Papa geht's scheiße«, sagte er tonlos.

Zumindest hatte er etwas gesagt, er sprach.

»Hat er das gesagt?«, fragte ich schnell, um die angehende Konversation nicht jetzt schon abzubrechen.

»Der redet nicht darüber.«

Ich suchte nach Worten, die den Zustand, in dem wir gerade alle feststeckten, verbessern konnten, aber kein einzig passendes kam mir über meine Lippen. Paul richtete sich auf. Seine stechend grünen Augen fixierten ein Ziel in der Ferne. In ihm arbeitete es. Sein Gesicht war nervös gerötet.

»Mama, wie kann man einfach aufhören, jemanden zu lieben?«, fragte er in seiner nach dem Stimmbruch erstaunlich tiefen Stimme.

Mein Herz zog sich zusammen. Da war er, der Elefant im Raum. Liebe. Paul hatte also schon davon gehört.

»Ich meine, wenn man jemanden ehrlich liebt, dann hört das doch nicht auf? Einfach so.«

Ich kam mir so hilflos und dumm vor.

»Hast du Papa überhaupt geliebt?«

»Natürlich. Tue ich auch noch.«

Er sah mich fragend an. Seine Augen zogen sich zu Schlitzen zusammen.

»Das ist schwer zu erklären.«

Paul seufzte. Diese Antwort auf alle Lebensfragen kannte er bereits. Aus der Schule und auch sonst. Er war kurz davor aufzugeben, ich musste jetzt liefern. Irgendwie. Er kam mir zuvor.

»Gibt's da einen Schalter, der die Gefühle einfach abstellt? Weil wenn ja, dann will ich das niemals erleben. Hab ich keinen Bock drauf!«

Mein Herz schrumpfte weiter zusammen. Da saßen wir. Ich, das Monster, das aus einem arglosen Teenager einen emotional verstümmelten Erwachsenen machen würde. Und er, bei dem die Trennung seiner Eltern in ihm bereits unwiderruflichen Schaden angerichtet hatte.

»Paul.« Ich suchte in seinem Gesicht nach Worten. Er sah mich nicht an. »Liebe hört nicht auf. Sie verändert sich. Wir verändern uns und manchmal reicht es einfach nicht aus, jemanden einfach nur zu lieben.«

Sein Gesichtsausdruck wurde weicher. Zumindest dachte ich das. »Und was ist mit mir?«

Ich verstand die Frage nicht, oder besser, ich fürchtete mich davor, dass Paul meine Gefühle zu ihm und seiner Schwester infrage stellen könnte.

»Ihr seid meine Kinder, euch zu lieben reicht mir vollkommen und das wird sich nie, wirklich niemals ändern!«

Ich griff nach seiner Hand, die er einfach zur Seite schob. Seine besonnene Art machte mich nervös. Sie erinnerte mich an Samu. Paul forderte mich immer wieder heraus, ich tat mich schwer, mich in ihn hineinzuversetzen. Mit Emma war es leichter. Mütter sind anders zu ihren Töchtern als zu ihren Söhnen. Sie setzen mehr voraus oder nehmen einfach an, dass eine Tochter ähnlich tickt. Vielleicht ist das generell so. Frauen setzen bei Frauen mehr voraus, weil sie wissen, was mal auf sie zukommt. Egal, wie alt oder jung sie sind. Wie bescheuert.

Paul wandte sich ab.

»Immer noch keinen Hunger?«, fragte ich behutsam.

Er schüttelte den Kopf und griff nach seinem Handy. Ich war dankbar darüber, dass er überhaupt ein paar Sätze mit mir gesprochen hatte. In der Tür wandte ich mich aber ihm noch einmal zu. Er lauschte, obwohl er mich keines Blickes würdigte.

»Paul? Ich weiß, du willst das nicht hören. Gerade nicht von mir, aber lass das bitte nicht sein mit dem Lieben. Probiere es bitte ruhig aus. Mit allem, was du hast! Je intensiver du liebst, desto größer ist zwar der Schmerz, wenn du jemanden verlierst. Aber erst, wenn dir mal alles wehtut, weißt du, dass du echt geliebt hast.«

Ich kam mir vor wie eine Therapeutin, dabei war ich doch das Monster.

Ich sah ein vages Nicken und vertraute in diesem Moment auf mein Gefühl. Ich würde ihn nicht verlieren. Es würde dauern, aber ich würde seine Mama bleiben, egal, was passierte.

Auf dem Weg allein zurück in die Küche stellte ich mir die Frage, ob ich dem Weg, den ich gewählt hatte, überhaupt gewachsen war. Wie sehr wünschte ich mir jemanden, den ich einfach anrufen konnte und der für mich mein Leben übernahm. Ich fühlte mich hilflos und gemein. Samu ging es nicht gut. Meinen Kindern ging es nicht gut. Und ehrlich genommen, ging es mir auch nicht besser als vorher. Ich goss die Nudeln, auf die ich überhaupt keinen Appetit mehr hatte, in das Sieb und zwang mich, Haltung zu bewahren. Für die Kinder, für mich, für die Entscheidung, die ich getroffen hatte.

Meinen Mann zu verlassen und so allen das Leben zur Hölle zu machen.

Ich versuchte meinen Körper aufzurichten, aber der Gedanke an ihn ließ mich innerlich komplett kollabieren. Ich wehrte mich, vehement, obwohl ich es wusste: Ich musste Jackson wiedersehen.

New York, 2000

Das Selbstverständnis nahm nicht ab. Wie auf natürliche Weise miteinander verbunden, gingen wir nebeneinanderher durch die aufgeladene Millionenmetropole. Nein, wir gingen nicht, wir schwebten. Auch wenn uns die Arme des jeweils anderen immer wieder vom Abheben abhielten, so waren wir dennoch schwerelos. Irgendwie erleichtert, nicht mehr orientierungslos umherzuschwirren.

Ich hatte neugierig gefragt, und er hatte bereitwillig Auskunft gegeben. Jackson hatte ein Stipendium an der NYU bekommen. Seine Eltern waren einfache Leute, wie er selbst sagte. Sie hatten einen Eisenwarenladen irgendwo in Jersey und wenig übrig für seine nicht handfeste Kunst. Jackson hatte sich nie gegen seine Herkunft gewehrt, vielmehr machte er sie zum Ursprung seiner Begierde, die Welt mit anderen Augen sehen zu wollen. Er erzählte mir das mit solcher Erhabenheit, dass ich mir auf einen Schlag so gewöhnlich vorkam.

Ich, aus dem beschaulichen München, mit dem Wunsch, Kunst zu erlernen. Kunst lernen zu müssen, da ich nicht glaubte, mein Talent allein könnte ausreichen. Ich wäre so gern außergewöhnlicher gewesen. Hätte Spannendes aus meiner schlimmen, gebrochenen Kindheit erzählen wollen. Doch ich hatte lediglich die Trennung meiner Eltern vorzuweisen, die meinen Glauben an die große Liebe zwar schwer erschüttert, aber nie zerstört hatte. Ich schnappte nach Luft und dachte kurz über die eigenartige Situation nach. Was machte ich hier eigentlich? Mein Herz begann schlagartig zu rasen, noch konnte ich einfach gehen. Mich mit einem »Hey, sorry, war nicht so gemeint« einfach aus dem Staub machen.

Aber ich wollte nicht. Er war hier mit mir. Mit dem gewöhnlichen Mädchen aus München. Nur der Mensch, der ich jetzt war, ließ es zu, den Augenblick mit Jackson so unbeschwert genießen zu können. Meine Fähigkeit, den Dingen eine Chance zu geben, ehe ich urteilte, erlaubte mir, Jackson so zu sehen, wie er war. Ein Mensch, der mich in seinen Bann zog, gern auch mit Haut und Haaren. Ziemlich ungewöhnlich für gewöhnlich, dachte ich.

Wir passierten die W 14th Street und ließen uns in Chelseas Mitte treiben. Dort nahmen die herumlungernden Junkies, auf der Suche nach ihrem ersten Fix im neuen Jahr, zu, und ich spürte, wie Jackson mich näher zu sich heranzog.

Auch wenn er seinen ganzen Charme spielen ließ, so gewährte Jacksons Kumpel Bobby uns dennoch keinen Einlass in den kleinen RnB-Club an der W 16th Street, aus dem tiefe Bässe wummerten. »No Scrubs« von TLC, ich hatte die Melodie sofort im Ohr. *»No, I don't want your number. No, I don't want to give you mine and no, I don't want to meet you nowhere and no, I don't want none of your time.«*

Ich musste schmunzeln. Es half nichts. Der Club war an diesem Abend für eine Privatparty reserviert, es waren ausschließlich afroamerikanische Gäste. Wir, als einzige Weiße, würden doch gar nicht auffallen in der Menge, versuchte Jackson Bobby zu überreden, und wir alle drei mussten bei dieser Vorstellung schließlich lachen. Nein, sicher nicht!

»Okay«, gab Jackson schließlich auf.

»See you next time.« Bobby nickte uns freundlich zu.

Ich beobachtete Jackson, wie er wehmütig das Gesicht verzog, weil sein Plan, mir den offensichtlich coolsten Club der Stadt zu zeigen, gescheitert war. Ich wusste, es ging ihm dabei nur um mich. Nicht, dass Jackson vor mir den coolen Macker zu machen versuchte, der in alle Clubs der Stadt hineinkam, nein, ihm ging es vielmehr darum, mir seine Welt zu offenbaren. Tja, nicht diese Nacht, nicht in diesem Club.

Wir schwiegen einen Moment, ehe Jackson mich in Richtung Subway schob, aus der eine Meute Partywütiger schreiend auf uns zukam.

»Hat du Lust? Ich zeige dir, wo ich gewohnt hab, als ich noch auf der NYU war.«

Mein Herz setzte einen Moment aus. Konnte ich ihm eigentlich vertrauen? Stimmte mein Gefühl? Oder lag es völlig daneben? Nutzte Jackson meine Naivität, wie meine Mutter es nennen würde, wenn sie in Reichweite wäre, nur aus?

Als hätte ich mein plötzlich einsetzendes Wirrwarr im Kopf laut ausgesprochen, grinste er mich an und sagte mit einem Zwinkern: »In diesem Moloch von Stadt tut man sich schwer, jemanden zu finden, der im gleichen Takt ist wie man selbst.«

Dabei nahm er völlig selbstverständlich meine Hand und schob sie unter seinen Mantel, wo ich das Pochen seines Herzens spüren konnte. Wie in einem kitschigen Liebesroman, dachte ich kurz. Aber es war mir egal. Ich wusste in diesem Moment nur, ich wollte einfach in seiner Nähe sein. Also folgte ich ihm in den Untergrund der New Yorker Subway, aus dem ein miefender, aber wärmender Dunst zog. Schweigend stiegen wir in die übervolle, laute Bahn. Schweigend, um in der Menge nicht den Halt zu verlieren, drückten wir uns aneinander und fuhren uptown. Ich vergrub mich schutzsuchend unter Jacksons Kinn, und er klemmte mich mit seinem Kopf zärtlich ein. Mein Herz raste. Dieser Mann war mir bis eben noch vollkommen fremd gewesen und dennoch fühlte sich seine Gegenwart so vertraut an.

Ich kannte dieses Gefühl nicht. Seit mein damaliger Freund Nils mich in meiner eigenen Wohnung betrogen hatte und ich nach New York geflohen war. Seit mein Vater kurz nach meiner Abreise in die Staaten meine Mutter verlassen hatte und einfach ausgezogen war. Ja, ich tat mir schwer damit zu vertrauen.

Mein erstes Studienjahr hatte ich damit verbracht, über Nils hinwegzukommen und meinen Vater zu ignorieren. Ich hatte beiden lange Abschiedsbrief geschrieben, in denen ich mit ihnen abrechnete. Von einer Freundin hatte ich dann erfahren, dass Nils den Brief so verstanden hatte, dass ich nicht über ihn hinwegkomme, und dass er anschließend als prahlender Herzensbrecher durch die Stadt lief. Mit meinem Vater war es etwas komplexer. Ich nannte ihn nur noch beim Vornamen. Ich sprach nicht mehr mit Christoph. Das ermöglichte mir auch, kein schlechtes Gewissen zu haben, dass er mir Geld für mein Studium vorstreckte.

Männer hatten mich in meinem bisherigen Leben so wütend gemacht, dass ich pauschal eine Verurteilung über alle legte. In New York verabredete ich mich völlig wahllos mit Typen. Auf einen Kaffee, einen Drink, in der Uni oder auch in Bars. Ein paar schafften es in mein Bett, keiner in mein Herz. Ich wollte mich partout nicht verlieben. Je mehr du liebst, desto mehr schmerzt es, und das wollte ich einfach umgehen. Ich wollte allen beweisen, dass Liebe nicht funktionierte.

Und so hatte ich beschlossen, mich in New York auf mein Studium zu fokussieren und mich nicht von Dingen ablenken zu lassen, die mich von meinem Vorhaben, nämlich als Künstlerin die Welt zu erobern und schon mit meinen ersten Ausstellungen meinen Studienkredit bei Christoph zurückzahlen zu können, abbringen würde. Volle Konzentration. Ich zog mich zurück, wälzte kunsthistorische Bücher, besuchte in jeder freien Minute Museen und wollte mir ein außergewöhnliches Fachwissen aneignen, um von meinem, wie ich immer wieder fand, mäßigen Talent als Künstlerin abzulenken. Ich hatte mir vorgenommen, zuversichtlich in das Millenniumsjahr zu starten, da ich mich als Künstlerin immer öfters infrage stellte. Inmitten dieser brodelnden Metropole der Multi- und Ausnahmetalente quälte mich zunehmend die Frage, ob ich die Kunst überhaupt im Blut hatte. Das Gebrochene, Verruchte, den Exzess, das Über-die-Grenzen-Hinausgehen. Meine Grenzen waren so klar abgesteckt, kaum setzte ich auch nur einen Fuß über eine imaginäre Linie. Immer mehr rang ich damit, immer seltener holte ich tief Luft.

Und doch, umgeben von dicht aneinandergedrängten Menschen in Manhattans Subway, atmete ich in der Silvesternacht zum ersten Mal seit Langem wieder völlig frei, und das, obwohl die Luft bleiern war von schweiß- und parfümgetränktem Alkoholmief. Vorbei an allen Duftnuancen sogen sich meine Lungen voll. Ich hatte die Linie übertreten, aber so was von, und es fühlte sich verdammt gut an.

München, 2017

Der abschätzige Blick von Caro verunsicherte mich immer noch, sobald ich an die Situation zurückdachte. Caro und Hannes waren unsere Freunde gewesen. Unsere gemeinsamen Freunde, und sie hatten Samu zum Essen eingeladen. So wurden aus unseren Freunden seine Freunde. Ich hatte Caro kurz getroffen, als ich die Kinder, weil wir morgens viel zu spät dran waren, mit dem Auto in der Schule abgeliefert hatte.

»Wie geht es dir?« Schnippisch hatte sie geklungen, die Frage meiner einstigen Freundin, der enttäuschte Blick bohrte sich in mich hinein.

»Okay. Und euch? Wann sehen wir uns denn mal wieder?« In Caros Augen spiegelte sich Verständnislosigkeit. Als hätte ich eine andere Sprache gesprochen.

»Viel zu tun im Moment.«

Emma hatte mir dann später erzählt, dass Samu mit den beiden essen war.

Ich hatte den Weg gewählt, allein zu sein. Jetzt musste ich ihn also auch gehen.

Ich schüttelte mich kurz, um mein Gedankenkarussell zu einem Nothalt zu zwingen, und konzentrierte mich auf die vorbeifliegende Landschaft. Der Zug war voll, weswegen ich mir von Paul die Noise-Cancelling-Kopfhörer ausgeliehen hatte, um meiner in letzter Zeit immer wieder aufkommenden Platzangst unter zu vielen Menschen entgegenzuwirken. Ich hatte Sades Album von 2000 gewählt, »Lovers Rock«. Wie passend. Wie erbärmlich. Leider cancelten Pauls Kopfhörer nicht meine konstant kreisenden Gedanken.

Was würde ich sagen? Es waren 17 Jahre vergangen. Eine Schlucht lag zwischen uns. Meine Ehe, die zwei Geburten meiner Kinder, deren Kindheit, ich als Mutter, mein Versuch einer glücklichen Familie. Meine gescheiterte Karriere als Künstlerin.

Sade lallte mir »By your side« ins Ohr. »*When you're on the outside baby and you can't get in, I will show you you're so much better than you know. When you're lost. You're alone and you can't get back again, I will find you darling and I bring you home.*«

Ich musste schlucken. Ich dachte an Samu, der bedingungslos immer für mich da gewesen war, der mir das Gefühl von Zuhause gegeben hatte. Ich nahm die Kopfhörer ab und ging zum Bordbistro, ich brauchte dringend ein Bier.

Bis Berlin waren es noch zweieinhalb Stunden. Mit jedem Kilometer, dem ich der Großstadt näher kam, wurde ich fahriger, in meinem Vorhaben verunsichert. Was würde mich dort erwarten? Was erwartete ich überhaupt? Jackson war jetzt Mitte 40. Hatte auch er eine Ehe hinter sich oder steckte er in einer glücklichen Beziehung? Hatte er Kinder? Über sein Privatleben hatten meine stalkerartigen Nachforschungen im Internet nicht viel ergeben. Noch mal: Was würde mich erwarten? Was erwartete ich? Reichte mein derzeit emotional völlig desolater Zustand nicht aus? Wollte ich riskieren, dass Jackson die mittlerweile vernarbte Wunde in meinem Herzen wieder aufriss? Fühlte sich so Abenteuer an? Wollte ich wirklich alles riskieren? Erwartete ich tatsächlich, dass Jackson sich von seiner Ausstellung los und mir anschließend die Kleider vom Leib riss?

Das Bier aus dem Bistro war warm, ich brachte es kaum herunter. Ich stand an einem der Tischchen, der Zug hatte an Geschwindigkeit zugelegt.

»Bitte?« Ein Mann hatte mich angesprochen, aber ich sah

nur seinen Mund, wie er sich bewegte. »Ich wollte nur wissen, ob ich mich zu Ihnen stellen kann.«

Ich starrte den Mann an, kapierte die Frage nicht und reagierte patzig. »Was?«

Der Mann wollte seine nette und überhaupt nicht anbaggernde Frage gerade wiederholen, da bemerkte ich, dass die Bordbar sich gefüllt hatte und kaum noch Plätze frei waren. Also nahm ich einfach wortlos das zu warme Bier und ging zurück zu meinem Platz. Der Mann sah mir irritiert nach. Ich war zu einem unfreundlichen Zombie mutiert, Monster und Zombie, das passte ja ganz wunderbar.

Kurz bevor ich mich wieder auf meinen Sitzplatz fallen ließ, stockte ich. Ich hätte tatsächlich am liebsten die Notbremse gezogen. Ich wollte Jackson gar nicht wiedersehen! Was, wenn meine Erwartungen, von denen ich nicht klar sagen konnte, wie sie überhaupt aussahen, nicht erfüllt wurden? Was, wenn mein gedanklich perfekt angeordnetes und farblich im vollkommenen Einklang zusammengestelltes Gemälde in der Realität eine schnell hingerotzte Schwarz-Weiß-Zeichnung war? Was? Was? Was? Es machte mich wahnsinnig, dass ich nicht aufhören konnte zu denken. Dass ich Dinge dachte, ohne ihnen die Chance zu geben, tatsächlich passieren zu können.

Es waren noch 140 Kilometer bis Berlin.

New York, 2000

Die Wohnung platzte aus allen Nähten, überall tummelten sich Gäste und so tat ich mir schwer auszumachen, wie sie geschnitten war. Neben der Eingangstür war rechts eine Stufe, über die man eine mit dunklem Holz vertäfelte Küchennische erreichte, über der eine leicht bläuliche Neonröhre flackerte und die darunter Stehenden wie Gespenster aussehen ließ.

Wir gingen weiter in den großen Wohnraum, er war oval. Ich bemerkte sofort die Leitern, die in die oberen Ecken des Raumes in Schlafnischen mündeten. Sie nannten das Apartment Monkey House, und ich verstand sofort warum. Die Nischen ähnelten Nestern, sie schliefen wie die Affen im Baum.

Jackson reichte mir einen roten Plastikbecher, und ich nippte zaghaft an der süßen, von Alkohol getränkten Flüssigkeit.

Hier und da begrüßte Jackson ein paar Bekannte und mir war, als erkannte ich in einem Pulk Marky Ramone. Vielleicht lag es aber auch daran, dass die Musik der Ramones aus den Boxen der Anlage dröhnte. »I lost my mind« – wie passend, dachte ich und ging ein paar Tanzwütigen aus dem Weg, die zu pogen begannen. Für einen Augenblick hatte ich Jackson in der Menge verloren und sah mich unsicher um. Nein, nicht jetzt, nicht so! Seine warme Hand schob sich plötzlich in meine und führte mich sicher an den Rand des Moshpits. Ich wurde ruhig. Jacksons Körper vor mir bewegte sich im Rhythmus der Musik.

»Ich liebe die Ramones, ihr ehemaliger Drummer steht da hinten.«

Krass, ich hatte mich also doch nicht getäuscht. Das war New York, Berühmtheiten mischten sich einfach unters Volk.

Ich folgte Jackson durch eine Marihuanawolke, die mich schon vom bloßen Einatmen high machte, als er sich seines Mantels entledigte und zu tanzen begann. Er forderte mich auf, es ihm gleichzutun, aber ich kam mir in meinem unüberlegt ausgewählten Glitzerkleid unter all den sehr lässig gekleideten Menschen albern vor.

Jackson grinste. »Könnte sein, dass die Affen die Glitzerprinzessin aus Uptown zum Frühstück verspeisen.«

Er zwinkerte mir zu, schlüpfte aus seinem dunklen Kapuzenpulli und stülpte ihn mir über den Kopf. Sofort war ich umhüllt von seinem Geruch und atmete ihn ein. Jetzt stand er vor mir in einem einfachen, weißen Shirt, das am Kragen ausgeleiert war und so sein markant hervorstechendes Schlüsselbein preisgab. Ich konnte nicht anders. Reflexartig glitten meine Finger über den Knochen, ehe ich sie erschrocken, als hätte ich etwas Verbotenes getan, wieder zurückzog. Jackson aber hielt meine Hand fest und verringerte geschmeidig den Abstand zwischen uns, indem er mich zu sich heranzog. Sein Blick war auf einmal so ernst, dass er mich komplett verunsicherte. Erst jetzt fiel mir auf, dass seine Augen verschiedenfarbig waren. Er musste sich zu mir herunterbeugen, um mir ganz nahe zu kommen.

»Ich werde dich jetzt küssen«, hauchte er direkt in mein Ohr, und ich erschauderte. Die Schwingungen seiner dunklen Stimme kitzelten die feinen Härchen in meinen Ohren, ich bekam eine Gänsehaut, meine Brustwarzen wurden hart. Ich musterte ihn und schloss meine Augen erst, als sein warmer, weicher Mund auf meinen Lippen ruhte. Das tat er einen Moment, dann schienen unsere Lippen miteinander zu verschmelzen, als ich meinen Mund öffnete und meine Zunge behutsam über seine Oberlippe gleiten ließ. Etwas irritiert wich Jackson kurz zurück. Er sah mich überrascht an, ein Funkeln in seinen Augen. Er leckte sich unbewusst seine Oberlippe, verzog sie zu einem Grinsen. Ich konnte nicht länger warten, nahm sein Kinn und brachte ihn zu mir heran. Wir waren uns so nahe, unsere Wimpern kollidierten beinahe. Er legte seine großen Hände um mein Gesicht und hielt mich sanft, aber bestimmt, als er seine Lippen öffnete und dieses Mal komplett mit seiner Zunge in meinem Mund versank. Ich explodierte, mein Unterleib zuckte zusammen, ich wollte mehr.

Wir küssten uns inmitten des Tumultes, versuchten mit unseren Zungen alles über den anderen zu erfahren. Jackson wurde fordernder, wich dann wieder zurück und sah mich an, um sich zu vergewissern, dass er mich mit seiner Leidenschaft nicht überforderte. Ich holte ihn selbstbewusst zurück. Unsere Körper pressten sich aneinander, und ich spürte seinen harten Penis, der sich durch seine zu weiten Jeans drückte. Etwas ungelenk hob ich mein Bein und schlang es im Stehen um seine Beine, was ihn noch mehr erregte.

Als sich unser Verlangen schier unerträglich gesteigert hatte, trennten wir uns voneinander. Wir sahen uns um. Wohin sollten wir jetzt? Ich stieß die Luft aus und befeuerte ihn mit meinem Atem. Er lächelte und legte den Kopf leicht zur Seite, als ich ihm eine Strähne seiner dunklen Haare aus den Augen und hinter sein Ohr schob.

»Wer bist du eigentlich?«, flüsterte ich meine Gedanken laut heraus.

Er zuckte lässig mit den Schultern. »Ein ganz normaler Typ, der heute mal vor die Tür gegangen ist, um genau dich zu treffen.«

Sein Funkeln in den Augen war entwaffnend. Normal war hier gar nichts.

Berlin, 2017

Vieles war in meiner Erinnerung mittlerweile verschwommen. Wie Jackson mich angesehen hatte, oder wie es sich angefühlt hatte, ihn zu küssen. Einzig das Danach war immer noch präsent. Der plötzlich stechende Schmerz, als er meinen Radius wieder verlassen hatte. Das Zehren nach ihm hatte mir tatsächlich lange körperliche Schmerzen zugefügt. Mir war bis zu jenem Zeitpunkt damals nicht klar gewesen, dass es so etwas überhaupt gab. Gliederschmerzen wie bei einer üblen Grippe. Nur weil Jackson weg war. Unser Aufeinandertreffen war so plötzlich gekommen, die Gefühle hatten meinen Körper mit einem Schlag überschwemmt, so dass sich das Danach wie der Entzug eines übertriebenen Drogentrips anfühlte.

Auch jetzt ging es mir wirklich beschissen. Mein Körper tat weh, alles tat weh für einen Moment. Ich hatte so viel gelitten in letzter Zeit. Selbstmitleid, Panik vor der Zukunft. Aber dieses Frösteln, das meinen Körper durchzog, war anders. Eine Vorahnung? Ich zog meine Arme fest um meinen Körper und alles in mir zusammen, als ich aus dem gigantischen gläsernen Bau des Berliner Hauptbahnhofs in die Sonne trat. Ja, eigentlich hatte ich mir damals geschworen, nie wieder solche Schmerzen empfinden zu wollen, da ich ihnen nicht Herr geworden war. Und trotzdem war ich hier. In Berlin. Um nach dem Ursprung meines damaligen Leidens zu suchen. Jackson Carter. Den, dem Anschein nach, immer erfolgreicher werdenden Künstler aus New York. Und sicherlich wartete er nur darauf, mich wiederzusehen. Ich stieß ein sarkastisches Grunzen aus.

Paul hatte auf meine Nachrichten von heute Morgen nicht reagiert, dennoch drückte ich auf Senden. *Ich bin gut angekommen.*

Die Kinder waren die Woche über bei Samu. Paul und Samu waren seit der Trennung enger zusammengewachsen und unternahmen viel, was mich einerseits fröhlich machte, andererseits auch verunsicherte. Sprachen sie über mich? Heulte sich Samu bei seinen Kindern aus und schob mich in die Ecke der bösen Ehefrau, die ihn verlassen und leidend zurückgelassen hatte? Nein, das war nicht sein Stil. Das würde er nicht tun. Dafür respektierte er mich und die gemeinsame Zeit, die wir gehabt hatten, zu sehr.

Samu machte jetzt das, wozu er die letzten Jahre kaum gekommen war, weil sein Beruf ihn derart eingespannt hatte. Er war Vater. Er verhielt sich wie ein Vater, hörte den Kindern zu, gab ihnen Ratschläge und unternahm Dinge mit ihnen, die eben nur Väter taten. Er machte jetzt alles richtig, was dazu führte, dass alles, was ich versuchte, sich falsch anfühlte. Ich war erstaunt, dass es erst unsere Trennung gebraucht hatte, damit Samu zu sich kam und die Zeit mit seinen Kindern zu genießen schätzte. Vielleicht war es auch Trotz? Vielleicht wollte er mir beweisen, dass ich einen Fehler gemacht hatte? Vielleicht wollte er mir zeigen, wie sehr er neben dem ganzen Kummer, den er über die Trennung empfand, durchaus in der Lage war, alles hinzukriegen? Oh, wie ich mir einzureden versuchte, dass das, was ich hier tat, richtig war. Zumindest für mich das Richtige war. Aber es gab keine Rechtfertigung, nur ein Gefühl. Und dem musste ich nachgehen.

Nachdem ich mir meine Sonnenbrille auf die Nase geschoben hatte, tat ich das, was mich augenblicklich in die damalige Zeit in New York zurückkatapultierte. Ich riss den einen Arm in die Höhe, um zu winken und schob die Finger der anderen Hand zwischen meine Zähne, um schrill zu pfeifen. So hatte ich Dutzende Male im quirligen Stadtverkehr in New York City ein Taxi gerufen. Nur war ich hier in good old Germany, wo ein Taxi nach dem anderen ordentlich aufgereiht neben einem Taxistand auf seine Fahrgäste wartete. Immer der Reihe nach. Und so sahen mich die wartenden Gäste argwöhnisch an. Ich musste laut lachen, als ich mich brav anstellte. Ich lachte über mich selbst. Tat das gut! War mir doch egal, ob mich alle für irre hielten. Das hier fühlte sich nach Abenteuer an. Das erste seit einer ganzen Weile.

»Dit dauert aber'n Momentchen«, berlinerte der Taxifahrer, nachdem ich ihm mein Ziel nannte. »Die Chaussee is dicht.«

»Egal«, sagte ich und versuchte mich in den bei jeder Bewegung quietschenden Ledersitzen der Rückbank zu entspannen. Ich öffnete das Fenster und ließ mir die Berliner Luft um die Nase wehen. Ich versuchte, mich nicht daran zu verschlucken. Freiheit war noch ein ganz neues Ding für mich, und ich musste erst herausfinden, ob es das richtige war.

New York, 2000

Wir hatten uns eine ganze Weile geküsst, einfach vergessen, wo wir waren. Immer wieder trennten wir uns, um uns zu vergewissern, dass das, was wir da gerade erlebten, auch wirklich passierte. Um zu checken, ob der andere echt war und wir auch wirklich beide die seltsam vertraute Anziehung spürten, die zwischen uns wie ein magisches Band bestand. Also ich fühlte es und hätte ewig so weitermachen können. Aber auf einmal ging das Licht in der Wohnung aus, und wir standen plötzlich im Dunkeln. Zwischen ein paar schrille Schreie mischten sich ein paar tief tönende »Fucks«.

»Generator down!«, schrie einer aus einer Ecke, woraufhin ein paar lachten, andere sich beschwerten, dass das doch nicht ständig passieren könnte. Eine ziemlich bekiffte Blondine mit einem Undercut kicherte: »Der Stromgenerator ist seit Weihnachten schon viermal ausgefallen.«

Ein Typ mit vom Tanzen verschwitztem, nacktem Oberkörper suchte im Licht seines Feuerzeugs nach ein paar Kerzen. Weitere Feuerzeuge klickten, und es war wie nach der Zugabe eines Konzertes. Wir standen in einem Lichtermeer. Während einer der Jungs sich auf den Weg in den Keller machte, um den Generator wieder anzukriegen, suchten die Mädels sämtliche Kerzen zusammen. Davon gab es hier etliche, man war auf die Situation offensichtlich vorbereitet. Die vielen Kerzen erhellten den Raum binnen Sekunden. Jackson zog mich zu einem Fenster, durch dessen undichte Fugen die kalte Januarluft blies. Er öffnete es und kletterte hindurch auf einen schmalen Sims. Dann wandte er sich mir zu und zog mich ebenfalls ins Freie. Die Aussicht war nicht besonders. Ein Hinterhof, an einer Häuserfront konnten wir in der Ferne das Funkeln von der anderen Seite des Flusses ausmachen. Ich drückte mich an Jackson, weil ich bibberte. Er küsste mich fast schon routiniert. Dann richtete er seinen Blick nach oben.

»Sie haben es doch noch geschafft.« Ich folgte seinem Blick und sah, dass vereinzelt Sterne an dem tiefschwarzen Nachthimmel aufgetaucht waren. Ich lächelte.

»Bist du romantisch?«, fragte ich skeptisch.

»Eher verzweifelt«, grinste er. »Sterne sind für mich so ’ne Art Wegweiser, wenn es mir mal zu dunkel ist.«

Ich war erstaunt darüber, wie ähnlich wir dachten.

»Egal, wo du bist auf der Welt, wir sehen sie alle. Zu verschiedenen Zeiten und es sind auch immer andere, aber sie sind immer da.«

»Doch ein Romantiker.« Ich knuffte ihn fast schon vertraut in die Seite.

Wir zuckten zusammen, als wir aus dem Inneren einen Korken knallen hörten. Das Stimmengewirr setzte wieder ein, die Party ging weiter. Der Typ, der in den Keller gegangen war, kam keuchend zurück in die Wohnung. Er war die Stockwerke hinaufgerannt, weil auch der Aufzug ausgefallen war. Ihm war es nicht gelungen, den Generator wieder zum Laufen zu bringen. Offensichtlich war er endgültig kaputt.

Eine junge Frau in weiten Hosen und Kapuzenpullover hatte ihren Ghettoblaster aus ihrer Schlafnische geholt und füllte ihn mit dicken Batterien. Als sie Play drückte, raunte die Menge. Hip-Hop dröhnte aus den Boxen. »Aquemini« von Outkast.

»Ich liebe diesen Song!«, rief ich begeistert.

Jackson sah mich erstaunt an. »Ich hätte dich niemals in die Hip-Hop-Ecke gepackt.«

Ich sah an mir herunter, rieb den synthetischen Stoff meines Glitzerkleides zwischen meinen Fingern. Er spürte, wie kalt mir war und streckte mir die Hand entgegen, um mich zurück in die Wohnung zu ziehen.

»So was trage ich nur zum Millennium«, grinste ich. »Außerdem wolltest du doch mit mir in den Hip-Hop-Club auf der 14th Street.«

Er lächelte.

»Es gibt viel, was du nicht von mir weißt«, sagte ich provokant und groovte noch ausladender zu dem Beat.

»Noch nicht«, gab er ernst zurück.

Wir fühlten uns unbesiegbar. Sexy und frei.

»Eigentlich dachte ich, du wärst eher der Rocker«, sagte ich zu ihm, spreizte rockermäßig meinen kleinen und Zeigefinger in die Höhe und streckte dazu meine Zunge raus. Das reichte ihm. Er zog mich zu sich heran und beantwortete meine freche Geste, indem er seine Zunge über meine legte und damit in meinem Mund versank. Ich schlang die Arme um seinen Hals und drückte mich fest an ihn, er hob mich dabei vom Boden. Meine Beine bogen sich um seinen Körper. Als verschlungenes Paket wanderten wir zum geschlossenen Fenster, wo Jackson mich vor sich auf das schmale Sims platzierte. Er wollte mehr, das wollten wir beide. Unsere Zungen erkundeten aufgeladen den Mund des anderen. Kurz wieder aufgetaucht, sahen wir uns an. Jackson wanderte mit seiner Zunge über meine Wange hinüber zum Ohr und vergrub sie darin. Ich stöhnte laut auf, was im Getümmel und dem wummernden Bass des Ghettoblasters völlig unterging. Meine Finger krallten sich fest in seine Schultern. Er zuckte einmal kurz, so fest hatten sich meine Nägel durch sein T-Shirt gebohrt. Mit einem Blick ermahnte er mich ironisch. Ich grinste und zahlte ihm diesmal mit meiner Zunge alles zurück. Jackson begann in meinen Händen zu schmelzen wie die Kerzen in diesem aufgeheizten Raum in der fortschreitenden New Yorker Millenniumsnacht.

Berlin, 2017

Beeindruckt von dem Wandel, der sich in Berlins fast schon mondäner, von Touristen geprägter Mitte vollzogen hatte, war ich doch sehr beruhigt, dass sich im beschaulichen Charlottenburg kaum etwas verändert hatte. Die Pension Charlie war wie eh und je. Charmant gelegen in einer Seitenstraße der Kantstraße im pittoresken Altbau. Einzig die junge Frau am Check-in war neu. Sie trug ihre Dreadlocks zu einem dicken Zopf, in ihrer Nase steckten etliche Ringe, auf ihrem T-Shirt ermahnte ein Slogan an Meinungsfreiheit. Die Stadt war voll von solchen Sprüchen, sie protestierten, weil ein deutsch-türkischer Journalist in der Türkei wegen angeblicher Volksverhetzung verhaftet worden war.

Die junge Frau bemerkte, wie ich kurz auf den Worten ihres Shirts verharrte: *Free media cannot be silenced.*

»Wir sind ab 14.00 Uhr wieder am Brandenburger Tor, falls es Sie interessiert.« Sie schob mir einen Flyer mit allen nötigen Informationen hin.

»Danke«, sagte ich freundlich und nahm den Flyer entgegen. Ich mochte sehr, wie ihre Augen funkelten, als sie ein paar Sätze darüber loswurde, wie schwierig die politische Lage künftig werden würde, wenn man nicht seine Stimme erhob. Ich spürte einen Kloß in meinem Hals.

»Ich bin Meike, die Pension gehörte meiner Tante Charlie«, erklärte sie schließlich mit einem Lächeln und reichte mir den Zimmerschlüssel mit einem etwas abgegriffenen Anhänger.

»Falls Sie was brauchen, klingeln Sie durch. Kann aber nicht garantieren, dass ich immer sofort rangehe und ab 14.00 Uhr bin ich heute erst mal weg«, fuhr sie fröhlich fort und hielt mir noch einen warmen Piccolo Rotkäppchen-Sekt entgegen. »Willkommen in Berlin.«

Ich nahm ihr das Fläschchen ab, etwas irritiert über die unerwartete Freundlichkeit. Das war nicht typisch für Berlin.

»Sind Sie denn beruflich hier?«

Nein, um einen mir beinahe fremden Mann zu treffen, in den ich mal unsterblich verliebt war und von dem ich glaube, dass wir nach 17 Jahren genau dort andocken können, wo wir aufgehört haben. Wobei ich eigentlich gerade überhaupt nicht zur Liebe fähig zu sein scheine und allein der Gedanke daran schon unverschämt ist, da ich aktuell in Scheidung lebe von meinem Ehemann, der sich zu Hause um unsere Kinder kümmert und den ich auch geliebt habe. Sehr sogar, schoss es mir durch den Kopf, aber ich sprach es nicht aus.

Ich wollte die Neugierde von Meike nicht stillen und nickte einfach schnell. »Beruflich, ja.«

Ich beeilte mich, über ein paar Stufen ins Hochparterre zu Zimmer 4 zu kommen. Wer schreibt einem vor, was wir denken? Niemand. Wer schreibt dir vor, wie du lebst? Wie du dich entscheidest? Keiner. Außer dir selbst. Ich seufzte. Genau das was das Ding. Die Regeln, an die ich mich hielt, hatte ich mir selbst auferlegt. Ein richtig oder falsch gab es in dieser Situation nicht.

Damals, als ich noch versucht hatte, als Galeristin Fuß in Berlin zu fassen, war ich öfters hier untergekommen. Mit Paul als Kleinkind im Schlepptau. Ja, damals, da war ich beruflich hier gewesen. Hatte die Welt erobern wollen, was scheiterte, da Paul bei allen Vorstellungsgesprächen meine komplette Aufmerksamkeit in Anspruch genommen hatte und mich von meinen Karriereplänen abhielt. Auch dann hatte ich mich immer wieder gefragt, ob es wirklich meine Pläne waren oder die der Gesellschaft. Einfach nur eine Mama zu sein, galt als obsolet. Im Vergleich zu jetzt, wo Mamas zunehmend kritisiert wurden, wenn sie ihre Babys zu früh in Betreuungseinrichtungen abschoben. Ich vermisste meine Kinder schrecklich.

Es war ein sehr hoher Raum am Ende des Ganges. Ein altes Einzelbett aus Holz, daneben eine antike Kommode. Das Fenster zum Innenhof. Ein paar Kinder schaukelten auf einem Spielplatz. Erst mal ankommen. Aber wo? Sich erst mal besinnen. Aber worauf?

Ich stellte meine Reisetasche auf das schmale Bett und hängte die Klamotten, von denen ich in München gedacht hatte, sie wären vielleicht adäquat für diesen Anlass – für welchen eigentlich? – in den antiken Schrank, aus dem sich ein Duft von Mottenkugeln ausbreitete. Eine schlichte dunkelblaue Bluse, ein paar Jeans, ein leichtes Kleid, ein paar Shirts und eine Jogginghose hingen nach ein paar Minuten erwartungsvoll auf ihren Bügeln.

Während der Zugfahrt hatte ich auf meinem Handy immer wieder Jacksons Vernissage gegoogelt. Heute Abend in Mitte. Dort würde er sein. Die Hürde würde sein, hineinzukommen. Nein, das wäre nur die erste Hürde. Denn wäre ich erst einmal drinnen, wüsste ich jetzt in diesem Moment rein gar nichts mit mir dort anzufangen. Ich holte tief Luft und wischte erneut über das Ticketportal, das eine Null anzeigte. Die Vernissage war nur für geladene Gäste.

Siehst du, du bist hier unerwünscht!, blökte meine Stimme im Kopf in der Hoffnung, das Gedankenkarussell wieder anstoßen zu können. Aber ich ließ es nicht zu. Ich schnappte mir meine Handtasche und verließ die Pension auf der Suche nach etwas zu essen. Ich hatte Hunger, Großstadthunger.

Mit jedem Schritt, den ich auf den ungleichmäßigen Pflastersteinen der Berliner Gehwege lief, entspannte ich mich mehr. Ich fing an, die immer wärmer werdende Sonne, die sich durch die hohen Pappeln einen Weg in mein Gesicht suchten, zu genießen. Ich schätzte die Fremde um mich herum, die mich in diesem Moment in eine wohlige Unbekanntheit hüllte. Ich genoss, dass ich allein war. Den erneuten Anflug eines schlechten Gewissens meiner Kindern gegenüber wischte ich schnell beiseite und enterte einen kleinen Asiaten am Eck. Ich bestellte ein rotes Gemüsecurry, dazu einen Chardonnay, es war 14 Uhr. Meike wäre bereits am Brandenburger Tor und protestierte. Gerne hätte ich sie dabei unterstützt, aber wie sehr genoss ich gerade in diesem Moment die Ruhe um mich herum. Eine kurze Ruhe, denn meine Gedanken fingen wieder an, mich dabei zu stören.

Wie kam ich also an eine der wenigen Karten für Jacksons Vernissage? Oder auf die Gästeliste? Aus München war ich ja, was exklusive Veranstaltungen und harte Türsteher anging, einiges gewohnt. Früher war das kein Thema, da schwebte ich mit einem Bussi-Bussi an allen vorbei in die Clubs. Das ließ mit den Jahren und den Kindern jedoch ebenso nach wie meine Lust, es sich an irgendwelchen Türen noch einmal beweisen zu müssen. Mein Bussi-Bussi-Spirit war komplett aufgebraucht. Also, wie würde ich auf Jackson Carters Vernissage kommen?

Ich schmunzelte bei dem Gedanken daran, versteckt unter einer Kapuze am Seiteneingang darauf zu warten, Jackson abzufangen. Bei der Vorstellung, ihn wirklich vor mir zu haben, wurde mir plötzlich schlecht. Daraufhin exte ich mein Weinglas mit einem großen Schluck und prustete los, als ich mich fast daran verschluckte und mir etwas Wein in die Nase glitt. Am Tisch neben mir bemerkte ich zwei Muttis mit Kinderwagen, die gerade Platz genommen hatten und sofort über mich zu tuscheln begannen. Das nahm ich direkt zum Anlass, mir ein weiteres Glas Wein zu bestellen. Die Mütter verstummten. Sie waren sicher keine Berlinerinnen, sie waren bestimmt zugereist. Sonst hätten sie mich in Ruhe gelassen.

Kümmert euch um euren eigenen Scheiß!, rief ich ihnen innerlich zu. Dann bemühte ich mich wirklich, sie zu ignorieren. Aber nachdem mein zweites Glas Wein gekommen war, unterhielten sie sich derart laut über alle Belange ihrer ahnungslos dreinschauenden Babys in den Buggys, dass ich nicht umhinkam, einen lauten Seufzer in deren Richtung auszustoßen. Ich nuschelte: »Ihr armen Mäuse!« Kaum hörbar, dachte ich zumindest. Doch die beiden Frauen verstummten wieder und sahen mich irritiert an.

»Möchten Sie uns etwas sagen?«, fragte die eine mit einem exakt geschnittenen Bob in hannoverschem Hochdeutsch. Nicht aus Berlin, dachte ich es mir doch.

»Ich? Ihnen?«, fragte ich etwas zu schrill und spürte, wie der Wein langsam seine Wirkung zeigte. Ich entspannte mich, aber meine Zunge auch. »Prost!«, rief ich und hob mein Glas erst ihnen entgegen, dann den Kindern.

Das süße Mädchen im Buggy kicherte, was dessen Mutter völlig verstörte, dann drehte sich die andere Frau zu mir um. Sie hatte einen undefinierbaren Lockenkopf. »Schämen Sie sich denn nicht, sich in aller Öffentlichkeit so zu benehmen? Die Kinder werden traumatisiert, wenn Sie von wildfremden Menschen angepöbelt werden!« Die Frau zog ihre buschigen Augenbrauen wütend zusammen, und ich versuchte, meine Gedanken kurz zu sortieren. Wen pöbelte ich an? Die Kinder?! Leider musste ich in diesem Moment laut aufstoßen, der Wein war wirklich zu sauer.

»Ups, sorry«, stieß ich ehrlich hervor.

Die Frauen waren fassungslos. »Am helllichten Tag, ja? Wir wollen unsere Kinder schützen, und Sie betrinken sich hier und lassen uns nicht in Ruhe!« Ihre Worte hallten nach, ich versuchte immer noch das eigentliche Problem zu verstehen. Es gab keines, und darüber musste ich auflachen. Das war genug. Die Frau mit dem Bob stand auf und ging auf mich zu. Im ersten Moment dachte ich wirklich, sie würde mir eine Ohrfeige verpassen.

»Sind Sie verrückt? Brauchen Sie Hilfe?« Sie wirkte ehrlich besorgt, weswegen ich erneut lachte.

»Ich kann jemanden für Sie rufen. Aber bitte lassen Sie uns jetzt in Ruhe. Gehen Sie nach Hause! Sie haben doch ein Zuhause?«

Diese Frage schockierte mich ehrlich und machte mich auch sauer. Wer ließ hier wen nicht in Ruhe? Ich baute mich vor ihr auf, versuchte es zumindest. Meine Finger kramten aber bereits in meiner Handtasche nach meinem Geldbeutel, um schnell zu zahlen und abzuhauen. Die Frau blieb in sicherer Distanz vor mir im Sichtfeld ihres Kindes stehen. Das Kind giggelte und versuchte, am Körper seiner Mama vorbei, zu mir zu schauen, was mich ehrlich amüsierte. Ich winkte ihm instinktiv zu. Was ein Fehler war.

»Hauen Sie ab!«, rief die Mutter wütend.

Der asiatische Kellner kam in unsere Richtung. »Gibt es ein Problem?«

»Diese Frau ist völlig betrunken und pöbelt unsere Kinder an.«

Jetzt war es genug, jetzt reichte es mir.

»Wie reden Sie denn mit mir?« Ich stand auf. »Wieso reden Sie überhaupt mit mir?«

»Sie haben doch angefangen!«, quengelte sie wie eine Dreijährige.

»Ich habe lediglich festgestellt, dass Mutter sein eine Macht ist, die nicht jedem zustehen sollte. Und ich weiß, wovon ich spreche. Mütter sind dafür verantwortlich, wenn aus diesen süß dreinschauenden Babys verhaltensauffällige Orientierungslose werden, die ohne jegliches Duzi-Duzi nicht einen Tag im Dschungel namens Erwachsenenwelt überleben.« Ich exte den Rest meines Chardonnays und legte 30 Euro hin. Ich war ehrlich stolz, dass ich in dieser Situation zu meinen Worten gefunden hatte.

»Sie sind verrückt!«, stellte die Frau mit den Locken jetzt fest.

Ich zischte theatralisch: »Wahrscheinlich!« Dann schulterte ich meine Handtasche und setzte einen Fuß auf, um zu checken, ob ich schnell und sicher dem Wirrwarr an Stühlen würde entkommen können. Ich musste an den Muttis vorbei, das Kind in dem Buggy giggelte jetzt noch lauter, als ich mich näherte. Ich konnte nicht anders, und ich wusste, es war falsch und übertrieben, aber ich legte noch nach. »Ja, ich muss wirklich verrückt gewesen sein, Kinder zu bekommen, denn eigentlich liebe ich mich selbst viel zu sehr.«

Wie in einem schlechten Actionfilm, wenn der Bösewicht jäh an die Tür klopft, rissen die Frauen ihre Brauen empor, ehe ihnen sämtliche Gesichtszüge entglitten.

Schon im Gehen schossen mir die Tränen in die Augen. Es fühlte sich an, als hätte ich meine Kinder verraten. Ich liebte sie doch so sehr, aus tiefstem Herzen. Niemals hätte ich darauf verzichten wollen, ihre Mutter zu sein. Nur der Zweifel, gescheitert zu sein am Muttersein, grub sich immer tiefer in meine Gedanken. War es denn fair von mir gewesen, zwei Kinder zu bekommen und sie dann aus dem trauten Familienkonstrukt zu reißen? Ich spürte, wie traurig mich das machte. Und ja, ich fürchtete mich vor dem anklagenden Zeigefinger meines Umfelds. Alle deuteten auf mich und brüllten mich an, was für eine beschissene Mutter ich doch war.

Ich heulte leise vor mich hin, spürte, wie sich mein Magen zusammenzog. Ich war immer öfter an der Verantwortung, die ich mir als Mutter aufgeladen hatte, beinahe erstickt. An der Verantwortung, aus diesen kleinen Wesen anständige Menschen zu machen. Ihnen einen Weg vorzuleben, der sie in ihrem künftigen Leben in Sicherheit wägte. Kurz vor dem Ziel aber war ich gescheitert und hatte aus einer Laune heraus mit der Trennung von Samu ihre von mir so hart erarbeitete heile Welt zerschmettert. Jetzt bekam ich keine Luft, stand kurz vor einer Panikattacke. Wurde ich wirklich verrückt?

Ich hielt an und setzte mich auf einen Schaufenstersims, kühlte meinen Nacken an der Fensterscheibe. Der neonfarbene Schriftzug holte mich wieder ins Hier und Jetzt. Ein Waxing Studio. Ja, ich brauchte dringend Ablenkung.

Als ich wenig später auf einer Pritsche lag und einem Brazilian Waxing entgegensah, von dem ich bisher nur gehört hatte, kam ich mir verwegen vor. Aber auch sehr fremd. Ich hatte mal gehört, dass man sich einmal in seinem Leben komplett von sich entfernen muss, um wieder bei sich anzukommen. War dieses einmal jetzt? Ich hier in Berlin? War das wirklich ich? Wem wollte ich was beweisen, wenn nicht mir?

Der brennende Schmerz, der sich über meinen Unterleib ausbreitete, als die patente Frau mit der Berliner Kodderschnauze an dem Stück mit heißem Wachs getränktem Baumwollstoff über meinem stoppeligem Schambereich riss, machte mich kurz komplett benommen. Wow! So fühlte sich das also an. Das war kurz vor Wehen. Ich zuckte zusammen und sah die Frau sauer an.

»Allet juti?«, fragte sie über den Rand ihrer Brille. Meine

immer noch feuchten Augen stimmten sie milde, sie tätschelte mein knallgerötetes Schambein, um den Schmerz zu minimieren.

»N' paarmal musste noch zusammenzwicken«, lachte sie und erklärte gutmütig, dass es von Mal zu Mal besser würde.

Ich grübelte. Würde es wirklich besser werden von Mal zu Mal? Alles? Oder war das nur so eine Phrase? Und warum taten Frauen sich etwas derartiges an? War aalglatt untenrum symbiotisch mit einem aalglatten Ich? Woher kam der Drang, alles glatt haben zu wollen? Sinnbildich für alles glattbügeln? Keine Gefühle mehr.

Ich holte tief Luft und hielt den Schmerz aus. Das Ritsch-Ratsch der Wachsstreifen drang wie ein Warnsignal in mein Ohr. Wovor es mich warnte, konnte ich nur erahnen.

New York, 2000

Im Monkey House beruhigten sich die Feiergemüter allmählich. Es war spät. Die Musik hatte gewechselt, es lief jetzt schnellerer Twostepp, obwohl die Stimmung der Leute eher gelähmt war. Ein paar tanzten noch kraftlos, andere saßen high am Boden, wieder andere knutschten ineinander versunken. Es war eindeutig ruhiger geworden, und die Nacht war schon fast vorbei. Jackson und ich saßen mittendrin auf einer der alten Vintagecouches. Meine Finger fuhren über den rauen Cordstoff der Couch, ich schmiegte mich an ihn. Eine Weile saßen wir einfach so da, die Leute im Blick, die gute Stimmung aufsaugend, an unseren Bieren nippend.

»Gott, ich liebe New York.« Jackson lachte. Ich nickte und drückte mich fest in seine Armbeuge. Er legte den Arm um mich, und unsere Hände fanden wie selbstverständlich zueinander, die Finger verkeilten sich. Jacksons andere Hand ruhte auf meiner Schulter, seine Finger ließ er durch mein Haar gleiten. Als ich meinen Kopf zu seinem drehte, küsste er mich erneut. Seine Lippen schmeckten jetzt herb vom Bier, ich hätte sie am liebsten komplett eingesaugt. Der Kuss wurde fordernder. Was sollten wir jetzt machen? Wohin sollten wir mit der wachsenden Lust aufeinander tun? Wohin führte sie?

Jackson verlagerte sein Gewicht und beugte sich so nach vorne, dass er mich ganz sanft auf die Couch und ins Liegen drückte. Ich ließ mich einfach führen. Einen kurzen Moment sah ich mich um. Was, wenn uns die anderen zusähen? Aber niemand schien sich für uns zu interessieren. Und es brauchte nur einen aufgeladenen Blick zu Jackson, und mir war alles egal. Er ließ mich nicht aus den Augen.

»Einen entspannteren Ort werden wir heute Nacht in dieser Stadt kaum finden.« Er grinste, seine Haare fielen ihm ins Gesicht. Dann beugte er sich über mich.

Er küsste erst meinen Hals und wanderte dann langsam zu meinem Dekolleté. Mir war auf einen Schlag so heiß, dass ich glaubte zu platzen. Mein Körper brodelte innerlich, außen war er beinahe wie gelähmt. Jackson senkte sich auf mich herab, so dass ich sein ganzes Gewicht spüren konnte, ich öffnete leicht meine Beine und spürte durch seine Jeans erneut seinen steifen Penis. Er stöhnte tonlos, als er mein Schambein berührte. Ich konnte meine Aufregung nicht verbergen, als ich ihn ansah. Er ließ seine Hand unter den Pullover über das Kleid gleiten und zögerte einen Augenblick, als er den synthetischen Glitzerstoff zu fassen bekam.

»Den Fummel hätten wir wohl doch an die Affen verfüttern sollen.«

Ich musste lachen. Er tastete behutsam weiter. Als seine Finger meine Brüste erreichten und er fest zudrückte, sank ich tiefer in die Couch und konnte meine Erregtheit kaum bremsen. Die Stimmen um uns herum wichen immer mehr in die Ferne, die Musik untermalte unser Verlangen, unsere unbändige Lust. Unruhig suchten meine Finger nach dem Bund seiner Jeans und nachdem ich etwas unbeholfen an den Knöpfen genestelt hatte, zog ich sie mit einem Ruck auf. *Ratsch.*

Jetzt musste Jackson grinsen. Wie herrlich entspannt die Stimmung zwischen uns war. Wir waren aufgeladen und wollten einander unbedingt, aber vertrauten dem anderen genug, um ihn einfach machen zu lassen.

Mein Kleid war über meine Hüften gerutscht, und Jackson

steuerte dem entgegen, indem er beschützend seinen Pullover, den ich ja trug, nach unten zog, um mich wieder zu bedecken. Er war so darauf bedacht, dass ich mich gut fühlte, was mein Verlangen nach ihm nur noch mehr schürte. Ich fuhr über Jacksons harten Penis, der noch in seinen Boxershorts steckte, und zog sie dann ein Stück nach unten. Mehr brauchten wir nicht. Da ich halterlose Strümpfe trug, wanderten Jacksons Finger zielstrebig zu meinem Tanga. Er schob den dünnen Spitzenstoff zur Seite und streifte einmal über das schmale Stück Schamhaar, das ich heute Morgen exakt rasiert hatte. Seine Finger glitten etwas tiefer. Er freute sich, als er spürte, wie feucht ich war.

Als er sich das nächste Mal auf mich legte, schob er seinen Penis in mich hinein. Vorsichtig, aber bestimmt. Ich bäumte mich auf und stöhnte, aber niemand hörte es. Er bewegte sich kaum, verlagerte nur sein Gewicht, umrauscht von dem Gefühl, ihn in mir zu spüren, triggerte er genau diesen einen Punkt, der in mir alles zum Leuchten brachte. Ich kam bereits nach ein paar Sekunden, unterdrückte es aber, um Jackson gewähren zu lassen, der kurz darauf seinen Penis herauszog und sich zur Seite richtete, als er kam.

Ich war zu liebestrunken, vielleicht auch betrunken, um zu verstehen, was gerade geschehen war. Mit dem Gefühl, alle würden uns anstarren, öffnete ich die Augen, aber keiner beachtete mich. Außer Jackson, der mir einen liebevollen Kuss gab. Dann zog er seinen Wollmantel über uns und schmiegte sich neben mich auf die Couch. Er legte den Arm um mich und hielt mich einfach fest. Alles schien völlig normal. Als wären wir einfach nur zwei Liebende nach dem Sex. Und zwar nicht solche, die inmitten einer Megametropole, inmitten der Silvesternacht, auf einer Couch inmitten einer Party soeben Sex gehabt hatten. Ich war überwältigt und unsicher zugleich, haderte zwischen wegrennen und bleiben. Letztlich ließ ich seine Umarmung zu, als ich eindöste.

Die schnellen Beats der Musik im Einklang mit meinem Herzschlag.

Berlin, 2017

Das Zimmer der Pension war klein, daher bedeckten die wenigen sorgfältig ausgesuchten Outfits beinahe den kompletten Boden. Ich hatte mich schließlich, nachdem ich meine quälenden Zweifel überwunden hatte, gar nicht mehr auf die Vernissage gehen zu wollen, für das Shirt mit den leichten Puffärmeln und die schmale Jeans entschieden. Ich musste die Luft anhalten, um den oberen Knopf der Jeans zuzubekommen, das Shirt verdeckte den Rettungsring, der über den Hosenbund ebbte. Ich war mir nicht sicher, ob ich den ganzen Abend über die Luft würde anhalten können oder ob mir womöglich schlecht würde und ich auf eines von Jacksons Gemälden kotzte. Aber egal! Ich quetschte auch meine mittlerweile nur an Turnschuhe gewöhnten Füße in die kaum getragenen High Heels und zog die Lederjacke über.

Ein letzter Blick in den Spiegel, meinen Bob in einen Pferdeschwanz gebunden, schob ich die vergessene Strähne hinter die Ohren, die Lippen, ob des ungewohnten Lipgloss ständig leckend, und ich war ready to go.

Ich war so früh dran, dass ich eine ganze Weile orientierungslos durch Mitte umherstreifte. Eigentlich wusste ich genau, wo ich hinmusste, aber als ob ich noch in letzter Sekunde nach einem Ausweg suche, machte ich so viele Bögen um den Schauplatz, dass ich schlussendlich fast zu spät kam.

Man hatte für Jacksons Ausstellung extra große Räume in einer ehemaligen Lagerhalle in Mitte gemietet. *Wegen großer Nachfrage des Künstlers*, ich kam mir so bescheuert vor.

Ich sah die Ansammlung von Journalisten schon von Weitem und schrumpfte innerlich zusammen, äußerlich sicher auch. Aber es zwang mich doch keiner, das zu tun! Ich war aus freien Stücken hier, und das machte die Sache nur schlimmer, weil ich einzig mir selbst im Weg stand. Nur ich selbst konnte mich dazu überwinden, den Mann, den ich 17 Jahre nicht gesehen hatte, bei dem es mich immer noch schmerzte, wenn ich an ihn dachte, entgegenzutreten. Ich konnte niemanden um Rat fragen, niemanden bitten, für mich zu entscheiden. Nur ich selbst konnte meinen inneren Schweinehund, der mittlerweile die Größe einer ausgewachsenen 70-Kilo-Dogge angenommen hatte, überwinden.

Erst musste ich an den Song »Who Let The Dogs Out« denken und lachte, als mir ein paar bellende »who, who, who, who, who« über die Lippen kamen. Dann dachte ich an die beiden Mütter aus Charlottenburg, die mich am Nachmittag beinahe hatten verhaften lassen, weil ich Chardonnay getrunken und mit ihren Kindern »gepöbelt« hatte. Ob sie es wohl guthießen, was ich hier vorhatte?

»Who, who, who, who, who?«, bellte es erneut in mir und ich gesellte mich fast beiläufig zu den Journalisten vor dem Eingang, die mir keinerlei Beachtung schenkten. Bemüht gelassen erkundigte ich mich, ob man sich irgendwo registrieren lassen müsse, um hineinzukommen. Ein junger Kerl mit viel zu erwachsener Hornbrille sah mich skeptisch an.

»Willst du da echt rein?«, fragte er mit hochgezogenen Augenbrauen. »Die Bilder von dem sind grässlich! Für meinen Blog ist das nix.« Er kritzelte etwas in sein Notizbuch. Er schrieb wohl einen Internetblog, lustigerweise mit Block und Stift.

»Für 'nen Hunni aber kannst du rein«, grinste er dann schäbig und hielt mir eine Karte entgegen. »Muss ja auch von etwas leben.« Er hob entschuldigend die Hände, als die Pressekollegen neben ihm ungläubig den Kopf schüttelten.

»80«, sagte ich, ohne groß zu überlegen, was für noch mehr Kopfschütteln sorgte.

Ich kam mir ehrlich doof und so durchschaubar vor, als ich dem unverschämten Kerl mein Geld reichte, das ich in weiser Voraussicht, mir den Zutritt zur Ausstellung erkaufen zu müssen, abgehoben hatte.

»Scheiß drauf!« Ich riss ihm die Karte aus der Hand und enterte, vorbei an der Pressemeute, die heiligen Hallen. Mein Herz geriet für ein paar Sekunden aus dem Takt. Gleich würde ich ihn wiedersehen. Ich kam mir dämlich vor. So dämlich. Nicht nur, dass mein ganzer Unterleib von dem Intimwaxing brannte, ich fühlte mich plötzlich furchtbar unwissend und naiv. Was hatte ich hier eigentlich zu suchen? Die 80 Euro für die Karte hätte ich besser für ein Drei-Gänge-Sushi-Menü im Kuchi verwendet, als hier auf den Mann zu warten, der sicher nicht auf mich wartete. Mit Mitte zwanzig war es vielleicht noch heiß, mit einem Wildfremden durch die dunklen Nächte Manhattans zu ziehen, aber als 41-jährige Mutti vor der pseudohippen Kunstelite von Berlin Mitte im Neonlicht zu erblinden und dabei noch gut auszusehen, war ziemlich lächerlich.

Ich exte den viel zu warmen Drink und dachte daran, dass ich meinen Alkoholkonsum im Auge behalten sollte. Eine Szene pro Tag reichte. Meine Knie zitterten und alles in meinem Körper zog mich zurück zum Ausgang.

Ich war schon auf dem Weg, als gellender Beifall mich zusammenzucken ließ. Mir war schon klar, dass der Applaus nicht mir galt, dennoch kam ich mir vor, als wäre ich aufgeflogen. Ich hielt inne, ehe ich mich umdrehte, um die Quelle der Begeisterung ausfindig zu machen. Ich musste mich etwas recken, um ihn zu sehen: Jackson. Er war es tatsächlich.

Ohne es zu wollen, musste ich schlucken. Meine trockene Kehle brannte. Ich konnte nicht wegsehen.

Manche Emotionen, die liegen so tief in einem drinnen, so tief verborgen, es genügt ein Windhauch, und sie offenbaren ihre Wahrheit. So sehr ich mir auch wünschte, cool zu reagieren, dass mich die Begegnung mit ihm einfach kaltließ, so hilflos war ich meinen Gefühlen in diesem Moment ausgesetzt. Alles kam mit einem Schlag zurück.

New York, 2000

Der Neujahrsmorgen, das Affenhaus, das Vintagecordsofa. Das Licht brach so jäh über uns herein und mit ihr die Realität. Alles hatte an Magie eingebüßt. Fuck! Das schlechte Gewissen kam, noch ehe ich die Augen öffnete.

Ich schielte mit einem Auge in die Küche der Wohnung. Es war kurz vor acht. Neujahr in New York. Ich hatte letzte Nacht mit einem Wildfremden Sex gehabt. Ohne Gummi. Mann, fühlte ich mich beschissen. Und der mich immer wieder ermahnende Verstand befeuerte dieses Gefühl nur. Ich schloss die Augen noch einmal in dem Versuch, mich emotional in die letzte Nacht zu versetzen. Alles war so perfekt gewesen, ein Abenteuer, nicht real. Wenn es doch nur so bleiben könnte.

Doch der wummernde Kopfschmerz von zu viel Alkohol war real, ebenso wie der Griff in meinen noch feuchten Schritt bestätigte, dass ich Sex gehabt hatte. Aber hatte Jackson nicht rausgezogen, ehe er gekommen war? Ich hätte mich ohrfeigen können, dass ich ihn nicht nach einem Kondom gefragt hatte, andererseits hätte er sicherlich eines übergestülpt, hätte er eines auf Tasche gehabt.

Ich sah ihn nicht an, ich hatte Angst davor. Angst davor, bleiben zu wollen, wenn ich es tat. Die von Jacksons liebevoll gemeinte Umarmung engte mich auf einen Schlag so ein, dass ich nur noch eines wollte: weg! Unter Jacksons viel zu heiß gewordenen Wollmantel versuchte ich seinem Klammergriff zu entkommen. Es war, als hätte er meine Reaktion schon kommen sehen und mich fest in seine Arme geschlossen, um mich zum Bleiben zu zwingen. Dennoch schob ich Jacksons Arm vorsichtig nach oben, woraufhin er sich schläfrig auf den Rücken drehte. Ich war frei. Körperlich. Meine Füße zitterten, als ich sie auf den kalten Steinboden setzte. Ich sah mich um. Es waren nur eine Handvoll Leute übrig geblieben von letzter Nacht. Ein Kerl mit Rastazöpfen schmiegte sich schlafend an seine Gitarre, ein Paar war auf der Couch neben uns wie zwei Äffchen ineinander gekeilt eingepennt. Wie passend, dachte ich.

Hastig schlüpfte ich in die kalten Stiefel. Einer meiner Strümpfe war heruntergerutscht, und ich hatte Mühe, dass er an meinem schlotternden Oberschenkel Halt fand. Schäbig! Ich blickte an mir herunter, ich trug noch Jacksons Pullover. Ich wägte ab. Wenn ich ihn hierließe und mich in dem Chaos der Wohnung auf die Suche nach meinem Mantel machte, würde ich wahrscheinlich alle aufwecken, also vergaß ich den Mantel und entschied mich, Jacksons Pullover anzulassen. Ich stand auf. Einfach weg!, brüllte es in mir. Doch dann tat ich es. Ich hielt inne und sah ihn an. Den Kerl, der meine Gefühle wie in einem Mixer so durcheinander gewirbelt hatte, dass ich all meine mir selbst auferlegten Prinzipien einfach über Bord geworfen hatte. Kein Sex am ersten Abend, sich nicht zu sehr gehen lassen. Am besten keinen Spaß haben!, schallte in mir mein schlechtes Gewissen.

Er schlief so friedlich und entspannt. War nicht ich der Bösewicht, der alles Schöne kaputtzumachen drohte? Selbst im Schlaf wirkte Jackson verwegen. Einen Moment lang dachte ich darüber nach, ob ich ihn einfach aufwecken sollte. Ob wir dann küssend übereinander herfielen und den Neujahrstag nach einem ausgiebigen Frühstück im Museum of Modern Art verbringen würden. Ob Jackson im Schlaf ähnliche Pläne schmiedete? Oder lag es an mir, wie die Geschichte mit uns ausging? Wenn sie überhaupt weiterging, hämmerte es wieder in meinem Kopf.

Ich konnte einfach nicht, ich fühlte mich schrecklich. Ich hatte eine Riesenpanik. Und das Zögern machte mich fertig. Ich war schon auf der Höhe der Küche auf dem Weg zur Wohnungstür, als ich am Kühlschrank einen magnetisch befestigten Stift sah. Kurz entschlossen schnappte ich mir den Stift und fand im Durcheinander ein fast leeres Blatt Papier. Ich riss ein Stück davon ab und schrieb mit zitternder Hand meinen Namen und meine New Yorker Festnetznummer auf. Kurz überlegte ich, was ich ihm noch zu sagen hatte. Zu viel, was auf diesem Zettel keinen Platz hätte, und zu viel für einen Wildfremden.

Dann schlich ich zurück zum Sofa, schob ihm schnell den Zettel mit meiner Nummer in die Gesäßtasche seiner Jeans, strich ihm dabei wie in Trance sein Haar hinters Ohr, als meine Alarmglocken wieder angingen. *Du hattest am ersten Abend ungeschützten Sex mit einem fremden Kerl weit weg von zu Hause. Schäm dich!* Und ich schämte mich. Aber weniger für den ungeschützten Sex, als dass ich die Entscheidung getroffen hatte, Jackson hier einfach liegen zu lassen. Dennoch konnte ich nicht anders, ich musste gehen.

Wenn du einfach einen Fuß vor den anderen setzt, fängst du irgendwann an zu laufen, und das tat ich jetzt. Völlig übertrieben. Wie in einem Hollywoodstreifen. Wovor rannte ich denn davon, wenn nicht vor mir selbst? Vor meinen Gefühlen. Davor, mir etwas einzubilden, was ich mir nicht mal vorstellen wollte, damit ich es erst gar nicht kaputtmachen konnte.

In der lähmenden Eiseskälte lief ich über die Second Avenue bis zum Central Park. Ein paar Taxis warteten in verlockendem Gelb. Da ich kein Cash mehr hatte, überlegte ich, ob es die Mühe wert war, den Fahrer ausfindig zu machen, der meine Kreditkarte akzeptieren würde. Das taten noch nicht viele in der City. Ich scheute mich jedoch vor der Konfrontation und ließ die gelben Cabs einfach links liegen.

Ich musste durch den gesamten Central Park bis zur Amsterdam Avenue auf der West Side. Wenn ich Schritt hielt und nicht erfror, sollte ich es in einer guten halben Stunde nach Hause schaffen. Der Park war herrlich still. Die Äste knackten vor Kälte und das Gras war überzogen von einer dünnen, fast gläsernen Eisschicht. Mir war so kalt wie nie zuvor in meinem Leben. Mein dünnes Glitzerkleid glich einer Eisglasur, die sich um meinen frostigen Körper legte. Ich zog Jacksons Pullover noch enger um mich, so dass mir fast die Arme einschliefen, und jedes Mal, wenn meine kleine, zu Eis gewordene Umhängetasche darunter meine Beine streiften, zuckte ich zusammen. Ich hatte ihn einfach liegen lassen! Warum?

Allein bei dem Gedanken an ihn glühten plötzlich meine Wangen, aus meinem Schritt kroch ein wärmendes, fast flammendes Gefühl empor. Ich dachte an seine warmen, geduldigen Lippen auf meinen. Seine großen, leicht rauen Hände an meinem Hals, meinem Dekolleté, auf meinem Schambein.

Und dann blieb ich abrupt stehen. Ein so eisiger Schauer überkam mich und dieser kam nicht von der Eiseskälte in Manhattan. Ich hatte ihn einfach liegen gelassen. Ich musste zurück. Und zwar sofort!

Meine Füße machten noch einen Ansatz, aber als wäre ich buchstäblich eingefroren, blieb ich einfach stehen. Ein Jogger mit einem in einem Daunenmantel eingepackten Windhund kreuzte meinen Weg. Ich folgte ihnen mit meinem Blick. Wie gerne hätte ich mit dem Hund getauscht. Ob ich wohl schnell genug war, um dem dürren Hündchen das teure Daunenteil vom Leib zu reißen? Wohl kaum. Der Jogger sprintete davon, und der Windhund folgte ihm. Ich machte einen Schritt vor, einen zurück. Ja, was denn nun? Triff eine Entscheidung. Egal welche! Aber verharre nicht, schallte es in meinen Ohren. Ich wusste es nicht, ich wusste nicht, was ich tun sollte. Meine Augen brannten, weil plötzliche Verzweiflungstränen versuchten, sich ihren Weg zu bahnen, ob der Kälte aber sofort ins Stocken gerieten. Ich musste zurück, ich wollte zurück. Aber ich konnte nicht.

Also ging ich weiter.

Schnell und immer schneller. Ich rannte fast, als ich die Tavern of the Green passierte und aus dem Central Park stürzte, hoch bis zur 78th Street und weiter bis zur Amsterdam Avenue lief.

Ein Stockwerk, zwei, drei, vier. Als wäre ich auf der Flucht, rannte ich die Treppen hinauf. Ich sperrte hastig die Wohnungstür auf und knallte sie hinter mir zu. In vollkommener Erschöpfung ließ ich mich dagegen fallen und glitt zu Boden. Ich holte so tief Luft, als hätte ich die letzte Stunde nicht ein einziges Mal geatmet.

Das zu heiße Wasser der Dusche hämmerte auf mich ein, als wolle es all meine Zweifel wegwaschen. Aber meine Gedanken an Jackson ließen mich immer wieder zusammenzucken. Seine Zunge in meinem Mund, zwischen meinen Brüsten, sein Atem an meinem Ohr. Ich bäumte mich unter dem Wasserstrahl, als ich daran dachte, wie Jackson in mich eingedrungen, und ich gekommen war.

Als ich mich in dicke Handtücher gehüllt auf meine schmale Matratze kauerte, überkam mich eine irrsinnige Traurigkeit. Ich stellte mir vor, wie Jackson aufgewacht war. Sich zu erinnern versuchte, was letzte Nacht genau passiert war, mit wem was passiert war. »Wie hieß die Kleine noch gleich?«

Ich stellte mir vor, wie die Jungs in der WG ihm einen dampfenden Kaffee reichten und ihm auf die Schulter klopften, dass er gleich hier in der Wohnung jemanden flachgelegt hatte. Mir wurde schlecht.

Ich war durch den Betrug meines Ex Nils so verkorkst, dass ich immer sofort vermutete, jeder Mann hätte nur die schlimmsten Absichten. Wie konnte ich nur so denken? Das, was da letzte Nacht zwischen Jackson und mir passiert war, war real. Vielleicht sogar zu real, und genau deswegen hatte ich solch große Angst davor, mutmaßte ich. Dass mir das einmal passierte. Das eine Große.

Andererseits konnte ich auch den Gedanken nicht zulassen, dass Jackson vielleicht wirklich pläneschmiedend aufgewacht war und sich jetzt fragte, wo zur Hölle ich steckte und wann ich wieder zurückkäme. Dass er sich jetzt auch beschissen fühlte und an sich und dem, was zwischen uns war, zweifelte. Dass er natürlich nicht gleich in seiner Hose nach dem Zettel suchen würde, auf dem meine Nummer stand. Dass er verstört reagieren würde, wenn er nur meine Nummer fand. War das nicht zu wenig nach dieser krassen Nacht? Mein Herz raste. Ja, ich bereute zutiefst, dass ich einfach gegangen war. Mich aus meinem Handtuchwust befreiend, beeilte ich mich plötzlich, mich anzuziehen. Ich wollte mich so schnell wie möglich wieder auf den Weg machen. Zurück zum Affenhaus, wo Jackson eventuell noch schlief.

Fuck. Ich wusste, ich würde zu spät kommen. Jackson war weg, untergetaucht, lediglich einer von acht Millionen in New York.

Mir blieb nur, mich über meine Feigheit zu grämen und darauf zu hoffen, dass er den Zettel fand und zwischen den Zeilen meine vielsagende Nachricht las. Dass er mich dann anrief. Mich, die wie so viele noch kein Mobiltelefon besaß und in der WG mit drei Mitbewohnerinnen Wache halten würde, bis er anrief. Das müsste ich tun, versuchte ich mich zu beruhigen. Ja, das war ich ihm schuldig. Mir auch. Ich beruhigte mich nicht, denn mir war klar, dass ich einen großen Fehler begangen hatte.

Berlin, 2017

Sein schlaksiger Körper war das Erste, was mir sofort ins Auge stach. Daran hatte sich schon einmal nichts geändert. Er stand so, dass ich im Profil sein Antlitz nur erahnen konnte. Um seine Augen hatten sich Falten gebildet, die sich wie Lebenslinien zu bewegen begannen, sobald er lächelte. Sein Haar war immer noch schulterlang, etwas kahl am Ansatz, die Schläfen leicht von funkelndem Silber durchzogen. Ich bemerkte seine Hände, die zu langen, beinahe zarten Finger, die sich lässig ihren Weg durch seine Haare bahnten, als ihm die Moderatorin des Abends Fragen zu seinen Werken stellte. Seine Stimme war mir sofort vertraut. Sie war jetzt noch tiefer und vom Leben gezeichnet, aber offenbarte noch immer Ehrlichkeit und Neugierde.

Ich blinzelte, um nicht zu starren, als er sich frontal zur Menge umdrehte: Jackson.

Wie gut er aussah und wie schäbig ich mich im Gegenzug fühlte. Die Jeans, deren Knopf ich mittlerweile am Hosenbund hatte öffnen müssen, das bemüht sexy wirkende Shirt mit den leichten Puffärmeln, darüber meine olle Lederjacke, die über den Ärmeln spannte. Meine Füße schmerzten in den engen und ungewohnten High Heels. Was hätte ich jetzt für meine Turnschuhe geben.

Jackson trug zu weite Jeans, ein weißes, ausgelutschtes T-Shirt, darüber eine Jeansjacke. Jetzt starrte ich doch. Er sah aus wie vor 17 Jahren. Nein, er sah aus wie eine um 17 Jahre gealterte Version von ihm.

Ich suchte seinen Blick, den ich in der Menge nicht fand. Er würde mich nicht wiedererkennen, das wurde mir auf einmal klar. Ich trug meine lange Lockenmähne von damals jetzt in einem praktischen Bob bis knapp übers Ohr, außerdem eine Brille mit dunklem Rand. Was hatte ich hier zu suchen? Hätten alle um mich herum Bescheid gewusst, sie hätten mit dem Finger auf mich gezeigt und mich schallend ausgelacht. Für eine Minisekunde trafen sich jetzt unsere Blicke. Ich verharrte. Wartete. Aber Jackson wandte sich wieder unbeeindruckt an die Moderatorin und wünschte allen einen schönen Abend. Dann mischte er sich unter das Publikum und war aus meinem Sichtfeld verschwunden. Einfach so.

In meiner Tasche brummte es, und ich hatte Mühe, in dem Verhau des Tascheninneren mein Handy zu finden. Es war Emma mit ihrem allabendlichen Facetime-Anruf. Ich blickte auf das Handy, auf dem mich ein smartes Foto meines Noch-Ehemannes anstrahlte. Emma telefonierte mit seinem Handy. Schnell drückte ich auf Auflegen, ehe ich mich ins Freie schlich. Dort suchte ich mir eine ruhige Ladennische in einiger Entfernung zur Galerie und wählte Samus Nummer.

»Hallo, Mama«, meldete Emma sich aufgekratzt. »Papa ist mit uns heute zu einem Bauernhof gewandert. Da gab es Schweine. Paul hatte erst keinen Bock, aber dann hat er dem Bauern zusammen mit Papa voll die Ansage gemacht, dass er die Schweine nicht schlachten darf. Paul hatte Papa fast so weit, dass er die Schweine alle abkauft.«

Ich hörte Paul im Hintergrund. »Emma, laber nicht so einen Schwachsinn!«

Emma sprach ohne Irritation weiter. »Ich esse nie wieder Fleisch, Mama, so wie Papa. Können wir uns für zu Hause ein Schwein holen, wenn du wieder da bist?«

Ich versuchte mich auf das Gespräch zu konzentrieren. Samu ging jetzt also auch wandern mit den Kindern. Ich wollte auf Emmas Frage gerade ein dickes NEIN! erwidern, als ich sah, wie Jackson mit einer groß gewachsenen Frau die Galerie verließ. Sie trug ihr schwarzes Haar, das nur eine Nuance dunkler war als ihre Haut, zu einem hohen Dutt. Ihr hautenges Spandexkleid klebte an ihrem Körper und offenbarte ihre waffenscheinpflichtigen Kurven.

»Ist das ein Ja?«, fragte Emma mich ungeduldig.

»Was?«

Die Frau neben Jackson war offenkundig sauer und beschimpfte ihn lauthals auf Englisch. Er musste zu ihr aufsehen und gab heftige Widerworte. Sie stritten so laut, dass einige Passanten stehen blieben. Ich konnte nicht verstehen, worum es ging.

»Mama?«

»Was?«, fragte ich erneut.

»Das Schwein kann nicht warten! Was machst du eigentlich in Berlin?«, wechselte sie jetzt das Thema.

Ich wollte Emma wirklich nicht anlügen, also zögerte ich.

»Hat es was mit deiner Arbeit zu tun?«

Vor meiner Abreise hatten wir nicht groß darüber gesprochen und keiner hatte nachgefragt. Bis jetzt.

»Ähm, ich muss mir ein paar Bilder anschauen. Die Ausstellung kommt vielleicht nach München.«

»Sind sie gut?«

»Was?«

»Die Bilder? Sind sie gut?«

Ich suchte nach Worten, als die hoch gewachsene Frau Jackson eine knallte. Vor Schreck ließ ich fast das Handy fallen. Der Schlag war so heftig, dass Jackson taumelte.

»Äh, Emma, ich melde mich später noch mal bei euch, okay?«

»Okay«, sagte sie nur knapp.

»Gib Paul einen Kuss.«

»Iiih, das werde ich sicher nicht, Mama!«

»Ist gut«, erwiderte ich schnell und legte auf.

Die hoch gewachsene Frau verbog ihren schlanken Körper, als sie in ein Taxi stieg und in ihm davonrauschte.

Jetzt trennten uns nur noch knapp 100 Meter. Ich hielt inne, mir wurde bewusst, dass mit jedem Schritt, den ich mich jetzt auf ihn zubewegte, mich seinem Leben näherte. Ich enterte sozusagen eine andere, seine Welt. War ich dazu bereit? Und war das überhaupt fair? Das Leben anderer so mir nichts dir nichts einfach zu betreten? War das jetzt die zweite Chance, auf die ich damals gehofft hatte? Oder war es der jähe Versuch, einer verpassten Gelegenheit hinterherzujagen?

Mir kam es plötzlich total ungerecht vor, dass ich Jackson mit meiner Anwesenheit und meinem Anliegen, ihn wiedersehen zu wollen, einfach so überfiel. War da ein imaginäres »Eintritt verboten«-Schild? Ein »Do not cross this line«-Zeichen? Diese Linie hatte ich ja bereits überschritten. Oder etwa nicht? Wenn ich einfach hier verharrte, wenn ich ihn noch eine Weile einfach beobachtete und dann wieder ging. Ich kam mir so elendig feige vor. Wie ein Loser, fast ohnmächtig. Ich stand am Scheideweg. Gehen oder bleiben? So wie damals in New York, wo ich vor lauter Panik vor mir selbst und meinen für mich damals viel zu großen Gefühlen geflohen war. Nicht noch einmal!

Jackson stöhnte, als er eine Hand gegen seine Nase presste und so zu verhindern versuchte, dass das Blut zwischen seinen Fingern hindurchquoll.

Meine Ohnmacht trieb mich an, trieb mich direkt zu ihm.

»Alles in Ordnung?«, fragte ich mit mühevoll amerikanischem Akzent und reichte ihm ein Taschentuch.

Jackson hob kaum den Blick und zischte leise: »Bitch!«

»Oh, danke«, sagte ich mit einem sarkastischen Lächeln.

Jackson sah auf. »Nicht du. Sorry.«

Ich verstaute meine Brille in meiner Handtasche.

»Sie hat mich wohl härter erwischt.« Jackson keuchte, das Taschentuch färbte sich hellrot. Er richtete seinen Oberkörper auf und legte seinen Kopf in den Nacken. Als er mich ansah, kniff er einen Moment die Augen zusammen und musterte mich. Er war verwirrt. Pause. Ich war wie versteinert.

»Kenne ich dich?« Seine tiefe, maskuline Stimme jagte mir einen Schauer über den Rücken. Ich kam mir unendlich dumm vor. Ich wollte mich am liebsten auflösen, und wünschte mir zugleich meine Unbeschwertheit mit Anfang 20 zurück. Jene Furchtlosigkeit, mit der ich nach New York gegangen war. Aber jetzt oder nie. Ich nahm all meinen Mut zusammen.

»Ich bin's. Kata. New York 2000.«

Mein Satz hallte durch die belebte Berliner Nacht und schien einen schier endlosen Umweg zu machen, ehe er bei meinem Gegenüber ankam. Jackson zuckte erst mit den Achseln, was mich zum Aufgeben bewegte. Ich stülpte mir gerade schon meine Tasche über die Schulter und wollte gehen, als er schließlich hervorstieß: »Du warst einfach verschwunden damals. Wie vom Erdboden verschluckt.«

Seine Stimme war jetzt warm und voll. Voll von der Geschichte, die uns einst verband. Zumindest empfand ich das so in diesem Moment. Ich sah ihm direkt in die Augen. Jackson schüttelte ungläubig den Kopf.

»Kata, the German girl?«, sagte er immer noch mit einem Fragezeichen. »Was machst du hier?«

Ich stieß die Luft zwischen meinen Zähnen aus. Wenn du wüsstest!, dachte ich. Sollte ich ihm einfach die Wahrheit sagen? Oder wäre es zu früh?

Ich starrte ihn einfach an und kam mir schon irre vor, als die Worte arglos meinen Mund verließen. »Lust auf einen Drink?«

Jackson guckte irritiert, während er das blutdurchtränkte Taschentuch gegen seine Nase presste. Er versuchte zu verstehen, wieso ich hier war, das konnte ich ihm ansehen. Nach einer nicht enden wollenden Stille, untermalt vom vorbeirauschenden Straßenverkehr, sagte er schließlich: »Why not?«

New York, 2000

In meiner WG herrschte Totenstille. Obwohl die Müdigkeit über mich hereinbrach, bekam ich kein Auge zu. Gegen 16 Uhr hörte ich Suki und Amy völlig hungover und aufgekratzt nach Hause kommen. Ich überlegte kurz, ob ich ihnen gleich alles erzählen sollte. Ihnen auch erklären sollte, warum ich gegangen war, damit sie mich in meinem übersprungshaften Verhalten bestärkten. Aber ich fühlte mich derart an mein Bett getackert, dass ich meinen Körper kaum spürte, geschweige denn ihn dazu brachte, sich zu erheben. Auch als Suki an meine Tür klopfte, um sich zu vergewissern, dass ich nach meinem plötzlichen Verschwinden auf der Silvesterparty wieder heil zu Hause angekommen war, zischte ich nur ein »Sleeping!« in ihre Richtung, und Suki ließ mich in Ruhe. Ich war zu Hause angekommen, aber alles andere als heil.

Der Gedanke daran, dass ich Jackson dort einfach so hatte liegen lassen, löste mittlerweile eine große Panik in mir aus. Neben der Tatsache, dass ich ungeschützt mit einem Fremden geschlafen hatte – was völlig verantwortungslos von mir gewesen war –, überschattete die Angst, Jackson nie wiederzusehen, all meine Gedanken. Ich musste mir eingestehen, dass ich ihn bereits vermisste. Mal wieder hatte ich mir mein Glück verwehrt, hatte lieber meinen Verstand walten lassen und auf mein Herz geschissen.

Ich war völlig mutlos, als ich zu überlegen begann, wie ich Jackson in der Großstadt wiederfinden könnte. Ich wusste ja, wo er studiert hatte, und mit etwas Glück könnte ich seinen Namen und seine Adresse herausbekommen. Oder ich ginge einfach in das Monkey House zurück? Vielleicht könnte mir ja dort jemand sagen, wo Jackson steckte. Der Gedanke daran, mich derart bloßstellen zu müssen, nahm mir die Luft zum Atmen. Was war nur los mit mir? Warum hatte ich solche Angst?

Ich war eine Meisterin darin, mich in Dinge hineinzusteigern und auch darin, immer das Schlimmste auf mich zukommen zu sehen. Irgendwie hatte ich verlernt, auf mich und meine Gefühle zu vertrauen. So wie heute Morgen. Noch nie in meinem Leben hatte ich mich einem Menschen derart nahe gefühlt. Noch nie hatte ein Mensch in so kurzer Zeit so viel von mir bekommen und damit meinte ich nicht nur den Sex, sondern vor allem meine Gefühle. Ich hatte tatsächlich einmal für ein paar wenige Stunden vertraut, mich derart geöffnet und das einem Fremden gegenüber. All das erschien mir jetzt so surreal, dass ich es nicht einzuordnen wusste. Und alles, was sich nicht halbwegs einordnen ließ, machte mir eben Angst. Angst davor, zu besitzen und dann, es wieder zu verlieren.

Ich richtete mich auf. In Deutschland war es 23 Uhr, ich hatte meiner Mutter noch kein gutes neues Jahr gewünscht. Wahrscheinlich war sie mit ihrer Freundin Betty wie jedes Jahr erst ins Kino und dann in eine Münchner Cocktail-Bar gegangen. Seit mein Vater Christoph Mama kurz nach meinem Umzug nach New York vor knapp drei Jahren für seine Kollegin Rita verlassen hatte, war ihr nicht mehr groß nach Feiern zumute. Christoph war immer derjenige gewesen, der die Partys schmiss, für alle den Kochlöffel schwang und alles in der Altbauwohnung in Schwabing auf Vordermann brachte. Zusammen waren sie dann um Mitternacht immer auf den kleinen, schmiedeeisernen Balkon gegangen und hatten versucht, etwas vom Feuerwerk zu sehen, ehe sie mit einem Jahrgangschampagner auf das neue Jahr anstießen. Das waren glückliche Momente gewesen. Wie ein Polaroid aus glücklichen Tagen, das man für immer in seinem imaginären Fotoalbum trägt.

Jetzt musste ich an meinen Vater denken. Ich hatte ihm vorgeworfen, mit der Trennung gewartet zu haben, bis ich nach New York gegangen war. Damit hat er sich fein aus der Affäre gezogen. Ich war kaum weg gewesen, und schon ein paar Tage später zog er zu Hause aus und zu seiner Kollegin Rita an den Starnberger See. Rita war nicht schöner als meine Mutter, auch nicht jünger, aber sie brachte Christoph zum Lachen, das war mir sofort aufgefallen, als sie bei einem der Feste bereits Jahre zuvor auftauchte. Noch nie hatte ich Christoph mit so viel Leichtigkeit erlebt wie in der Gegenwart von Rita, und dafür konnte ich diese Frau nicht leiden.

Christoph und ich waren nie besonders eng. Er, der Anwalt, wollte aus mir eine ähnliche Vorzeigetochter machen, wie seine Münchner Schickeria-Freunde vorzuweisen hatten. Anwälte, Ärzte, Architekten. Für ihn zählte eben nur die A-Liga, alles, was danach kam, war uninteressant. Als ich mich für ein Kunststipendium an der New York University bewarb, horchte er auf. Vielleicht war seine Tochter ja tatsächlich eine hochbegabte Künstlerin? Ich erhielt zwar eine Zusage für einen Studienplatz, aber kein Stipendium und musste für die horrenden Studienkosten selbst aufkommen. Christoph verlor sogleich die Hoffnung, dass seine Tochter es allen zeigen würde. Er ließ sich dazu breitschlagen, einen Vertrag aufzusetzen und mir den Studienkredit zu gewähren, den ich bei ihm abzahlen würde. Ohne Vergünstigungen, versteht sich. Wir hatten viel gestritten und diskutiert, ich um seine Liebe gerungen und Mama hatte geschwiegen, weil sie für keinen Partei ergreifen wollte. Sie wollte es sich mit keinem verscherzen. Ich verstand dieses Verhalten nie, dennoch entschied ich mich nach der Trennung für Mamas Seite. Wohl auch, weil ich befürchtete, meinem Vater zu ähnlich zu sein. Insgeheim wusste ich, dass Kunst das Falsche für mich war. Ich mit meiner oft zu pragmatischen Art hätte an anderer Stelle eventuell mehr bewegen können. Dennoch, oder vielleicht gerade deswegen, entschied ich mich dafür.

Als die englische Stimme in der Leitung das R-Gespräch bei meiner Mutter in München anzumelden versuchte, fragte ich mich auf einmal, ob Christophs Art schuld daran war, wie ich mit Männern umging. War seine Vehemenz, seine Gefühle mir gegenüber unter den Tisch zu kehren, der Grund, weswegen ich Männern generell misstraute? Weswegen ich mir immer gleich verarscht vorkam? Nils hatte ich eigentlich nie vertraut, ich wusste, dass er mich irgendwann ausnutzen und betrügen würde. Dennoch hatte ich mich auf ihn eingelassen. Und jetzt war da mein wahrscheinlich unbegründetes Misstrauen gegenüber Jackson. Hatte er das überhaupt verdient?

Ab einem gewissen Punkt im Leben bist du zu alt, um deine Eltern für alles verantwortlich zu machen. Auch wenn sie es sind, die uns prägen, so ist es doch unsere Entscheidung, wie wir damit umgehen. Die Zeilen aus dem Ratgeber, den ich nach der Trennung meiner Eltern gelesen hatte, schossen mir mantraartig in den Kopf.

Ich seufzte laut, als ich nach einem Klacken endlich die freundliche Stimme von Mama hörte. Sie hatte das R-Gespräch angenommen und würde dafür die Kosten übernehmen.

»Hallo, Liebes, habt ihr schön gefeiert?«

Sie kam mir so weit weg vor. München kam mir so weit weg vor. Wie ein anderer Planet. Mein Leben, das ich dort geführt hatte, kam mir vor wie das einer anderen Frau. Die letzte

Nacht hatte mich verändert und der Gedanke daran, irgendwann wieder einmal nach München zurückzugehen, war für mich in diesem Moment unvorstellbar.

Ich überlegte, ob ich Mama von Jackson erzählen sollte, aber ich hielt mich zurück. Sie würde nicht verstehen, was zwischen uns passiert war und mich nur darin bestätigen, dass es richtig war zu gehen. Darauf hatte ich keine Lust. Wir tauschten belanglose Neuigkeiten aus, bis Mama laut gähnte.

»Ich muss schlafen, mein Schatz. Wir hören uns die Tage, ja?«

»Ist gut«, sagte ich leise, wissend, dass ich das Telefon in nächster Zeit nicht aus den Augen lassen würde, um Jacksons möglichen Anruf nicht zu verpassen. Meine Mutter legte auf.

Wie kann mir jemand, der mir mal so nahe war, plötzlich so fremd sein?, dachte ich. Jackson war mir irgendwie tausendmal vertrauter. Aber in diesem Moment unerreichbar.

Ich erhob mich, mein Köper war schwer wie Blei. Vielleicht wussten Suki und Amy doch Rat. Vielleicht hatten sie die zündende Idee, wie ich Jackson finden konnte, oder noch besser, möglicherweise kannten sie ihn sogar?

Suki war schon weggedämmert, und Amy machte sich gerade einen starken Kaffee.

»Willst du auch einen, Sweetie?«, fragte sie in ihrem texanischen Singsang, als ich in die kleine Kochnische kam.

Sie beäugte mich. »You look like shit.«

Oh, danke! Amys Ehrlichkeit war eine Offenbarung. Mir war natürlich klar, dass ich ihr nicht mit meiner Gefühlsduselei kommen musste, Amy war eher faktenorientiert.

»Ich hatte letzte Nacht auf einer Party Sex mit einem fremden Typen.«

Ich wartete auf eine Reaktion, aber Amy blieb unbeeindruckt. Sie band sich ihre lange blonde Mähne zu einem Knoten und nippte an ihrem Kaffee. Fast erleichtert antwortete sie: »Good for you.«

Das war nicht die Schelte, auf die ich gehofft hatte.

»Ohne Kondom. Und als er eingeschlafen ist, bin ich einfach gegangen.«

Amy zog eine Braue hoch und musterte mich.

»Hast du schon was genommen?« Ich verstand ihre Frage erst nicht. »Du hast gesagt, du lässt die Pille auslaufen.«

Ich sah sie an und sortierte ihre Worte. Wieso hat sie daran gedacht und ich nicht? Da ich die Pille seit Jahren genommen hatte, war mir der Gedanke noch gar nicht gekommen. Klar, ungeschützter Sex. War ich dämlich. Aber Jackson hatte rausgezogen, ehe er gekommen war.

»Unabhängig davon, wie bescheuert es ist, in dieser Stadt ohne Gummi Sex zu haben. Bist du lebensmüde?«, kam jetzt doch die Schelte. Der texanische Tonfall in ihrer Stimme überschlug sich beinahe. Ich stand vor ihr wie ein Häufchen Elend. Sie hielt mir ihren Kaffee hin.

»Ich springe in den Drugstore und hole dir erst mal die Pille danach.«

Ich heulte fast.

»Loosen up. Entspann dich«, fügte sie aufmunternd hinzu und kramte nach ihrer Jacke. Sie war schon fast zur Tür hinaus, als sie sich noch einmal umdrehte. »War der Sex so schlecht, dass du ihn hast liegen lassen?«

»Nein. Ich will ihn unbedingt wiedersehen!«, seufzte ich.

»Wenn er es auch gut fand, werdet ihr das schon.«

»Es ist New York!« Ich war ehrlich verzweifelt.

»Eben.« Amy zwinkerte mir zu und verließ die Wohnung.

Mein Blick fiel auf das Telefon neben der Tür. Ich würde

zunächst einfach einmal das tun, was ich am besten konnte: nichts.

Ich würde einfach warten. Warten, bis er anrief.

Wenn er anrief.

Berlin, 2017

Meine plötzliche Coolness hatte mich schnell wieder verlassen, als wir etwas verplant durch Berlin Mitte liefen. Auf der Suche nach einem geeigneten Ort für unser Wiedersehen. Jackson rann weiterhin das Blut aus der Nase, und ich reichte ihm mein letztes Taschentuch. Ich fühlte mich alles andere als wohl.

Jackson äugte an seinem Taschentuch vorbei. »Alles okay mit dir?«

Ich wusste es nicht. Alles war so unwirklich. Ich nickte bemüht gelassen und versuchte ein Gesprächsthema zu finden.

»Warum hat sie dich geschlagen?«, fragte ich, auch wenn ich wusste, dass mich das nichts an- und ich somit zu weit ging. Jackson schwieg.

»Welche Bar hast du im Auge?«, lenkte er vom Thema ab.

»Keine Ahnung. Ich kenne mich hier nicht aus.«

Jackson wagte einen Blick ohne Taschentuch. »Warum bist du in Berlin, Kata?«

Ich wusste, ich würde auffliegen, aber noch bemühte ich mich, die Fassade aufrechtzuerhalten.

»For work.«

Jackson kramte in seiner Erinnerung. »Du hast was mit Kunst studiert?«

Das Gespräch schlitterte in die falsche Richtung. Ich wollte auf keinen Fall zugeben, dass ich mit der Kunst gescheitert war. Nicht vor ihm, nicht jetzt. Ich log.

»Ich arbeite für eine Galerie in München. Immer auf der Suche nach neuen Werken.«

Jackson war sofort in seinem Thema. »Welche? Eine Galerie in München stellt ein paar meiner Bilder aus.«

Mir wurde schlecht. Wie immer, wenn ich nicht die Wahrheit sagte. Das neonblinkende Schild an der Ecke schien wie eine Erlösung. Eine Bar.

»Wollen wir da rein?«, fragte ich rasch, und Jackson folgte meinem Blick.

»Why not?«

Schon das zweite »Why not« innerhalb einer Stunde, der Abend lief nicht gut. Davon, dass Jackson mir leidenschaftlich um den Hals fiel, waren wir meilenweit entfernt. Insgeheim war es doch das, was ich mir erhofft hatte. Die Realität sah komplett anders aus.

Die Bar war eine typische Hipster-Bar. Neonslogans auf einer unverputzten Backsteinmauer wiesen ziellosen Mittzwanzigern den Weg. *Be awesome*, *Don't stop until you're proud* und *Make every day a little less ordinary.* Ich sah, wie Jackson grinsen musste.

»Germans always need motivation«, sagte er schmunzelnd und suchte uns einen Platz an der Bar. Eine tätowierte Barkeeperin mit einem ausgeleierten Shirt, darunter einem neonfarbenen Spitzen-BH und großen Creolen in den Ohren ignorierte uns fachmännisch. Auch als Jackson ihr zurief, dass wir gerne zwei Bier vom Fass hätten, kam sie nur widerwillig auf uns zu.

»Hamwa nich. Nur Craftbier.«

Jackson schüttelte den Kopf. »No way. Was ist das mit diesem Craftbier?«

Ich zuckte mit den Achseln, auch ich verstand nicht, warum die Biernation Nummer eins sich dazu herabließ, in irgendwelchen Hinterstübchen scheußlich schmeckendes Bier zu brauen, es fancy abzufüllen und teuer zu verkaufen. Ich freute mich, dass wir in diesem Punkt einer Meinung waren. Aber da die Barfrau Jacksons Kritik nur mäßig interessiert lauschte, bestellte ich schnell zwei Whiskey on the Rocks. Jackson hob eine Braue.

»Für mich keinen Schnaps.«

Ich sah ihn an, zu gerne hätte ich Einblick in die vergangenen 17 Jahre gehabt. Was hatte ihn dazu gebracht, solche Bilder zu malen, sich von einer afroamerikanischen Schönheit eine reinhauen zu lassen, keinen hochprozentigen Alkohol mehr zu trinken? Ich bat die widerwillige Barkeeperin um Verzeihung und bestellte zwei Weinschorlen.

Der Abend fühlte sich kompliziert an, schwer, mühsam. Wir schwiegen. Die Schorlen kamen. Ich trank meine bis zur Hälfte aus. Jackson begutachtete mithilfe seines Smartphones seine Nase. Sie schillerte leicht bläulich.

»Sieht nicht gebrochen aus«, versuchte ich ihn aufzumuntern und nippte erneut an der viel zu sauren Weinschorle.

»Wer war die Frau denn?«, wagte ich erneut einen Vorstoß und wusste, dass ich damit wieder übers Ziel hinausschoss. Was ging's mich an?

»Ich glaube, ich bin echt müde«, seufzte er nur und signalisierte damit das totale K. o., der Abend war am Ende. Das Wiedersehen gelaufen. Ich war völlig mutlos. Was für ein Scheiß. Ich wäre am liebsten zu einem der Neonschilder an der Backsteinwand mutiert. *Nice try. Make mistakes and learn. Give up and move on.*

Ich exte den Rest der Weinschorle und winkte der Kellnerin, während ich am Versuch scheiterte, meine Puffärmel wieder in der zu engen Lederjacke zu verstauen. Schließlich ließ ich es sein und klemmte mir die Jacke unter den Arm, während ich in meinem Geldbeutel nach einem Zwanziger kramte. Als ich kurz in meinem hektischen Tun innehielt, bemerkte ich, dass Jackson mich musterte. Ich fühlte mich ertappt, bei allem ertappt. Ich verzögerte meine Abläufe. Jetzt legte Jackson seinen geschundenen und viel zu schwer wirkenden Kopf auf seinen Arm und sah mich unvermittelt an.

»Was?«, fragte ich ihn verunsichert.

Jackson wartete einen Moment, ehe er etwas näher zu mir herankam.

»Du hast meine Welt damals komplett auf den Kopf gestellt.«

Ich hielt inne. Unsere Augen trafen sich. Die Unsicherheit, die ich in seinem Blick fand, ließ meinen Herzschlag für einen Augenblick aussetzen.

»Was?«, fragte ich erneut – und damit das Unintelligenteste, was in diesem Moment über meine Lippen hätten gehen können.

Er zögerte kurz, ehe er fortfuhr. »Du warst weg. Unauffindbar, und ich war komplett durch den Wind.«

Sein Blick wurde weicher, aber ich wich reflexartig und ehrlich überfordert einen Schritt zurück. Das Gefühl von damals war auf einen Schlag wieder da. Doch die Neu- und Begierde, die ich 2000 verspürt hatte, war kompletter Unsicherheit gewichen. Ich taumelte beinah, als Jackson bei der muffeligen Kellnerin die Rechnung beglich. Seine Worte hallten in meinem Ohr mit der unterbewussten Bitte, er möge sie wiederholen, damit ich sichergehen könne, mich nicht getäuscht zu haben. Die in meiner Geschichte mühsam aufgebauten Mahnmale des Zweifels wurde mit einem Mal zerschmettert und hinterließen ein emotionales Trümmerfeld, über dem die große Frage schwebte: Was jetzt? Was sollte ich jetzt tun? Sollte ich überhaupt etwas tun, oder einfach wieder dort hingehen, wo ich hergekommen war? Waren das die anfänglichen Worte einer großen Liebesgeschichte, oder etwa ihr Abschluss?

Ich nahm all meinen Mut zusammen, als ich Jackson die Wahrheit sagte.

»Ich bin in Berlin, um dich wiederzusehen.«

Jackson nickte sanft wissend, und ich setzte mich wieder auf den Barhocker neben ihn.

* * New York, 2000 * *

So musste es sich anfühlen, wenn man verrückt wird. Ich hatte Jackson in der Silvesternacht getroffen, Freitagnacht. Den Samstag und Sonntag und den darauffolgenden Montag hatte ich komplett in der vollgestellten Wohnung verbracht, keinen Schritt vor die Tür gewagt, in Sorge, ich würde den entscheidenden Moment, seinen Anruf, verpassen.

Seit ich vor knapp drei Jahren für mein Studium nach New York gezogen war, hatte ich es nie länger als eine Nacht oder ein paar Stunden in den beengten Räumen ausgehalten. Bei Wind und Wetter verbrachte ich so viel Zeit wie möglich im Freien: in den Tiefen der Straßenschluchten der Avenues, dem quirligen Treiben am Union Square oder ich ließ mich von den teils heruntergekommenen Vierteln der Lower East Side inspirieren. Oh, wie ich New York liebte! Seit ich als junges Mädchen auf einem Trip mit meinen damals noch vereinten Eltern das erste Mal einen Fuß auf den Asphalt Manhattans gesetzt hatte, wusste ich, dass ich hier einmal leben wollte. New York war seitdem wie ein Geliebter, ohne dessen Anwesenheit ich schwermütig wurde. Es war schwer für mich, dieses Gefühl zu beschreiben. Jedes Mal, wenn ich mich in den Trubel der Stadt stürzte, spürte ich das Adrenalin durch meine Adern pulsieren und zugleich lag genau darin eine innige Geborgenheit. Ich fühlte mich irgendwie eins mit dieser Stadt. Komplett. Als hätte mir bisher ein Puzzleteil gefehlt, das diese Stadt für mich bereitgehalten hatte. Daher fühlten sich die nicht enden wollenden Stunden in dem engen New Yorker Apartment auch an, als wäre ich auf Entzug. Ich klebte an der Scheibe der engen Dreizimmerwohnung in der 78th Street und gaffte wie ein Zootier durch die dreckigen Fenster nach draußen.

Es glich einem Wunder, dass ich das Zimmer im überteuerten und völlig überbevölkerten Manhattan überhaupt gefunden hatte. Die etwas verschnittene Mansardenwohnung gehörte Sukis Großmutter, die aber nur gelegentlich den Weg von Upstate in die City suchte, um sich eine Oper oder eine Show am Broadway anzusehen. Sie kündigte ihre Besuche immer per Fax an, so dass das Gerät auf dem Tischchen im Flur schrill piepte, wenn Granny im Anflug war.

In diesen Nächten räumte Suki den Masterbedroom ihrer Granny und schlief bei Amy oder mir im Zimmer. Wir hatten uns alle drei bemüht, unseren eigenen Stil in das großmütterliche Ambiente einfließen zu lassen, aber da Granny das missfiel – sie wollte sich auf ihren Städteausflügen heimelig fühlen –, gaben wir es irgendwann auf.

Ich bewohnte das kleinste Zimmer hinter der Küche, das im alten New York für die Bediensteten zur Verfügung gestanden hatte. Eine Tür, kaum sichtbar hinter dem Kühlschrank versteckt. Der Raum maß knapp zehn Quadratmeter, davon waren die meisten mit schweren Einbauregalen aus dunklem Holz verbaut. In einer Aussparung stand das schmale Bett. Quadratisch und eng wie ein Schuhkarton. Ich genoss aber auch Vorteile. Ein großes Fenster zum Innenhof gab dem Zimmer ausreichend Tageslicht, das ich nutzte, um auf dem provisorisch aufgebauten Tisch davor meine Zeichnungen für die Uni anzufertigen. Und ich hatte ein eigenes, wenn auch zugegeben winziges Bad, wodurch ich den täglichen Streitigkeiten, wer zuerst und dann wie lange das andere Bad benutzen durfte, umgehen konnte. Es bestand aus einem kleinen Waschbecken und einer Toilette, die immer laut gluckste, wenn man spülte, sowie einer Badewanne, die nur an der vorderen Seite zu begehen und ansonsten komplett in die Wand gebaut war. Aber es war mein eigenes kleines Reich und sehr hilfreich, um dem Lärm der Stadt gelegentlich zu entkommen und abzutauchen. Der Duschkopf, der aus der Wand ragte, presste das Wasser hinaus wie ein Luftdruckreiniger und setzte alles unter Wasser. Es dauerte eine halbe Ewigkeit, ehe das Wasser wieder im Gulli neben der Wanne verschwand.

Am dritten Tag des Wartens hatte ich jeden Winkel der Wohnung inspiziert und fing an, mich schrecklich zu langweilen. Die Nebenwirkungen der Pille danach hatten mir zunächst großen Schwindel beschert und dann war mir einen Tag lang übel. Erst fühlte ich mich erbärmlich und dann, als würde ich mein Leben verpassen. Als gleite die Energie der magischen Stadt einfach an meinem Fenster zum Hinterhof vorbei und ließe mich links liegen. Dennoch verweilte ich. Stoisch, stur, als wollte ich mich bestrafen.

Suki und Amy solidarisierten sich für eine Weile, aber gemeinsam ein Telefon zu hüten, auf dem eventuell irgendwann einmal jemand anrief, oder eben nicht, erschien ihnen sehr bald zu doof.

Suki belehrte mich, ich hätte mir auch direkt ein Mobiltelefon zulegen sollen. Sie hätte mir auch ihres ausgeliehen, das ihre Eltern ihr bei ihrem letzten Besuch in der Großstadt dagelassen hatten. Aber das brachte mir ja jetzt nichts. Ich hatte Jackson die Festnetznummer gegeben und wartete. Auch das verlockende Angebot, Suki und Amy ins Brooklyn Museum zu begleiten, konnte mich nicht umstimmen. Dort gab es eine Ausstellung von diversen britischen Nachwuchstalenten, und ich hatte es bisher verpasst, mir ihre Werke anzuschauen. Ich haderte, war schon mit einem Schritt aus der Tür raus, blieb aber schließlich auch am Dienstag allein in der Wohnung. Warum wusste ich eigentlich selbst nicht so genau. Wahrscheinlich hatte ich Angst davor, einfach so weiterzumachen wie zuvor. Wie groß wäre die Wehmut darüber, die Chance der Liebe meines Lebens verpasst zu haben? Zog sich diese Art von verpassten Gelegenheiten tatsächlich durch mein Leben? Immer alles zerdenken, zögern, zaudern. In der Komfortzone verstecken. Aber war es wirklich besser, unsichtbar zu bleiben?

Erst kürzlich hatte mein Kunstprofessor mich gefragt, ob ich ihm bei der Recherche europäischer Künstler nach dem Zweiten Weltkrieg unterstützen wolle. Ich war sofort skeptisch. Sah der Prof, wie viele ältere Dozenten auf dem Campus, aufgrund meiner deutschen Herkunft in mir die Nazibraut und wollte mich mit der Konfrontation meiner eigenen Geschichte lediglich bloßstellen? Denn hierzulande war das bei einer gewissen Generation eine immer noch stark vertretene Einstellung. Um einer eventuellen Konfrontation diesbezüglich aus dem Weg zu gehen, hatte ich ihm die Zusammenarbeit direkt abgesagt. Meine Kommilitonin Sarah aus Dänemark hatte daraufhin den Job übernommen und wurde für ihre herausragende Arbeit gefeiert. Ich hatte mich für meine Zurückhaltung sehr geärgert. Mut war nicht meine Stärke.

Dabei ärgerte mich die oft stumpfe Haltung hier. Beim Thanksgiving-Dinner von Amys jüdischem Freund David war dessen Großmutter aufgestanden, als sie mitbekam, dass ich, die Deutsche, mit am Tisch saß. Sie hatte den Raum verlassen und David auf dem Flur angeschnauzt, wie er auf die Idee käme, eine Anhängerin Hitlers mitzubringen. Davids Mutter Lydia hatte immer wieder versucht, sich bei mir für das Verhalten ihrer Mutter zu entschuldigen, aber schließlich war die Oma gegangen und der Tag war gelaufen. Ich hatte daraufhin alle gebeten, die Oma zurückzuholen, ich würde an ihrer statt gehen und nicht das Familienfest sprengen, aber David und auch Amy bestanden auf mein Bleiben. Es müsste in den Köpfen der Alten ankommen, dass nicht jeder Deutsche automatisch ein Nazi sei und der Krieg längst vorbei war.

Die Geschichte dürfte niemals ruhen, rechtfertigte sich Davids Vater Bob daraufhin und anstatt fröhlich Thanksgiving zu feiern, schlitterten wir allesamt in eine politische Diskussion, in der ich mit meinem Wissen über internationale Geschichte hervorstach. Tja, in Deutschland begann der Geschichtsunterricht eben nicht erst mit der Entdeckung Amerikas 1492.

Ich hatte mich lange über diesen Nachmittag in Queens geärgert. Wie konnte man in einer multikulturellen Metropole wie New York nur so engstirnig und patriotisch sein und zugleich ausgerechnet mir fanatischen Patriotismus vorwerfen, ohne überhaupt eine Sekunde nach meiner Meinung zu dem Ganzen gefragt zu haben?

Das passierte mir in der Tat öfter in New York. Einmal hatte ich mich zum Lunch mit Melanie getroffen. Einer deutschen Aussteigerin, die einen Secondhandladen auf der Sixth Avenue führte. Wir hatten uns gerade im Café auf dem Union Square niedergelassen, und Melanie berichtete mir euphorisch von ihrer Affäre mit einem italienischen DJ, da standen zwei Frauen am Nebentisch erzürnt auf. Sie waren gut situiert, in ihren Vierzigern und funkelten uns böse an.

»Fuck Germans!«, warfen sie uns beim Gehen entgegen und ließen uns sprachlos zurück. Ich hatte es mir in der Tat leichter vorgestellt als Deutsche in New York. Um mal wieder einer Konfrontation aus dem Weg zu gehen, täuschte ich öfters einen südamerikanischen Akzent vor, was bei meinem Aussehen durchaus glaubhaft war. Mein südländischer Teint, die braunen Augen, das fast schwarze Haar, ich sah nicht aus, wie für Amerikaner in ihrer Vorstellung eine typisch deutsche Frau aussah. Wie eigentlich?

Natürlich waren nicht alle so. Den meisten war es vollkommen egal, wo ich herkam. Vor allem in den Künstlerkreisen, in denen ich mich durch die Uni bewegte. Hier war es eher so, dass viele der amerikanischen Studenten mich für meine europäische Herkunft beneideten. Die Kunstgeschichte, die Kultur, die Maler, die Architektur. Auch Jackson war sehr angetan gewesen von der modernen Künstlerszene, die da aus Europa zu ihnen herüberschwappte.

Jackson, da war er wieder. Egal, wie sehr ich auch versuchte auf andere Gedanken zu kommen, am Ende dachte ich doch nur an ihn.

Ja, so langsam glaubte ich tatsächlich, ich würde verrückt.

Und so traute ich mich und verließ am fünften Tag des langen Wartens endlich die kleine Wohnung auf der Upper West Side. Ich kam mir elendiglich vor. Und doch wie aus einem Gefängnis entlassen. Das grelle Licht schmerzte in meinen Augen, als hätte ich zu lange geschlafen. Es war völlig an mir vorübergegangen, dass es geschneit hatte und der mittlerweile schwer gewordene Matsch den Einwohnern Manhattans ihr Vorankommen erschwerte. Wo steckst du?, dachte ich die ganze Zeit. Warum hast du nicht angerufen? Warum willst du mich nicht wiedersehen?

Berlin, 2017

Ich bemerkte nicht, wie über uns die Lichter angingen und ein Trupp slawisch sprechender Männer die Bar enterte und zu putzen begann. Die Kellnerin hatte sich mit einem Kollegen über der Abrechnung einen Joint gebaut und lachte mittlerweile über alles, was der hagere Typ mit dem Nasenring sagte. Als sie aufsah, giggelte sie in unsere Richtung. »Schnuckis, wir ham zu.«

Doch diesmal schenkten wir ihr keinerlei Beachtung.

Ich hatte Jacksons Gesicht in den letzten Stunden so exakt studiert, quasi auswendig gelernt, um es ja nie wieder zu vergessen, sollte er mir erneut abhandenkommen. Ich erinnerte mich, dass seine Augen verschiedene Farben hatten. Das linke eine Nuance heller mit einem winzigen Muttermal am Lidrand. Seine schwer zu zeichnende Nase war jetzt gesäumt von der immer dunkler werdenden Schwellung, sein meliertes Haar schlug sich kurz vor dem Kragen seines Pullovers ein und ergab eine nicht beabsichtigte Welle, die mich amüsierte. Zu gerne hätte ich einfach hineingefasst und die Welle gerade gezogen.

Die Barkeeperin blaffte uns jetzt schroffer an. »Jut jetze! Ihr müsst die Biege machen. Zwitschert schon draußen.«

Jackson nahm seinen schwer gewordenen Blick von mir und in der Spiegelung seiner müden Augen erkannte ich nun auch den Lichtwechsel. Tatsächlich wurde es bereits hell. Wie lange hatten wir hier gesessen? Über was hatten wir alles geredet? Wie viel mehr wusste ich jetzt über den Mann, nach dem ich mich so lange gesehnt hatte?

Jackson hatte mir von seinem Leben erzählt. Von seinen Misserfolgen nach dem Studium, seiner Überheblichkeit, der Arroganz, es besser zu können als alle anderen. Seinem tiefen Absturz nach dem 11. September, nachdem er seine große Liebe, sein New York, verloren hatte. Wie sehr er sich später dafür gehasst hatte, der geschundenen Metropole den Rücken gekehrt und in der Rehaphase im Stich gelassen zu haben.

»Ich wohnte mit meinen Kumpels Josh und Sydney in Brooklyn. Wir hatten ein ganzes Stockwerk einer alten Lagerhalle gemietet. Ich hatte nicht geschlafen und war früh auf dem Dach. Hatte verzweifelt versucht, eine überdimensionale Leinwand zu bemalen, die vom ständigen Übermalen schon porös war. Kohle für eine neue hatte ich damals nicht mehr.«

Ich hatte seiner härter werdenden Stimme entnommen, wie er immer näher an die schreckliche Gräueltat kam, von der er gleich erzählen würde.

»Die Jungs und ich hatten die Nacht durchgemacht und daher war ich mir nicht sicher, ob es womöglich der Alkohol war, der mich das Feuer erkennen ließ, als ich nach dem lauten Knall hinübersah zur Skyline Manhattans. Für einen Moment dachte ich echt, es wäre eine Fata Morgana.« Ihm waren auch jetzt noch beim Erzählen Tränen in die Augen geschossen. Ich sah ihm hilflos zu, wie er sein Innerstes nach außen kehrte.

»Ich zitterte am ganzen Körper, als das zweite Flugzeug einschlug und die Türme des World Trade Centers in Flammen standen.«

Ich hatte uns zwei weitere Weinschorlen bestellt, als Jackson redselig fortfuhr.

»Ich fühlte mich kaputt, komplett ausgeliefert. Auch als die Jungs unbedingt rüber wollten nach Manhattan, als die Türme gefallen waren. Sie wollten was tun, sie wollten helfen. Ich konnte nicht.« Er exte die Weinschorle beinahe. »Der Angst war damals Aktionismus gewichen, die wiederum in Verzweiflung mündete, als wir feststellen mussten, dass wir abgeschnitten waren. Von Manhattan und vom Rest der Welt.«

Jackson hatte mir gegenüber ehrlich zugegeben, dass er sich nach diesem Tag sehr verändert hatte. Nichts schien ihm mehr wichtig, vor allem nicht seine Kunst.

»New York war in Mark und Bein getroffen worden und brauchte alle Unterstützung, um wieder auf die Füße zu kommen. Doch diese Unterstützung konnte ich nicht geben. Und das, obwohl mir diese Stadt so viel gegeben hat. If you can make it there, you'll make it anywhere. Das kam mir damals echt wie Hohn vor. Ich dachte die ganze Zeit, wenn man es schafft, New York zu treffen, sind wir alle verloren!« Ein Seufzen, eine Pause, sinnieren.

»Ich kehrte New York und auch meinen Eltern in New Jersey daraufhin den Rücken und zog Upstate in eine Kleinstadt. Ich zog einfach weg und mich komplett zurück. Getroffen und zu feige, um wieder aufzustehen.«

Ich hatte einfach gelauscht. Beeindruckt davon, wie schnell der Schmerz wieder präsent war, wenn die Wunde wieder aufklafft, weil die Narbe reißt. Jacksons Flucht kam mir erschreckend vertraut vor. Es gehörte großer Mut dazu, mir diese Geschichte und somit seine Schwächen, wie er sie nannte, ehrlich einzugestehen. Ich konnte ihn komplett verstehen. Mit Abhauen hatte ich Erfahrung, auch wenn ich nie den nötigen Abstand gefunden hatte. Ich wusste mittlerweile, dass man vor sich selbst nicht weglaufen konnte. Während seiner Erzählungen hatte ich ständig versucht, mein eigenes Leben nicht mit seinem zu vergleichen und das negative Gefühl, mich für zu gewöhnlich zu empfinden, zu verdrängen. Es war mir nur bedingt gelungen.

»Das mit dem Erfolg kam ganz langsam. Nachdem ich von

dem Schockerlebnis wieder zu mir kam, erfuhr ich, dass neben dem unermesslichen Verlust Tausender Toter auch bedeutende Kunst im Wert von geschätzten 100 Millionen Dollar vernichtet worden war. Das haute in mir meinen Schalter um. Mir war schlagartig bewusst, dass ich zur Heilung beitragen konnte, wenn ich neue Kunst schuf.«

Da war es wieder. Dieses begeisterte Funkeln in seinen Augen, als er von seiner Kunst sprach.

»Dieser Anreiz klang nach außen natürlich komplett überheblich, aber von da an malte ich wieder. Immer und überall. Wie ich fand lustige und mutige Abstraktionen, die mich fröhlich stimmten und zum Nachdenken animierten, mich einfach ablenkten vom Alltag. Erst war es mir völlig egal, was die Leute von den Bildern hielten, aber dann wollte ich sie teilen. Ich ließ meine Bilder auf Postkarten drucken und verteilte sie wahllos an alle, die eine haben wollten. Ich warf sie in Briefkästen und verschickte sie mit der Post. Ich wollte einfach, dass jeder etwas davon hatte.«

Ich konnte ihm ansehen, wie sehr es ihm geholfen hatte, seine Kunst loszuwerden. Es musste sich fast wie eine Erleichterung angefühlt haben.

»Das machte ich so lange, bis ich keine Kohle mehr hatte, um neue Karten zu drucken. Und dann konnte ich wieder nicht malen, musste Geld verdienen, um erneut an Material zu kommen. Ich kellnerte, war aber schlecht darin. Ich war Erntehelfer, hatte aber echt wenig Geschick, es reichte gerade immer so. Ich hatte nichts, aber ich genoss jede Minute davon, weil ich lebte.«

War es Neid? Ich konnte das Gefühl nicht direkt ausmachen, aber seine flammenden Erzählungen lösten in mir ein Unbehagen aus. Jackson hatte nichts gehabt, war aber glücklich. Ich hatte alles gehabt, war aber unglücklich. Muss man erst alles verlieren, um zu wissen, was man hatte? Ehe sich die dunkle Wolke über meinem Kopf breitmachen konnte, hatte ich mich wieder auf seine müder werdende Stimme konzentriert.

»Irgendwann meldete sich dann eine kleine Galerie auf Coney Island, die meine Bilder ausstellen wollte. Der Rest der Geschichte ist bekannt.« Er schwieg mit einem Schlag. Beinahe so, als hätte er auserzählt. Ja, den Rest der Geschichte kannte ich. Ich hatte alles Weitere über ihn im Netz gelesen und bereute es jetzt. Zu gerne hätte ich all das aus seinem Mund gehört.

Zwischen seinen Erzählungen hatten wir immer wieder geschwiegen, nachgedacht, abgewogen. Als er nun fertig war, nach einer unruhig werdenden Stille, hatte er dann plötzlich die Frage gestellt, die ihm wohl den ganzen Abend schon beschäftigte.

»Warum bist du nicht gekommen?«

Ich musste wegsehen in diesem Moment, ich wusste genau, worauf er hinauswollte. Als ob ich im Blick seiner warmen Augen meine Antwort darauf finden würde.

»Zu unserem Treffen.«

Seine Stimme vibrierte auf meiner Haut. Ich schämte mich auf einmal so sehr, ihn anzusehen. Dabei war doch klar gewesen, dass er mich das fragen würde, wenn wir so, wie wir hier saßen, Erinnerungen aufleben ließen.

Ich scheute mich vor der Antwort, die jahrelang in mir geschlummert hatte. Sie hatte lange Zeit gehabt, um zu reifen.

»Ich war nicht mutig genug«, sagte ich schließlich leise.

Sein bohrender Blick von der Seite zwang mich, ihn anzusehen. Er hatte ein Fragezeichen im Gesicht. Diese Antwort reichte ihm offenbar nicht.

»Ich dachte lange, ich hätte dich verpasst. War spät dran an dem Tag. Aber nachdem ich zwei Stunden auf dich gewartet hatte, kam mir immer wieder der Gedanke, warum du nicht zehn Minuten gewartet hattest.«

Es hatte ihn offensichtlich schwer getroffen, dass ich ihn damals hatte stehen lassen. Das mit meinem fehlenden Mut hatte er komplett ignoriert, dabei war es das doch. Und ihm das jetzt nach all den Jahren zu sagen, war doch mutig. Zumindest empfand ich es so. Dennoch sagte ich nichts mehr dazu.

Danach hatten wir lange geschwiegen. Lamentierten über verpasste Chancen und darüber, dass alles und jeder seine Zeit hat. Ich war mir nicht sicher, was er damit meinte, ob jetzt unsere Zeit war oder unser Zenit bereits damals überschritten wurde.

Jetzt, im Morgengrauen vor der Bar, fand Jackson überraschenderweise wie selbstverständlich meine Hand. Seine Finger schlangen sich selbstbewusst um meine und fanden Bestätigung, als ich nach einem kurzen Zögern fest zupackte.

Alles war wieder da. Die kalte Januarnacht auf Chelsea Piers, die uns begleitenden Sterne in dieser Nacht, das Monkey House, mein Schmerz, als ich Jackson zurückgelassen hatte.

Mein Herz tobte, als Jackson mich neben sich auf die Rückbank eines Taxis zog und dem Fahrer die Adresse seines Hotels nannte. Er ließ mich nicht los, ich hielt ihn fest. Würde ich jetzt wirklich mit ihm in sein Hotel fahren? Sollten ich nicht noch warten? Aber wenn, worauf? Hatten wir nicht schon viel zu lange gewartet? Warum immer alles zerdenken? Mein Kopf explodierte fast, und mein gewohntes Gedankenkarussell vermasselte mir den schönen Moment.

Jackson lehnte sich erschöpft zurück und zog mich an sich, als wolle er sichergehen, dass ich ihm nicht wieder verloren ging. Es war so ungewohnt, weil wir uns ja nie aneinander gewöhnt hatten. Dennoch suchten wir die Nähe des anderen und drückten unsere Schultern aneinander, gaben Gewicht ab, als ob wir die Last, die da noch zwischen uns lag, auf diese Weise gemeinsam tragen wollten. Ich konnte Jackson riechen und genoss es, dass sein Duft meinen übertünchte. Dann fragte er völlig unvermittelt: »Wo warst du eigentlich am 11. September?«

Mein Körper spannte sich sofort an, mein Blick ging aus dem Fenster. Wir fuhren durch die langsam erwachende Großstadt.

»Da habe ich meinen Sohn geboren.«

Die Worte hingen schwer in dem kleinen Innenraum des Taxis. Jackson löste schlagartig seine Hand aus meiner.

New York, 2000

Der alljährliche, gigantische Schokoshake bei Serendipity in Midtown hatte nicht die nötige Abhilfe geschaffen, so dass ich mir noch einen Bananen Split bestellte. Allein saß ich da, Amy und Suki waren am Rockefeller Plaza unter dem Licht des noch vor sich hin funkelnden Weihnachtsbaumes Schlittschuhlaufen. Vielleicht würde ich später zu ihnen stoßen, wenn ich meinen Kummer in viel zu viel Zucker erstickt hatte.

Ich rang nach Luft, als sich der Eisbecher vor mir auftürmte und der bunt geschminkte Kellner mir ein sarkastisches »Enjoy« entgegenhauchte. Ich versuchte es, auch wenn mir schon nach ein paar Bissen klar wurde, dass ich das Dessert niemals würde bezwingen können und jetzt schon mit dem schlechten Gewissen kämpfte, was es für meinen mühevoll in der Waage gehaltenen Körper bedeutete.

Um mich herum saßen hauptsächliche Familien, Großeltern mit ihren Enkelkindern, Freundinnen, was meinen einsamen Auftritt noch erbärmlicher wirken ließ.

Serendipity war eine Institution in New York. Das Mekka der vollkommen übertriebenen Süßspeisen. Ich kam einmal zu Jahresbeginn hierher, aber niemals allein. Mal begleitet von Amy, die dann ihrer Figur zuliebe nur einen Kaffee mit Low-Fat-Milch bestellte, oder von meiner Mutter, wenn sie zu Besuch in der Stadt war und die an Orgien gleichenden Süßspeisen beinah als obszön betrachtete. Oh, ich liebte diesen Ort, er war wie aus einem Bilderbuch. Bunt, verspielt und magisch. Runde Tische mit weißen Stühlen, darüber tief hängende, bunt beglaste Lampen im Tiffany-Stil, die das Café in ein gemütliches Ambiente tauchten. Eine Mischung aus *Alice im Wunderland* und *Mary Poppins*. Allein der Gedanke an diesen Ort schenkte mir normalerweise Geborgenheit, jetzt brachte er mir pure Einsamkeit. Ich wunderte mich, wie ich Jackson derart vermissen konnte. Eine Person, die bisher überhaupt keinen Raum in meinem Leben eingenommen hatte. Die noch gar keine Zeit bekommen hatte, um eine Rolle spielen zu können. Oder fehlte mir, wie ich mich in seiner Gegenwart gefühlt hatte? Ich traute mich fast nicht, den Gedanken auch nur auszuformulieren, aber ich verzehrte mich buchstäblich nach ihm. Stellte mir vor, wie schön es wäre, wir säßen zusammen hier und machten uns über den Banana Split her. Wie dämlich! Jackson fände es sicher zu kitschig hier. Er, der Künstler, mochte bestimmt keine Klischees, und Banana Split bei Serendipity war sicher eines. Jackson!

Mir wurde auf einen Schlag kotzübel, und ich schaffte es gerade noch rechtzeitig auf die Toilette, ehe ich mich zweimal übergeben musste. Der Schokoshake landete samt Bananenklümpchen in einem brauen Schwall in der Kloschlüssel. Danach ging es mir besser.

Mit einem flauen Gefühl im Magen lief ich hinauf zur 63rd Street und stieg in den F-Train zum Rockefeller Center.

Nach Weihnachten und Silvester tummelten sich hier weniger Touristen, um dem 20-Meter-Baum die letzte Ehre zu erweisen, ehe er abgeschmückt und in viele Einzelteile zerlegt wurde, um als Baumaterial für Behausungen für Bedürftige verteilt zu werden. Ich mochte den Gedanken, dass der gigantische Baum, der unzählige Touristen und New Yorker in weihnachtliche Stimmung versetzte, weiterverarbeitet wurde und seinen Spirit verbreiten konnte. Ich sog die Atmosphäre auf dem Platz vor dem Center auf: eine Mischung aus Neugierde, was das neue Jahr für die hier Anwesenden bereithielt, und Wehmut darüber, sich vom alten Jahr endgültig verabschieden zu müssen. Vom alten Jahrtausend.

Ich entdeckte Suki sofort auf der Eisfläche. Meine Mitbewohnerin mit koreanischen Wurzeln, sie war als Kind mit ihren Eltern in die USA immigriert, wirbelte gekonnt mit gestrecktem Bein übers Eis und ließ alle um sich herum, die mühevoll auf Kufen umherschlitterten, blass aussehen. Amy sah ihr von der Bande aus zu, während sie mit einem attraktiven Kerl flirtete, der ihr einen To-Go-Becher reichte. Sie ließ sich mit derartiger Leichtigkeit umwerben, dass ich beinahe neidisch wurde.

Amy wäre im Monkey House sicherlich nicht aufgestanden und hätte Jackson einfach so liegen gelassen, dachte ich mir in diesem Moment. Einfach so? So einfach war es nicht. Es war mir so schwer gefallen in dem Moment. Für Amy aber war es scheinbar nie schwer. Sie konnte sie eben alle haben, sie versprühte Funken und keiner davon sprach von Unsicherheit. Wäre ihr Jackson auch verfallen? Oder genau deswegen nicht? Jackson hatte in der Silvesternacht nur Augen für mich gehabt. Warum eigentlich? Unter all den wunderschönen Partygestalten hatte er meinen Blick in der Menge gesucht – und gefunden. Wir hatten uns gefunden. Und auch wenn wir uns wieder verloren hatten, so war das der Gedanke, der mich immer noch zwang, daran festzuhalten.

Amy lächelte lässig, als der Kerl ihr etwas ins Ohr flüsterte und hob anerkennend die Braue, als sie mich auf sich zukommen sah.

»Sie an, Princess Waiting hat die Festung verlassen! Ihr Deutschen seid aber auch konsequent. Oder haben sie uns wieder den Strom abgestellt und das Telefon ist tot?« Sie löste ihre Frotzeleien mit einem breiten Grinsen auf und zog mich zu sich heran, um mir einen kaffeegetränkten Schmatzer auf die Wange zu geben.

»Aber ich habe good news! Scott hier kennt wohl deinen Malerprinzen?«

Mein Atem setzte einen Moment aus, und als ich ihn wiederfand, stieg der kalte Luftschwall in einer weißen Wolke gen Himmel. Ich sah Scott eindringlich an.

»Ja, ich war mal bei Jason auf 'ner Party. Irgendwo in der 7th Street.« Er lallte, ich starrte ihn an, war er high?

»Er heißt Jackson.«

»Wieso Jackson?«, fragte Scott Amy, die die Frage in meine Richtung wiederholte. »Wieso Jackson? Ich dachte Jason?«

Meine Enttäuschung schlug mir wie ein Eisenhammer auf die Brust. »Nein, Jackson.«

Ich sah kurz zu Boden, um die Mischung aus Wut und Schmerz zu unterdrücken. Machte sich Amy über mich lustig? Auf meinen braunen Fellstiefel hatte sich vom Schneematsch ein unschöner Wasserrand gebildet.

»Na ja, Jason, Jackson, das klingt schon sehr ähnlich«, versuchte Amy sich zu entschuldigen.

»Vielleicht war es auch Jackson?«, kramte Scott in seiner Erinnerung, während er einen vorgedrehten Joint aus der Brusttasche seiner gefütterten Cordjacke holte. Offensichtlich nicht der erste an diesem Tag.

Amy warf mir ein ernst gemeintes »Sorry« zu und wandte sich wieder an Scott, um mit ihm verbotenerweise direkt am Rockefeller Plaza eine zu kiffen. Ich betrachtete Amy einen Moment. Wie aufrichtig war unsere Freundschaft eigentlich? Amy war Amerikanerin durch und durch. Was sie nicht pauschal als Freundin disqualifizierte, aber dennoch hatte sie das Klischee der Oberflächlichkeit für sich annonciert. Sie war vor drei Jahren für ihr Journalismus-Studium aus Houston hierhergezogen. Texas steckte ihr immer noch in den Knochen. Ihre pragmatische Art, die Dinge so zu nehmen, wie sie kamen, und Angelegenheiten, die nicht gleich einzuschätzen waren, keinerlei Bedeutung beizumessen. Sie war bildschön. Das Abziehbild einer amerikanischen Südstaatenschönheit. Bei einem Schönheitswettbewerb hätte sie sicher abgeräumt, auch wenn sie oft pathetisch behauptete, Schönheit säße nicht an der Oberfläche, sondern einige Schichten tiefer.

Just in diesem Moment wandte Amy sich zu mir um, den Joint in der Hand. Sie wagte es nicht, ihn mir anzubieten, denn sie wusste, dass ich für Drogen nichts übrighatte. Schon der bloße Geruch ließ mir in meinem leeren Magen die Galle aufsteigen.

»Sweetie, I am really sorry«, betonte sie unverhofft ehrlich. »Ich wollte dir wirklich helfen, deinen Typen zu finden.«

»Ich weiß.« Plötzlich war ich tieftraurig. Ich verspürte zum ersten Mal seit langer Zeit einen unerwarteten Anflug von Heimweh. Nach Deutschland? Warum das um alles in der Welt? Jetzt? Wenn es zu ernst wird, schnell raus aus der Situation, schoss es mir durch den Kopf. Ich schob den Gedanken hastig beiseite. Der Blick auf die Eisfläche und die selig umherwirbelnde Suki trieben mir ein Lächeln ins Gesicht.

»Sie ist der sterbende Schwan!«, prustete Amy los und gemeinsam lachten wir über unsere Freundin. Ein inniger Moment des Zusammenhalts, an den ich mich auch später immer wieder erinnerte. Gerade auch, weil Amy mir unerwartet ins Ohr flüsterte: »Ich gehe mit dir in dieses Affenhaus. Wir werden ihn finden, deinen Jackson. I promise.«

Ich drückte ihre Hand und war ihr sehr dankbar in diesem Moment. Auch wenn die Zweifel sofort allgegenwärtig waren.

»Vielleicht will er gar nicht gefunden werden, nach meiner Aktion. Ich meine, ich bin einfach gegangen.«

»Jeder hat 'ne zweite Chance verdient«, zwinkerte mir Amy zu und drückte mich noch fester. Doch, wir waren Freundinnen, Mentalität hin oder her.

Suki donnerte elegant an die Bande. Wir beendeten den Tag mit dem perfekten Take-away vom Asiaten an der Ecke der Columbus Avenue und mit einer Flasche Rotwein, nach der Suki sich ebenfalls dazu überreden ließ, mich schon am nächsten Tag ins Monkey House zu begleiten, um dort nach Jackson zu suchen. Nach dem unbekannten Jackson.

Je mehr Zeit verging, desto surrealer wurde mir unsere gemeinsame Nacht. War sie wirklich passiert, hatten wir tatsächlich miteinander geschlafen? War ich wahrhaftig gegangen und würde er mich überhaupt wiedersehen wollen? Es brauchte ein weiteres Glas Rotwein, ehe ich in einen unruhigen Schlaf fand.

Draußen vor dem Fenster tobte ein gnadenloser Schneesturm. In meinem kleinen Zimmer tobte mein Gefühlsleben.

Als sich gegen vier Uhr morgens der Sturm legte und Manhattan unter einer dicken Schneeschicht begraben hatte, war ich auf einmal zuversichtlich. Ich würde Jackson wiedersehen. Ich würde ihn nur ansehen müssen und er würde verstehen, warum ich gegangen war. Warum die Zweifel gesiegt hatten und ich Angst hatte vor meinen Gefühlen, die mir für einen beinahe Unbekannten zu groß vorkamen.

Ich würde Jackson finden, und dann würde alles gut. Mit dieser Sicherheit fiel ich schließlich in einen komatösen Schlaf.

Berlin, 2017

Unserer plötzlichen Nähe war eiskalte Distanz gefolgt. Jackson überkam unbändige Müdigkeit. Als der Taxifahrer vor seinem Hotel hielt, drückte er ihm einen 50-Euro-Schein in die Hand und bat ihn, mich in meine Pension zu fahren. Dort saß ich jetzt so angespannt auf der Kante meines Bettes, dass meine Schultern brannten, und kam mir so unglaublich dämlich vor. Schon wieder!

Er hatte völlig überreagiert. Als ich seine Fragen nach meinen Kindern ehrlich beantwortet hatte, war er in ein Schweigen verfallen. Als ich ihm von der Trennung von Samu und den Grund dafür erzählen wollte, hatte er uninteressiert, ja fast schon überheblich, aus dem Fenster des Taxis gesehen und mir irgendwie das Gefühl gegeben, ich wäre eine Ehebrecherin. Als wäre ich die Böse, und er der Moralapostel. Dabei hatte ich ihm aufrichtig erklärt, dass, auch wenn ich wegen ihm in Berlin war, meine Trennung nicht im Geringsten etwas mit ihm zu tun hatte. Diese war lange, bevor ich sein Bild in der Münchner Galerie entdeckte und er sich so wieder in mein Leben zurückrief, geschehen. Ich war offiziell getrennt und er müsste sich in keiner Weise für etwas verantwortlich fühlen. Dennoch war er verstummt. Er hatte mir zum Abschied einen kaum spürbaren Kuss auf die Wange gehaucht und mich ratlos in den Berliner Morgen entlassen. Gerade noch hatten wir uns innig an den Händen gehalten, um ja den anderen nie wieder gehen zu lassen und jetzt? War jetzt alles passé?

Das Zimmer lag kalt vor mir, ich kam mir erbärmlich vor in der plötzlichen Fremde. Ich spürte eine Schwere in meinem Körper und ließ mich zur Seite fallen. Ich hätte sofort in einen Tiefschlaf gleiten können, erschöpft, wie ich war. Das Licht zog mittlerweile grell durch die Fenster des Altbaus. Zaghaft ließ ich meinen Zeigefinger über das Display meines Smartphones gleiten. Zwar hatte ich jetzt seine Nummer und könnte mit einem Klick zu ihm vordringen, aber was sollte ich damit? Diesmal war es Jackson, der mich einfach zurückgelassen hatte. Ohne ein Wort der Erklärung, die wieder entstandene Nähe zwischen uns am liebsten wegwischend. Ich starrte auf seinen Namen in meinen Kontakten. Ich starrte, bis die Buchstaben vor meinen Augen verschwammen.

Eine bereits eingegangene Nachricht ließ mich sofort nervös werden. Ich setzte mich auf und klickte auf den Nachrichtenbutton. Das schlechte Gewissen stach mir in die Rippen, als ich völlig unerwartet eine Nachricht von Paul öffnete. Ein Foto von ihm und Emma zusammen mit Samu vor einem aufgebauten Scrabblebrett. Paul hatte wohl alle beim Spielen geschlagen und reckte triumphierend die Faust. Mich durchzog augenblicklich ein stechender, Atem raubender Schmerz. Ich vermisste meine Kinder unendlich. Zu gerne hätte ich mit ihnen zusammen Scrabble gespielt. Zumal ich wusste, wie sehr Paul und auch Samu das Spiel hassten und es nur Emma zuliebe spielten. Dass Paul mir überhaupt ein Foto geschickt hatte, war eine Überraschung und vielleicht auch ein Anfang. Und doch kam ich mir wie eine üble Verräterin vor. Gedanklich legte ich die Buchstaben auf das Spielbrett: *Verräterin.* Was machte ich in Berlin und nicht bei meinen Kindern in München?

Wow. Jetzt spielt Papa auf einmal Scrabble?!, tippte ich gedankenlos, doch erschrak und löschte den Text sofort.

Richte Emma aus, dass ich sie lieb hab! Und dich auch!

Erneut löschte ich den Text. Wollte ich Samu absichtlich

verletzen? Paul würde die Nachricht laut vorlesen, und die Worte würden Samu treffen. Ätsch, ich liebe die Kinder und dich nicht – er war doch eh schon am Boden. Musste ich dafür sorgen, dass er gar nicht mehr aufstand?

Schließlich entschied ich mich für ein paar aussagelose Emojis. Einen Smiley und einen Daumen nach oben. Dazu schrieb ich: *Ich bin stolz auf euch.*

Als das Ausgangssignal auf meinem Handy ertönte, ließ ich mich beinahe leblos auf das Bett zurückfallen. Ich genoss die Einsamkeit kein Stück. Ich fühlte mich wie abgestellt in dem kleinen Einzelzimmer. Einzeln, allein. Ich zweifelte, ob ich dafür gemacht war, allein zu sein. Auch wenn ich es ab und an genoss, so beängstigte mich der Gedanke, dass keiner mehr was mit mir zu tun haben wollte, dass ich tatsächlich alleine war. Obwohl ich mich so entschieden hatte und nicht für die Familie, die Zweisamkeit, das vermeintlich große Glück.

Impulsiv griff ich erneut zu meinem Handy und öffnete den Nachrichtenbutton. Vorsichtig, um auch ja keinen Fehler zu machen, öffnete ich Jacksons Kontakt und wollte gerade eine Nachricht in die Textzeile eingeben, als ich die drei Punkte unter seinem Namen wahrnahm. Pünktchen, Pünktchen, Pünktchen. Jackson schrieb offensichtlich etwas. Ich hielt den Atem an und holte erst wieder Luft, als ich seine Nachricht gelesen hatte.

Meet me later. 16.00 Hamburger Bahnhof – Nationalgalerie der Gegenwart

Kein »Sorry«, kein »Ich erkläre dir alles«. Nur ein Treffpunkt. Überheblich. Direkt. Entschlossen.

Mir ging so viel durch den Kopf. Doch ehe meine Zweifel und die vielen Fragen mich übermannten, tippte ich als Antwort zwei Buchstaben. Wenig überheblich, aber entschlossen.

Ok.

New York, 2000

Den Rotwein noch im Kopf, mein Magen noch flau von dem Serendipty Desaster, fand ich am nächsten Morgen in der Küche eine Notiz von Suki und Amy, dass sie im Coffeeshop auf der Amsterdam Avenue auf mich warten würden. Sie waren früh unterwegs, um sich für ihre Kurse nach der Winterpause einzuschreiben. Die Uni war zwar noch eine ganze Woche geschlossen, dennoch gab es bereits die Pläne für Vorlesungen und ausländische Workshops, die schnell alle voll waren, wenn man sich nicht früh genug anmeldete. Ich hingegen konnte mich immer noch nicht entscheiden, was mich wirklich interessierte. Ich müsste es also darauf ankommen lassen, in welchem Kurs ich am Ende noch einen Platz bekam.

Mein Kopf war noch schwer vom Rotwein, beinahe bleiern, als ich unter die Dusche huschte. Ja, ich war nervös wegen unseres Vorhabens, Jackson im Monkey House zu suchen. Zu nervös, so dass mir die Uni und der Grund, aus dem ich überhaupt in New York war, plötzlich vollkommen unwichtig erschienen.

Ein Blick aus dem Fenster auf die weiße Schneelandschaft und ich packte mir noch den bunten selbst gestrickten Wollschal um den Hals, den mir Mama zu Weihnachten geschenkt hatte. Ich schmunzelte beim Gedanken an meine Mutter, wie ich sie mit meinem spontanen Besuch in München überrascht hatte. Eigentlich hatte ich vorgehabt, Weihnachten in New York zu verbringen und zu lernen, außerdem hatte ich überhaupt keine Kohle, um mir ein Ticket für den langen Flug leisten zu können. Aber Mama klang bei den Telefonaten in der Vorweihnachtszeit derart bedrückt, dass ich mein Bedürfnis, für meine Mutter da sein zu wollen, nicht ungeachtet lassen konnte. Also hatte ich einen einigermaßen erschwinglichen Flug gebucht, der mich über London und Frankfurt nach München brachte, und stand am 23. Dezember auf einmal vor der Wohnungstür. Mama hatte, cool wie sie war, die aufkommenden Tränen über die Wiedersehensfreude weggewischt und mich fest an sich gedrückt. Umso wehmütiger war sie gewesen, als ich nach einer Woche wieder meine Koffer packte. Ich hatte Amy und Suki versprochen, zur Milleniumssilvesternacht in New York sein. Mama und ich waren in einen blöden Streit geraten, weil sie mir vorwarf, mich nicht genug um sie zu sorgen. Ich war unverhältnismäßig ausgeflippt und hatte den Besuch einen kurzen Moment bereut. Eigentlich war mir ja klar, dass es gerade zu den Festen in den Familien immer krachte, und gerade an Weihachten fühlte sich Mama nach der Trennung von Christoph extrem allein gelassen. Daher hatte ich mein Ego und meinen Ärger heruntergeschluckt und sie zum Abschied lange umarmt. »Wenn du einsam bist, komm nach New York«, hatte ich ihr zugeflüstert, und sie hatte bedeutungsschwanger geantwortet: »Für dich gilt das Gleiche. Du musst keinem etwas beweisen!«

Ehe mein Ärger darüber, dass meine Mutter mir offensichtlich nicht zutraute, es in New York zu etwas zu bringen, überhandnahm, war ich schnell gegangen.

Das alles kam mir jetzt meilenweit entfernt vor. Mein Herz beschleunigte beim Gedanken daran, was mir alles entgangen wäre, hätte ich Silvester tatsächlich im verpennten München verbracht. Meine Sehnsucht nach Jackson war kaum auszuhalten, deswegen beeilte ich mich, zu den Mädels in den Coffeeshop zu kommen. Sie saßen bereits beim zweiten Kaffee über den Uniunterlagen.

»Ihr Nerds!«, rief ich ihnen zu.

Amy konterte sofort. »Man muss es sich eben leisten können, fünf Tage damit zu verschwenden, in einer Wohnung zu hocken und auf einen Anruf zu warten.«

»Touché!«, grinste Suki.

Und ich hatte sofort ein schlechtes Gewissen, dass ich mich durch die ständigen Gedanken an Jackson von meinem Studium ablenken ließ. Die Tage des Wartens hätte ich wirklich damit verbringen können, mir mögliche Kurse rauszusuchen. Hätte, hätte, hätte.

»Wollen wir los?«, rief ich ihnen euphorisch zu und erntete müde Blicke. Suki war enttäuscht darüber, dass ein bekannter Wirtschaftsprüfer aus Chicago seinen Kurs abgesagt hatte und sie stattdessen lediglich einen viertägigen praktischen Kurs an der Börse machen könnte.

»Wall Street kenn ich in- und auswendig.«

Suki studierte Science of Finances und wollte später einmal, wie sie selbst sagte, »a shit load of money« damit verdienen, dass sie als Wirtschaftsprüferin für den Staat alle Unternehmen an der Börse unter die Lupe nahm. Sie war also das Gegenteil von allen, meist kurzzeitig sehr erfolgreichen Brokern, die nach New York kamen, um schnell unheimlich reich zu werden. An der Börse hatte sie bereits etliche Praktika gemacht und daher hielt sich ihre Begeisterung über ein erneutes Praktikum in Grenzen. Andere hätten dafür getötet.

Amy war vertieft über einer Liste von Fachliteratur gebeugt, die sie für ihr Journalistik-Studium in diesem Semester lesen musste. Sie hatte vor, im Herbst ihren Abschluss zu machen und wollte alles dafür tun, um ihr Ziel einzuhalten.

Ich betrachtete meine Freundinnen, die in ihrer Gier nach Wissen waberten. Wir drei hätten unterschiedlicher nicht sein können – was sicherlich der Grund dafür war, warum wir so gut miteinander auskamen.

Ich hatte Sukis Aushang für das WG-Zimmer damals am Schwarzen Brett vor der Mensa gefunden, kein großes Ding. Ich hatte mir das Zimmer zum angegebenen Besichtigungstermin einfach angesehen und schon beim Verlassen der Wohnung hatte Suki mir vor allen anderen Kandidaten gesagt, dass sie mich gerne als Mitbewohnerin hätte. Amy war zu dieser Zeit gerade zu ihrem damaligen Freund nach Soho gezogen. Als die Beziehung aber nur wenige Zeit später scheiterte, wollte sie zurück in ihre WG. Suki hatte das Zimmer aber bereits an mich vergeben. Amy war jedoch so heartbroken, dass ich ihr das Zimmer zurückgab und übergangsweise auf der schmalen Couch im Durchgangswohnzimmer schlief, ehe Sukis Grandma ihre unzähligen Umzugskisten aus dem kleinen Zimmer neben der Küche ausräumen ließ, so dass ich darin einziehen konnte. Mir war sofort klar, dass ich mich mit dem kleineren Zimmer würde zufriedengeben müssen, da Suki und Amy zuvor schon eine ganze Weile zusammengewohnt hatten. Und als Suki mir eröffnete, ich müsste für das Zimmer nur 400 Dollar zahlen, war ich darüber auch froh.

Wir hatten uns sofort angefreundet und ergänzten uns perfekt. Suki mit ihrer Präzision und dem scharfen Verstand, Amy mit ihrer texanischen Leichtigkeit und Lebensfreude und ich, das German Girl, mit meinem selbstzerstörerischen Hang zu absolutem Drama.

Mit gerade diesem versuchte ich jetzt die Aufmerksamkeit der beiden zu beanspruchen. »Wenn ich Jackson wegen euch verpasse, sterbe ich an einem gebrochenen Herzen und ihr müsst meine Beerdigung organisieren!«

Suki sah mich fragend an und Amy grinste, ohne den Blick von der Liste vor ihr zu nehmen. »Du hattest Sex mit einem

Fremden und hast ihn danach einfach liegen lassen. Das macht man vielleicht in Germany so, aber hier? Erwarte jetzt kein Mitleid von uns!«

Ich wusste dem nichts entgegenzusetzen und hielt mein Gesicht enttäuscht in den Dampf des heißen Kaffees, der vor mir aus einem Pappbecher emporstieg.

Suki gab Amy unter dem Tisch einen Tritt, worüber sich diese lautstark beschwerte. »What the fuck!«

Suki kramte die Sachen zusammen. »Amy, wir müssen. Kata hat Schmerzen.«

Amy stand endlich auf. Sie sah mich ernst an. »Ich wollte nur testen, wie ernst du es meinst.«

Ich sah sie beinahe flehend an. Amy strich mir eine Strähne aus dem Gesicht und nickte mir aufmunternd zu. »Los, holen wir uns den Affen!«, grinste sie.

Sie schob mich aufmunternd vor sich aus dem Coffeeshop. Suki, die uns folgte, zitierte noch eine Weisheit aus ihrer Religion, dem Buddhismus. »Die Liebe findet man ja eigentlich nur, wenn man nicht nach ihr sucht.«

Amy drehte sich zu ihr um und legte einen Zeigefinger an ihre Lippen. »Schhhh! Das hilft uns jetzt wirklich gar nicht.«

Suki verstummte schlagartig.

Der Dringlichkeit wegen presste Amy ihren Mittel- und Zeigefinger zwischen ihre Zähne und pfiff schrill nach einem der gelben Taxis, die New York patrouillierten. Wir nahmen zu dritt auf der Rückbank Platz, als der Taxifahrer, ein Pakistani mit Turban auf dem Kopf und einem fetten Akzent auf den Lippen, uns nach der Adresse fragte. Amy von rechts, Suki von links, sahen mich in der Mitte erwartungsvoll an. Ich hatte keine Ahnung. Ich war doch am Neujahrsmorgen einfach aus dem Haus gelaufen und weiter Richtung

Central Park. Gut, ich erinnerte mich noch daran, dass es drei Stockwerke waren, die ich nach unten gelaufen war, aber die Straße?! Keine Ahnung!

Der Pakistani seufzte und musterte mich über den Rückspiegel. Suki war fassungslos, Amy versuchte es mit Verständnis für meine Notlage. »Irgendetwas? Kannst du dich an irgendetwas erinnern?«

»Upper East. Wir waren über der 72nd Street. Irgendwo zwischen York und 2nd Avenue.«

Amy ließ sich kurz überfordert in die durchgesessene Rückbank fallen. Dann rief sie dem Taxifahrer zu: »72nd Street Ecke 1st Avenue.«

»Euer Ernst? Es ist scheißkalt. Am Ende müssen sie unser aller Beerdigungen organisieren, ehe wir den Prinzen gefunden haben!«, motzte Suki.

»Es tut mir so leid, Mädels. Ihr müsst das nicht für mich tun.« Ich wäre am liebsten ausgestiegen und hätte mich meinem vermasselten Schicksal ergeben.

Amy tätschelte meine Hand. »Doch, doch. Hier stirbt heute keiner!«

Das Taxi setzte sich in Bewegung.

Sie biss echt die Zähne zusammen, aber wir waren kaum aus dem Taxi gestiegen und hatten einen Häuserblock abgesucht, ehe Suki zu lamentieren begann, ob man Jackson nicht einfach über die Kartei der Universität ausfindig machen könnte. »Wir könnten uns doch eine verrückte Geschichte ausdenken, um an seine Adresse zu kommen? Du bist seine verschollene Schwester aus Deutschland …«

Obwohl es eigentlich ihrer investigativen Haltung entsprach, negierte Amy sofort. »Sie schmeißen uns noch aus der Uni, wenn wir krumme Dinger versuchen.«

»Außerdem öffnet das Büro der Uni erst wieder in einer Woche«, sagte ich mit leidender Miene.

»Und jede weitere Minute bereitet dir körperliche Schmerzen«, ergänzte Suki treffend.

Dennoch brach Suki die Suche kurz darauf ab, da sie fürchtete, die Kälte könne tatsächlich zu akutem Herzversagen und schließlich doch ihrem Tod führen. Ihr war schlichtweg zu kalt und die Wahrscheinlichkeit, Jackson tatsächlich zu finden, laut ihrer Berechnung zu gering.

Ich war in diesem Moment sehr froh, dass Amy mir noch beistand, als wir im Zickzack jede Straße zwischen York und Second Avenue abliefen, um nach dem Haus Ausschau zu halten. Ich erinnerte mich daran, dass es freistehend war und aussah wie eine schmale Pappschachtel. Mit schwarz gestrichenen Ziegeln und weiß getünchten Feuerleitern vor den Fenstern. Wenn ich vor ihm stünde, würde ich es sofort wiedererkennen. Tja, wenn.

Ich bemerkte, wie auch Amy von Straße zu Straße die Lust am Suchen verging und versuchte sie mit einem Gespräch abzulenken.

»Hast du so was schon mal erlebt?«

»Was meinst du?«, fragte sie, ihre eiskalten Lippen schlugen aufeinander.

»Ich meine, dass du jemandem begegnest, der dich komplett verwirrt, und du körperlich spürst, wie du dich verliebst?«

Amy rang in der Kälte mit ihrem Atem. »Das passiert mir jedes Mal. Ich verliebe mich sofort und steige mit dem Typen ins Bett, und wenn ich ihn im Licht und wieder nüchtern betrachte, hab ich mir die Liebe nur eingebildet«, sagte sie mit einem bemühten Grinsen, und ich wusste, es hatte keinen Sinn, sich ihr ehrlich anzuvertrauen. Amy war aus einem anderem Holz geschnitzt, für sie war das Leben ein abwechslungsreiches Abenteuer. Und auch wenn sie durchaus immer wieder mal heartbroken war, so hatte sie eine andere Art damit umzugehen. Ablenkung gab es genug, die Männer lagen ihr zu Füßen. Und zwar in Scharen.

Ich musste daran denken, wie ich mal mit einem Typen abgestürzt war, der nur nach einem Weg gesucht hatte, um an Amy heranzukommen. Er hatte mich so lange bequatscht, bis ich ihn mit nach Hause nahm, wo er dann auf einmal alles über Amy wissen wollte und in der Küche so lauten Rabatz machte, bis sie schließlich aufwachte und uns anblaffte, was der Lärm mitten in der Nacht solle. Dabei hatte sich dann herausgestellt, dass Amy den Kerl von der Uni kannte, wo er penetrant versucht hatte, an ihre Nummer zu kommen. Nur mit vereinten Kräften hatten wir ihn aus der Wohnung bekommen und danach bei einer Flasche Tequila geschworen, niemals mehr fremde Typen mit in die WG zu bringen.

In meinen Magen hatte sich ein gigantisches Loch gefressen, es war bereits nach Mittag, und wir kamen beinahe wirklich um, allerdings vor Hunger. Amy bat mich, beim nächstgelegenen Diner einzukehren, oder sie würde uns zu Hause Pasta kochen und morgen mit mir weitersuchen.

Ich versuchte mich zu erinnern, aber die ganze Umgebung wirkte mittlerweile fremd. War ich hier überhaupt schon einmal gewesen? In der Nacht mit Jackson hatte ich nur Augen für ihn gehabt. Das Drumherum hatte mich null interessiert. Amy war schon mit einem Fuß im Burgerladen an der Ecke, als ich einen kälteerstickten Schrei ausstieß.

»Das ist es!«

Tatsächlich ragte vor uns am Ende der 74th Street, kurz vor dem Franklin Roosevelt Drive, das schief wirkende Haus mit den hell getünchten Feuerleitern empor. Es sah auch von außen aus wie ein Affenstall.

Mein Herz raste, aber meine Schritte verlangsamten sich.

»Ich nehme an, dir ist der Appetit vergangen«, sagte Amy enttäuscht und ließ die Klinke zum Burgerladen wieder los.

»Okay, was soll ich ihm sagen? Wenn er überhaupt da ist.«

Amy seufzte. »Also, wenn es wirklich so war, wie du es sagst, werdet ihr ja wohl nicht viele Worte brauchen.«

Ja, wenn er überhaupt dort war, es war schließlich nicht mal seine Wohnung, in der sie in der Silvesternacht gefeiert hatten. Aber die seiner Freunde? Ich versuchte mich zu erinnern: Warum waren wir Silvester überhaupt dort?

»Okay, let's do it.« Amy zog mich jetzt hinter sich her, als hätte sie eine Oase in der Wüste entdeckt, die meinen unbändigen Durst stillen konnte.

Ich hatte große Mühe, bei ihrem energischem Schritt durch den Schneematsch hinterherzukommen.

»Was ist mit dir? Let's go!«, feuerte sie mich an.

Die Kälte brannte in meinem Gesicht, und ich folgte ihre mit jedem Schritt unentschlossener.

Auf Amys forsche Ausrede, sie hätte an Silvester etwas in der Wohnung verloren, summte kurze Zeit später tatsächlich der Buzzer, und wir enterten das Haus, in dem ich Jackson zurückgelassen hatte. Mein Herz geriet mit jedem Schritt, den ich höher in Richtung Wohnung emporstieg, mehr und mehr außer Takt.

** Berlin, 2017 **

Ich hatte mich nicht lange damit aufgehalten, wie ich aussah, geschweige denn, was ich anhatte. Ich war kurz nach Jacksons Nachricht in einen komatösen Schlaf gefallen und kurz nach 15 Uhr in exakt der gleichen verrenkten Position wieder aufgewacht. Die Kissenabdrücke noch im Gesicht, die Wimperntusche verschmiert um die Augen verteilt, hatte ich mir in der Dusche warmes Wasser über den Kopf laufen lassen. Danach war mein Gesicht von der Wärme und dem Dampf derart angeschwollen gewesen und hatte rötlich geschillert, so dass jeder Versuch, Make-up aufzulegen, fehlgeschlagen wäre. Weniger war also mehr.

Ich hüllte mich in schlichte, weiße Spitzenwäsche, zog den bräunlichen Sweater über, den ich schon auf der Zugfahrt getragen hatte und stieg in die Jeans vom Vortag. Mir war so gar nicht nach Verkleiden zumute. Als ich in meine bequemen Sneakers schlüpfte, frohlockte ich beinahe vor Wohligkeit. Ich schüttelte meine Haare einmal kräftig, so dass sich Wasserspritzer überall auf dem Badezimmerspiegel verteilten, schob den Lipbalm zwei-, dreimal über meine Lippen und ging.

Auf dem Weg vom Hauptbahnhof zur Galerie im Hamburger Bahnhof versuchte ich meine Kinder anzurufen. Emma meldete sich via Videochat und zwang Paul mit vor die Kamera. Ihr gefiel mein natürlicher Look auf Anhieb. Paul schwieg wie erwartet.

»Du strahlst voll, Mama.«

»Echt?«, fragte ich scheinheilig und sah wieder die Buchstaben auf dem Scrabblespielfeld vor mir: *Verräterin*.

»Wo gehst du hin?«, fragte Emma interessiert.

»In eine Ausstellung.« Ich log nicht. Zumindest nicht wirklich.

Paul entwischte dem Bild, doch Emma zog ihn zurück. »Wenn du nicht mit Mama sprichst, sag ich ihr, dass du letzte Nacht im Krankenhaus warst.«

Ich blieb abrupt stehen. »Wo warst du? Paul???«

Das Video wackelte, offensichtlich vermöbelte Paul gerade seine Schwester, weil sie ihn verraten hatte.

»Paul!! Paul?« Ich schrie in das Telefon. Ein paar Touristen sahen mich irritiert an, die Berliner beachteten mich kaum. Schreiende Frauen auf offener Straße schienen hier völlig normal zu sein.

»Paul?«, versuchte ich es leiser, aber das Bild wurde schwarz. Ich seufzte laut und lange und wählte Samus Nummer. Er nahm sofort ab.

»Ich hätte dich längst angerufen, Kata.«

Ich wartete auf sein Aber, doch es kam nicht. »Aber?«, fauchte ich ihn also an.

»Ich wusste ja nicht. Du steckst anscheinend mitten in einer wichtigen Sache und …«

Ich ließ ihn nicht zu Ende sprechen. »Was ist da los bei euch? Und sag mir jetzt nicht, dass es irgendwas gibt, das wichtiger ist als unsere Kinder.« Ich versuchte zu ignorieren, wie sauer mich Samus lässige Art machte.

»Der Junge hat zu viel gefeiert und ist umgekippt. Ich hielt es für die richtige Maßnahme, ihn im Krankenhaus ausnüchtern zu lassen.«

Ich schloss einen Moment die Augen, warum passierte das jetzt? Warum ausgerechnet, wenn ich nicht da war?

»Und da hältst du es nicht für nötig, mich zu informieren!? Samu!!« Jetzt schrie ich wieder.

»Was hätte es denn geändert? Du bist in Berlin!«

Ja, ich war in Berlin. Alleine, das erste Mal seit sehr langer Zeit, und Paul betrank sich sinnlos. Mit 15! Was war ich nur für eine Mutter.

»Du hättest mich anrufen müssen! Samu, du musst mir Bescheid sagen, wenn was mit unseren Kindern ist!«

Er schwieg einen Moment, und ich überlegte, ob er seine Gedanken sortierte und sich neue Vorwürfe für mich zurechtlegte. Stattdessen sagte er wieder ganz ruhig: »Erinnerst du dich daran, wie du mir erzählt hast, dass Christoph dich mal volltrunken in einem Club auf der Leopoldstraße geschultert hat und dich vor all deinen Freunden aus dem Club getragen hat?«

»Paul ist aber erst 15!!« Ich bekam kaum Luft zum Atmen.

»So was passiert.«

Seine Ruhe überwältigte mich. Zwischen uns in der Leitung war nicht mal ein Knistern zu hören.

»Du musst mir versprechen, dass du mir in Zukunft Bescheid gibst.«

Er seufzte genervt. »Das hätte ich schon, aber ich wollte, dass Paul es dir selbst sagt.« Natürlich wollte er das. Ein perfekter Vater tat so etwas.

»Vielleicht gibt es einen Grund dafür, dass er es dir nicht gesagt hat. Dass er die Sau erst rauslässt, wenn du mal weg bist. Ich weiß es nicht, Kata sprich mit ihm, wenn du wieder da bist.«

Stille. Ich sagte kein Wort. In diesem Satz steckten zu viele Vorwürfe. War ich wirklich schuld, dass mein Sohn sich betrank, während ich in Berlin einer alten Liebschaft hinterherjagte? Er hatte sich betrunken, na und? War das in seinem Alter nicht normal? Oder war das doch der Anfang einer Revolte? Die erste Stufe einer steilen Treppe in den Untergrund.

Dann würde Paul eines dieser Scheidungskinder werden, das später keine vernünftige Beziehung führen könnte, weil seine Eltern ihm in der für ihn wichtigsten Lebensphase, kurz vor seiner eigenen ersten großen Liebe, mit ihrer Trennung das Herz gebrochen hatten. Mich zermürbte das Gefühl, versagt zu haben. Die Verantwortung, Haltung zu wahren, lag plötzlich so schwer auf meinen Schultern, dass ich kurz vor einer Panikattacke stand.

Nach einem schier endlosen Schweigen hörte ich Samus ruhige Stimme. »Das wird alles, der Junge braucht seine Zeit. Wir alle brauchen die.«

»Mhm.« Mehr brachte ich nicht heraus. Dann, nach einem Moment: »Sag ihm, dass ich ihn liebe, auch wenn er es nicht hören will.«

Samu stieß bloß Luft aus, auch er war mit der Situation überfordert. »Er liebt dich. So sehr. Deswegen benimmt er sich so.«

Ich spürte, wie mir die Tränen in die Augen stiegen. Nicht jetzt! Nicht hier. Doch es war schon zu spät.

»Ich bin an allem schuld, ich weiß«, sagte ich trotzig wie ein Kleinkind. Stumme Tränen rannen über meine Wange. Für einen Moment fiel ich in mir zusammen.

Samu ignorierte meinen Satz, seine Stimme blieb hart. »Viel Spaß noch in Berlin«, sagte er wie eine Ermahnung in die Stille hinein und legte auf.

Ich wischte die immer wiederkehrenden Tränen weg. Immerhin kamen sie zurück, immerhin konnte ich weinen, immerhin waren meine Gefühle wieder da. Ich straffte mich und mit einem Schlag wurde mir bewusst, warum ich weinte. Es war ein Abschied. Von einer vergangenen Zeit, einem gemeinsamen Lebensabschnitt. Ich und auch meine Kinder würden sich neu justieren müssen.

Egal, was hinter den geschwungenen Fensterbögen der Galerie auf mich wartete, allein mit dem Entschluss, meinem Entschluss, hier zu stehen, wagte ich etwas Neues. Ich hatte mich verändert und umzukehren, war für mich jetzt keine Option mehr.

Als ich sah, welcher Künstler im Hamburger Bahnhof ausstellte, musste ich schmunzeln. Marsden Hartley. Einer der bedeutendsten US-amerikanischen Maler der Moderne. Ich hatte in jedem von Jacksons Pinselstrichen erkannt, dass Hartley ihn in seinem Stil geprägt hatte, eigenwillig, inspiriert vom Expressionismus und Kubismus.

Ich kaufte ohne zu zögern ein Ticket und betrat die Ausstellung. Mein Instinkt betrog mich nicht. Ich erkannte seine markanten Umrisse sofort.

Jackson stand vor Hartleys Bild mit dem Namen »Indian Fantasy«. Ein simpel gemalter Falke mit gespreizten Flügeln gleitet über ein Heer von Schiffen, geradewegs zu oder über eine Ansammlung von Tipis.

Ich betrachtete das Gemälde über Jacksons Schulter hinweg. Wenn ich zu lange hinsah, hatte ich tatsächlich das Gefühl, der Falke würde sich bewegen. Ich spürte den Sog, den das besondere Bild auf mich hatte, aber auch Jacksons Silhouette, die auf wundersame Weise mit dem Falken zu verschwimmen schien, zog mich an. Sie beide waren eins. Der Falke hoch oben und Jackson, der sich just in diesem Moment umdrehte und mich entdeckte. Er formte ein stummes »Hi!« mit seinen schmalen Lippen, und ich fühlte mich sofort ertappt. Als hätte ich etwas Verbotenes getan.

Als ich zu ihm herantrat, wiederholte er leise seine Begrüßung. »Hi.« Er beugte sich lässig zu mir herüber und küsste mich auf die Wange. Erst links, dann rechts. Nichts Großes, aber seine Lippen sowie sein frischer Dreitagebart hinterließen ein elektrisierendes Gefühl auf meiner vom Duschen immer noch aufgeweichten Haut. Er musterte mich einen Augenblick, was mir unangenehm war. Entschuldigend verteidigte ich meinen Look. »Ich hab verschlafen.«

»Gut so«, schmunzelte Jackson. Er mochte offenbar, was er sah.

Als er mir anfing von Marsden Hartley zu erzählen, leuchteten Jacksons Augen. Er war in seinem Element. Obwohl ich ihm stundenlang hätte lauschen können, unterbrach ich ihn.

»Ich weiß alles über Hartley. Fall du dich erinnerst, ich habe Kunstgeschichte studiert«, sagte ich ein bisschen stolz, während ich in der Luft über die akkurat gezeichneten Linien des Bildes fuhr und Jackson meine Interpretation des heimkehrenden Falken zum Besten gab. Jackson schien beeindruckt, überraschte mich aber schließlich doch, als er erzählte, sein Urgroßvater wäre mit Hartley in Maine zur Schule gegangen. Ich nickte anerkennend, musste dann aber lächeln. Wollte er mir irgendetwas beweisen? Wir schwiegen wieder und tauchten jeder für sich erneut in das Bild ein. Wie aus dem Off holte seine tiefe Stimme mich zurück.

»Sorry for yesterday«, sagte er beinahe tonlos.

Mit dieser Antwort wusste ich nichts anzufangen. Er hatte mich im Taxi einfach sitzen lassen. Aber ich hatte kein Recht, beleidigt zu sein und außerdem war hier weder der Ort noch die Zeit für übertriebene Empfindsamkeit.

»Mir tut es leid. Ich hätte niemals einfach so auftauchen sollen.«

Und Jacksons Gesichtsausdruck, als er den nächsten Satz sagte, traf mich. In Mark und Bein. »Du hättest niemals gehen dürfen.«

Ja, er hatte recht. Aber ich war darüber hinaus, darüber zu

grübeln, was für mich richtig und was falsch gewesen wäre. Mich ständig mit der Vergangenheit zu beschäftigen, machte für mich keinen Sinn mehr. Dafür war die Gegenwart zu präsent. Hätte, hätte …

Ich griff nach Jacksons Hand, und er ließ es zu. Wir standen Händchen haltend vor dem Falken, bis er nach einer halben Ewigkeit zugab: »Ich hab es nie bis zu einer Familie geschafft. Meine Welt kreist nur um mich und alles, was in unmittelbarer Nähe steht, wird vom Sog mitgerissen. Kein Grashalm bleibt stehen.«

Ich neigte mein Gesicht, während ich ihm zuhörte. Seine Stimme klang neutral, als ob er von etwas erzählte, das er mal gehört hatte, es aber nicht um ihn selbst ging.

»Als du mir von deinen Kindern erzählt hast, war ich eifersüchtig. Panisch, weil ich wusste, dass mein Egoismus mich zu diesem einsamen Menschen gemacht hat.«

Ich drückte seine Hand. »Nur, weil man Menschen um sich hat, heißt das nicht, dass man weniger allein ist.«

»Wenn man imstande ist, Liebe zu teilen, ist man niemals einsam.«

Er hatte recht.

Ich dachte darüber nach, ob Jacksons Selbstreflektion womöglich in etlichen Therapiestunden erarbeitet worden war. Er fuhr unbeirrt fort.

»Und als ich panisch wurde, ärgerte ich mich, weil es schon wieder nur um mich ging.«

»Jackson, das ist sehr kompliziert.«

Er lachte auf. »Ich bin kompliziert, willst du wohl damit sagen.«

Ich suchte seinen Blick, es fiel ihm sichtlich schwer, ihm zu begegnen.

»Was ich damit sagen will: Als du von deinen Kindern erzählt hast, musste ich sofort daran danken. Wenn du damals nicht gegangen wärst …«

Ich hielt kurz die Luft an. Ich wollte nicht, dass er es aussprach.

Ich unterbrach ihn: »… wäre ich jetzt nicht hier, Jackson.«

Jackson hielt inne, offensichtlich behielt er seine Gedanken für sich. Aber mir war klar, was er dachte. Er hatte unser gemeinsames Leben an sich vorbeiziehen gesehen. Die vertane Chance. Und das hatte sein Gefühl für die Gegenwart offenbar derart getrübt, dass er bereit war, sich auch die neue Chance entgehen zu lassen.

Er kam näher.

»Verschwinden wir hier?«, wisperte er mir ins Ohr, so dass selbst das kleinste Härchen sich in meinem Nacken aufstellte.

»Sehr gerne«, flüsterte ich zurück.

Auf dem Weg nach draußen warf ich einen letzten Blick über die Schulter auf das Bild von Marsden Hartley. Der Falke entfernte sich, ließ mich aber nicht aus den Augen. Ich zwinkerte ihm zu und mir war, als zwinkerte er zurück.

New York, 2000

Auch wenn das Monkey House durch das Licht des grellen, schneeverhangenen Himmels eher steril wirkte, die Bilder der Neujahrsnacht waren sofort wieder da.

Amy bekräftigte die Notlüge und erklärte einem völlig verplanten Typen, der in der Wohnung wohnte, dass sie Silvester hier gefeiert hätte und sie seitdem einen ihrer wertvollen Perlenohrringe vermisse. Die beiden gerieten kurz in einen Streit darüber, ob Amy damit womöglich sagen wolle, dass sie hier im Monkey House gestohlenen Schmuck bunkerten. Amy war so fassungslos über das dämliche Verhalten des Typens, ihr war anzusehen, dass sie so schnell wie möglich wieder wegwollte. Also richtete sie ihren Blick auf mich, die wie selbstverständlich auf einer Couch im Wohnzimmer Platz genommen hatte. Der Couch.

Alles war wieder da. Jacksons weicher Blick, seine Hände auf meinem aufgeladenen Körper. Seine schlanken Finger in meinem Nacken, auf meinen Brustwarzen. Wie er sich auf mich gelegt hatte. Ich überschlug meine Beine, da es sofort zu kribbeln begann. Wo ist er? Ich muss ihn wiederhaben! Ich verhielt mich wie ein Kind, das zum ersten Mal genascht hatte und seitdem nicht mehr darauf verzichten konnte.

»Where is he?«, platzte es allzu laut aus mir heraus.

Amy und der Typ sahen von der Küchenzeile erschrocken zu mir herüber. Beiden fiel auf, dass ich mich tatsächlich auf der Couch zu räkeln schien.

Amy beäugte mich ungläubig. »Echt jetzt, Kata? Wie peinlich ist das denn bitte!«

»Was seid ihr für Freaks?«, fragte der schräge Typ. »Wollt ihr was klauen oder so? Ist das ’ne Masche, um mich auszuknocken? Ich ruf die Bullen, wenn ihr euch nicht verpisst!«

Ich richtete mich schnell wieder auf, aber die Couch zog mich zurück wie weich gewordener Kaugummi.

»Kat, move your ass!«, raunzte Amy mich an. Der Kerl war ihr offensichtlich nicht ganz geheuer.

»Ich suche einen Typen«, sagte ich mit trockener Kehle. Die Bude war wirklich staubig und völlig überheizt.

»Ich dachte ’nen Ohrring?« Der Typ sah zwischen uns hin und her, war das Angst in seinen Augen oder Angriffslust? Immerhin waren wir in New York City, hier wurde täglich eingebrochen und jemand gekillt. Bereute er es vielleicht sogar, uns reingelassen zu haben oder zückte er gleich ein Messer und zerteilte uns in Stücke? Würden wir womöglich doch noch sterben?

»Kata!!!«, herrschte Amy mich an.

Der Typ wurde zunehmend aggressiv. »Ey, wenn du ficken willst, kannst du doch nicht einfach an einer Tür klingeln und sagen, du suchst ’nen Typen.«

Ich erschrak über seinen Ausbruch. Amy stellte sich vor ihn. »Hör mal, wir sind doch nicht zum Ficken hier!« Sie hielt kurz inne und sah mich an. »Sie vielleicht. Also, nein, nicht ganz. Also um ehrlich zu sein …«

Amy ging zu mir und zog mich von der Couch. »Wir müssen gehen. Was ist los mit dir? Bist du weggetreten?«, fragte sie sauer. Ich stammelte unbeholfen.

»Ich war Silvester hier mit einem Mann. Er ist Künstler. Ich muss ihn wiederfinden.«

Der Typ, der mittlerweile genervt angefangen hatte, an seinen abgekauten Fingernägeln zu nesteln, brauchte eine Sekunde, um die Worte sacken zu lassen. Dann lachte er.

»Das kann ich mir vorstellen!«, schmiss er sich weg, von Aggressivität keine Spur mehr. »Ich war Silvester in Idaho. Aber die Partys hier sind immer legendär.«

Ich verdrehte die Augen, sein Gelächter nervte mich tierisch. »Ohne Witz, ich muss ihn wiederfinden. Er heißt Jackson!«

»Ich kenne keinen Jackson«, sagte der Typ und fuhr sich grinsend über seine kleine Bierplauze.

Amy zog mich Richtung Tür. Die Situation war peinlich, demütigend und komplett unter ihrer Würde. Ich war so genervt, dass ich kurz davor war, dem Typen eine reinzuhauen.

»Fuck you!«, sagte ich hilflos, was den Typen nur noch lauter lachen ließ.

»Go fuck yourself!«, rief er laut. »Wirst du eh machen müssen, wenn du deinen Jackson nicht findest! Aber hey …!« Jetzt übertrieb er maßlos. Er hatte sich in seinen Schritt gefasst und machte eine obszöne Geste in meine Richtung. »Wenn ich genauer drüber nachdenke, du bist süß, ich würd dich ficken!«, sagte er derb, was für Amy das Zeichen war, mich jetzt auch gewaltvoll zur Wohnungstür zu ziehen.

Wir hatten die Arena der Peinlichkeiten schon fast verlassen, als eine Frauenstimme uns stoppte. »Oh, Chris, halt die Fresse!«, schnauzte sie den Typen in einem fetten australischen Akzent an.

Amy und ich rissen die Köpfe herum. Aus einer der Schlafkabinen im Wohnzimmer guckte eine freundliche, junge Frau, 19, höchstens 20. Sie hatte kurzes blondiertes Haar, ihre Arme waren komplett tätowiert und in ihren Ohren hatte sie große Tunnels, durch die man hindurchsehen konnte.

Die junge Frau stieg die Leiter hinunter, und Chris verzog sich, immer noch kichernd, in die Küche.

»Ich glaub, ich weiß, wen du suchst.« Sie kam einen Schritt auf uns zu, ich taumelte fast.

»Du kennst Jackson? Von der NYU?« Meine Augäpfel fielen mir fast aus dem Kopf, so unnatürlich weit hatte ich meine Lider aufgerissen. »Ich meine, Jackson hat die Uni schon abgeschlossen«, fügte ich schnell hinzu.

Die junge Frau musterte mich, ihr Mund verzog sich in ein abfälliges Grinsen. »Du meinst, er ist geflogen?«

Offensichtlich wusste sie mehr als ich.

»Er hat für einen feministischen Befreiungsakt die weiblichen Studentinnen aus seinem Kurs für sein Kunstprojekt auf der Bühne onanieren lassen. Sie haben ihn hochkant rausgeschmissen.«

Jetzt stieß Amy ein grunzendes Lachen aus, ich haute ihr in die Seite.

»Ähm.« Ich rang nach Worten. Okay, Jackson hatte mich also angelogen. Aber was sollte ich jetzt damit anfangen? »Weißt du, wo er wohnt?«

Die junge Australierin zögerte, und ich spürte wieder ihre musternden Blicke. Irgendwie fühlte ich mich ihr komplett ausgeliefert.

»Also, ich hab was von ihm, was ich ihm gerne zurückgeben wollte«, stammelte ich eine Ausrede. Immer wenn ich log, wurde ich knallrot.

»Kannst es hierlassen. Hin und wieder kommt er mal vorbei, wenn es 'ne Party gibt.«

»Wann gibt es denn wieder eine?«, fragte Amy schnell.

»Frühestens Valentine's Day. Silvester war heftig, wir mussten zwei Tage lang aufräumen.«

Amy kommentierte das mit einem Zungenschnalzer. In der Wohnung sah es aus, als wäre seit Monaten, eher seit Jahren, nicht mehr geputzt worden.

Wir standen einen Augenblick schweigend da.

»Also?«, fragte die Frau und wartete offenbar wirklich darauf, dass ich ihr etwas gab. »Gib schon!«

Amy schüttelte ungläubig den Kopf. »Boah, das führt doch zu nichts!«, raunte sie mir zu und wandte sich dann an die junge Frau. »Er hat was von ihr! Sie hat ihm nämlich ihr Herz gegeben! Und das braucht sie dringend zurück, ehe sie noch komplett verblödet!«

Ich zuckte kurz zusammen, auch wegen Amys theatralischer Drehung, mit der sie nun den Abgang machte.

»Und jetzt komm, Kata!«, rief sie mir zu, und ich folgte ihr.

Ich stakste aus der Höhle der Löwen. Amy war schon zur Tür hinaus, ich kurz hinter ihr, als die junge Frau uns hinterherrief: »Ich hab gehört, dass er Off Broadway in einem Theater im Village das Bühnenbild macht. Christopher oder Commerce Street, ich bin mir nicht sicher.«

Erst lächelte ich, dann drehte ich mich um. Ich sah ihr an, dass sie mir ehrlich helfen wollte. Offensichtlich glaubte auch sie an die Liebe. Jedenfalls fühlte ich mich bestätigt und nickte ihr zu. »Danke.«

Dann folgte ich Amy, die noch ein »Halleluja« in den Gang grölte.

Berlin, 2017

Zuerst fiel mein Blick auf die mit Farbspritzern übersäten, abgefuckten Chucks, die neben dem Bett ruhten. Sie sahen aus, als hätten sie einen weiten Weg hinter sich und doch noch einiges zu erzählen.

Draußen dämmerte es bereits, aus dem Innenhof hörte ich das Plätschern eines Brunnens. Das fade Licht der Nachttischlampe tauchte das simpel eingerichtete Designerhotelzimmer in ein annehmbares Ambiente. Ein frei stehendes Bett, bezogen mit weißen, gestärkten Laken. Eine Art Küchentheke, unter der sich die Minibar befand. Eine abgetönte Spiegelfront, in der ich meinen Anblick erhaschte. Ich war nervös, fahrig, erwartungsvoll.

Ich saß auf der Kante des Bettes, mein Körper steif vor Anspannung. Aus dem Badezimmerblock auf der anderen Seite des geräumigen Zimmers hörte ich die Toilettenspülung, kurz darauf den Wasserhahn, mein Herz überschlug sich.

Jackson kam aus dem Bad. Er hatte seinen Sweater abgelegt, trug ein ausgewaschenes T-Shirt, am Kragen porös. Seine nackten Füße hinterließen ein dumpfes Geräusch auf dem Betonfußboden, als er wortlos zum Kühlschrank ging. Er öffnete ihn und ließ zwei kleine Flaschen Wodka in seine Finger gleiten. Er reichte mir eine und setzte sich neben mich auf das Bett. Die steife Hoteldecke raschelte unter seinem Gewicht.

»Wodka? Ich dachte, du trinkst keine harten Sachen mehr?«

»Ausnahme«, sagte er, und ich zweifelte sofort, ob das der richtige Zeitpunkt für ihn war, wieder mit dem Trinken anzufangen. Keinesfalls wollte ich der Auslöser dafür sein. Am liebsten hätte ich ihn davon abgehalten, aber meine Unruhe übermannte mich. Der Verschluss der Fläschchen knackte beim Öffnen. Hastig ließ ich den Schnaps meine Kehle hinuntergleiten. Er brannte, als er meinen Magen erreichte. Ich verzog kurz das Gesicht. Jackson lächelte, Neugierde lag in seinem Blick und irgendwie auch Überlegenheit. Ich schob den Gedanken beiseite, wie ich auf ihn wirken wollte.

Heiß. Mir war so heiß in meinem braunen Sweater. Irgendwie hatte ich die Gelegenheit verpasst, ihn abzulegen, ohne womöglich Signale auszusenden. Dabei hätte ich mir am liebsten alle Kleider vom Leib gerissen und säße direkt nackt hier, die perfekt raschelnden Laken unter meinem nicht mehr so perfekten nackten Hintern. Die selbstbewusste Version von mir hätte schon im Flur vor dem Hotelzimmer damit angefangen einen Striptease hinzulegen. Ja, heiß war mir in meinem Sweater und bei Jacksons Anblick.

Er war nicht mehr so athletisch wie damals. Seine Knochen drückten sich nicht mehr durch den dünnen Stoff seines Shirts. Wo ich mich an seinem Bauch an eine Kuhle nach innen erinnerte, zeichnete sich jetzt der Ansatz einer leichten Wölbung ab. Generell wirkte er etwas weicher, durchlässiger. Er zog mich ehrlich an. Und wie.

Ich drehte mich zu ihm, während er sich lässig auf das Bett fallen ließ. Jackson spürte genau, wie er auf mich wirkte und kokettierte damit.

»Malst du noch?«, fragte er mit einer bemühten Leichtigkeit. Zu schnell schüttelte ich den Kopf. »Schade«, sagte er und leerte das Fläschchen Wodka.

Ich fühlte, dass ich ihn dringend küssen wollte und auch, dass es an mir lag, den ersten Kuss zu wagen. Dennoch zögerte ich. Nicht weil ich unbeholfen war, sondern weil ich es mochte, wie er abwartete. Wartete, dass etwas passierte.

»Jetzt, wo ich weiß, dass Hartley deine Inspirationsquelle ist, sind deine Bilder echt frech. Als hättest du ihn genommen und in die Neuzeit übersetzt«, schwafelte ich los.

»Die Leute lieben Frechheiten, weil sie selbst sehr feige sind.« Oh, war sich Jackson der Bedeutung seiner Aussage bewusst. O nein, feige würde ich nicht sein. Nicht mehr. Also stand ich auf und trat vor ihn.

»Ist dir heiß?«, fragte er mich ehrlich.

Ich glühte, mein Gesicht war knallrot. Er richtete sich im Sitzen auf und sah zu mir hoch.

»Knallheiß«, gab ich zu. Als ich mich aber endlich aus meinem Sweater pellte, bekam ich eine Gänsehaut. Beinahe fürsorglich half er mir dabei, den Pullover abzulegen. Eine kleine Geste mit großer Wirkung. Ich konnte nicht an mich halten und berührte ihn. Legte einfach meine Hand auf sein Gesicht, etwas plump verweilte die Hand dort, ehe meine schwitzigen Finger vorsichtig über seinen Haaransatz glitten. Er zuckte kaum merklich unter meiner Berührung zusammen. Als sich meine Finger schließlich komplett in seinem melierten Haar verbargen, seufzte er und lehnte sich an meinen Körper. Sein Gewicht ruhte auf mir, und ich war stark genug, es zu halten, ihn zu halten. Ihm standzuhalten. Als versuchten wir zaghaft einander vertrauen zu lernen. Jackson schloss seine Arme um mich und streifte dabei meine Hüften.

Ein aufgeregtes Prickeln erfasste mich, ein Gefühl, dass ich so sehr vermisst hatte, als seine Hände weiterwanderten und meinen Rücken hinaufglitten. Mein dünnes Top, das ich trug, offenbarte meine steif gewordenen Nippel.

Sein Blick wanderte zwischen ihnen und meinem immer noch roten, glühendem Gesicht hin und her, als würde er versuchen, mich auswendig zu lernen. Ich schob meine Finger weiter durch sein Haar, bis sie in seinem Nacken zur Ruhe kamen. Dann schwang ich leicht mein Bein zur Seite und setzte mich auf seinen Schoß. Jetzt waren wir auf Augenhöhe.

»Ich werde dich jetzt küssen«, sagte ich entschlossen.

Er lächelte. »Ja, ich weiß.«

Jackson sah mich ruhig an. Ich hätte diesen Moment gerne weiter hinausgezögert, spürte aber seine Hände auf meinem Rücken, die mit sanftem Druck bestätigten, was ich wollte. Er kam mir entgegen, voller Erwartung. Neugierig auf mich. Vertraut unvertraut.

Wir berührten uns kaum, dann mehr, als unsere Lippen endlich ans Ziel gelangten und Erleichterung fanden. Sofort verschmolzen sie zu einem wohlverdienten Kuss. Ungläubig löste ich mich, um ihn noch einmal anzusehen. Er nickte selbstverständlich. Ich fuhr mit meinem Zeigefinger seinen unvollkommenen Mund ab. Erst die Oberlippe, dann die untere. Jackson schnappte unvermittelt danach, und da ich mit dieser Reaktion nicht gerechnet hatte, lachte ich kurz auf, als er mich wieder zu sich heranzog. Diesmal waren unsere Lippen energischer, unsere Zungen trafen sich. Sie schienen sich zu erinnern und fanden in der Gegenwart Erlösung.

Es schlug ein. Ein tiefes Beben von Lust. Ich schob mich näher an ihn heran auf seinen Schoß, spürte, wie er sich an mich presste, spürte seinen erigierten Penis durch die Jeans. Beinahe um noch nicht zu viel preiszugeben, sank er rücklings auf das Bett und zog mich mit sich. Ich war jetzt über ihm, meine Haare fielen nach vorne. Mein Körper folgte dem Druck seiner Arme, wir küssten uns erneut. Wir erforschten einander eine ganze Weile, als würden wir all die Zeit, die wir verpasst hatten, versuchen aufzuholen.

Jacksons Hände schoben sich über meine Arme zum Träger meines Tops. Mit einer gekonnten Bewegung zog er es über meinen Kopf. Die Spitzenwäsche wölbte sich über meiner

Gänsehaut. Ich verkrampfte mich einen Moment bei dem Gedanken daran, wie meine nicht mehr ganz jungen Brüste wohl auf ihn wirken würden, als er meinen BH schon geöffnet hatte und sein Gesicht erst zwischen meinem Busen verbarg, dann mit dem Mund den Weg zu den Brustwarzen suchte. Ich wusste zwar, wie mein Körper funktionierte, dennoch war es eine Weile her, dass ich so berührt worden war. Ich stöhnte leise auf, was Jackson anspornte, mich fester anzupacken.

Mit einem Ruck lag ich auf dem Rücken, er jetzt über mir. Er wanderte zielstrebig mit dem Mund in Richtung Nabel, und ich betrachtete ihn einen Moment dabei. Mein Bauch war nach zwei Kindern nicht mehr straff, die Haut weich und nachgiebig, sein Gesicht verschwand buchstäblich darin. Seine Finger glitten zu meinem Hosenbund. Für eine Minisekunde erinnerte ich mich daran, diese Situation mit ihm schon erlebt zu haben. Seine Berührungen, seine damals schon geschickten Finger auf meiner Haut. Seine Bewegungen waren gekonnt, die Finger rau. Ich musste ihm helfen, meine Jeans klebte an meinem Körper und brachte uns aus dem Takt, worüber wir beide schmunzelten. Nur noch im Spitzenslip legte ich mich lauernd zurück aufs Bett, ich ließ ihn nicht aus den Augen. Die noch kalte Decke in meinem Rücken ließ mich frösteln. Er zog den Spitzenstoff des Slips so weit zurück, dass er sich nur noch über meiner Klitoris spannte. Ich wölbte mich und half ihm dabei, meinen Slip über die Schenkel nach unten gleiten zu lassen. Erst suchte ich überlegt nach der besten Pose, verkrampfte aber dabei. Als Jackson sein Gesicht zwischen meinen Beinen vergrub und seine Zunge sich in mein Innerstes bohrte, hörte ich endlich auf zu denken.

New York, 2000

Nach meinem strangen Auftritt im Monkey House hatte ich mir von Amy einiges anhören müssen. Wir stapften durch den Schnee, während Amy sich lauthals beschwerte.

»Girl, noch nie hab ich mich so scheiße gefühlt und ich war schon in vielen beschissenen Situationen!« Amy fluchte viel, wenn sie sich ärgerte. »Das war echt peinlich und gefährlich. Der Typ hätte uns abstechen können!«

»Der Typ war harmlos!«, verteidigte ich mich.

Amy zog ihre Mütze tiefer ins Gesicht. »Ich hätte dich echt für cooler gehalten. Du warst ja wie ausgeknipst. Wie ein kleines Mädchen!«

Amy schimpfte, aber ihre Verletzungen erreichten mich kaum, meine Gedanken kreisten nur um Jackson. Er hatte mich angelogen, als er mir erzählt hatte, das Kunststudium abgeschlossen zu haben. Warum? Wollte er mir imponieren? Wollte er in der Fremde der Nacht jemand anderes sein? Dachte er, er würde nicht auffliegen? Mir irgendwas erzählen, weil wir uns ja eh nicht wiedersahen? Allerdings hatte ich mich auch schon das ein oder andere Mal mit einer Notlüge besser zu verkaufen versucht. Amys laute Stimme riss mich jetzt doch aus meinen Gedanken.

»Fuck, Kata, ey, du kennst den Typen überhaupt nicht.«

»Ich weiß«, rechtfertigte ich mich. Ich spürte, dass Amy in den Angriffsmodus geschaltet hatte.

»Vielleicht ist dein Jason auch irgend so ein Psycho und braucht dich für seine Spielchen?« Ihr lief die Nase von der kalten Luft, Amy wischte sie mit dem Handrücken ab.

»Jackson. Er heißt Jackson«, sagte ich ruhig, wissend, dass Amy nicht verstand, was ich fühlte. Wo ich es doch selbst kaum einzuordnen wusste.

»Mein ich ja, for fuck's sake!«, fluchte sie weiter.

Ich hatte keine Lust, mich von ihr belehren zu lassen.

»Du hättest dich sicherlich auch bereit erklärt, für ein Kunstprojekt auf einer Bühne zu masturbieren«, haute ich raus.

Amy blieb abrupt stehen, ich biss mir sofort auf die Lippe. Bis jetzt war sie meine einzige Verbündete gewesen. Amys Gesicht entspannte sich, und ihre perfekt geschwungenen Lippen zogen sich leicht nach oben.

»Why not? Ich war mal in Long Island auf einer Nacktdemo gegen die dort geplante Mülldeponie, die ihren Shit einfach ins Meer kippt.«

Ich musste schmunzeln bei der Vorstellung, wie Amy mit bebenden Brüsten, ein Schild über ihren Kopf gestreckt, das Ufer von Long Island hin und her stapfte. »Siehste!«

Ich hakte mich versöhnlich bei ihr ein, und wir drückten uns vor Kälte zitternd eng aneinander, als wir weiterliefen.

»Wenn du direkt ins Village willst, bin ich raus. Ich hab noch ein Blind Date.«

»Echt jetzt? Ganz blind? Du gehst doch nur nach dem Äußeren.«

»All show no substance«, seufzte Amy. Was im Deutschen so viel heißt wie: Außen hui, innen pfui.

Dankbar lud ich Amy noch auf einen heißen Kakao ein, ehe ich in die Subway Richtung Downtown stieg.

Ja, ich wollte direkt nach dem Theater suchen, in dem, wenn überhaupt, Jackson als Bühnenbildner wahrscheinlich eher tagsüber anzutreffen war.

Hier unten war Manhattan so ganz anders. Weiter Richtung Süden das coole Soho mit den breiten, kopfsteingepflasterten Straßen, die Häuser aus alten Klinkersteinen, nicht ganz so hoch. Große, blank geputzte Fensterscheiben. Galerien, teure Shops. Ich hatte mich in meiner Anfangszeit in New York viel in Soho aufgehalten und an meinen Tagträumen, eines Tages selbst in einer der Galerien auszustellen, festgehalten. Irgendwann waren die Caffè Latte in der Mercer Street einfach zu teuer geworden, und ich war weiter nach Chelsea gezogen. Dort war gerade einiges am Entstehen. Frisch renovierte Häuserblocks. Alte Lagerhallen, in denen die Designerware aus Uptown in bezahlbaren Outlets angeboten wurde, Pop-Up-Galerien. Chelsea Market.

Sofort dachte ich an die Neujahrsnacht auf Chelsea Piers, ich dachte an Jackson und beeilte mich, ins Village zu kommen. Ich lief die 14th Street westlich bis zur Avenue of the Americans und südlich weiter, bis ich in das Herz von Greenwich Village stieß. Bleecker Street, Christopher Street, Commerce Street. In einem Copyshop auf der Hudson erfuhr ich von einer uralten Dame, die tatsächlich seit ihren Kindertagen im Village wohnte, welche Theater es hier unten überhaupt gab. Das auf der Commerce wurde wohl gerade renoviert, daher beeilte ich mich zur Christopher Street zu kommen und suchte nach den beiden Off-Broadway-Häusern. Das Größere war um diese Uhrzeit geschlossen, dort wurde ein Millenniumsmusical gespielt, das jeden Abend um 20 Uhr startete. Auf den Szenenfotos im Schaukasten neben dem Eingang erkannte ich kaum etwas, das nach einem größeren Bühnenbild aussah. Nur schwarzen Hintergrund, grelles Licht, blass geschminkte Schauspieler. So stellte man sich hier also das neue Jahrtausend vor: nichtssagend. Mir war klar, Jackson würde ich hier nicht finden und so lief ich die Christopher Street hinunter weiter Richtung Hudson River.

Ich fand das Hinterhoftheater, das schon eher off off Broadway lag, kurz vor der West Street. Ein heruntergekommenes Haus. Im oberen Stock waren ein paar Fensterscheiben eingeschlagen. Geplatzte Farbbomben hatten bunte Schlieren auf den ausgeblichenen Ziegelsteinen der Fassade hinterlassen. Manche waren blutrot und erinnerten an echtes Blut, an ein Massaker.

Auf einer der Wände stand in roten Farblettern: *Test or Torture? No animal testing!* – Keine Tierversuche.

Mein Puls nahm Fahrt auf, ich spürte, dass das Jacksons Werk war. Als wäre seine Aura allgegenwärtig.

Plötzlich hörte ich einen schrillen, spitzen Schrei. Ich zögerte keine Sekunde und eilte ins Innere des Gebäudes.

»Hello?«, rief ich immer wieder und lauter. »Hellllooooo!? Do you need help?« Meine Stimme fing an sich zu überschlagen, mein Puls pochte schnell.

Als ich in einem Theatersaal anmutenden Raum landete, spürte ich etliche Augenpaare auf mir. Auf der Bühne saß eine junge Schauspielerin, neben ihr ein Kollege, der sie gerade mit einem Eimer roter Farbe übergoss. Der Schrei war von ihr gekommen, sie waren inmitten der Probe einer Performance. Allerdings war jetzt ich die Hauptfigur. Alle starrten mich an.

Ein sehr aufgeregter, cholerisch rumschreiender Mann mit Nickelbrille, der in einer der ersten Stuhlreihen saß, erhob sich, was ihn jedoch kaum größer machte als zuvor im Sitzen. Er wandte seinen ganzen Zorn jetzt gegen mich.

»What the fuck are you doing!?«, brüllte er mich an.

Ich hob entschuldigend die Hände und wäre am liebsten sofort weggerannt, hätte ich nicht den wild bemalten Leinenstoff, der hinter der blutigen Darbietung gespannt war, entdeckt. Er hatte jetzt meine ganze Aufmerksamkeit.

Nie zuvor hatte ich etwas Derartiges gesehen. Bunte Farben in dicken Pinselstrichen, die sich abwechselnd von außen nach innen schoben und so Fratzen ergaben, die zwinkerten, die Zunge bleckten, oder gar schrien. Das Bild war so stark, dass die Schauspieler im Vordergrund völlig unbedeutend davor verschwammen. Ich konnte nicht wegsehen und blendete alles um mich herum aus. Der Regisseur keifte mich erneut an und war schon auf dem Weg zu mir, als ich wieder entschuldigend die Arme hob.

»Can I watch?«, fragte ich schnell und nahm in einer der Stuhlreihen Platz. »I am a huge fan«, log ich.

Das besänftigte sein überdimensionales, in einem zu klein geratenen Körper gefangenes Ego. »I don't care, as long as you keep your mouth shut.« Ihm war es egal, so lange ich meine Schnauze hielt. Zitatende.

Das, was die Schauspieler dort auf der Bühne darboten, sollte einen quälerischen Tierversuch darstellen, wirkte allerdings wenig animalisch, dafür aber ziemlich laienhaft und naiv. Ich suchte nach einem Slogan, der dem Laienspiel gerecht wurde. »Stop bad acting« oder »Keine Menschenversuche«.

Irgendwann versuchte ich das nervige Geschrei auf der Bühne wieder auszublenden und mich auf das Bild zu konzentrieren. Ich entdeckte neue Details. Unter den viel zu großen Köpfen mit den Fratzen wanden sich kleine gezeichnete Körper. Das Bild wirkte wie eine Karikatur auf den Menschen, dessen Ego ihm wohl zu Kopf gestiegen war. Genau das! Wie dem kleinen Spielleiter ein paar Reihen vor mir. Ich schmunzelte und versuchte mir vorzustellen, wie Jackson es gemalt hatte. Wie verwegen er dabei ausgesehen haben musste und was er dabei gefühlt hatte.

Zusammen mit den onanierenden Frauen auf der Bühne fügte sich in meinem Kopf so langsam alles zusammen. Jackson wollte anecken, mit gestrecktem Mittelfinger provozieren, und das missfiel. Genies galten nicht immer als konform. Offensichtlich hatten sie ihn deswegen von der Uni geschmissen, er fügte sich nicht ein in die beschauliche Welt der New York University. Dabei galt provokant doch als das neue modern? Gerne wäre ich in der Lage gewesen, derart zu provozieren. Ich überlegte kurz, ob ich neidisch war, dass Jackson mit so viel Talent, gepaart mit einer Scheiß-egal-Einstellung Großes erreichen könnte. Doch mein Neid, den ich immer wieder auf meine eigene Verunsicherung schob und den ich des Öfteren hegte, wenn ich fremde Werke betrachtete, wollte sich nicht einstellen. Stattdessen war da pure Begeisterung. Jacksons Bild begeisterte mich!

Die Frau auf der Bühne fing an zu heulen, was zunächst nach einer Steigerung der schlecht inszenierten Performance aussah. Aber die Tränen waren echt. Die Farbe, die scheinbar keine spezielle Farbe für die Haut war, brannte ihr tierisch in den Augen. Sie war offensichtlich kurz davor zu erblinden und brauchte dringend eine Pause.

»Take five!«, brüllte der kleine Mann und alle erhoben sich schnell und strömten in alle Richtungen davon.

Als die Türen aufgerissen und die kalte Luft hineingelassen wurde, nutze ich meine Chance und ging in den Backstage-Bereich, der nur aus zwei abgehängten, seitlichen Bühnenaufgängen bestand. Ich sah mich um, aber außer den beiden Schauspielern, dem Regisseur und seiner Assistentin, außerdem einem jungen Typen, der immer wieder frische rote Farbe in den Eimer füllte, war niemand hier.

Auf den abgewetzten Stufen zur Bühne saß die junge Schauspielerin und versuchte mit einem bereits völlig besudelten Waschlappen, die Farbe aus ihrem Gesicht zu bekommen. Ihr zarter, elfenhafter Körper bebte unter ihrem Schluchzen. Unter der roten Farbe auf ihrem Kopf blitzten hellblonde Locken hindurch. Sie tat mir ehrlich leid. Unter ihr Wimmern mischten sich allmählich wüste Beschimpfungen, die dem Regisseur galten.

»What an asshole!«, brachte sie hervor, ehe sie erneut versuchte, die Farbe aus ihren Augen zu bekommen.

»Brauchst du Hilfe?«, fragte ich sie aufrichtig, woraufhin sie durch hinter dem besudelten Waschlappen hervorblinzelte. Er war so dreckig, dass sie sich nur noch mehr Farbe in die Augen rieb.

»Wenn du für mich jemanden töten würdest, gerne«, sagte sie trocken und zischte in Richtung des kleinen Mannes, der davon nichts mitbekam. Ich musste lächeln, doch gleich im nächsten Augenblick ermahnte mich das auffällige Bühnenbild hinter der Schauspielerin, mich um mein Vorhaben zu kümmern. Jackson! Wo steckte er? Ich ging näher auf die Leinwand zu und ließ meine Finger über den grob bemalten Stoff gleiten. Auch von Nahem war sein Werk atemberaubend.

Die junge Schauspielerin spülte ihren Mund aus und spuckte immer wieder rote Farbfäden in einen Eimer.

»Weißt du, wer das gemalt hat?«, fragte ich bemüht gelassen.

Jetzt gurgelte sie. Links, rechts, rechts, links. Ich wartete geduldig, bis sie fertig war. Schließlich spuckte sie alles so herzhaft in den Eimer, dass sich lange Speichelfäden aus ihrem Mund zogen. Ich verzog angewidert das Gesicht.

»Cool, oder? Ja, das Bild kann was, ganz im Gegensatz zum Regisseur!«, fluchte sie und wischte sich dabei mit dem rot triefenden Waschlappen den Mund ab. Ich fand ja, dass diese

Performance um einiges besser war als die gerade eben auf der Bühne.

»Und?«, fragte ich.

»Ach, das Bild? Da hatte Jackson mal einen lichten Moment. Ihm ist es ja auch scheißegal, in was er mich da reingequatscht hat. Er hat den Fetzen bemalt und ist wieder weg und ich hocke hier fest mit den ganzen Arschlöchern. Hauptsache was für den guten Zweck. So ein Abfuck!«

Jackson. Ich hatte mich nicht getäuscht. Ich triumphierte innerlich. »Das Bild ist von Jackson?«

Ich klang offenbar so begeistert, dass die junge Frau mich eindringlich ansah. »Ja, und? Kennst du ihn? Wenn du auch was in Auftrag geben willst, das dauert.«

Ich spürte, wie mein Puls in meinem Hals zu hämmern begann. Die Frau schien ihn besser zu kennen. »Äh, einen Auftrag. Das heißt, du hast Kontakt zu ihm? Kennst du ihn besser?«

Sie Frau spuckte ein letztes Mal in den Eimer und sagte dann fluchend, kaum hörbar: »He is my boyfriend.«

Mir war, als hätte mir jemand mit geballter Faust direkt in die Magengrube geschlagen. Diese hübsche, mit roter Farbe übergossene, junge Frau. Große, türkisfarbene Augen, hellblonde Locken. Sie war Jacksons Freundin.

Der Regisseur brüllte ihren Namen. »Gigi, wir machen es noch mal!« Und Gigi erhob sich mit rollenden Augen und fluchte leise vor sich hin.

Ich lächelte gequält und sprang die seitliche Bühnentreppe hinunter, dann eilte ich ins Freie.

Natürlich hatte er eine Freundin! Natürlich war unsere Nacht nichts Besonderes. Natürlich hatte ich mir wie so oft nur alles eingebildet, war wieder einer phantastischen Wunschvorstellung hinterhergejagt. Ich kannte ihn doch überhaupt nicht. Und er mich nicht. Alles war nur eine Momentaufnahme und dieser Moment war jetzt vorbei. Over and out. Wie konnte ich nur so dämlich sein?

Berlin, 2017

Als ich in dem Hotelzimmer aufwachte, hatte ich das Gefühl, es wäre noch sehr früh am Morgen, aber die digitale Anzeige unter dem Fernseher zeigte 9.56 Uhr. Ich erschrak, suchte kurz nach Orientierung.

Die schwere Hotelbettdecke raschelte, als ich mich zur Seite drehte. Das Bett neben mir war leer, Jackson war weg. Ich wurde sofort unruhig. Wo war er? Ich strich mit der Handfläche über das Laken auf seiner Seite, es war kalt. Dann setzte ich mich auf und ließ den Blick durch das verlassene Hotelzimmer gleiten. Mein nackter Körper bibberte, ich bekam wieder Gänsehaut.

Wir hatten letzte Nacht zweimal miteinander geschlafen. Hatte zwischendrin beim Zimmerservice Clubsandwichs und Pommes bestellt und am Hotelfenster verbotenerweise geraucht. Dann waren wir erneut übereinander hergefallen. Jackson hatte mich auf seine Hüften gesetzt und mich leicht wie eine Feder durch das Zimmer getragen. Wir hatten auf dem Waschbecken für einige Stöße haltgemacht, ehe ich mir vor lauter Lust nach ihm den kantigen Wasserhahn in meine Nieren gestoßen und aufgeschrien hatte. Jackson war daraufhin entschuldigend zurückgewichen, und ich war ihm auf dem Weg zurück zum Bett gierig gefolgt, hatte mich auf ihn gesetzt und genossen, wozu ich so lange keine Gelegenheit hatte. Seine Berührungen waren souverän, fast schon einstudiert, meine hingegen verhaltener, als probiere ich mich aus. Als frische ich auf, was tief verborgen in mir schlummerte.

Jetzt wurde mir heiß und kalt, als ich daran dachte, wie ich erst laut in Jacksons Ohr gestöhnt und schließlich völlig arglos meine Lustschreie im Raum verteilt hatte.

Ich biss mir auf die Lippe. Jackson war weg. Meine Kleider wie ein lebloser Haufen auf dem Boden. Ich klaubte sie zusammen und ging suchend, ob Jackson eventuell irgendwo eine Nachricht hinterlassen haben könnte, zum Bad hinüber und stieg in die Dusche. Als das warme Wasser gerade meine Haare durchfeuchtet hatten, klingelte mein Handy. Ich war so schnell aus der Dusche raus, dass ich den so schon glatten Betonboden vergaß. Mit einem Riesenschwung riss es mir die Beine nach vorne, und ich schlug auf dem Boden auf. Wie ein Stück Fleisch, das man aus einiger Höhe auf Stein platschen ließ.

Ich war kurz weggetreten, mein Rücken schmerzte höllisch. Auf allen vieren kroch ich zur Garderobe, wo meine Tasche hingeworfen auf dem Boden lag. Ich kramte und kramte, dann endlich fand ich das Handy. Das Klingeln hatte aufgehört. Ich atmete kurz in das Stechen im Rücken hinein, ehe ich auf dem Display sah, dass Jackson angerufen hatte. Außerdem erkannte ich drei Nachrichten von Paul. Letztere öffnete ich zuerst.

Tut mir leid, Mama.

Mach dir keine Sorgen, mir geht es gut.

Viel Spaß noch in Berlin.

Ich seufzte und wählte Jacksons Nummer, als eine Nachricht von ihm kam.

Bin unten beim Frühstück, wollte dich nicht wecken, sleepy head. Hurry up!

Erneut seufzte ich. Diesmal in vollendeter Erleichterung. Paul ging es gut und Jackson war noch da. So, wie es Erwachsene eben tun. Sie hauen nicht einfach ab. Er war beim Frühstück, er wartete auf mich. Er hatte sich nicht dafür revanchiert, dass ich ihn damals in New York nach unserer ersten gemeinsamen Nacht einfach hatte liegen lassen.

Ich konnte noch nicht genau ausmachen, welche körperlichen Beeinträchtigungen der Sturz auf den Betonboden verursacht hatte, aber ich kam nur gemächlich auf die Füße, irgendein Nerv hatte sich verklemmt. Ich streckte mich, woraufhin es laut und unheilvoll in meinem Rücken knackte und atmete ein paarmal ruhig ein und aus. Puh, es würde schon gehen, irgendwie. Es musste gehen. Ich sah den großen nassen Fleck auf dem Boden und musste über mich schmunzeln. Gut, dass mich keiner dabei beobachtet hatte, wie ich verzweifelt dem Anruf entgegengespurtet und dabei wie ein nasser Wal auf den Boden geplumpst war. Aua!

Ich schlüpfte ohne Wäsche in die Jeans und stülpte mir den Sweater über meinen nackten Oberkörper. Anstelle der Turnschuhe zog ich die Hotelpantoffeln an und schlurfte den mit Teppich gesäumten Flur zum Aufzug. Ach, hier hatten sie Teppich! Dieser hätte mir im Zimmer einiges an Schmerzen erspart.

Der Frühstücksraum lag loftartig zum Innenhof und ließ durch die riesigen Fensterscheiben viel Licht hinein. Hier blieb nichts verborgen, dachte ich mir. Hier wird alles offenbart. Jedes Fältchen, jede Ungewissheit. Der Morgen danach eben. Ich erhaschte einen Blick in einem der Spiegel über der Bar und überlegte kurz, ob ich einfach schnell wieder wegrennen sollte. Ich erschrak. Erst über den Gedanken über eine erneute Flucht und dann über meinen Anblick. Verpennt, fremd, aber auch zufrieden.

Meine Augen flogen über den vollen, gut designten Frühstücksraum. In dem Moment, in dem ich ihn sah, war alles gut. Meine Fluchtpläne wie weggeblasen.

Jackson saß am Fenster und schlürfte aus einer großen Tasse tiefschwarzen Kaffee, während er konzentriert in sein Smartphone sah. Sein Anblick hatte etwas Friedliches. Ich wollte los, direkt auf ihn zu, da stellte sich mir eine mollige Frau mit exakt geschnittenem Undercut direkt in den Weg. Sie trug so was wie eine moderne Kochjacke.

»Kann ich Ihnen helfen?«, fragte sie kühl.

»Ähm …« Konnte sie? »Ich gehöre zu Herrn Carter. Ich meine, ich bin mit ihm hier. Also, verabredet.«

O Mann, ich kam mir vor wie ein Groupie. Als die Frau mich mit einem Blick durchbohrte, wurde es noch schlimmer. Für wen hielt sie mich? Vielleicht eine Prostituierte? Eine, die Jackson sich letzte Nacht auf sein Zimmer bestellt hatte und noch zum Frühstück bleiben durfte? Der Pretty-Woman-Moment gefiel mir erstaunlicherweise. Sollte sie doch denken, was sie wollte.

»So?«, fragte die Bedienstete forsch.

»Äh ja!«, antworte ich leise und ärgerte mich über so wenig Souveränität. Gedanklich hatte ich ein paar schlagfertige Sätze für sie parat. »Neidisch? Nur, weil du nicht so geilen Sex hattest wie ich letzte Nacht?« oder »Wenn du lieb fragst, darfst du das nächste Mal auch zuschauen!« Ich schämte mich direkt für meine wirren Gedanken, freute mich aber darüber, dass es einzig und allein meine waren. Beinahe hätte ich sie laut ausgesprochen, da setzte sich Mrs. Undercut in Bewegung und stapfte zu Jacksons Tisch. Ich sah, wie sie ihn anhimmelte. Den smarten und sehr attraktiven Mann aus Amerika. Ja, ich konnte kaum fassen, dass er hier auf mich wartete. Jackson lauschte ihr und dann sah er auf und mich direkt an. Er zwinkerte mir zu, und Mrs. Undercut dampfte beleidigt ab.

Es fühlte sich an, als würden mich alle beobachten, als ich

mit den Hotellatschen, ohne BH auf Jackson zuschlürfte. Meine Brüste wippten im Takt.

»Ich werde eben gut bewacht.« Er lächelte überlegen und stand nicht auf, rückte mir keinen Stuhl zurecht, rutschte auf seiner Bank nur ein Stück zur Seite und machte mir genau neben ihm Platz.

»Solange du deine Entourage im Zaun hältst«, sagte ich mit einem Seufzer und ließ mich neben ihn auf die Bank plumpsen. Ich hätte diesen Moment am liebsten für immer festgehalten. Er war so aufregend, so neu und doch selbstverständlich.

Jackson legte den Arm um mich, zog mich zu sich heran und vergrub sein Gesicht in meinen feuchten Haaren. »You smell good.«

Ich war erleichtert. Er war noch da. Als er mich drückte, verzog ich schmerzverzerrt das Gesicht.

»Der Wasserhahn?«, fragte er ehrlich besorgt mit Bezug auf letzte Nacht.

»Ich bin gerade gestolpert«, winkte ich ab und sah ihn aufgeregt an. Aufgeregt, weil ich nicht wusste, wie ich mit dieser Situation umgehen sollte. Was war das hier?

Ich betrachtete ihn. Im hellen Licht der Frühlingssonne blieb mir keines seiner Grübchen verborgen. Eine Narbe zog sich über seine linke Braue, und auf seinen Wangen und dem Nasenrücken seines gebräunten Gesichtes lag einen Hauch von Sommersprossen. Als wäre ihm beim Malen die Farbe ausgekommen. Herrlich. Ich hatte mich gerade dazu durchgerungen, ihm einen Kuss zu geben, da fiel mir das zweite, bereits benutzte Gedeck am Tisch auf. Und einen Moment später spürte ich neben mir einen Schatten. Ich sah auf. Eine schlanke Asiatin mit getrimmtem Pagenkopf, einem teuren Designerjogger und schwarzem Eyeliner lauerte neben mir.

Ich erschrak über die Eiseskälte, die von der Frau ausging. Sie nahm selbstverständlich auf der anderen Seite von Jackson Platz, wo sie offensichtlich bereits gesessen hatte. Jackson folgte meinem irritiertem Blick.

»Ach, die Entourage!«, lächelte er verschmitzt. »Das ist meine Assistentin Naomi. Wir gehen gerade meine Termine durch.«

Naomi nickte mit Blick auf ihr Smartphone und schob sich nebenbei eine Scheibe Ananas in den Mund. Ein merkwürdiges Schweigen folgte. Die Selbstverständlichkeit von gerade eben war vorbei.

Ich fühlte mich extrem unwohl in Naomis Gegenwart, an die Jackson offensichtlich gewohnt war. Naomi hingegen wollte einfach ihren Job machen und nicht von Jacksons Liebschaften davon abgehalten werden. Das vermittelte ihre Nichtbeachtung eindeutig.

Ein Kellner kam an den Tisch und fragte mich freundlich, ob ich etwas trinken wolle. Ein Verbündeter, dachte ich, vielleicht würde ich einfach mit ihm gehen, raus aus dieser Situation. Aber ich blieb. Bestellte einen Milchkaffee nicht ohne den Seufzer von Naomi wahrzunehmen. Ich sah sie misstrauisch an.

»Ich zahle ihn auch selbst«, sagte ich mutig, da ich Jacksons Assistentin nicht das Gefühl geben wollte, mich in irgendeiner Weise durchschnorren zu wollen.

Jackson sah mich erstaunt an und musste dann lachen. »Bullshit. Naomi hat was gegen Kuhmilch. Sie sagt, sie ist nur für Kälber und steht dem Menschen nicht zu.«

Naomi schnaubte und sah nicht von ihrem Handy auf, während sie zickig antwortete: »Come on, Jackson, seit du komplett auf Milch verzichtest, geht es dir so viel besser.« Ihr New Yorker Akzent deutete klar auf Upper East Side hin.

Jackson stimmte ihr zu, und ich fühlte mich, als wäre ich in das Frühstück eines alten Ehepaares gegrätscht. Der Kaffee kam, und ich versank mit einem großen, genussvollen Schluck darin. Beinahe, als würde ich Naomi provozieren wollen.

Nach einem erneut stillen Moment wandte Jackson sich mir zu. Er sprach ruhig und leise. »Kata, ich muss zurück nach New York. Ich habe einen Auftrag bekommen, den ich keinesfalls absagen kann. Mein Flieger geht heute um zwei.«

Ich verstand alles, was er sagte, und versuchte dennoch die Botschaft, die darin lag, zu dechiffrieren. Er wollte weg, so schnell wie möglich. Er zog den Job vor, natürlich tat er das, schließlich kannten wir uns kaum. Ich schaffte es nicht, meine Enttäuschung zu verbergen. Jackson bemerkte das, sein Blick war fest, aber dennoch tat es ihm leid.

»Ich melde mich, versprochen«, sagte er, und ich tauchte erneut in meinen Kaffee.

New York, 2000

Seit ich Jacksons Freundin Gigi begegnet war, waren gut vier Wochen vergangen. Die eisige Kälte hatte nicht nur mich, sondern ganz Manhattan mürbe gemacht. Die gesamte Stadt sehnte die ersten warmen Frühlingsstrahlen herbei. Endlich wieder wärmere Luft, wieder rausgehen können und sich nicht in überheizten Räumen warmhalten müssen.

Ich hatte versucht, mich an das Gefühl der Leere, wann immer ich an Silvester dachte, zu gewöhnen. Es misslang mir. Immer wieder kamen die Bilder zurück. Jacksons Stimme, wie er mir von seinem Leben erzählt hatte, wie er mich angelogen hatte. Das hatte ich ihm verziehen. Denn das, was ich seitdem über ihn erfahren hatte, dass er Kunst machte, um aufzuwecken, um zu provozieren, das gefiel mir so viel mehr. Ich stellte mir vor, wie er seine Kunst auslebte, überhaupt lebte, den Tag verbrachte. Mit seiner Freundin Gigi.

Die Tatsache, dass er eine Freundin hatte und dennoch mit mir geschlafen hatte, störte mich absurderweise nicht, wenn ich an unsere gemeinsame Nacht dachte. Wir waren so innig gewesen, so einer Meinung, hatten eine derart starke Verbindung gehabt in diesem Moment, so dass die reale Welt keinerlei Bedeutung gehabt hatte. Der Gedanke daran, dass alles, was ich bereit gewesen wäre danach mit ihm zu teilen, jetzt Gigi zustand, erschütterte mich allerdings – innerlich und äußerlich.

Um die Erschütterung abzufedern, ließ ich mich ablenken. Von meinen Mädels, die versuchten, mich bei jeder Gelegenheit aus der Wohnung zu locken. Sie überredeten mich zu einem Winterpicknick im Central Park. Suki starb aber vor Kälte die linke kleine Zehe ab, und wir verbrachten den Rest des Nachmittags in der Notaufnahme von Lennox Hill. Der Assistenzarzt mit tschechischen Wurzeln, Peter, bot Suki Sliwowitz an und Amy und ich hatten Mühe, Suki von einem Vollrausch abzuhalten.

Peter scharwenzelte so lange um mich herum, bis ich mich dazu bereit erklärte, mit ihm auf ein Date zu gehen. Amy triumphierte. Suki sah ihren, sich durch die vielen Akupunkturnadeln, die Peter fachmännisch eingeführt hatte, langsam wieder erholenden Zeh als Fügung des Schicksals. Ja, in Sukis Augen waren Peter und ich füreinander bestimmt. Ich musste ihn treffen, sonst hätte das ständige Gefoppe meiner Freundinnen nie mehr aufgehört.

Peter hatte ein Faible für scharfe Küche, ich nicht. Ich ließ mich dennoch darauf ein, mich mit ihm beim Mexikaner in Harlem zu treffen. Selten verschlug es mich so weit nördlich. Ich zweifelte, ob ich mich wirklich bis nach Harlem vorwagen musste, um mexikanisch zu essen, worauf ich ja eigentlich auch gar keine Lust hatte. Schließlich vertrug ich scharfes Essen schlichtweg nicht. Aber das Restaurant Viva war eine Institution in New York und laut *New Yorker* jede Reise wert.

Tja.

Unser erster gemeinsamer Abend endete damit, dass ich es nicht mehr mit dem Taxi nach Hause schaffte, dafür den Besitzer des Deli auf der 86th Street um den Schlüssel für seine Toilette anbetteln musste. Das scharfe Essen hatte mir derart zugesetzt, dass ich vom Klo nicht mehr runterkam. Der Deli-Besitzer rief beinahe die Polizei und ich einen Krankenwagen. Mit letzten Kräften in der WG angekommen, blockierte ich die halbe Nacht lang das Klo. Der Abend lief wortwörtlich beschissen, und ich hatte mir geschworen, Peter nie, nie wiederzusehen. Amy und Suki amüsierten sich köstlich. Auch darüber, dass Peter nicht lockerließ. Er entschuldigte sich erst mit Blumen, dann mit Marzipan, den ich auch nicht leiden konnte, dann mit Sliwowitz, importiert von seiner Oma, und mit unzähligen Anrufen. Ja, Suki hatte ihm die Festnetznummer gegeben, auf der ich immer wieder abnahm, in der Hoffnung, doch noch Jackson am anderen Ende der Leitung zu haben. In der Hoffnung, Jackson hätte meine Nachricht in seinen Jeans doch noch gefunden und sofort mit Gigi Schluss gemacht, um mit mir zusammen zu sein. Stattdessen drängte mir Peter in langen Telefonaten seine Lebensgeschichte auf. Nein, wir passten so gar nicht zusammen. Um ihm das zu verdeutlichen, und weil er im Herzen ein lieber Kerl war, ging ich erneut mit ihm aus. Diesmal bei meinem Lieblingsitaliener ums Eck. Ich trank so viel billigen Chianti, dass ich anschließend tatsächlich den Kodex brach und Peter ohne Erlaubnis der anderen mit in die WG nahm.

Ich bekam es noch hin, Peter zu küssen. Aber als die Dinge sich zuspitzten, vor allem in seiner Hose, schob ich meine Tage vor. Diese machten ihm wiederum überhaupt nichts aus, schließlich war er als Arzt gewohnt, Blut zu sehen und mir gingen allmählich die Ausreden aus. Ich schob dann den Kodex vor.

»Die Mädels dürfen dich nicht hier sehen!«, zog ich ihn hysterisch in Richtung Wohnungstür, aber als Amy und Suki vom Kino nach Hause kamen, schienen sie sichtlich froh, dass Peter anwesend war, Kodex hin oder her. Sie waren fast schon begeistert, dass ich Jackson offensichtlich vergessen hatte.

Ich zog die beiden hilfesuchend in die Küche. »Girls, ihr müsst mir helfen, ihn loszuwerden!«

»Du sollst ihn ja nicht heiraten«, gab Amy unverfroren zu bedenken.

»Nur über den Arsch von Silvester hinwegkommen«, ergänzte Suki.

»Er ist kein Arsch«, wimmerte ich. Der Alkohol sorgte dafür, dass sich alles um mich herum drehte.

Ich war trotzig wie ein Kind und ließ Peter einfach mit den Mädels stehen. Am nächsten Tag erfuhr ich, dass es nach meinem Abgang und ein paar weiteren Flaschen Rotwein zwischen Amy und Peter offenbar Klick gemacht hatte. Ungewöhnlich für Amy verliebte sie sich Hals über Kopf in den ambitionierten Arzt, und sie beide waren ab dieser Nacht ein Paar.

Ich verbrachte einen weiteren Monat mit Grübeln und zog mich zurück, bis allmählich der Frühling kam und bei mir die Trotzphase einsetzte. Welches Recht hatte ein Typ, der es offensichtlich nur darauf abgesehen hatte mich flachzulegen, dass er all meine Aufmerksamkeit bekam? Boah, wurde ich sauer. Auf mich. Auf Jackson und auf meinen Kunstprofessor, weil ich meine letzten Arbeiten bei ihm ordentlich verhauen hatte. Dann noch auf Suki, weil sie in ihrem Studium glänzte. Und auf Amy, die mit Peter in ihrem Liebesglück schwelgte und immer wieder betonte, wie dankbar sie mir war, dass ich diesen attraktiven Mann von meiner Bettkante gestoßen hatte. Ich war einfach sauer, auf jeden und alles. Darauf, dass meine Mama anrief und sich nach mir erkundigte, aber auch darauf, dass ich sie nicht erreichte, wenn ich Redebedarf hatte. Ja, sogar auf den Diner an der Ecke, der die Preise angehoben und für einen XL-Milchshake jetzt 5 Dollar nahm.

Ich war blockiert. Seit ich Jackson getroffen hatte, hatte ich das Gefühl, meine Kunst war so für den Arsch wie die neuerdings immer wieder auftauchenden Motivationssprüche auf den Klopapierrollen, die Suki aus dem Drugstore mitbrachte. *Roll with it*, wiesen sie an oder: *Make your life like toilet paper. Long and useful.* Wer um alles in der Welt kam darauf, sich für Scheiße so eine Scheiße auszudenken?! Oh, meine Gedanken waren destruktiv und böse. Mutierte ich allmählich zu meinem Vater, der mit sarkastischem Pragmatismus durchs Leben ging, drauf geschissen, was die anderen dachten? Da war wieder eine! Eine Weisheit von der Klorolle. Zumindest musste ich Christoph allmählich zustimmen: Ich hatte mit Kunst nichts am Hut. Die Kunst hatte nichts am Hut mit mir. Ich war wohl besser dran mit BWL oder Wirtschaft, wenn ich überhaupt in der Lage war, irgendwas länger als ein paar Minuten zu studieren. Gefühle waren jedenfalls überhaupt nicht mein Ding und ein paar davon würde ich brauchen, wenn ich als Künstlerin bestehen wollte.

Mir einzugestehen, dass ich das teure Kunststudium eventuell nicht würde durchziehen können, quälte mich bald ähnlich wie das Gefühl, von Jackson ausgenutzt worden zu sein. Ich drückte es weg und frönte einer neuen Leidenschaft: Ich ging aus. Feierte viel. Ich wurde diejenige, die Amy und Suki animierte, mit um die Häuser zu ziehen. Dieses neue Hobby ging allerdings ziemlich ins Geld und um es zu finanzieren, bot ich mich den betuchten Damen der West Side – oder besser gesagt ihren vierbeinigen Freunden – gegen Cash als Gassigeherin an. Dass sie mich ohne Arbeitserlaubnis dafür hätten drankriegen können, war mir völlig egal. Statt in der Uni verbrachte ich von nun an meine Vormittage mit bündelweise Designerhunden im Park. Wen interessierten schon die Kunststile der Moderne, wenn man mit gut betuchten Hunden auch vor dem Museum of Modern Art herumstreunen konnte?

Das mit dem Gassigehen nahm so überhand, dass ich mit der Zeit nur noch durch meine Abwesenheit in der Uni glänzte. Es dauerte nicht lange, und ich bekam eine Bescheinigung, dass ich wieder zum Unterricht erscheinen müsste, ansonsten würde ich exmatrikuliert.

»Kata, du hast mega Glück gehabt, überhaupt einen Studienplatz zu kriegen!«

»Willst du das echt aufs Spiel setzen?«, ermahnten mich Amy und Suki. »Was ist überhaupt los mit dir?«

»Wo ist es denn? Das toughe German girl?«

Mich nervten ihre elterlichen Anklagen maßlos. Für sie war es unvorstellbar, dass mein Verhalten immer noch auf die Begegnung des großen Unbekannten an Silvester zurückzuführen war. Aber Jackson allein konnte doch nicht der Grund sein, warum ich meine Ziele derart aus den Augen verlor? Höchstens der Auslöser, oder? Ich hatte mich aus den Augen verloren. Ich konnte nicht wertschätzen, was ich hatte, sah nur, was ich nicht bekommen konnte. Jackson und die Kunst.

Am Tag, als ich die zweite Ermahnung von der Uni erhielt, war mir nur noch nach Feiern zumute.

Obwohl ich auf sie eigentlich keinen Bock hatte, hatte ich noch weniger Bock, alleine loszuziehen, und überzeugte die Mädels, die die ganze Woche nur am Lernen gewesen waren, mich zu begleiten. Ich wollte einfach tanzen, mich unbeschwert fühlen in der Schwere, die New York plötzlich für mich bedeutete.

Zuerst aßen wir Burger an der 6th Avenue und zogen dann weiter in eine Bar und anschließend ins Limelight, dem berühmten Club in einer Kirche, die der Architekt Richard Upjohn 1844 erbaut hatte.

Suki gähnte bereits, als sie die Schlange sah und Amy hielt nach Peter Ausschau, mit dem sie sich vor dem Club verabredet hatte. Tolle Freundinnen, dachte ich mir. Dennoch zog ich die beiden mutig vorbei an der langen Schlange zur Eingangstür. Dort stand neben einem bulligen afroamerikanischen Kerl mit Vollbart und Diamantenohrringen ein zierlicher, fast schlaksiger Typ im Hosenanzug. Seine Haare straff zurückgegelt, ein Klemmbrett in der Hand, auf dem er akribisch jeden Gast abhakte, der ihm das geheime Codewort für den heutigen Abend ins Ohr flüsterte. Er schenkte mir nicht einen Hauch von Beachtung. Amy und Suki beobachteten mich skeptisch.

»Ich bin Kata«, sagte ich selbstbewusst und mit einem fettem deutschen Akzent, um seine Aufmerksamkeit zu erhaschen. Türsteher waren für mich eigentlich keine Hürde.

»Falsches Passwort«, grummelte er ohne aufzusehen.

O Mann, wie kämen wir nur in den angesagten Club? Schnell, ehe die Mädels die Lust verloren, oder Peter auftauchte. Sollte ich betteln? Da bemerkte ich zwischen den beiden Männern am Eingang eine vollbusige Blondine. Sie war auch für den Einlass des Clubs zuständig und schien zu kontrollieren, was die Männer da trieben. Als sie Amy sah, stieß sie einen Begeisterungsschrei aus.

»Yiha! Texas!«, schrie sie so laut, dass alle kurz zusammenzuckten. Amy hob den Blick und strahlte, als sie die Blondine sah.

»Yo girl!«, rief sie und die Türsteherin, offenbar eine Freundin von Amy, winkte uns zu sich. Ein paar Sätze zwischen den beiden genügten und es war klar, Amy und Stella kannten sich durch die Texas Community der Stadt. Zur Erleichterung aller, ließ Stella uns an den Türstehern vorbei in den Club und gab uns sogar Token für Freigetränke.

»Have a nice night, ladies«, zwinkerte sie uns zu, und wir waren durch die Tür.

»Was ist mit Peter?«, fragte ich Amy.

»Wenn er es an Stella vorbeischafft, ist er ein Mann für die Ewigkeit!«, grinste sie mich an. Ich war ihr in diesem Moment unheimlich dankbar, dass sie meine Feierlaune plötzlich teilte und mitzog.

Im Inneren des Clubs hallte die Musik dumpf bis unter das Kirchendach. Dort waren quer Stahlstreben verankert worden, an denen unzählige Scheinwerfer befestigt waren, die das Kirchenschiff bunt ausleuchteten. Eine gigantische Discokugel drehte sich langsam gegen den Uhrzeigersinn. Es war voll. Ich sog die stickige Luft ein und spürte den dröhnenden Beat der Musik tief in meinem Inneren. Ich ging nicht oft in Clubs, auch wenn ich es liebte zu tanzen. Die anonyme, stickige Enge, die Ansammlung der vielen Menschen, das Sich-dicht-an-dicht-aneinander-Drängen, ich genoss es mit jeder Zelle meines Körpers.

Amy und Suki wollten die Token einlösen, aber mich zog es erst einmal auf die Tanzfläche und so behielten mich die beiden von der Bar aus im Blick, während sie Erdbeer-Daiquiris schlürften. Ich war auf ihrem Radar, sie vermuteten, dass ich nichts Gutes im Schilde führte. Seit Silvester hatte ich mich verändert, ich war nicht mehr die zuverlässige, strebsame Studentin aus Germany, ich war auf der Lauer.

Ich versuchte krampfhaft, endlich einmal alles loszulassen. Allerdings war ich die Anspannung so gewohnt, fühlte mich beinahe geborgen in dem verkrampften Körpergefühl, dass mir das gewollte Lockerlassen extreme Mühe machte. Passenderweise lief eine roughe House-Version von Kenny Dixons »Don't You Want My Love«. Es klang beinahe wie Hohn. Der Bass erreichte mich zwar in Mark und Bein, aber loszulassen, alles loszulassen, konnte ich dennoch nicht. Ich bewegte mich zu den Beats, kam aber immer wieder aus dem Takt.

Amy war durch Peters plötzliches Auftauchen komplett abgelenkt. Würde sie ihn jetzt heiraten, wo er Stellas Tür überwunden hatte?, fragte ich mich, als ich sah, wie sie mich links liegen ließ. Als Suki wenig später mit einem Kommilitonen aus Korea zu plaudern begann, war ich ehrlich erleichtert, dass mir keiner Beachtung schenkte. Ich hätte mich gut und gerne einfach in Luft auflösen können. Da mir das nicht gelang, bahnte ich mir den Weg zur Toilette.

Als ich endlich die Toilettenkabine hinter mir schloss, war mir zum Heulen zumute. Ich spürte, wie ich mich anstrengen musste, mich körperlich aufrecht zu halten. Ständig Party machen zu gehen war der falsche Impuls gewesen. Ich konnte nichts wegfeiern, wo es nichts zu feiern gab. Ablenkung brachte rein gar nichts. Es brachte mich nicht über die Tatsache hinweg, dass ich mich irgendwo in meiner sonst so geliebten Großstadt verloren hatte. Erst mein Herz und dann den Rest. Und irgendwie konnte ich nichts davon wieder einfangen. Vielleicht wäre es besser, das Ganze hier einfach abzubrechen, ehe ich mich komplett verlor und wirklich auflöste.

Ich legte den Kopf an die kühle Toilettentür, meine Stirn ruhte klebrig auf dem Edelstahl. Ich schüttelte den Kopf über mein Selbstmitleid, aber offensichtlich war ich die Einzige in dieser Megametropole, die trotz der vielen Menschen auch verdammt einsam war. Vielleicht war es an der Zeit für mich, New York den Rücken zu kehren? Wovor hatte ich solche Angst? Ich hatte keine Ahnung und würde auch jetzt in diesem Moment keine Antwort darauf finden.

Ich ignorierte das Trommeln ungeduldiger Fäuste an der Toilettentür und verharrte in meinem Trennungsschmerz. Ich wünschte mir, man würde mich einfach für immer hier so sitzen lassen und versuchte, den Lärm um mich herum auszublenden. Was mir allerdings nicht gelang, denn die Kotzgeräusche aus der Kabine nebenan klangen erbärmlich und der süße Duft von Erbrochenem stieg mir in die Nase. Mir wurde selbst kotzübel und ich beeilte mich schließlich, nach draußen zu kommen. Dort beschimpften mich ein paar Mädels wüst, weil ich das Klo so lange blockiert hatte.

»Geh heim, um deinen Rausch auszuschlafen!«

»Wenn du keine Bude hast, geh in ein Shelter!«

Ich antwortete auf Deutsch, und sie ließen mich in Ruhe.

Unter einem komplett vollgekritzelten Spiegel wusch ich mir mit eiskaltem Wasser die Hände und sah, wie sich die junge Frau aus der Kabine nebenan vorneüber gebeugt zum Waschbecken hievte. Sie war völlig fertig, schwankte, krallte sich am Waschtisch fest. Wow, krass. Mir fielen die hellblonden, an den Seiten von Kotze getränkten Locken auf. Ich bekam sie gerade noch zu fassen, ehe die junge Frau kollabierte und fast auf dem Boden aufschlug. Sie sah mich weggedämmert an.

Es war Gigi.

✶✶ München, 2017 ✶✶

Die Julisonne brannte mir ins Gesicht, ich hatte vergessen, mich einzucremen und drehte den Stuhl so, dass mir die Sonne in den Rücken schien.

Emma hing mit krummen Rücken über ihrem brandneuen iPhone, ihrem ersten eigenen Handy. Samu hatte es ihr geschenkt, einfach so. Damit sie in Kontakt bleiben könnten, wenn Emma bei mir war. Samu hatte mich darüber nur mit einer Nachricht informiert, dass Emma ab sofort selbstständiger werden sollte und deshalb von ihm ein eigenes Handy bekam. Mögliche Einwände meinerseits waren komplett ausgeblendet worden. Und so war Emma nach dem Wochenende bei Samu mit dem nigelnagelneuen Smartphone nach Hause gekommen und seitdem zu keinem Gespräch mehr in der Lage. Abgetaucht und nur noch damit beschäftigt, sich virtuellen Zugang zu allen vermeintlichen Freunden zu beschaffen. Internet und reale Freunde. Da ich keine Lust gehabt hatte, einen Streit vom Zaun zu brechen, hatte ich Samu geantwortet, dass ich über die Sache mit dem Handy gerne vorher gesprochen hätte. Dann ein paarmal hin- und hergeschrieben, was wir machen könnten, um unsere Erziehungsstile einander anzupassen. Zumal Samu vorher keinen gehabt hatte und mir meist Rückendeckung gab und meiner Art, wie ich mit den Kindern umging, bedingungslos zustimmte. Es war ein stummes Streiten gewesen, das durch die Textnachrichten immer heftiger wurde. Schließlich fand ich es lächerlich, Emma dafür zu kritisieren, dass sie nicht mehr real mit Freunden kommunizierte, es mir selbst aber im Umgang mit ihrem Vater auch nicht gelang. Ich bat Samu letztendlich die sogenannte Screentime auf Emmas neuem Handy zu reglementieren, zumindest für die Zeit, die sie bei mir und mit der Schule verbrachte. Das konnte nur Samu, da er das Handy eingerichtet hatte. Es war ein schwieriges Unterfangen, denn einerseits konnte ich ihm nicht absprechen, in den Leben der Kinder ein Mitspracherecht zu haben, andererseits ärgerte mich seine neugewonnene Eigenmächtigkeit maßlos.

Emma hat mit der Trennung schon genug zu tun, lass ihr doch die Ablenkung mit dem Handy, schrieb er und beendete damit das Gespräch.

Die Eisdiele in der Nähe des Rotkreuzplatzes war brechend voll. Ich beobachtete meine Tochter, die immer mehr Ähnlichkeit zu ihrem Vater aufwies. Die warmen Augen, das feste Haar und die gekräuselte Stirn, wenn sie etwas infrage stellte. Das tat sie andauernd. Ich erkannte Samu in ihr und überlegte, ob Emma mein Mahnmal war. »Guck, Mama, was du verpasst. Ich bin ganz der Papa.«

Ich schob den Gedanken beiseite und versuchte zu genießen, mit welcher Wonne Emma sich über den Eisbecher hermachte, sobald er den Tisch erreichte. Zumindest für diesen Moment schien sie völlig unbekümmert. Es waren noch zehn Tage bis zu den Sommerferien. Paul hatte noch ein paarmal gefeiert, mir aber versprochen, das mit dem Blackout in Zukunft sein zu lassen. Er redete wieder ein paar Sätze mit mir, wir näherten uns langsam wieder an. Alles schien gut zu werden. Fast alles.

Vor gut vier Wochen hatte ich Jackson in Berlin getroffen, und er war nach einer gemeinsamen Nacht Hals über Kopf wieder zurück nach New York gereist. Seitdem hatte ich zwei Nachrichten von ihm bekommen. *I am so sorry* und *Miss u.*

Beide Nachrichten waren für mich nicht aussagekräftig genug. Sie waren zu wenig, um meinen doch sehr großen Gefühlen für ihn Platz zu lassen. Stattdessen konzentrierte ich mich also auf meine Kinder, auf mein Leben danach. Nach Samu und offensichtlich auch nach Jackson.

Ich hatte große Lust gehabt wieder mehr zu arbeiten, aber keine große Lust auf meinen bisherigen Job im Archiv der Alten Pinakothek. Mein Job dort bestand daraus, die Lebensläufe der Künstler des 20. und 21. Jahrhunderts auf ihre Vollständigkeit zu überprüfen beziehungsweise Nachweise für deren Werke einzuholen, was hauptsächlich aus Internetrecherchen und Anrufen bestand und nicht sonderlich viel kreativen Spielraum ließ. Ich wollte eine Veränderung, wieder künstlerische Luft schnappen.

Als ich auf dem Nachhauseweg an der kleinen Galerie vorbeikam, in der ich Jacksons Bild entdeckt hatte, war sein Bild aus der Scheibe verschwunden. Ich enterte den Laden in gewohnt angespannter Manier. Die Galeristin hob die Braue. Sie war wie immer eher genervt, als sie mich sah.

»Haben Sie die Bilder von Jackson Carter verkauft?« Ich zögerte einen Moment, warum sollte sie mir auch antworten?

»Sagen Sie bloß, Sie wollen eines kaufen?«

»Also haben Sie sie noch!?«

Die Galeristin seufzte und sah mich fragend an. Ich erwiderte ihren Blick. »Haben Sie?«

»Eines, das mit der Fratze aus dem Fenster, das bekomme ich nicht los. Ist zugegeben auch eine Frechheit. Für den Preis!«

»Sie haben es noch!«, rief ich beinahe erleichtert.

»Ist kein Schnäppchen. Ich schicke es direkt zurück nach New York.

»Lassen Sie mich es versuchen!«, sagte ich ohne ein Zögern in meiner Stimme.

»Sie wollen das Bild für mich nach New York schicken?« Sie war irritiert.

»Verkaufen! Ich will es für Sie verkaufen«, brach es aus mir heraus.

»Und warum glauben Sie, dass Sie besser dazu imstande sind, es zu verkaufen, als ich?« Sie klang beinahe beleidigt.

»Ich kenne den Künstler ganz gut«, sagte ich und spürte, wie ich rot wurde. Ich musste meine Gedanken an Jackson jetzt beiseiteschieben. »Geben Sie mir drei Wochen. Sie zahlen mir nur anteilig die Provision, kein Gehalt. Und wir sehen, was passiert!«

Der Ausdruck in ihrem Gesicht veränderte sich, offensichtlich imponierte der schicken Galeristin meine Frechheit, anzunehmen, ich könnte ihren Job besser als sie. Um sie vollends von meinem Angebot zu überzeugen, erzählte ich ihr von meinem Kunststudium in New York und meine Expertise durch die jahrelange stumpfe Arbeit im Archiv.

»Einverstanden«, stimmte sie schließlich zu, und sobald ich aus der Galerie auf die Straße trat, kündigte ich meinen Job im Archiv.

Am darauffolgenden Tag fing ich an, in der Galerie zu arbeiten. Schon in der zweiten Woche ließ mich die Galeristin mit der vielen Kunst in ihrer Galerie allein, da sie ein Museum für moderne Kunst im Raum Rosenheim eröffnete und hin und her pendelte. Mein Angebot, für sie Jacksons Bild zu verkaufen, war also bald mehr. Ich hütete ihre Galerie während ihrer Abwesenheit. Ich war für sie also eigentlich ein Segen.

Jacksons Bilder waren den modernen Werken einer Künstlerin aus Tel Aviv gewichen. Derart detailgetreue Frauenporträts, dass man die Geschichten dahinter in jedem Pinselstrich erahnen konnte. Ich war beeindruckt von ihrem Talent, Jacksons »naives Gekritzel«, wie es in einem Miniabschnitt in einer Münchner Zeitung hieß, wirkte im Vergleich in der Tat wie eine Frechheit. Ich musterte sein Bild lange und aus jedem Winkel, versuchte es auswendig zu lernen, um es zügig an den Mann bringen zu können. Aus jeder Pore der frech bemalten Leinwand schrie mir das Abenteuer entgegen. Jacksons Lebenslust, die er empfunden haben musste, als er es gemalt hatte. Oh, ich vermisste ihn. Schrecklich.

Ich hatte den freien Samstagnachmittag genutzt, um einmal wieder unbeschwerte Zeit mit meinen widerwilligen Kindern verbringen zu können. Emma brauchte dringend ein paar Sommerklamotten und Paul neue Turnschuhe, die er sich easy selbst gekauft hätte, wäre er in letzter Zeit nicht derart knapp bei Kasse. Samu hatte ihm einiges angeschafft und jetzt fand ich es nur fair, wenn ich ihm gleichzog.

Seit seinem Absturz quälte Paul das schlechte Gewissen. Er hatte mir beteuert, dass er mich weder schocken noch verletzen wollte. Sein Besäufnis hatte rein gar nichts mit mir zu tun. Er hatte mir angesehen, dass ich mir die Schuld gab und das tat ihm leid. Mir wiederum tat es leid, dass er sich in seinem jungen Alter Gedanken darüber machte, wen seiner frisch getrennten Eltern er mit seinem Verhalten möglicherweise kränken würde. Ich wollte das nicht. Ich wollte, dass die Kinder sich unbeschwert verhielten. Wenn das überhaupt möglich war.

Also waren wir den Nachmittag über durch die Stadt geschlendert, Paul und Emma schwiegen, während ich meinen Aktionismus walten ließ. Zumindest schenkte Emma ihrem neuen Handy wenig Beachtung und ließ sich von meiner Shoppinglust anstecken. Wir kauften ein paar Kleider, auch eines, das für Emmas zartes Alter viel zu erwachsen war, aber entgegen meinem Drang schwieg ich dazu und ließ es sie haben. Ich hatte das Gefühl, dass sie stolz darauf war, sich durchgesetzt zu haben. In ihren Augen war sie fast schon erwachsen und würde bald ausziehen. Mein Magen krümmte sich immer wieder beim Gedanken daran, dass ich nicht nur meinen Sohn, der mich größentechnisch bereits überragte, sondern auch meine kleine Tochter bald würde ziehen lassen müssen.

Wir hatten über den Sommerurlaub gesprochen. Wider Erwarten war Samu mir zuvorgekommen und hatte die Kids auf einen Trip mit dem Camper zum Surfen nach Südfrankreich heiß gemacht. Die Kinder freuten sich bereits tierisch, die ganzen drei Wochen waren detailliert geplant, was mich komplett stutzig machte. Nicht nur, weil Samu bis zur Trennung immer maximal zwei Wochen Sommerurlaub herausschlagen konnte und eigentlich immer ich diejenige gewesen war, die in der Familie die Urlaube plante, sondern vor allem, weil es ursprünglich meine Idee gewesen war, diesen Surfurlaub zusammen zu machen. Immer wieder hatte ich den Camper und die Route vorgeschlagen. Immer wieder hatte Samu abgelehnt. Zu kompliziert, für nur zwei Wochen zu umständlich und so weiter und so weiter. Mir kam es jetzt wie Hohn vor, dass es Samu auf einmal möglich war, diese Reise umzusetzen, ausgerechnet im ersten Jahr nach unserer Trennung. Ich war verletzt und auch neidisch. Nicht, dass ich mitfahren wollte. Ich war neidisch darauf, dass ich die Gesichter verpasste, die meine Kinder machen würden, wenn sie die Plätze sahen, die ich ihnen so gerne gezeigt hätte.

Außerdem war mir klar, dass das einer der letzten Urlaube sein würde, zu dem Paul sich überhaupt noch überreden ließe, und sie, sobald sie nach den drei Wochen wieder in München wären, die übrige Zeit der Ferien mit ihren Freunden verbringen wollen würden. Es wäre alles verplant. Für mich blieben nur noch ein paar Tage Gardasee im Haus meines Vaters. Paul schien wenig begeistert über den Vorschlag, mit Opas Elektroboot über den See zu tuckern, aber Emma freute sich. Sie verstand sich außerordentlich gut mit Christoph und war wohl irgendwie erleichtert, die Zeit nicht mit mir alleine verbringen zu müssen. Emma fürchtetet sich manchmal davor, mich leiden zu sehen und sie ahnte, dass mir mein erster Urlaub als Singlemama nicht ganz leichtfallen würde.

Seit sich die Beziehung zu Christoph wieder stabilisiert hatte, hatte er uns jedes Jahr in seine Wohnung im Süden des Gardasees eingeladen. Samu hatte nie Bock darauf. Nicht auf meinen Vater und nicht auf Italien, das ich so sehr liebte. Aber um ihn ging es jetzt nicht mehr, also sagte ich meinem Vater zu, der sich voller Vorfreude in die Vorbereitungen stürzte. Den Anlass sogar dazu nutzte, neue Betten zu kaufen und den stillgelegten Gemeinschaftspool der Anlage wieder instand zu setzen.

Auch wenn es zwischen Paul und mir entspannter war, so war er für mich immer noch nicht greifbar. Ich hatte am Tag zuvor einen erneuten Anlauf gestartet, mit ihm zu sprechen und hatte vorsichtig an seine Zimmertür geklopft, um ihm den Vorschlag zu machen, shoppen zu gehen. Ich sah, wie er damit kämpfte, sich mir zu öffnen.

»Ich versuche zu verstehen, warum eure Gefühle füreinander nicht ausreichen, um wieder zusammen zu sein.«

Ich setzte mich neben ihn und spürte, wie er sich allmählich in meiner Gegenwart entspannte.

»Ihr mögt euch schon noch, aber nicht so, wie es jeder von euch braucht, um mit dem anderen zu sein.«

Er seufzte, und ich überlegte, ob ich nicht zu viel von ihm erwartete. Sollte er doch wütend auf mich sein, dass ich seinen Papa verlassen hatte. Warum wollte ich unbedingt, dass er mit mir sprach? Versuchte er mir zuliebe, seine wahren Gefühle zu verdrängen? Nicht, dass Paul eine ähnliche Neurose entwickelte, wie ich es getan hatte, nachdem meine Eltern sich getrennt hatten. Da war ich immerhin schon über 20, aber dennoch, seitdem war ich skeptisch, wenn es um die Liebe ging. Ich wollte ihm das unbedingt ersparen.

»Das ist wohl wie mit meinen Kumpels aus der Klasse. Wir sind nie alle gleich befreundet. Ein paar werden bleiben, aber andere werde ich nach der Schule nie wieder sehen.«

Ich berührte sanft seinen Arm, und er ließ es einen Augenblick zu, ehe er sich mir wieder entzog.

»Ich werde dann vielleicht neue Freunde finden, und Papa und du jemanden, für den es reicht, um zusammen zu bleiben.«

Ich schluckte. Er war so erwachsen. Und ich fühlte mich schrecklich naiv.

»Ich bin immer für dich da«, flüsterte ich mit einem Kloß im Hals.

»Das kannst du gar nicht wissen«, gab er zurück und mir das Signal, dass er jetzt gerne wieder alleine wäre. Also stand ich auf und respektierte seinen Wunsch, meinen für solch reflektierte Gedanken vielleicht noch viel zu jungen Sohn damit alleine zu lassen.

Vor seiner Zimmertür, kaum hatte ich sie hinter mir geschlossen, sackte ich zusammen. O Kinder, das ist mein Part, schoss es mir durch den Kopf. Es ist meine Aufgabe, immer für euch da zu sein. Egal, was kommt, egal, was passiert. Als sich Tränen ankündigten, wischte ich sie vorsorglich weg, um anschließend in der Dusche still zu weinen.

Jetzt in der Eisdiele seufzte ich laut, als ich sah, wie Pauls Eisbecher vor sich hin schmolz.

»Mama, ich muss«, verabschiedete sich Paul und verschwand mit einem Satz. Er wollte ein paar seiner Jungs treffen.

»Emma, legst du bitte das Handy weg?«

»Gleich, wir schreiben gerade wegen des Sommerfestes.«

»In der Schule? Davon hast du gar nichts gesagt.« Ich spürte sofort, wie Emma sich anspannte.

»Ich dachte, du hast sicher keine Lust darauf.«

»Klar hab ich Lust darauf. Wann ist es denn?« Ich freute mich jetzt über die paar Sätze, die ich mit meiner neuerdings anderweitig beschäftigten Tochter über das Handy hinweg wechseln konnte.

»Morgen.«

Ich hielt einen Augenblick inne. Warum hatte ich davon nichts mitbekommen? Zu dem Fest gab es sicher einen Elternbrief, war er mir durchgerutscht?

»Du sagst mir doch immer alles. Warum hast du mir nicht Bescheid gegeben?« Hatte Emma den Elternbrief vor mir versteckt, weil sie nicht wollte, dass ich ... Ich hielt den Gedanken fest.

»Willst du nicht, dass ich mitgehe?«, fragte ich unsicher.

Emma legte das Handy beiseite und sah mich direkt an. Ihr Blick war jetzt ganz offen, was mich komplett irritierte.

»Ich hab Papa gesagt, er kann kommen.«

Ich hatte diese Antwort schon kommen sehen und dennoch gehofft, sie würde es nicht aussprechen. Ich war ehrlich getroffen. Was war geschehen, dass sich jetzt auch meine Tochter gegen mich entschieden hatte? Ich lehnte mich zurück und löffelte stumm mein Eis. Nicht, weil ich bockig oder beleidigt war, nein, ich wusste schlichtweg nicht mit der Situation umzugehen.

»Ich dachte halt, es wäre komisch«, ergänzte Emma beinahe kleinlaut. »Für Papa. Für dich. Für alle.«

Ich fasste all meinen Mut zusammen. »Komisch soll es natürlich nicht sein. Für keinen von uns.«

Der Tag war gelaufen. Alles Schöne, das ich mir vorgenommen hatte, war von Emmas Entscheidung, ihren Vater vorzuziehen, getrübt worden. Ich wollte nur noch nach Hause und ich wusste, wie ungerecht das war. Was sollte Emma denn machen? Wie sollte sie sich in der Gegenwart ihrer frisch getrennten Eltern verhalten? Für wen sollte sie sich entscheiden? Warum musste sie sich überhaupt entscheiden? Sie verhielt sich nur so, weil sie keinen von uns verletzten wollte, und das war total ungerecht, vor allem für sie.

Am Abend kam Paul früher als gedacht nach Hause, und wir orderten Pizza und sahen einen Film an. Ich schaffte es nicht, den Kloß in meinem Hals mit dem Rotwein runterzuspülen.

Als die Kinder in ihren Betten verschwanden, setzte ich mich auf den Balkon und goss mir ein weiteres Glas Rotwein ein. Ich lauschte dem Flimmern der aufgeheizten Großstadt. Selbst um halb zehn hatte es noch 26 Grad. Ich schloss einen Moment die Augen. Was hätte ich jetzt für eine Zigarette gegeben. So wie ich mit Jackson verbotenerweise aus dem Hotelfenster geraucht hatte. Ich überlegte, ob Paul mit seiner Clique mittlerweile zum Gelegenheitskiffer geworden war und irgendwo in seinen Sachen einen Joint für mich übrig hatte. Ich verbot mir den Gedanken sofort wieder. Dass Paul womöglich kiffte und dass ich hinter seinem Rücken in seinen Sachen wühlte. Wie absurd, wie erbärmlich. Und wenn Emma mich dann beim Paffen erwischte, käme sie noch auf dumme Gedanken und mir fehlte es an jeglicher Diskussionsgrundlage.

Tatsächlich stand meine Tochter kurze Zeit später barfuß vor mir auf dem Balkon. In ihrem viel zu kleinen Lieblingsschlafanzug, den sie schon mit acht getragen hatte und auf dessen Shirt ein verbleichter Snoopy vor sich hindöste, darunter stand »Snoozy«. In dem Shirt wirkte Emma wie ein kleines

Kind. Sie war geknickt, ich konnte es ihr ansehen. Also schob ich den Stuhl mir gegenüber mit meinem Fuß zurück, und Emma setzte sich. Sie kämpfte mit sich, ehe sie damit herausrückte, was sie beschäftigte.

»Es tut mir leid, Mama«, ploppte es so ehrlich aus ihr heraus, dass ich damit kurz überfordert war.

»Mir auch«, gab ich liebevoll zurück.

»Ich will, dass du morgen auch kommst. Wenn du überhaupt kommen magst, wenn Papa da ist.«

Ich überlegte einen Moment. In der Tat würde es merkwürdig sein, nach der Trennung zum ersten Mal als Familie irgendwo in der Öffentlichkeit aufzutauchen, aber irgendwann mussten wir ja damit anfangen. Vor allem, wenn ich wollte, dass die Kinder sich nicht entscheiden mussten.

»Ich komme gerne. Und kläre das vorher mit Papa, okay?«

Ich kam mir besonnen vor, als ich das sagte. Und nicht mehr naiv. Ich regelte das Leben meiner Kinder, ich wachte darüber, dass mein Verhalten nicht fehlerhaft war, so dass sie sich einigermaßen arglos verhalten konnten. So sehr hätte ich mir in diesem Moment gewünscht, dass jemand das auch für mich tat. Ein weiser Jemand, der mir sagte, was ich zu tun und wie ich mich genau zu verhalten hätte. Aber diesen Jemand hatte ich nur gehabt, als ich noch jung war, als ich noch keine Kinder hatte, als ich noch keine Mutter war. Jetzt war ich diejenige, die entscheiden musste, auch wenn die Verantwortung oft zu viel war.

Ich griff nach Emmas Hand und drückte sie. Es tat mir leid, alles. Für ihre Zerrissenheit war ich verantwortlich.

»Nacht, Mama. Bis morgen.«

»Gute Nacht, mein Schatz.«

Ich erkannte, wie schwer es Emma fiel, mir ehrlich zu sagen, was sie fühlte. In ihrem Blick erkannte ich die bestätigende Zuneigung und diese gab mir Kraft. Genug Kraft, um Samu eine Nachricht zu schreiben.

Ich komme morgen auch zum Sommerfest, wenn das für dich okay ist.

Es dauerte keine Minute, ehe ich eine Antwort erhielt.

Ok.

Ich fuhr mit dem Finger über meinen Nachrichteneingang. Zwei Nachrichten. Er hatte zwei Nachrichten geschrieben. Eine direkt am nächsten Tag nach seiner Abreise. Die zweite eine Woche später. Das war fast drei Wochen her.

Miss u.

Wenn man etwas vermisste, wie konnte man daran festhalten, es zu vermissen? Ich seufzte, dann schob ich mit dem Daumen die Nachricht zur Seite und löschte sie. Anschließend entfernte ich Jacksons Nummer aus meinen Kontakten.

* * New York, 2000 * *

Die Lasershow im Limelight machte es mir fast unmöglich, mich im Inneren des Clubs zurechtzufinden. Wie zwei Blinde, die sich durch den Nebel kämpften, suchten Gigi und ich nach dem Ausgang. Gigi klammerte sich die ganze Zeit hilflos an mir fest, wir taumelten, einmal war ich kurz davor hinzufallen.

Als wir endlich nach draußen in die kalte New Yorker Nacht stießen, schlug uns die frische Luft so sehr entgegen, dass sich Gigi noch zweimal in einen Blumenkasten übergab. Ein Mädchen aus der mittlerweile nicht mehr so üppigen Schlange vor dem Club reichte mir mitleidig eine Flasche Wasser, die ich Gigi ohne zu zögern in den Mund goss. Sie würgte erst, trank dann aber gierig das Wasser. Ihr saurer Mundgeruch stieg mir in die Nase. Sie war völlig fertig.

»Hey, danke«, sagte sie piepsig und wischte sich mit dem Handrücken den Mund ab. Sie musterte mich einen Moment, war aber offenbar zu betrunken, um sich an mich zu erinnern.

»Have we met?«, fragte sie verwirrt.

Ich entschied mich dafür, den Kopf zu schütteln, und hob stattdessen die Hand, um ein Taxi heranzuwinken.

»Ich hab keine Kohle mehr«, wimmerte Gigi, als sie auf das Taxi zuwankte.

Frag deinen fucking Boyfriend, dachte ich, als es mir plötzlich in Mark und Bein fuhr. War Jackson auch hier? Waren sie zusammen im Club?

»Warst du allein im Club?«, fragte ich Gigi und folgte ihr zum Taxi.

»Mit meinen Mitbewohnern, aber die sind schon weg!«

Der Taxifahrer rief ungehalten durch die heruntergelassene Scheibe, ob wir hier Picknick machten, schließlich war es Samstagnacht und New York voll von Menschen auf der Suche nach einem Taxi.

Gigi sah mich an. »Ich will nach Hause.«

Ich sah, wie hundeelend ihr war, und kramte in meiner Tasche. Ich hatte nur noch 5 Dollar und meine Kreditkarte. Gedanklich zählte ich die Sekunden und wartete auf eine Eingebung, jemand, der bereit war, sich an meiner Statt um Gigi zu kümmern. 21, 22, bei 23 schrie der Taxifahrer erneut. »Nehmen Sie Kreditkarte?« Er nickte genervt und ich setzte mich neben Gigi auf die Rückbank. Gigi stieß noch die Adresse hervor, ehe sie auf meiner Schulter einschlief. »451 East 9th Street.«

Ich blickte durch die Scheibe nach draußen und ließ die grellen Lichter des nächtlichen Manhattans an mir vorbeiziehen. Ich lachte kurz sarkastisch auf über diesen Zufall. Ich verlor in einer acht Millionen Metropole einen Mann, von dem ich dachte, ich wüsste, wo ich ihn wiederfinden konnte und traf stattdessen dessen Freundin. Zum zweiten Mal!

Gigi schnarchte leise, ihre lockigen Haare stanken nach Erbrochenem. Ich schob ihren Kopf vorsichtig auf die andere Seite, so dass Gigis Gesicht auf der kalten Fensterscheibe ruhte. Was für eine Scheiße!, dachte ich mir, während ich sie betrachtete. Sie trug dunkle Strumpfhosen, die an den Knien fast durchgerieben waren und ihre weiße Haut durchblitzen ließen. Dazu einen schmalen dunklen Cordrock und einen dunklen Rollkragenpullover. Eine Jacke hatten sie in der Dunkelheit des Clubs nicht gefunden. Ich sah ihr an, dass sie fror. Gigi zog sich zusammen und legte ihre verschlissenen Doc Martens Boots neben sich auf die Sitzbank. Ihre Fingernägel waren komplett heruntergekaut und mit rotem Nagellack, der bereits wieder abblätterte, übermalt worden. Als Gigi matt ihren Arm fallen ließ, erkannte ich eine kleine Tätowierung an der Innenseite ihres Handgelenkes. *Love.* Ob das Jackson galt? Mit Sicherheit!

Wie war ich nur in diese jämmerliche Situation geraten? Warum um alles in der Welt war Gigi von all den vielen Menschen im Club ausgerechnet mir in die Arme gefallen? Was wollte das Schicksal mir sagen? Dass alles nicht schon scheiße genug für mich lief? Musste ich jetzt auch noch der Freundin des Mannes, in den ich mich Hals über Kopf in nur einer Nacht verknallt hatte, beim Kotzen die Haare zurückhalten?

Das Taxi bog in die 9th Street am Tompkins Square Park.

Als ich vor drei Jahren nach New York gekommen war, hatte man mir gesagt, ich solle das East Village über den Park hinaus meiden. Alles bis Avenue B war in Ordnung, sogar sehr hip, dann aber wurden die Gassen dunkler und die Anzahl der Junkies nahm zu. Für eine junge Frau war das Village ab Avenue B kein sicherer Ort, vor allem nicht nach 22 Uhr. Mein Blick fiel auf die digitale Anzeige über dem Taxameter, es war Viertel nach eins.

Ich war erleichtert, als der Taxifahrer auf der Avenue A in die 9th Street Richtung 1st Avenue bog und wir den Park und die weiteren Buchstaben des Alphabets hinter uns ließen. Wir hielten schließlich vor einem schlichten Brownstone-Haus, das im Licht einer Laterne matt bräunlich schimmerte.

Ich bat den Taxifahrer auf mich zu warten, ich wollte Gigi nur eben bis zur Tür bringen, aber er hielt das für eine Masche und entriegelte erst, als ich ihm meine Kreditkarte reichte, die er mit einem genervten »Ritsch Ratsch« durch das Gerät zog und mir einen Durchschlag reichte. Dabei fluchte er leise vor sich hin, dass ich mit Kreditkarte zahlte, was die New Yorker Taxis erst seit Kurzem anboten. Ich hatte es kaum geschafft, die Tür hinter Gigi zu schließen, da brauste das Taxi auch schon davon. Na super! Und wie sollte ich jetzt nach Hause kommen? Die halbe Stunde Taxifahrt in die Upper West Side? Ich würde Gigi bitten müssen, von ihrem Festnetz ein Taxi zu bestellen. Also schob ich die federleichte, junge Frau in Richtung der Stufen hinauf zum Haus. Gigi bog aber ab und lief nicht nach oben, sondern stieg die paar Stufen hinab in die Erdgeschosswohnung, deren Eingang sich unterhalb der Treppe befand. Sie kramte verzweifelt nach ihrem Schlüssel, bis Musik von drinnen erschallte und sie stattdessen gegen die Haustür hämmerte.

»Open up! It's Gigi!«

Es dauerte eine gefühlte Ewigkeit – Gigi begann bereits wieder zu wimmern –, bis eine große Frau mit langen rötlichen Haaren öffnete. Sie war ausgelassen und völlig überdreht. Als sie die völlig betrunkene Gigi sah, rollte sie genervt die Augen und drehte sich in Richtung Flur um. Es war nur ein Wort, das sie laut rief und das mich in absolute Panik versetzte.

»Jackson!!!«

Die Frau schwang ihr rotes Haar und ließ uns an der Tür kauernd stehen. Sie gab den Blick frei auf einen langen Flur im dumpfen Licht. Ich starrte hinein, als hätte ich einen Geist gesehen. Alles in meinem Kopf schrie danach wegzurennen, aber mein Körper war wie versteinert. Sekunden verstrichen – oder waren es Minuten- –, ehe ich glaubte, am Ende des Ganges eine Silhouette ausmachen zu können. Jetzt sah ich mich panisch um und wich ein paar Schritte zurück. Ich donnerte erst gegen den knallharten Messingzaun, der den Patio vor der Wohnungstür umgab und der sich nun erbarmungslos in meine Schulter bohrte. Dann taumelte ich gegen die

Ansammlung von Metallmülltonnen und machte dabei ordentlich Lärm. Ich hörte Gigi erneut aufwimmern, als ich es gerade noch schaffte, mich hinter den Mülltonnen zusammenzukauern.

Der Klang seiner Stimme nahm mir kurzzeitig die Kontrolle über meine Atmung. Erst als ich drohte zu hyperventilieren, atmete ich aus. Kontrolliert und leise, um ja nichts zu verpassen. Jackson war sauer, nein, eher außer sich. Ich konnte aus meinem Versteck nur Fetzen des sich anbahnenden Streites hören, da Gigi laut losheulte und immer wieder schluchzte.

»Es tut mir so leid!«

Mir war, auch wenn ich keinen freien Blick auf die beiden hatte, als versuche Jackson Gigi loszuwerden.

»Oh, fuck you!«, hörte ich die zierliche Blondine brüllen.

»Will you please shut up, Gigi!« Er war stinksauer.

Der Streit eskalierte, als Gigi wütend auf Jacksons Brust eintrommelte. Ich konnte durch einen Spalt zwischen den Mülltonnen erkennen, wie er sie bestimmt, aber nicht brutal davon abhielt, ihn ins Gesicht zu schlagen. Ich sah seinen schlaksigen Körper; die Anspannung darin verriet, wie wütend er war. Sein unter dem zu weiten Shirt schmächtig wirkender Brustkorb bewegte sich aufgeregt auf und ab. Zu gerne wäre ich aufgestanden und hätte mich ihm gezeigt. Ihm gezeigt, dass ich Bescheid wusste. Über ihn und Gigi. Dass er es nicht wert war, dass ich mich so beschissen fühlte, wie ich es in den letzten Wochen getan hatte. Am Boden kauernd, mit eingeschlafenem Unterschenkel, die eisig kalte Tonne im Kreuz. Wahrscheinlich hätte ich ihm auch theatralisch auf die Brust geschlagen und ihn angeschrien. Ob Silvester nur seine Masche war, um mich möglichst schnell ins Bett zu kriegen? Das alles hätte ich so gerne getan. Aber als ich sah, wie Jackson Gigis wütende Arme mit seinen Händen stoppte und zuließ, wie sie sich an seiner Brust ausheulte, wollte ich nur noch mit ihr tauschen.

Jackson ließ Gigi an sich vorbei ins Haus, und ich schaffte es gerade noch, das Gewicht auf das noch wache Bein zu verlagern, ehe der Unterschenkel mich taub wegsacken ließ und ich mit dem Umstoßen der Tonnen einen Riesenradau veranstaltet hätte und ich aufgeflogen wäre. Die Tür schloss sich, und ich war jetzt allein in der Dunkelheit. Abgelegt wie Müll zum Verrotten hinter zu vollen Tonnen. Auch wenn das sehr dramatisch klang, so fühlte ich mich in diesem Moment. Schlecht. Ungewollt und weggeworfen.

Nicht mal Gigi hatte sich auch nur eine Sekunde nach mir umgesehen und sich für die spendable Taxifahrt bedankt. Ich schlotterte und überlegte, ob ich einfach hier liegen bleiben sollte. Sollte ich doch einfach erfrieren und am nächsten Morgen zu Eis erstarrt von Jackson gefunden werden. Zu Eis erstarrt, mit gebrochenem Herzen.

Ich schüttelte mich kurz und den kitschigen Hollywoodfilm, der da in meinem Kopf umherging, von mir ab und richtete mich auf. So ein Blödsinn! Ich würde jetzt aufstehen und so schnell wie möglich von hier verschwinden. Versuchen, im Moloch des immer düster werdenden East Villages, ein Taxi zu finden und ab in meine WG flüchten. Am besten ließ ich die Geschichte hinter mir. Jackson. Ja, auch New York! Dieser Wunsch verfestigte sich immer mehr.

Mir schmerzte der ganze Körper und ich rechnete damit, das Drama weiter in meinem Kopf zurecht spinnend, dass die Kälte sich bereits in meine Organe gefressen hatte. Müde kam ich auf die Füße. Mein eingeschlafenes Bein brauchte einen Moment, ehe ich mich langsam die paar Stufen am Zaun hinaufziehen konnte und auf der Straße stand. Ich blickte hinunter in ein schwarzes Loch. Das Taxi war von rechts gekommen. Dort lag der dunkle Park. Dorthin würde ich auf keinen Fall gehen. Und so überredete ich meinen schlappen Körper einen Schritt vor den anderen zu setzen. Und zwar dorthin, wo die Lichter waren. In Richtung 1st Avenue. Ich schob meine Hände tief in meine Manteltasche, meinen Kopf in den Kragen und lief los. Ich kam nicht weit, ehe ich seine Stimme hinter mir hörte.

»Katharina?«

Selten hörte ich meinen Namen in Gänze ausgesprochen. Seine Stimme drang so leise zu mir vor, dass ich mir nicht sicher war, ob ich es mir nur gewünscht hatte, dass er da war. Doch dann hörte ich ihn erneut.

»Kata. Bist das du?«

Ich hielt den Atem an, als ich mich umdrehte und ihn sah. In etwas Entfernung. Jackson.

München, 2017

Nachdem ich dem Wust meiner patinierten Klamotten entkommen war, stand ich jetzt in der kleinen Secondhand-Boutique, in der ich schon das ein oder andere Mal etwas Geeignetes für diverse Anlässe gefunden hatte.

In meinem in meiner Wohnung zurückgelassenen Berg aus Klamotten roch jedes einzelne Stück nach Vergangenheit. Jedes Teil hatte eine Geschichte. Doch ich wollte neutral sein, wenn ich auf das Sommerfest der Schule ging. Mit meinem Look keinesfalls mögliche Erinnerungen wecken, geschweige denn wirken, als hätte ich Schwierigkeiten loszulassen. Mein ehemaliges Lieblingskleid hatte ich zuletzt auf Samus letztem Geburtstag getragen. Ich trug es zwar schon noch ab und an, aber was würde es in ihm auslösen, wenn ich es ausgerechnet an dem Tag trug, an dem wir zum ersten Mal wieder als Familie auftraten, zusammen und doch getrennt? Vielleicht sähe Samu darin eine Provokation? Das wollte ich auf keinen Fall riskieren!

Selbst meine Lieblingsjeans und der braune Sweater waren seit der Nacht mit Jackson nicht mehr in Gebrauch. Seit Berlin. Es hatte ewig gedauert, ehe ich die Teile, Jacksons immer blasser werdenden Duft auf ihnen, überhaupt gewaschen hatte. Jetzt lagen sie in den Tiefen des Schrankes und weckten den Schmerz, wenn ich mich in ihnen sah. Wie ich mich zusammen mit Jackson sah. Ich hatte ganz hinten im Schrank sogar jenen Sweater aus New York gefunden. Seinen Sweater, den ich getragen hatte, als ich, auf der Flucht vor meinen Gefühlen, damals einfach gegangen war. Ich hatte ihn all die

Jahre aufbewahrt, zwar vergessen, dass ich ihn hatte und neue Lieblingstücke darauf gestapelt, aber dennoch an ihm festgehalten.

Ich stellte fest: Lieblingsklamotten sollte man tunlichst nicht tragen, wenn man in eine Situation kam, in der einem eventuell das Herz gebrochen werden könnte. Sie waren im Anschluss unbrauchbar.

Der Verkäufer in der Secondhand-Boutique hatte mir allerhand Kleider in die Kabine gehängt. Sie alle hatten eine Geschichte, sie alle erzählten von einem Kapitel in einem Leben einer anderen Frau und waren vielleicht gerade aus diesem Grund aussortiert worden. Weil sie aus emotionalen Gründen unbrauchbar waren. Sollte ich es wagen, sie mit neuen Erinnerungen zu füllen? Ich entschied mich dagegen und drückte das Bündel Kleider dem verdutzten Verkäufer in die Hand.

»Aber du hast doch immer was gefunden hier.«

»Eben. Immer ist aber irgendwie vorbei«, sagte ich pathetisch und ließ ihn stehen. Ich wollte einen Neunanfang, einen Cut. Und so kaufte ich bei Zara ein pastellblaues Top und eine dazu passende, fließende Hose. Es waren überhaupt nicht meine Farben, aber ich fühlte mich phantastisch.

Ich hatte mit Paul ausgemacht, dass er die Zeit vor dem Sommerfest bei Samu verbringen würde, während ich Emma erst zum Tennis begleiten und wir die Männer dann direkt auf dem Fest treffen würden.

Ich stand verdutzt am Spielfeldrand des Tennisplatzes und sah innerlich triumphierend dabei zu, mit welcher Leichtigkeit meine Tochter unerreichbaren Bällen hinterherjagte. Die verbissene Mama ihrer Gegnerin aus der Bogenhausener Upperclass war entrüstet und feuerte ihr zunehmend überfordertes Kind an.

Ich hatte Emma niemals zum Tennisspielen gedrängt, im Gegenteil. Ich hielt den Sport für zu elitär und hatte überhaupt keine Lust, an Wochenenden auf Turnieren in Sonstwo Small Talk mit ehrgeizigen Müttern zu führen. Aber Emma war auch das Tennisspielen, wie vieles andere, einfach zugeflogen. Ihre beste Freundin hatte in der ersten Klasse damit angefangen und Emma sie begleitet. Mittlerweile hatte ihre Freundin wieder damit aufgehört, und Emma gewann ein Spiel nach dem anderen.

Während sie sich nach dem Spiel umzog, trank ich im Vereinslokal einen Kaffee und beobachtete die anderen Mütter, die ihre Kinder einfach nicht in Ruhe ließen. Charlotte tu dies, Leonard tu das und: »Anne-Sophie, das nächste Mal brauchen wir aber Punkte, wenn du deinen Standard halten willst!« Ich rollte die Augen, Anne-Sophie wollte gar nichts!

Ich bemerkte, dass zwei Mütter an einem Tisch in meiner Nähe mich musterten. Sofort musste ich an die Situation im asiatischen Restaurant in Berlin denken. Offensichtlich strahlte ich etwas aus, was Frauen nicht abkonnten. Sah man mir an, dass ich jetzt Single war? Befürchteten die Frauen womöglich, dass ich mich nun auf die Jagd nach ihren Männern machte? Ich lachte leise auf. Eine der Frauen kannte ich, ich hatte mich ein paarmal halbherzig mit ihr unterhalten. Zu ihr war sicherlich schon durchgedrungen, dass ich jetzt in Scheidung lebte. Ihr Sohn hatte mal gegen Emma verloren. Aber weder der Name der Frau noch der Name des Sohnes wollte mir einfallen, da stand Besagte auch schon auf und ging schnurstracks auf mich zu.

»Hallo, Kata, wie geht es dir denn?«, fragte sie mit aufgesetzt sorgenvollem Ton.

»Ähm …« Ich suchte nach ihrem Namen.

»Gabriella.«

»Ja, genau, Gabriella. Danke, mir geht es gut.«

Gabriella zögerte nicht und setzte sich unaufgefordert mir gegenüber. »Es muss ja hart sein für die Kinder.«

Ich legte den Kopf schief. Dass diese mir völlig fremde Person mich auf meine Trennung ansprach, hielt ich für so übergriffig und daneben, dass ich mich zum Schutz dumm stellte. »Was denn?«

»Na, die Trennung. Der Samu sah letzte Woche beim Training auch nicht gerade gut aus.«

Ich schnaubte. Implizierte sie etwa, dass ich auch nicht gut aussah? Bitch! In mir brodelte es, gleich würde mein ganzer Zorn wie Lava aus meinem einem Vulkan ähnelnden Schlund quellen.

Ich trank schnell mehrere Schlucke vom noch zu heißen Kaffee und verbrannte mir dabei Zunge und Hals. Aua.

»Wenn wir was tun können …«

Ich setzte die Tasse ab. »Ich kenn dich doch gar nicht. Und während du dich um meine Beziehung und meine Familie sorgst, vielleicht wäre es besser, du guckst, wie es bei dir zu Hause läuft, okay?« O ja, ich nahm Fahrt auf und es bräuchte schon einen gigantischen Felsbrocken, um mich jetzt noch zu stoppen. »Denn wie du ja weißt, geht in jeder dritten Ehe einer fremd. Daran ist meine Ehe nicht gescheitert, und wie ich sehen kann, ist die Ehe deiner Freundin da drüben voll intakt.«

Gabriella drehte sich um, wir mussten mit ansehen, wie die Frau, mit der sie am Tisch gesessen hatte, einem südländischem Mann wild die Zunge in den Hals schob.

»Oder ist das der neue Tennislehrer? In dem Fall wärst du und deine Ehe wohl raus! Glück gehabt.«

Gabriella wollte noch was sagen, aber sie kam nicht dazu. Emma flog in ihrem neuen Sommerkleid auf mich zu. »Wir können!«

Ich stand schnell auf, knallte einen Fünfeuroschein auf den Tisch und folgte meiner Tochter zum Auto. Ich spürte Gabriellas Blick in meinem Rücken. Zu gerne hätte ich mich umgedreht und ihr die Zunge gebleckt, aber ich ließ es sein.

»Saudumme Kuh!« Ich sprach es wirklich laut aus.

Emma grinste mich an. »Ihr Sohn ist auch ein Depp«, sagte sie so abgeklärt und erwachsen, mir kam es vor, als wären wir Freundinnen. Ich musste lachen und Emma auch. Danke!, dachte ich mir. Sollten die anderen doch denken, was sie wollten. Ich war für alle Bemerkungen gewappnet, die gleich auf dem Sommerfest auf mich losgelassen würden.

Als wir den bunt geschmückten Pausenhof des Gymnasiums nahe der Isar betraten, beachtete uns allerdings kaum jemand. Ein paar Eltern nickten mir zu, selbst zu gestresst oder zu beschäftigt und kein Einziger zeigte mit dem Finger auf mich.

Paul tippelte auf dem Basketballcourt umher und warf mit seinen Kumpels ein paar Bälle. Samu lehnte lässig an einem der Begrenzungspfosten zu den Bänken und grölte den Jungs zu. Er wirkte entspannt, worüber ich sehr froh war.

Als er uns von Weitem sah, richtete er sich auf. Emma umarmte er herzlich. Mich begrüßte er mit einem für München typischen Küsschen links Küsschen rechts. Ich nahm sofort das neue Parfum war, das er trug. Wahrscheinlich hatte auch er sich etwas Neues zulegen müssen. Das leichte Sommerhemd und die kurzen Jeans erschienen mir zwar vertraut, aber die strahlend weißen und ein wenig zu jugendlichen Sneakers waren ebenfalls neu. Es waren beinahe die gleichen, die ich Paul gestern in der Stadt gekauft hatte.

Ich dachte an den Song von Paolo Nutini. »Hey, I put some new shoes on and suddenly everything is right.« Tja, wenn es doch nur so einfach wäre.

»Hi«, sagte Samu locker. »Paul ist echt gut. Er sollte sich das mit dem Verein noch mal überlegen.« Er deutete dabei auf Paul, der erneut einen Ball im Korb versank.

»Ja, aber er hat eben keine Lust auf Wettkämpfe«, antwortete ich bemüht. Mir schmeckte die Tatsache, dass uns im Moment nur der gewöhnliche Small Talk unter Eltern einte, nicht. Wir standen einen Augenblick einfach so da. Die Stille um uns herum unbekannt.

Emma brach das Schweigen und erzählte Samu von ihrem Tennismatch, und ich ergänzte, wie schauderhaft ich die Mütter fand. Vor allem diese Gabriella.

»Ich find die eigentlich ganz nett«, sagte Samu arglos, und ich hob eine Braue. Hatte sie da womöglich den Nagel auf den Kopf getroffen? Was, wenn nicht der Mann von Gabriella was Außereheliches am Laufen hatte, sondern sie selbst – und dazu mit meinem Noch-Ehemann? Die Vorstellung ließ mich schlucken. War Samu so verzweifelt, dass er sich an die erstbeste Mama im Tennisclub ranmachte? Und war das der Grund gewesen, weshalb Gabriella mich überhaupt angesprochen hatte? Und vor allem …

Aber was ging es mich an? Samu konnte machen, was er wollte. Er konnte treffen, wen er wollte. Wir waren getrennt. Als Eheleute existierten wir nur noch auf dem Papier, bis das Trennungsjahr vollendet war. Das, was uns verband, waren unsere Kinder und Small Talk.

Dennoch schauderte es mich.

Wie konnte ich mir nur anmaßen, darüber zu urteilen, wen er traf. Schließlich hatte ich kein Sterbenswörtchen über Jackson verloren. Warum auch? Was in Berlin passiert war, blieb offensichtlich in Berlin, dachte ich mir, als ich in die Bartwurst biss, die mir Samu gereicht hatte. Der komplette grellgelbe Senf ergoss sich über mein neues Shirt.

»Shit!«

Ich versuchte das Oberteil noch zu retten und wischte und wischte, aber die Senfschlieren samt Papierfusseln der Serviette fraßen sich nur noch tiefer in das Gewebe. Samu und Emma amüsierten sich darüber, und ich versuchte es zu ignorieren. Ich war kurz vorm Losheulen, was für ein Scheißtag!

Es brummte in meiner Tasche, und ich kramte genervt nach dem Handy. Als ich auf das Display guckte, verschluckte ich mich an der Wurst. Eine unbekannte Nummer, darüber stand New York. Jackson. Er musste es sein. Ich hatte seine Nummer gelöscht.

New York, 2000

Die Straße im Village war so dunkel, dass ich meine Augen zusammenkneifen musste, um seine Umrisse ausmachen zu können. Die Distanz zwischen uns schien für einen Moment unüberbrückbar. Keiner wagte es, die unsichtbare Grenze zu übertreten und einen Schritt auf den anderen zuzumachen.

»Kata?«, wiederholte Jackson. Erstaunen lag in seiner Stimme.

»Jackson«, sagte ich hingegen völlig klar.

Ich hatte damit rechnen müssen, dass er auch in der WG wohnte, in die ich Gigi gerade abgeliefert hatte. Sich vor ihm zu verstecken, wo ich ihn doch so lange gesucht hatte, erschien völlig irrational, aber ihn plötzlich wiederzusehen, auf diesen insgeheim so lange herbeigesehnten Moment war ich nicht gefasst.

Schließlich passierte Jackson die Grenze und ging auf mich zu. Ich sah, wie er mit jedem Schritt größer wurde, bis er auf einen Meter an mich herangekommen war. Obwohl ich halb erfroren war, schmolz ich innerlich bei seinem Anblick. Sein Gesicht, die weichen Augen, umrandet von fein gezeichneten Brauen, die imperfekte Nase. Er biss sich irritiert in seine Unterlippe, und ich hätte es ihm am liebsten gleichgetan.

»Ich kapier das nicht! Was machst du hier?« Der Ton in seiner Stimme glich den eisigen Temperaturen dieser Nacht. Ich wich zurück.

»Stalkst du mich?«

Jacksons Worte brauchten eine Weile, ehe sie bei mir ankamen. »Ich habe deine völlig betrunkene Freundin nach Hause gebracht.«

Jackson schüttelte sich kurz, um zu verstehen, was ich da sagte. »Gigi? Woher weißt du, dass sie meine Freundin ist?«

Mir war klar, ihm zu erklären, dass ich ihn seit der Silvesternacht gesucht hatte, käme Stalking gleich und so zögerte ich und überlegte, wie ich seine Attacke abwehren könnte.

»Du hast eine Freundin«, sagte ich, meine Kränkung nicht verbergen könnend.

Jackson legte den Kopf schief und musterte mich. Er versuchte offenbar, jede Regung in meinem Gesicht in dem dumpfen Licht der Straßenlaterne lesen zu können. »Als ich Neujahr aufgewacht bin, warst du weg.«

»Es macht nicht den Anschein, als wärst du mit Gigi erst danach zusammengekommen.« Ich kam mir vor wie ein Spion.

Er hob eine Braue. »Mich hat noch nie jemand einfach so liegen gelassen«, ignorierte er meine Bemerkung.

Was für ein überheblicher Satz. Einfach so!? Wenn du wüsstest, dachte ich und störte mich auch an dem »noch nie«. Er tat es also oft! Er legte viele Frauen flach, hämmerte es in meinem Kopf. Sofort war meine Unsicherheit wieder da, dennoch hielt ich mich tapfer. »Offensichtlich machst du so was öfters und zu Hause hat ja Gigi auf dich gewartet.«

Er suchte nach Worten. In seinem Hoodie war ihm saukalt, das konnte ich sehen.

»Ich hab so was noch nie gemacht.«

Sein Satz hallte mir entgegen, Schmerz lag darin, erstmals nahm ich ihm seine Verletztheit ab.

»Ich habe dich gesucht«, sagte ich so leise, dass ich nicht wusste, ob er mich überhaupt hören konnte.

»Warum bist du überhaupt gegangen?«, fragte er direkt.

Darauf wusste ich keine Antwort. Ich zitterte vor Kälte. Ich kam mir so klein vor. In seinem Schatten und dem dieser riesigen Stadt.

Auch wenn er nicht verstand, was hier vor sich ging, gab sich Jackson sichtbar einen Ruck und lächelte. Er kam noch näher, stand jetzt direkt vor mir. »Wo bist du gewesen?«, fragte er leise, unsicher.

Ich zuckte die Achseln, seine Anwesenheit lähmte mich komplett.

»Du hast meinen Zettel nicht gefunden?«, stammelte ich. Er sah mich fragend an. »In deiner Jeans?«

Ich wollte ihm alles erzählen. Von meinem tagelangen Warten auf seinen Anruf, meiner Suche nach ihm. Aber ich schwieg.

Er schüttelte den Kopf, hob vorsichtig seine Arme und legte sie zaghaft um meinen Körper. Dann zog er mich bestimmter in seine Richtung. Ich war stocksteif, als ich seine Umarmung spürte.

Wir standen einen Moment hilflos so da, bis sich unsere Körper wieder aneinander gewöhnten und nachgaben. Jackson vergrub sein Gesicht in meinen Haaren und seufzte tief in meinen Nacken. Ich spürte, dass es ein ehrlicher Seufzer war. Und ja, auch ich war erleichtert, dass wir uns wiedergefunden hatten. Ich drückte ihn an mich, und doch erfasste mich eine Unsicherheit darüber, was ich jetzt tun sollte.

Wir hielten uns eine Weile, hielten uns fest und die Zeit an, bis ich mich von ihm löste. Ich suchte in Jacksons Blick nach Bestätigung, die er mir auch gab.

»Ich dachte, ich sehe dich nie wieder.« Er hielt mich, als hätte er etwas sehr Wichtiges, das er verloren hatte, wiedergefunden.

Eigentlich hätte ich ihm gerne meine Panik vor meinen Gefühlen erklärt. Vom Neujahrsmorgen erzählt, wie mich meine

Angst zu dem Entschluss getrieben hatte, ihn einfach liegen zu lassen. Aber das war jetzt egal. Was machten wir denn nun?

»Ich muss ins Warme, sonst sterbe ich an einer Lungenentzündung und du siehst mich wirklich nie wieder. Und du wirst mich wohl kaum zu dir in die Wohnung bitten«, sagte ich pragmatisch.

»Es ist nicht meine Wohnung.«

»Es ist Gigis«, beantwortete ich meine eigene Frage.

Jackson wand sich, ihm war das schlechte Gewissen anzusehen. »Das mit ihr …«

Ich schüttelte vehement den Kopf, ehe er den Fehler machte und seine Freundin vor mir kleinzumachen versuchte. Es interessierte mich jetzt in diesem Moment nicht. Es war unser Augenblick, nicht Gigis.

»Ich kläre das mit ihr«, schloss Jackson und versuchte mich zu sich heranzuziehen, aber ich hielt inne.

»Du verunsicherst mich total«, platzte es aus mir heraus, und ich bereute sofort, so ehrlich gewesen zu sein.

»Ist das denn so schlimm?«, fragte Jackson.

Ich wusste es nicht. Ich wusste nur, dass ich diese Unsicherheit nicht leiden konnte, dass sie mich schwächte und mich dazu brachte, irrational zu handeln. Ich verlor darin das Gefühl für richtig und falsch. Diesen Kontrollverlust konnte ich gerade nicht zulassen, denn im Anschluss würde ich sehr lange brauchen, um wieder in der Realität anzukommen.

Aber es war zu spät. Ich ließ mich darauf ein. Ich ging auf ihn zu und küsste ihn. Ohne auch nur noch ein weiteres Wort zu verschwenden.

Jacksons Lippen waren auf den Kuss nicht vorbereitet, es dauerte einen Moment, ehe sie mit meinen verschmolzen. Ich schob mich an ihn heran, unsere Zungen trafen sich wie zwei Liebende nach einem langersehnten Wiedersehen. Am liebsten wäre ich in ihn hineingekrochen. Wir spürten, wie unsere Lust aufeinander trotz der Kälte um uns herum aufloderte. Jackson fuhr mir mit seiner eiskalten Hand durchs Haar. Ich fröstelte so sehr, dass meine Lippen zitterten.

»Wir treffen uns Donnerstag um 15 Uhr unter dem Triumphbogen am Washington Square Park.«

Es war Freitagnacht.

»Wieso erst Donnerstag?«, fragte ich verunsichert.

Er holte tief Luft. »Ich kläre das mit Gigi. Wir sind schon eine Ewigkeit zusammen. Gib mir die Zeit, okay?« Er verzog seine schmalen Lippen zu einem Lächeln. Seine Worte trafen mich mitten ins Herz. Wenn er schon eine Ewigkeit mit Gigi zusammen war, warum hatte er mich dann angelogen und sie mit mir betrogen? Oder wollte er Gigi schon länger verlassen und schaffte es einfach nicht? Mit Betrügen und Fremdgehen hatte ich so meine Erfahrungen gemacht. Ein Déjà-vu wollte ich unbedingt vermeiden. Aber, was mich hier in diesem Moment darüber hinwegtröstete: Er hatte was zu klären mit Gigi. Wegen mir. Er wollte mich offensichtlich erst wiedersehen, wenn er Single war. Jackson hatte unsere Begegnung womöglich ähnlich umgehauen wie mich.

Er gab mir einen letzten, weichen Kuss. Für mich war es das Signal zu gehen. Ich nickte und beeilte mich, in die Dunkelheit der Nacht zu verschwinden.

»Hey, soll ich dir nicht ein Taxi rufen?« Seine Stimme vibrierte in meinem Rücken.

»Ich finde sicher eines auf der Avenue!«

Ehe er widersprechen konnte, war ich aus seinem Blickfeld. Ohne mich noch einmal umzusehen. Ich ging einfach weiter, plötzlich furchtlos. Hörte entfernt, wie sich eine Tür schloss. Ich wehrte mich darüber nachzudenken, wie er Gigi jetzt in der Wohnung gegenübertrat. Ich ging weiter, nahezu völlig unbeschwert und leicht. Ich ließ erst die Straße hinter mir, dann das Village. Hätte irgendjemand auch nur annähernd versucht, mich anzusprechen, ich hätte ihn einfach umgehauen, so unbesiegbar fühlte ich mich. Auf der 1st Avenue ergatterte ich ein Taxi und fuhr nach Hause.

Seinen Kuss noch auf meinen Lippen, seine Hand auf meinem Gesicht, versuchte ich den Moment seiner Berührungen festzuhalten. Ich würde daran festhalten, bis ich ihn wiedersah. Donnerstag. So lange würde der Kuss andauern.

München, 2017

Ich stand inmitten einer Traube von Eltern, die sich über die anstehenden Sommerferien unterhielten. Zweimal hatte ich seinen Anruf schon weggedrückt. Jacksons Nachrichten konnte ich nicht ignorieren.

Wir müssen reden. Bitte melde dich.

Es folgte: *Ich vermisse dich.*

Und darauf: *Bitte. Komm nach New York.*

Seine Nachrichten waren diesmal weniger kryptisch. Dennoch verwirrten sie mich völlig. Ich konnte mich auf gar nichts mehr konzentrieren. Nicht auf die Witze von Emma oder das Gespräch mit Pauls Englischlehrerin, das darauf abzielte, dass Paul noch ein paar Gänge raufschalten musste, wenn er durch die 10. Klasse kommen wollte.

Als Emmas Klassenlehrerin mir und Samu empfahl, einen für Trennungskinder üblichen Termin beim Mentorenteam der Schule zu machen, starrte ich sie ungewöhnlich lange an. Ihre Worte drangen nicht bis zu mir hindurch.

Samu stupste mich in die Seite. »Kata, alles klar?«

Ich wusste es nicht. Ich hatte drei Wochen nichts von ihm gehört. Und jetzt trudelten seine Nachrichten einfach so ein. Und nicht irgendwelche Nachrichten. *Komm nach New York.* Das klang ernst. Das klang verbindlich, das klang nach mehr.

Ich entschuldigte mich bei der Lehrerin und versprach widerspruchslos, alle vorgesehenen Termine inklusive Mentorenteam wahrzunehmen und sah mich verzweifelt nach etwas zu trinken um. Etwas anderem außer Spezi und Schorle. Aber da es ein Schulfest war, hatte ich wenig Erfolg.

Samu sah ernsthaft besorgt aus. »Ist dir die Bratwurst nicht bekommen? Ich muss ja sagen, superlecker war die nicht.«

Ich hörte, was er sagte, und zuckte die Achseln. Wenn er wüsste, was mich so aus der Bahn warf, hätte er mich sicherlich einfach stehen gelassen.

»Wo sind die Kinder?« Ich sah mich ablenkend um.

Paul daddelte mit ein paar Kumpels auf der Treppe auf den Handys herum, was eigentlich verboten war, aber heute keinen zu interessieren schien. Emma spielte als einziges Mädchen auf dem kleinen Sportplatz mit den Jungs Fußball.

»Die Kinder sind beschäftigt, aber wenn du gehen möchtest, ich bleibe gerne noch mit ihnen hier.«

»Nein, wir gehen zusammen.« Ich sagte es so entschlossen, dass nicht nur Samu darüber erstaunt war, sondern auch ich selbst.

Niemals würde ich zulassen, dass Jackson aus der Ferne so viel Einfluss auf mein Leben nahm, nicht mehr. Es hatte die Kinder sehr viel Überwindung gekostet uns beide, Samu und mich, zum Sommerfest der Schule einzuladen. Paul wollte erst gar nicht hin und ließ sich nur überreden, weil wir alle kommen wollten. Es war ihre Welt, in dem wir uns hier bewegten. Emmas und Pauls Welt. Es war nicht selbstverständlich. Die Kinder hatten mir vertraut und bis jetzt hielten sich alle großartig. Und so versuchte ich die Verbindlichkeit von Jacksons Nachrichten auszublenden und tauchte wieder auf. Im Hier und Jetzt.

»Was macht die Arbeit, Samu?«

Samu sah mich lange an, vielleicht ein Ticken zu lang. Seine Irritation war ihm anzusehen.

»Ehrlich jetzt, versuchen wir es nun wirklich wieder mit Small Talk?«

Ich war fahrig, seine stets offene Art verunsicherte mich.

»Was denn? Sollten wir nicht versuchen, ein normales Verhältnis zu haben?«

Es herrschte einen Moment Stille. Sie wurde von Emmas triumphierenden Siegesschreien durchbrochen. Sie hatte ein Tor geschossen und wurde von den Jungs anerkennend abgeklatscht. Sie war mit ihren zehn Jahren eine der Jüngsten und der Respekt dafür umso größer. Samu winkte ihr lässig, aber stolz zu, ich tat es ihm gleich. Dann bewegte sich Samu zu mir hinüber und sagte, ohne mich dabei anzusehen, mit ruhiger Stimme: »Kata, bei aller Liebe, und du weißt, das ist es, was ich immer noch für dich empfinde. Zwischen uns ist nichts normal. Bitte tu nicht so, als könne es jemals wieder so sein.«

Ich schluckte und wagte nicht, ihn jetzt anzusehen. Wie schaffte er es die richtigen Worte zu finden? Sie trafen mich jedes Mal – immer noch.

»Gut, dann wäre das geklärt«, entgegnete ich bemüht gelassen.

Samu richtete sich auf. Die heißen Temperaturen änderten nicht das Geringste, die Stimmung zwischen uns war eiskalt.

»Wenigstens tust du alles dafür, dass es mir immer einfacher fällt, dich nicht mehr zu lieben«, sagte er schließlich. »Du benimmst dich wirklich schräg.«

Darauf konnte ich nichts erwidern. Ich löste mich von ihm und entwand mich der Situation. Und dann ärgerte ich mich. Über Samu und über mich selbst. Ich wollte mich diesem Schmerz nicht aussetzen. Meinem nicht und auch Samus nicht. Ich hatte ein »Ich vermisse dich« und »Komm nach New York!« in der Tasche. Das war doch mal was! Darauf könnte ich aufbauen.

Dennoch, ich konnte den Vertrauensvorschuss der Kinder keinesfalls missbrauchen, ich musste mich zusammenreißen. Wir beide mussten es. Und das taten wir für weitere zwei

Stunden, ohne auch nur ein Wort miteinander zu wechseln. Ich ließ mich von anderen Eltern und Lehrern in Gespräche verwickeln und sah, wie Samu das Gleiche tat. Er wirkte so viel unbeschwerter als ich. Ich musste daran denken, wie viele Sommerfeste er hatte ausfallen lassen, als wir noch ein Paar waren. Der Job war dazwischen gekommen und unsere Verbindung als Ehepaar hatte ihm die Sicherheit gegeben, dass ich mich schon darum kümmern würde. Ich hatte stets schlechte Gewissen gestillt. Aber jetzt war er hier, jetzt performte er. Mir kam es beinahe so vor, als hätte Samu was zu verlieren. Was für ein Schwachsinn! Warum musste er jetzt versuchen, es allen rechtzumachen, wo er vorher nie darüber nachgedacht hatte? Warum sollten die Kinder jetzt den Eindruck bekommen, es wäre alles gut, oder sogar besser, als es vorher war? Jetzt lernten alle den entspannten Vater kennen, wohingegen sie die letzten Jahre immer die verkrampfte Mutter erlebt hatten. Ich kämpfte mit meiner vor Wut aufsteigenden Galle. Samu wirkte beinahe federleicht, und ich dachte ernsthaft darüber nach, ob ich es womöglich gewesen war, die alles so schwer gemacht hatte. Nein, Kata, nicht schon wieder, ermahnte ich mich. Du bist nicht für alles verantwortlich.

Ich seufzte schwer, als Paul auf mich zukam. Der hübsche Kerl mit den neuen Sneakern. Er knuffte mich vor seinen Freunden in die Seite und meine Galle löste sich auf. Er bekannte sich zu seiner Mama, und ich hoffte just in diesem Moment, er würde seine Unbeschwertheit beibehalten. Er würde ein Gentleman, und die Person, die ihn mal bekäme, könnte sich glücklich schätzen.

»Na, Ma, alles gut? Papa ist ja gut am Performen.« Oh, ich liebte meinen Sohn dafür, dass er Samu durchschaute. Und mir ansah, wie hilflos ich mich dabei fühlte.

Paul ließ es sein, mir eine Spitze entgegenzuschießen. »Ich komm um vor Hunger, das Essen hier ist scheiße!«

Also performten wir weiter. Diesmal mehr ich als Samu, der in der Gegenwart seiner Kinder wieder entspannte. Wir kehrten bei McDonald's ein und bestellten einmal alles. Der Berg Fast Food erschien mir angemessen für den Tag, an dem ich immer wieder vehement versucht hatte, meine Gefühle im Zaum zu halten. Die Wut über meinen Noch-Ehemann, die Verwirrung über Jacksons Nachrichten, die Freude über die Kinder, die sich mit der neuen Situation langsam arrangierten. Burger, Pommes und Milchshake waren Balsam auf meiner Seele und ich schwieg, ließ die anderen quatschen, während ich alles aufaß.

Samu versuchte mit allen Details des bevorstehenden Trips mit dem Campingmobil nach Südfrankreich aufzutrumpfen. Die Kinder waren begeistert und ihn spornte das an. Sie würden direkt am Strand campen. Dort gab es viele Kids in ihrem Alter, auch aus München waren ein paar dabei. Er hatte sich schon mit einer Familie kurzgeschlossen.

»Der Surflehrer ist ein ehemaliger Weltmeister aus Portugal. Abends können wir am offenen Feuer Stockbrot und Würstel braten.«

Ich lächelte tapfer, aber mich schmerzte jedes einzelne Bild, das Samu mit seiner Erzählung projizierte. Vor allem, als er das genaue Datum nannte. Sie würden über Emmas Geburtstag fahren. Ich schluckte. Emma versuchte mich aufzumuntern.

»Wir feiern einfach nach!« Ich riss mich zusammen, es war schwer. Ich konzentrierte mich darauf, was Samu, das Geburtstagsthema ablenkend, erzählte. Vor allem erstaunte mich das mit dem Austausch fremder Familien sehr. Samu hatte es immer gehasst, gerade im Urlaub neue Leute kennenlernen zu müssen. Ich versuchte es echt, aber nach all der Anstrengung, meine Wut unterdrücken zu müssen, konnte ich nicht anders.

»Wusste gar nicht, dass du gerne mit Fremden kommunizierst. Wo du doch generell nicht gerne kommunizierst.«

Okay, ich wusste, es war unfair. Die ganze Vorfreude war in eine dunkle Wolke gepackt, aber warum sollte ich eigentlich immer die Böse sein? Wo Samu doch offensichtlich den Plan verfolgte, mich mit dem schlechten Gewissen allein zu lassen, selbst daran schuld zu sein, nicht mit ihnen in Südfrankreich Würstel grillen zu können.

Samu funkelte mich wütend an. »Das muss jetzt nicht sein, oder?«

»Könnt ihr nicht nach Emmas Geburtstag fahren?«, funkelte ich ihn an. Hatte er das Datum absichtlich gewählt?

»Ich hab das Mobil nur in diesem Zeitraum bekommen.«

»Es ist nur ein Geburtstag!«, griff Emma ein, von der ich doch wusste, wie wichtig ihr dieser Tag war. Offensichtlich war ich aber die Einzige, die sich daran störte, an diesem Tag nicht dabei sein zu können. War ich egoistisch? Ging es dabei vor allem nur um mich? Der Gedanke quälte mich, ich konnte meinen Gram nicht runterschlucken.

Ich stopfte die nächste Pommes in mich rein. »Ich wundere mich einfach, warum du den Trip, den ich seit Jahren mit den Kindern machen wollte, jetzt machst, wo wir getrennt sind.«

Samus große, sonst so voller Wärme strotzenden Augen wurden schmal, er war stinksauer.

»Vielleicht hatte ich einfach keine Lust ihn mit dir zu machen«, sagte Samu verletzt und verletzend.

Emma zog ihr Handy raus. Konfrontation war das Letzte, was sie jetzt brauchte. Paul lehnte sich seufzend zurück. »Leute, das ist doch scheiße jetzt.«

Ja, das war es, von uns beiden. Ich ruderte zurück. »Tut mir leid. Ich finde es mega, dass Papa den Trip mit euch macht! Im Camper ist ja auch gar nicht so viel Platz, und du hast ja sicher keinen Bock, dir mit deiner Schwester ein Bett zu teilen, oder?«

»Boah, nein!«, meldete sich Emma zu Wort. »Paul stinkt!«

»Stinkst selber!«, rüffelte Paul seine kleine Schwester, während ich Samus Blick suchte. Ich bemühte mich, eine entschuldigende Miene aufzusetzen, aber er ignorierte mich jetzt komplett.

Paul und Emma stritten darüber, wer am meisten stank, als Samu wieder das Ruder übernahm. »Wer stinkt, fliegt aus dem Camper.«

»Mama, bist eigentlich einsam, wenn wir so lange weg sind?«, erkundigte sich Emma auf einmal besorgt. »Was machst du denn die ganze Zeit alleine?«

Ich leerte meinen Shake und holte tief Luft. »Ich fliege nach New York.«

Stille. Alle sahen mich an. Überrascht, anerkennend, aber auch skeptisch. Ich hingegen war überzeugt, als mein Satz noch in meinen Ohren widerhallte.

Ich wollte nach New York, ich würde Jackson wiedersehen.

New York, 2000

Die Kälte war tatsächlich in meine Glieder gekrochen und selbst alle warmen Gedanken an Jackson halfen nicht: Mein Körper war auch nach einer knallheißen Badewanne noch eiskalt.

Am nächsten Tag erwachte ich mit einer schweren Erkältung. Mein Körper fühlte sich so erschöpft an, als hätte ich den weiten Weg vom Village zur Upper West Side letzte Nacht tatsächlich zu Fuß bewältigt. Mein Kopf klebte fiebrig auf dem Kissen. Ich fühlte mich krank und willenlos. Wie ging das einher mit meinem Seelenzustand, der so beschwingt war, seit ich Jackson gesehen hatte, seit ich ihn wieder geküsst hatte?! Wie konnte es sein, dass mein Körper dagegen ging? Fast so, als wollte er mir was sagen: »Ätsch, ich lasse es nicht zu! Du darfst dich keinesfalls gut fühlen.«

Ich war zu kaputt, um Amy und Suki zu widersprechen, als sie am Morgen zu ihrem Lernkreis aufbrachen. Sie waren stinksauer, dass ich mit der kotzenden Gigi und ohne ein Wort einfach so aus dem Club gegangen war. Sie hatten mich überall gesucht und waren dann völlig übermüdet heimgekehrt, nur um mich bibbernd in meinem Bett zu finden. Sie scherten sich jetzt nicht darum, wie es mir ging. Sie waren wütend, dass ich den Kodex, immer gemeinsam unterwegs zu sein oder mich abzumelden, gebrochen hatte. Mir war jetzt alles egal. Ich hörte mir ihr Schimpfen an, ehe ich wieder völlig erschöpft auf mein Kissen krachte.

»Brauchst du was? Dir geht es nicht gut, oder?« Suki erbarmte sich meiner, aber ich schüttelte den Kopf. Nein!

Doch!! Jackson!!! Aber was hätte er jetzt mit mir angefangen können, krank und völlig fertig?

Auch die für Ende Februar tief stehende Sonne, die sich durch das dicke Wolkengerüst einen Weg durch die große Scheibe in meinem Zimmer bahnte und mich an der Nase kitzelte, konnte mich nicht aus meinem Bett locken. Ich verschanzte mich, schloss den Vorhang und versuchte zu schlafen. Schlaf half, Schlaf machte mich wieder gesund. Allerdings war ich so matt, dass ich versäumte genügend zu trinken. Der Teekessel brauchte zu lange, meine Glieder wurden zu schwer. Ich ließ mir kaltes Leitungswasser aus dem Hahn über meine Zunge laufen, schaffte aber nur ein paar Schlucke.

Einzig der immer wieder aufploppende Gedanke, dass ich Jackson kommenden Donnerstag wiedersehen würde, hielt mich wach, ehe ich erneut wegdämmerte. Jackson. In meinem Fieberwahn war er noch präsenter, noch zärtlicher, noch schöner. Mir war, als hätte ich in meinem komatösen Schlaf sogar einen Orgasmus gehabt, als ich davon träumte, wie er mich anfasste, wie wir miteinander schliefen. Als ich erwachte, war ich feucht im Schritt. Wach hatte ich immer wieder versucht, die Erinnerung an den Traum weiterzuspinnen. Keine Chance.

Ich schlief drei ganze Tage. Samstag, Sonntag, Montag. Ich war jetzt sogar froh, dass ich noch bis Donnerstag Zeit hätte, wieder auf die Beine zu kommen.

Am Montagabend holte ich mir Suppe vom Chinesen an der Ecke und gesellte mich zu Amy und Suki, die einen französischen Liebesfilm guckten, was ich als Europäerin für völlig aus der Mode empfand.

Endlich schaffte ich es, meinen Freundinnen von Jackson zu erzählen. Der Liebesfilm war passé, die Realität interessanter. Dass ich vor gut einem Monat auf Jacksons Freundin Gigi gestoßen war, hatte ich den Mädels schon erzählt, ihre Reaktionen darauf waren abgeklärt. Ihr Rat: Ich müsste Jackson jetzt wirklich vergessen. Und dann hatten sie ja alles versucht, um mich von ihm abzulenken.

»Warum hast du drei Tage gewartet, ehe du uns so ein nicht unwichtiges Detail erzählst? Du hast ihn wiedergesehen und sogar geknutscht?« Amy schien beinahe beleidigt, dass ich krank, wie ich war, nicht in ihr Bett gekrochen war und ihr alles brühwarm erzählt hatte.

»Mir ging's echt beschissen.«

»Die Frage ist doch, warum!« Suki orakelte in ihrem gewohnten Modus: »Vielleicht hättest du ihn niemals wiedersehen sollen. Dann wärst du auch nicht todsterbenskrank gewesen. Oder warst du das gar nicht?«

»Bitte?« Ich war immer noch zu erschöpft, um mich zu behaupten. Ich wartete auf eine Reaktion, aber Amy und Suki schienen irgendwie genervt. Sie freuten sich null für mich. Im Gegenteil.

»Aber was ist das denn für ein Kerl, der seine Freundin kotzend im Club zurücklässt?«, fragte Suki irritiert.

»Ich weiß ja gar nicht, ob er überhaupt da war, oder Gigi mit jemand anderem unterwegs war.« Was sollte das hier werden? Ein Verhör?

»Na ja, was kann er schon für ein Kerl sein, wenn er Silvester lieber mit einer Fremden um die Häuser zieht.«

»Und Sex mit ihr hat!«, ergänzte Suki.

Die beiden gingen mir jetzt richtig auf die Nerven. Warum zogen sie derart über ihn her?

»Bist du denn sicher, dass er Donnerstag überhaupt zum Treffunkt kommt?«

»Wenn er das mit seiner Freundin geklärt hat«, ergänzte Suki wieder und rümpfte angewidert die Nase.

Ich war sprachlos. Spielten sie hier die Moralapostel, gerade sie?

»Pass nur auf, dass du nicht nur ein Lückenbüßer bist.«

»Bis die Nächste ums Eck kommt.«

Ich erhob mich, das war mir zu doof. Mit dieser Reaktion hatte ich echt nicht gerechnet. Warum konnten sie sich nicht einfach für mich freuen? Waren sie besorgt? Oder gönnten sie mir es nicht?

»Was wird denn das hier?«, fragte ich eisig.

Amy hob eine Braue, mein Ton klang harsch.

»Warum freut ihr euch denn nicht für mich? Ich meine, ich habe Jackson gesucht und ihn unter den Millionen Menschen wiedergefunden.«

»Ja, und seine Freundin«, schmierte mir Suki zickig aufs Brot.

»Was ist denn los mit euch? Gönnt ihr mir das nicht?«

Ich hatte es ausgesprochen und das reichte Amy. »Kata, ehrlich jetzt? Du bist so naiv. Was soll denn das werden? Das große Happy End! Mann, du lässt die Uni schleifen und bist für nix mehr zu gebrauchen. Reiß dich mal zusammen.« Amy funkelte mich kühl an. Sie meinte jedes Wort. Hatte sie recht?

»Warum kümmerst du dich nicht endlich wieder um die Uni? Du weißt, die machen da kurzen Prozess mit dir, oder?«

Ich hielt mir innerlich die Ohren zu. Nicht mal meine Mutter wäre in dieser Situation ein derartiger Spaßverderber gewesen. Ich suchte nach Worten, aber mir fiel nur der Gegenangriff ein, und sie waren noch nicht fertig mit mir.

»Kata, du bist gar nicht mehr du selbst. Rennst durch die Stadt einem Phantom hinterher, mit dem du eine Nacht was hattest und der noch dazu 'ne Freundin hat, die er mit dir betrogen hat.«

Ich lachte höhnisch auf. »Und das kommt ausgerechnet von dir, Amy? Also bitte! Oder weiß Peter, dass du da was mit dem Gastredner aus Boston am Laufen hast?«

Diese Info war für Suki neu, sie hob den Kopf.

»Lancester? Der ist aber auch wirklich heiß! Amy, du Biest.«

Ich kapierte die Welt nicht mehr. »Ach, und das ist okay? Wenn Amy mit einem nach dem anderen ihre Nächte verbringt, ist das cool, aber ich darf nicht mal ein bisschen knutschen?«

Amy sagte nichts, und Suki schwieg auch in ihr Glas.

»Ich dachte einfach, ihr freut euch mal für mich.«

Sie schwiegen weiter. Ja, jetzt brachten sie kein Wort über die Lippen und das kränkte mich echt.

»Ach, wisst ihr was? Ihr könnt mich mal!« Wütend schleppte ich mich bis in mein Zimmer und knallte mit letzter Kraft die Tür zu.

Ich krümmte mich auf dem Bett zusammen und wartete, ob meine Freundinnen hinter mir her kamen. Aber sie taten es nicht.

Tief in mir drinnen wusste ich, dass sie irgendwo recht hatten. Nur wollte ich nicht hinterfragen, weswegen Jackson mich ausgerechnet Donnerstag treffen wollte. Warum er so lange brauchte, um mit Gigi Schluss zu machen, wenn er doch sagte, dass er mich wiedersehen wollte. Angesichts der Tatsache, dass ich weder Montag noch Dienstag aus dem Bett gekommen wäre, erschien mir Donnerstag zwar perfekt, aber Amys Frage, wer wohl statt mir Montag bis Mittwoch dran war, schien doch berechtigt.

Anfänglich hatten sie mir ja dabei geholfen, Jackson zu finden, aber als sie sahen, wie ich immer mehr darunter litt und alles andere schleifen ließ, fingen sie eben an, daran zu zweifeln, ob Jackson überhaupt gut für mich war. Wollten sie mich am Ende einfach nur schützen? Vor ihm und mir selbst? Doch wie konnte etwas schlecht sein, was sich so gut anfühlte?

Gerne wäre ich wieder ins Wohnzimmer gegangen und hätte Amy und Suki gesagt, dass sie recht hatten, aber ich konnte es nicht. Ich wollte, dass das mit Jackson gut ausging und dass sie sich irrten. Ja, ich hatte mich in den letzten Wochen verändert, aber das fühlte sich für mich nicht falsch an. Im Gegenteil, ich kam immer mehr bei mir und meinen Gefühlen an und fing an zu hinterfragen, was ich wollte und vor allem wen. Und die Antwort war und blieb Jackson. Ob es richtig oder falsch, gut oder schlecht war. Ob es dazu führte, dass Amy und Suki nie mehr ein Wort mit mir sprachen, weil sie mich für dumm und naiv hielten. Wenn sie meine Freundinnen waren, mussten sie das aushalten. Dann mussten sie mit meiner Veränderung klarkommen. Oder aber sie waren doch nur daran interessiert, dass ich wie die Kata von zuvor brav in die Uni und mit ihnen zum Feiern ging und nichts hinterfragte.

Ich fühlte mich mit einem Schlag schrecklich einsam in meiner gewohnten Umgebung. Am liebsten wäre ich einfach für immer unter meiner dicken Bettdecke verschwunden und hätte mich aufgelöst.

Lag ich wirklich so falsch? Warum vertraute ich nicht einfach meinem Gefühl? Trickste es mich mal wieder aus? Trickste Jackson mich aus? Warum zweifeln, warum nicht einfach machen? Ich wünschte mir in diesem Moment, ich wäre weiser, hätte mehr positive Erfahrungen mit Männern gemacht, um die negativen ausblenden zu können.

Ich zwang mich in den Schlaf, aber mein Herz raste.

Am nächsten Tag öffnete ich den offiziellen Brief der New York University of the Arts. Da ich mehr als vier Wochen am Stück unentschuldigt nicht erschienen war und einige Tests hatte verstreichen lassen, hatte man mich exmatrikuliert und meinen Studienplatz bereits neu vergeben. Mein Studentenvisum verlor bis zum Ende des Monats seine Gültigkeit. Ich musste mich um einen neuen Studienplatz bemühen, oder das Land verlassen.

Am Abend rief meine Mutter an. Sie war verwirrt, Christoph hätte sich bei ihr gemeldet und ihr mitgeteilt, die Universität wolle wissen, auf welches Konto sie einen Teil der Studiengebühren erstattet könnten.

»Schatz, ist alles in Ordnung?«

Nein, nichts war in Ordnung. Ich hatte mein Studium aufs Spiel gesetzt und verloren. Mein Sehnsuchtsort New York kam mir plötzlich schrecklich fremd vor.

Amy und Suki hatten es heraufbeschworen, und ich hasste, dass sie recht gehabt hatten. Und auch dafür, dass sie nicht an mich und Jackson glaubten. Sie hatten meine Zweifel geschürt, Jackson als einziger möglicher Anker in New York schien mir mehr als riskant.

Meiner Mutter gegenüber am Telefon versuchte ich nicht zu weinen, als ich meinen Entschluss fasste.

»Mama, ich komme nach Hause.«

München, 2017

Einen kurzen Moment überlegte ich, ob ich dem Campingmobil einfach hinterherlaufen sollte. Irgendwie fuhr da mein ganzes Leben davon, eingepfercht in den schmalen, aber von Ausgelassenheit gefüllten Camper. Meine mütterliche Fürsorge überschlug sich irrational rational. Was, wenn den Kids etwas passierte? Wenn sie einen Unfall hätten? Wenn ich sie nie wiedersehen würde? Dann wäre mein Leben aus und vorbei!

Meine Familie rollte einfach so davon. Raus aus meinem Leben und hinein in ein großes Abenteuer, auf dem ich sie zu gern begleitet hätte.

Gedanklich ging ich alle Punkte durch, die mit Emma und Paul zu beachten wären. Ich hatte mit Samu gesprochen, als würde ich einen Fremden darüber aufklären, was Emma alles nicht essen durfte, damit sie mit ihrer Laktoseintoleranz keine Magenkrämpfe bekäme und wie Pauls Notfallset funktionierte, falls ihn eine Wespe stach. Und dass er besser die Finger von Alkohol lassen sollte und Samu ihn am besten einfach im Auge behielt und, und, und … Ich vergaß dabei, dass Samu seit der Geburt unserer gemeinsamen Kinder ja auch an ihrer Seite verweilt hatte. Würde er das hinbekommen? Natürlich würde er das, schließlich war er ihr Vater.

Die Reaktionen über meine New-York-Reise waren unterschiedlich ausgefallen. Emma freute sich sehr für mich und wägte sogar ab, ob sie nicht lieber doch mit mir kommen sollte. Paul war enttäuscht, weil ich ihm immer versprochen hatte, wir würden alle mal zusammen nach New York und ich ihm zeigen, wo ich damals studiert hatte.

»Wir machen das schon noch!«, versuchte ich ihn abzuholen, während Samu sich wunderte, warum ich ausgerechnet jetzt nach New York flog. Ich war, seit wir uns nach meiner Rückkehr nach Deutschland damals kennen und lieben gelernt hatten, nie wieder dort gewesen.

»Warum New York?«, fragte er direkt, aber durchaus mit dem Bewusstsein, dass er darauf von mir keine Antwort verlangen könnte.

»Schon 'ne Weile her, dass ich da war.« Ich bemühte mich, arglos die Schultern zu zucken. Ich wollte ihm nicht das Gefühl geben, dass ich jetzt, wo unsere Liebe offensichtlich vorbei war, sofort an den Ort zurückkehrte, aus dem ich damals mit komplett demolierten Herzen gekommen war und das Samu nur sehr mühsam hatte kitten können.

Ich sagte nichts weiter dazu, und er bemühte sich um ein aufrichtiges »Gute Reise«. Dann hatte er sich im Camper hinters Lenkrad geschwungen und war gemeinsam mit den Kindern davongebraust.

Jackson hatte auf meine Zusage, dass ich nach New York kommen würde, mit *Thank you* geantwortet, was mich komplett verunsicherte. Danke auch! Was hatte ich in New York zu erwarten? Wollte er mich tatsächlich dort haben? Nach dem »Thank you« war ein Link und ein achtstelliger Gutscheincode gefolgt. Als ich ihn anklickte, sah ich das Ticket. *Franz Josef Strauß Flughafen, München – John F. Kennedy Airport, New York.* Er hatte mir einen Flug besorgt, oder besorgen lassen. Ich musste lediglich meine Daten eingeben, und der Flug war fix gebucht. Schon in ein paar Tagen würde ich das erste Mal seit 17 Jahren zurück an meinen einstigen Sehnsuchtsort fliegen. In der Hoffnung, diese Sehnsucht endlich zu stillen.

New York! Mein New York, das ich so trotzig verlassen hatte. Von dem ich mich so verlassen gefühlt hatte. Die Stadt war mir mit einem Mal zu mächtig geworden, oder ich nicht stark genug, um in ihr einfach so weitermachen zu können und mir dort meine Zukunft aufzubauen. Womöglich eine ganz andere als die, die ich jetzt hatte.

Ich schob den Gedanken beiseite und dachte stattdessen lieber an meine Kinder, die jetzt fröhlich im Campingbus daddelten, während sie auf die französische Grenze zusteuerten. Sie wären sicherlich andere Kinder, wäre ich damals in New York geblieben. Vielleicht gäbe es sie gar nicht. Vielleicht hätte ich heute keine Kinder gehabt, wäre ich dort geblieben. Fraglich, ob das andere Leben dann mein Leben gewesen wäre, das, das ich für mich gewählt hätte. Ich wäre eine komplett andere.

Ich schüttelte mich in der Hoffnung, dass die düsteren Gedanken einfach davonfliegen würden. In der Wohnung wartete schließlich ein Koffer darauf, gefüllt zu werden. Für einen Tag? Für zwei Wochen, maximal drei? Dann kämen die Kinder aus Südfrankreich zurück. Das Ticket, das Jackson gesendet hatte, war ohne Rückflug. One Way. Ich dachte an die deutsche Übersetzung von »one-way road«. Hoffentlich war mein Trip nach New York keine Einbahnstraße.

Ehe ich nach New York wollte, hatte ich noch ein paar Termine in der Galerie. Ich hatte meine längst eingeschlafenen Beziehungen zur Kunstszene spielen lassen und Jacksons Bild tatsächlich an den Mann gebracht. Eine alteingesessene Familie aus Starnberg, deren Tochter ich aus Kindertagen kannte, war im Begriff, den Südtrakt ihrer Villa am See für kulturelle Zwecke zur Verfügung zu stellen. Sie wollten Jacksons Bild haben und hatten bereits eine Anzahlung geleistet. Die Galeristin überschlug sich beinahe vor Begeisterung und bot mir direkt eine Festanstellung an. Ich bat um Bedenkzeit, da es mir gerade schwerfiel, mich auf irgendetwas festzulegen, zumal die Galerie den August über sowieso geschlossen war.

Fein säuberlich hatte ich Jacksons Bild verpackt und machte ein Foto, als ein Kurier es abholte und mir den Scheck für den Restbetrag des Bildes überreichte. Ich hatte den Preis sogar noch auf 31 000 Euro hochhandeln können und mit der Besitzerin der Galerie vereinbart, dass ich von den 35 Prozent, die die Galerie an dem Bild verdiente, 15 bekam. Das Geld konnte ich für meinen Trip nach New York gut gebrauchen. Auch wenn es irgendwie schräg war, dass ich an Jacksons Kunst Geld verdient hatte und ihn jetzt dadurch besuchen konnte.

Andererseits würde ich meinen Trip in den Big Apple auch zu Recherchezwecken nutzen. Mit Sicherheit stieß ich in den Galerien Manhattans auf interessante Künstler, oder auch in Brooklyn, indem sich mittlerweile die Künstlerszene bewegte. 17 Jahre! Das war ein halbes Leben für New York. Was sich wohl alles in der Metropole verändert hatte? Alles, vor allem seit dem 11. September 2001.

Nachdem ich die Galerie säuberlich verschlossen hatte, grübelte ich lange darüber, was ich in den Koffer packen sollte. Nicht zu viel, nicht zu wenig, von allem etwas? Ich war völlig erschöpft, noch ehe ich mit meiner Reise begonnen hatte. Schließlich schaffte ich es, ein gutes Mittelmaß an Klamotten einzupacken. Hauptsächlich Basics, einfache Kleider, Sneakers, Flipflops. New York im August war nicht jedermanns Sache. Da flirrte alles vor Hitze, und die New Yorker taten gut daran, das Moloch zu verlassen. Ich nicht. Ich wollte mitten hinein in die Stadt, die niemals schläft.

Ich war bereits kurz vor acht am Flughafen, obwohl der Flieger erst um halb zwölf abhob. Als der Check-in endlich für meinen Flug öffnete, reichte ich der gestressten Dame der

Fluggesellschaft meinen nigelnagelneuen Expressreisepass für 90 Euro. Er war gerade noch rechtzeitig vor Abflug angekommen, da mein alter Pass für eine USA-Reise nicht ausgereicht hätte.

Die Dame der Fluggesellschaft trug ein kleines Hütchen und überbog den neuen Pass, so dass sie ihn scannen konnte. Dann sah sie kurz auf den Bildschirm des Computers und seufzte.

Ich befürchtete bereits das Schlimmste. »Stimmt etwas nicht?«

»Nein. Sie wurden upgegradet.«

Ich überlegte kurz, eigentlich war das doch etwas Gutes. »Und?«

»Sie fliegen jetzt in der Businessclass. Da Sie sich aber schon für die Economy eingecheckt haben, muss ich jetzt Ihren Sitz ändern.«

Businessclass! War das Jackson?! Krass!

Offensichtlich war die Dame mit der Extraarbeit überfordert.

»Sie möchten jetzt aber nicht, dass ich auf die Businessclass verzichte, um Ihnen die Arbeit zu ersparen?« Ich konnte nicht glauben, dass die Worte tatsächlich aus meinem Mund gekommen waren. Die Frau hinter dem Counter hob ihren Blick, offensichtlich war ihr nicht klar gewesen, wie unfreundlich sie war.

»Sie sitzen jetzt Reihe 2A«, sagte sie bittersüß und schob mir das Ticket rüber. Ich freute mich.

»Das ist ja ganz wunderbar«, erwiderte ich übertrieben höflich.

Jackson hatte also dafür gesorgt, dass ich einen komfortablen Businessflug nach New York hatte. Dass ich ausgeschlafen und erholt ankam, um zu ertragen, was er mir dann zu sagen hatte! Meine negativen Gedanken schoben sich immer wieder zwischen meine Euphorie über die bevorstehende Reise. Jackson hatte doch geschrieben, er vermisse mich, er wollte mich in New York! Er ließ mich doch nicht dort antanzen, um mir dann zu erklären, dass es ein Fehler war. Oder doch?

Ich schnappte nach Luft, überlegte, ob ich in den stinkigen Raucherkabinen zur Beruhigung eine rauchen sollte. Aber der Mief, der aus den Kabinen kam, jedes Mal, wenn jemand sie mit fahlem Gesichtsausdruck verließ, hielt mich zurück. Stattdessen holte ich mir eine Tafel Schokolade und verbot mir auch nur noch einen einzigen Gedanken des Zweifels.

Als das Flugzeug dann zum Boarding bereitstand, war ich wie berauscht. Glücksendorphine sausten so schnell durch meinen Körper, dass ich Mühe hatte, nicht laut zu lachen oder zu schreien, was in diesem Ambiente eher ungünstig gewesen wäre. Man hätte mich vom Flug ausgeschlossen. Also grinste ich in mich hinein. Ich wusste, die große Distanz, die mich und Jackson trennte, würde mit jedem Schritt, dem ich mich dem Flieger näherte, kürzer. In weniger als zehn Stunden würde ich ihn sehen.

Die Businessclass war ausgebucht, wovon ich aber nicht viel mitbekam, da alle Sessel, alle gigantisch, eine ausziehbare Trennwand besaßen und man so von seinem Sitznachbarn nicht einmal die Nasenspitze sehen konnte. Ich versuchte mich in den Sessel zu lümmeln, was nicht so ganz einfach war. Der Stuhl war zu groß für meine kleine Größe. Ich rutschte hoch und runter in der Liegeposition und entschied mich schließlich für eine fast aufrechte Haltung.

Ich exte zwei Gläser Begrüßungschampagner und wählte das bayerische Menü mit Ente und Rotkohl, ehe ich mir einen Film aussuchte. Zur Wahl standen »Shades of Grey 2«,

»Fast & Furios 8« und »Ich – einfach unverbesserlich 3«. Auf einem 9-Stunden-Flug würde ich es hinbekommen, alle drei Filme zu sehen. Ich startete mit den Minions, wodurch ich sofort an Emma denken musste. Sie liebte die gelben kleinen Männchen und konnte sie perfekt nachahmen. Ach ja, wo die Kinder wohl gerade steckten? Ich seufzte und ließ mir mein Champagnerglas auffüllen.

Der Alkohol entfaltete seine Wirkung und schon kurz bevor der Schurke Cru auf seinen Zwillingsbruder trifft, fiel ich in einen traumlosen Dornröschenschlaf und holte den Schlaf nach, den ich die Nacht zuvor verpasst hatte. Das war's dann mit meinem Filmvorhaben.

Ich erwachte erst Stunden später von einem fürchterlichen Geruch. Spürte dann das heftige Ruckeln, das, begleitet von ein paar verzweifelten Rufen der Passagiere, durch das gesamte Flugzeug ging. Ich sah mich um. Das Bordlicht war auf Notbeleuchtung heruntergedimmt, und ich hörte, wie sich etliche Leute durch das krasse Geruckel übergaben, daher wohl der üble Geruch. Das ständige Hoch und Runter des Flugzeugs erzeugte auch bei mir ein flaues Gefühl im Magen, obwohl ich echt unempfindlich war.

Auf dem Bildschirm vor mir konnte ich sehen, dass wir das Festland schon wieder erreicht hatten. Wir waren kurz vor New York, fast im Landeanflug. Was war denn das Problem?

Eine Amerikanerin eine Reihe vor mir heulte. »Wir werden alle sterben.«

Ich schluckte. Würden wir das? Sterben? Upgrade in den Tod – klang wie ein billiger Roman. Nicht meine Kinder waren es, die ihren Trip nicht überlebten, sondern ihre Mutter? Ich sah mich schon in den Schlagzeilen. *Liebesgeile Mutti verunglückt auf Selbstfindungstrip.* Ich musste lachen, was ich immer tat, wenn die Situation ausweglos erschien.

Da die Trennwände aufgrund der Erschütterung des Flugzeuges unten bleiben mussten, sah ich jetzt das erste Mal meinen Sitznachbarn, der mich mit einem jämmerlich blassen Gesicht ansah. Auch er hatte sich schon übergeben.

»Was ist denn los?«, fragte ich ihn vorsichtig, woraufhin er spontan zu weinen anfing. Au weia!

Gerade als sich mein bayerisches Menü mit Ente und Rotkohl seinen Weg empor aus meinem Magen zu machen versuchte, kam die Durchsage des Piloten.

»Liebe Passagiere des Flugs A380 auf ihrem Weg nach New York. Leider halten uns die Böen eines Hurrikanausläufers von Florida aus auf Trab. Die Lage ist unter Kontrolle, aber da es zu heftigen Unwettern kommt, haben wir bisher noch keine Landeerlaubnis auf dem John F. Kennedy Airport in Brooklyn. Ich werde Sie auf dem Laufenden halten, bewahren Sie Ruhe und versuchen Sie die restliche Flugzeit zu genießen.«

Sehr witzig. Die Ente hatte es meinen Hals hoch geschafft, ich lehnte mich zurück und schluckte sie wieder herunter. Alles würde gut werden. Ich schloss die Augen und faltete meine Hände auf meinem Bauch. Nicht zum Gebet, zur Beruhigung. Alles würde doch gut werden?! Vielleicht schimpfte New York mit mir? Weil ich mich damals einfach verpisst hatte. Die Stadt versuchte mich beleidigt abzuschütteln, damit ich ja nie wieder einen Fuß in mein damals plötzlich so ungeliebtes Territorium setzte. New York bleckte mir die Zunge. Ich lächelte innerlich und bleckte zurück.

Zu spät, ich komme. Ich bin schon fast da.

** New York, 2000 **

Die Stimmung in unserer WG war auf dem Tiefpunkt. Erst hatten wir kaum geredet, dann nur noch gestritten. Es eskalierte. Amy schrie, während Suki streng den Kopf schüttelte. Ich hatte mich getraut, den Mädels zu sagen, dass ich meinen Studienplatz verloren hatte und mich um einen neuen bemühen müsste, um meine Aufenthaltsgenehmigung nicht auch noch zu verlieren.

»Ich habe es dir gesagt!«, funkelte Amy mich an. Ich antwortete nicht, sie war nur noch auf Angriff, sobald wir uns in der WG über den Weg liefen.

»Ihr hattet recht«, gab ich zu und knickte ein. »Aber reicht es jetzt nicht mit euren Vorwürfen!? Ich brauche jetzt eure Hilfe!«

Sie waren zwar etwas entspannter, wogen aber sofort ab. Es gab nichts, was sie tun konnten. Die Visa-Prozedur für Ausländer war in den USA nicht ohne.

»Man muss es sich eben verdienen, hier studieren zu können«, belehrte mich Suki, die dadurch, dass ihre Eltern nach der Einwanderung in der Green-Card-Lotterie gewonnen hatten, automatisch auch ein Visum hatte. Ich hingegen bräuchte einen neuen Studienplatz, um den Status des Studenten zu halten. Denn ohne ihn wäre ich bald illegal im Land, was bei einer Kontrolle oder spätestens bei der nächsten Ausreise strafrechtlich verfolgt und mit Geldstrafe oder sogar Gefängnis geahndet würde. Auf gut Deutsch: Ich war am Arsch!

»Ich habe es dir doch gesagt!«, wiederholte Amy sich wie eine Aufziehpuppe.

»Ja!! Verdammt!«, entgegnete ich, während ich dann verzweifelt begann, meine Koffer zu packen.

»Du kannst doch nicht einfach gehen. Uns wird schon was einfallen!«, versuchte Suki mich von meinem Aktionismus abzuhalten. Aber ich wusste gar nicht, ob ich das noch wollte. Um bleiben zu können, müsste ich offiziell an eine Arbeit kommen, was ohne Arbeitserlaubnis unmöglich war. Christoph hatte jetzt die Bestätigung, dass das mit New York und meinem Studium wirklich für die Katz gewesen war und würde keinen weiteren Pfennig mehr investieren. Ich wollte ihn auch nicht darum bitten. Ich hatte seine Erwartungshaltung nicht erfüllt, oder besser, sein Nichts-Erwarten bestätigt.

Den kompletten Mittwoch verbrachte ich damit, in der Stadt herumzustreunen, auf der Suche nach irgendeiner Lösung. Ich erkundigte mich beim Studentenwerk nach einem Studienplatz, aber hätte mich auf der Warteliste auf Platz 502 einreihen können. New Yorks Studienplätze waren heiß begehrt, das Aufnahmeprozedere aufwendig. Das alles wusste ich ja, hatte ich es doch selbst durchlebt. Deswegen war meine Enttäuschung über mich selbst auch so groß und das schwarze Loch, in das ich stürzen würde, noch größer. Nichts machte einen Sinn mehr. Auch Jackson nicht.

Der einzige Strohhalm, an den ich mich hätte festhalten können, erschien mir auf einmal porös. Er würde diesem Widerstand, meinem Scheitern, nicht standhalten können. Die Vorstellung, Jackson zu sagen, dass ich nicht in New York würde bleiben können, schnürte mir die Kehle zu. Dass ich es verkackt hatte, dass ich mein Kunststudium mit Bravour abgebrochen hatte, dass auch ich aus der Uni geflogen war. Aber das war es doch, was uns verband! Auch Jackson war geflogen! Wir beide wurden vor die Tür gesetzt. Wir beide waren die Revoluzzer, versuchte ich mir einzureden.

Nein. Jackson hatte für Furore gesorgt. Um ihn hatten sie sich gerissen, die ganze Uni sprach über ihn. Der mit dem Talent, der alle provoziert hatte und aus dem ein großer Künstler werden würde. Und ich? Die, von der keiner wusste, wer sie überhaupt war. Deren Name einfach aus der Liste der Studenten gelöscht und durch einen anderen ersetzt wurde.

Es war, wie Amy gesagt hatte: Ich war einfach zu beschäftigt damit gewesen, einem Phantom hinterherzujagen und mich davon so kleinmachen zu lassen, dass ich nicht nur mein eigenes Talent infrage stellte, sondern es sogar komplett aufgab.

Ich bewegte mich wie in Zeitlupe über den Campus und beobachtete schwermütig die neugierigen Studenten, die sich im Abenteuer des Unilebens suhlten. Ich war mal eine von ihnen gewesen, wissbegierig und enthusiastisch, doch jetzt wusste ich gerade nichts mehr mit meinem Leben anzufangen.

Ich haderte mit mir, ob ich nicht einfach rüber ins Village laufen und Jackson alles erzählen sollte. Aber wäre er überhaupt dort? In Gigis Wohnung? Hätten sie nicht schon geklärt, was er meinetwegen zu klären vorgehabt hatte? Und was sollte ich ihm sagen, was sollte ich mit ihm planen? Eine gemeinsame Zukunft, wenn ich für meine eigene gerade überhaupt keinen Plan hatte?

Und gemeinsame Zukunft? Das kam mir eh viel zu hochgegriffen vor, da ich doch noch nicht einmal wusste, wohin unser Aufeinandertreffen am Donnerstag führen würde.

Zu all meinen verwirrten, verirrten Gefühlen kam außerdem plötzlich eine ungemeine Wut. Auf Jackson. Durch seine Begegnung hatte ich mich verändert. Durch seine Berührungen waren Zweifel in mir geweckt worden. An mir und meinem Kunsttalent. Und auch wenn ich wusste, es war falsch, Jackson die Schuld zu geben, war es das Einzige, das mich rational werden ließ. Rationaler als mein bisheriges Gefühlschaos.

Nach einem schier endlosen Tag erschien mir nur noch eins richtig: Das Einzige, was mich jetzt weiterbringen würde, war, Jackson nicht wiederzusehen.

Es schmerzte mich fürchterlich, den Donnerstag einfach komplett verstreifen zu lassen. Ja, es fügte mir in der Tat physische Schmerzen zu, als ich dabei zusah, wie die digitale Anzeige auf der Uhr über dem Ofen die 15 Uhr überschritt. Ich lenkte mich damit ab, einigermaßen sinnvoll Sachen in Koffer und Taschen zu stopfen und die, die ich bereit war, als Ballast abzuwerfen, in Umzugskartons zu entsorgen.

Bis Freitagmorgen hatte ich viel geweint, es aber geschafft, meine vergangene Zeit in New York komplett zu verstauen. Ich hatte den Mädels einen nüchternen, zwischen den Zeilen aber sehr emotionalen Brief und die Telefonnummer meiner Mutter in München hinterlassen, mit dem Versprechen, mich zu melden, sobald ich mich wieder zu Hause eingelebt hatte. Dazu legte ich 500 Dollar für die Mietschulden für den kommenden Monat. Ich war mir sicher, die Mädels hätten schnell Ersatz für mich gefunden. Dann belastete ich die Notfallkreditkarte von Christoph ein letztes Mal, als ich mir ein Ticket von Newark nach München buchte. 632 Mark und 80 Pfennig.

Ich stieg am Samstagmorgen des 18. März 2000 in den Bus am Port Authority und fuhr zum Airport nach New Jersey. Die vorbeifliegende Skyline trieb mir Tränen in die Augen. Und das wachsende Bewusstsein, vielleicht einen Fehler zu machen, wurde immens. Dennoch, ich konnte nicht anders, ich blieb an den Sitz des Busses getackert.

Irgendwo dort draußen war Jackson. Er fragte sich, warum ich nicht gekommen war, warum ich ihn wieder alleine gelassen hatte. Ich konnte nicht. Ich konnte ihm nicht in die

Augen sehen. Ich konnte durch ihn mein Scheitern nicht bestätigt sehen. Ich hatte nicht den Mut.

Und so enterte ich die Lufthansa-Maschine und tauschte in der 32. Reihe meinen Fensterplatz gegen einen Gangplatz. Ich wollte New York nicht noch einmal im vollen Antlitz sehen.

Der Kloß in meinem Hals war unüberwindbar, und so schluchzte ich in das steife Kissen, das mir die Flugbegleiterin vor dem Abflug gereicht hatte. Meine Sitznachbarin, eine Deutschamerikanerin aus Poughkeepsie namens Jane, tätschelte mir die Schulter und beruhigte mich. »Dear, es kann doch alles gar nicht so schlimm sein?«

Nein, es war noch viel schlimmer! Ich wusste, dass es falsch war zu gehen.

Jane bestellte für uns zwei Rum Cola und war froh, als ich den Drink auf einmal runterstürzte und einen weiteren bestellte.

Ich hatte aufgegeben. Ich war auf der Flucht. Vor meinem Leben, vor der Liebe. Ich hatte das Feld geräumt. Ich war gegangen, weil es mir so viel einfacher erschien, als zu bleiben.

Als ich bayerischen Boden betrat und mich am Gate B von meiner Mama in die Arme schließen ließ, kam ich mir vor wie die größte Versagerin der Welt.

New York, 2017

Wenn der Sturm sich legt, traut man der Stille nicht. Sie wirkt immer noch bedrohlich, was, wenn es gleich wieder losgeht und du dich nicht in Sicherheit bringen kannst?

Das Flugzeug war knappe zwei Stunden über New York gekreist, während es mit einer weiteren Stunde Verspätung schließlich landen konnte. Der Regen prasselte an die ovalen Fenster der Maschine. Mir lag die Ente jetzt so schwer im Magen und der säuerliche Geruch im Flieger hatte mich leicht benommen gemacht. Ich beeilte mich aus dem Flugzeug zu kommen.

Als ich nach einer weiteren halben Stunde endlich durch die Sicherheitskontrolle gekommen war, hielt ich nach den Taxis Ausschau. Ich hatte mit Jackson via Textnachricht ausgemacht, dass ich ihn direkt in der Stadt treffen würde. Aber als ich meinen Vor- und Nachnamen ausgeschrieben auf einer Papptafel sah, hielt ich einen Augenblick irritiert inne. *Katharina Hoffmann*. Katharina, so nannte mich eigentlich keiner. Außer Jackson. Ich musste schmunzeln und ging auf den freundlichen Mann mit Schiebermütze zu, der mir einen großen Becher Kaffee reichte.

»Caffè Latte«, sagte er in fettem Brooklyn Akzent, ehe er mir mein Gepäck abnahm und mir signalisierte, ihm zu folgen. Wenig später saß ich auf der Rückbank eines komfortablen Jeeps und ließ mich durch den Verkehr in Richtung Manhattan kutschieren. Jackson wollte wohl auf Nummer sichergehen, dass ich auch ja bei ihm ankam.

Alles war so unwirklich und doch real. Ich selbst kam mir

vollkommen unwirklich vor. Und draußen verdichteten sich die Reihenhäuser in Brooklyns Vorstadt. Passte das überhaupt zusammen? Passte ich in das Bild? New York und ich? Die jäh beendete Liebesgeschichte mit meiner Traumstadt. Jackson und ich? Die Liebesgeschichte, die niemals angefangen hatte. Ich versuchte mich zu entspannen und schaltete mein Handy an.

Samu hatte Fotos geschickt. Emma beim Surfen, Paul beim Surfen, alle beim Surfen. Paul beim Chillen, Emma beim Chillen, Samu beim Feuermachen. Alle um das Lagerfeuer herum, Stockbrot grillend. Ich war froh, dass sie glücklich waren, dass würde es mir leichter machen, das Glück auch für mich einzufordern. Ich schrieb eine simple Nachricht.

Ich bin gut in New York angekommen. Genießt die Zeit zusammen.

Sofort bereute ich die Nachricht. Lag zu viel Wehmut darin? Anklage, dass Samu mir diese Zeit mit den Kindern in Frankreich genommen hatte? Ich versuchte, nicht allzu viel zu grübeln und holte tief Luft. Ich war gut in New York angekommen, aber ehrlicherweise wusste ich überhaupt nicht, wo ich unterkommen würde.

Jackson hatte darauf bestanden, dass er sich um eine Unterkunft für mich kümmern würde. Und ich war froh, es ihm zu überlassen. Ich kannte mich nicht mehr aus in der Stadt, alles hatte sich verändert. Was damals teuer gewesen war, war jetzt unbezahlbar, die einst schon hippen Viertel waren ebenso utopisch und die Ecken, in die sich damals keiner getraut hatte, modernisiert. New York hatte sich wieder zur Traumstadt gemausert und war beliebter denn je.

Da der Fahrer südlich auf Manhattan zusteuerte, war ich mir sicher, ich wäre Richtung Downtown in Tribeca oder Soho untergebracht. Doch dann hielt der Jeep abrupt vor einem roten, alten Fabrikgebäude in der Nähe der Williamsburg Bridge. Wir waren mitten in Brooklyn. Der Fahrer stieg aus und öffnete mir die Fahrzeugtür. Ich sah mich nach einem Hotel oder einer Pension um, aber der Fahrer trug mein Gepäck wortlos in das Backsteingebäude. Ich hatte Mühe, mit ihm Schritt zu halten und folgte ihm eilig.

In der sehr geräumigen Lobby im Industriestil wurde das Gepäck an einen jungen Portier übergeben, der Fahrer zog zum Abschied seine Schiebermütze ein Stück seine Stirn hinauf und lächelte mich an.

»Hi, ich bin Slater«, sagte der junge Portier mit einem Funkeln in seinen Augen. Er gab sich sichtlich Mühe, mich nicht zu neugierig in Augenschein zu nehmen. »Sollten Sie jemals etwas benötigen, melden Sie sich einfach bei mir.«

Ich nickte und folgte ihm zu den geräumigen Lastenaufzügen. Wo war ich hier gelandet? Als Slater auf das P für Penthouse drückte, wurde mir flau im Magen. War das etwa Jacksons Wohnung? Würde gleich der Aufzug aufspringen und er stünde vor mir? Womöglich in einem verwegenen Künstler Pyjama à la Julian Schnabel?

Boah, war ich nervös. Ich versuchte vergeblich in der Spiegelung des Aufzugs meinen Look zu checken. Wie sah ich überhaupt aus? Ich hatte, nachdem ich endlich aus dem Flugzeug gekommen war, alles daran gesetzt, so schnell wie möglich in mein Hotel zu kommen, um mich zurechtzumachen für mein Abenteuer. Ich war völlig kaputt, musste furchtbar aussehen und hatte das Gefühl, der süße Kotzgeruch aus dem Flieger klebte an mir.

»Wo sind wir hier?«, fragte ich Slater, woraufhin er eine Braue hochzog.

»Mr. Carters Loft. Er sagte mir, Sie wären sein Gast.«

Mein Herz überschlug sich bei dem Gedanken, dass ich

bei Jackson unterkommen würde. Ging das nicht zu schnell? Ich hatte ihn vor gut fünf Wochen das letzte Mal gesehen. In Berlin. Hatte mit ihm eine Nacht verbracht. Eine einzige. Mit ihm geschlafen. Zweimal. Danach war er überstürzt abgereist, und wir hatten kein Wort mehr gesprochen. Und jetzt würde ich einfach bei ihm schlafen? In seiner Wohnung? In New York. Ich erinnerte mich an die Enge vieler New Yorker Apartments, die oft Platzangst in mir ausgelöst hatten, dachte an unsere vollgestopfte WG von damals mit viel zu wenig Luft zum Atmen. Wollte ich das überhaupt?

Das P leuchtet auf und der Aufzug hielt an, die schweren Türen des Lastenaufzugs schoben sich auf. Wir waren im Penthouse und es geschah … nichts. Niemand wartete auf mich. Niemand im Pyjama. Kein Jackson.

Slater betrat einen Lichthof, der von Glaswänden umsäumt war. Wir waren im Freien, die Sonne brannte für den frühen Abend immer noch sehr heiß ins Innere des terrassenartigen Glaskubus. Ein paar sorgfältig angelegte Gräser bewegten sich zaghaft im kaum spürbaren Wind. Gläserne Flügeltüren führten ins Innere eines gigantischen Lofts. Wir traten ein und waren von noch mehr Glas umgeben. Das Loft war nachträglich auf das Dach des Fabrikgebäudes aufgesetzt worden und funkelte wie ein Edelstein im Sonnenlicht. Dennoch war es erstaunlicherweise kühl im Inneren. Unmerklich wehte eine versteckte Klimaanlage Luft hinein.

Ich sah mich ungläubig um. Hier wohnte Jackson? In einem Glaskubus in Brooklyn, bestimmt 200 Quadratmeter groß?!

»Mr. Carter musste zu einem Termin, er trifft Sie dann zum Dinner.« Slater hatte die Koffer in einem foyerartigen Zwischenraum abgestellt und in mir kurzzeitig die Angst geschürt, mich hier einfach alleine zu lassen. Doch jetzt nahm er die Koffer erneut hoch und ging in Richtung eines Flures, der sich seitlich hinter dem lichtdurchfluteten Wohnraum entlangstreckte.

»Ich zeige Ihnen Ihr Zimmer.«

Ich atmete erleichtert aus. Mein Zimmer. Immerhin.

Ich folgte Slater bis ans Ende des Flures zu einer sehr altertümlichen Tür.

»Mr. Carter hat alles selbst gebaut, die Tür hat er mal von einer Frankreichreise mitgebracht, sie ist aus dem 18. Jahrhundert.«

Sehr beeindruckend, dieser Mr. Carter, dachte ich mir und folgte Slater beinahe ehrfürchtig, als er die die Tür zum Gästezimmer aufschob. Es war ein Raum, der neben einer Fensterfront tatsächlich noch drei nicht durchsichtige, eingezogene Wände hatte. Ein großes Bett, schlichte weiße Leinenbettwäsche, die dazu passenden Vorhänge, die sich in Überlänge auf dem Betonboden bauschten. Eine weitere Tür führte zu einem Bad. Eine Dusche zwischen zwei Betonwänden. Alles sehr clean, sehr maskulin, sehr nüchtern. Einzig das zierliche, in einem pompösen Goldrahmen umrandete Bild über dem Bett wies daraufhin, das hier jemand lebte, der der Kunst ein besonderes Augenmerk verlieh. Es war nicht von ihm selbst. Es war eine bunte, extravagante Berglandschaft in Pink- und Lilatönen. Es war ein Marsden Hartley. Und mit Sicherheit ein Original. Ich schluckte.

»Machen Sie es sich bequem. Die Küche ist im Wohnraum, falls Sie etwas trinken möchten. Im Bad sind frische Handtücher. Wenn Sie fertig sind, kommen Sie einfach in die Lobby. Das Restaurant ist fußläufig, ich erkläre Ihnen dann gerne den Weg.«

Nach diesem Schwall an Informationen war Slater weg und ließ mich allein in der riesigen Wohnung.

Ich wusch den Flug von mir ab und schlüpfte in ein simples, graues Jerseykleid und Flipflops. In dem Grau fügte ich mich hervorragend in die nüchterne Räumlichkeit.

Nachdem ich mein Gepäck in einer kleinen Kommode verstaut hatte, sah ich mir die Wohnung an. Ich konnte nicht anders, wollte jedes Detail aufsaugen, ehe ich ihm gegenübertrat. Meine Nervosität war in kribbelnde Vorfreude übergegangen, die mich kurzzeitig beim Atmen hemmte. Was würde als Nächstes passieren? Wäre alles sofort wieder da, wenn ich ihn sähe, oder bräuchten wir erneut einen Moment, ehe wir uns aneinander gewohnt hatten? Wo wir uns doch noch gar nicht aneinander gewöhnen konnten.

Ich suchte im Wohnzimmer des Lofts nach Details, die mehr über ihn verrieten. Er machte es mir schwer, als hätte er es darauf angelegt, tunlichst zu vermeiden, mehr über sich preiszugeben. Als wohnte hinter den Wänden ein Gast, ein Geist. Alles war sehr nüchtern und plain. Eine cognacfarbene, durchgesessene Ledercouch und ein Schaukelstuhl, wie man ihn auf einer Veranda in Upstate New York fand, waren die einzigen Möbelstücke mit Patina.

Die moderne Küchenzeile aus Stahl und der polierte Mahagonitisch mit Edelstahlbeinen davor sahen so aus, als wären sie noch nie zuvor benutzt worden. Auf dem Tisch standen ordentlich aufgereiht ein paar Getränkeflaschen. Sicher nicht von Jackson, dachte ich. Stilles Wasser, Sprudelwasser, Diet Coke, Bitter Lemon, Eistee.

Ich griff nach einem Wasser und exte es, während ich meinen Blick durch den Raum gleiten ließ. Ich versuchte die Aura der Wohnung in mir aufzunehmen. Dein Wohnraum ist deine Biographie hatte ich mal gehört. Was also war die von Jackson? Ein sicherlich von Personal aufgeräumter, stiller Wohnraum? Der viele Edelstahl verwirrte mich. Er wirkte kalt, beinahe aggressiv.

Mein Blick ruhte auf den kahlen, bilderlosen Glaswänden. War das tatsächlich der Wunsch eines Künstlers? Oder vermied es Jackson, sich von zu viel Schnickschnack abzulenken und sich auf das Wesentliche zu konzentrieren? Ich schlich durch den Raum, Die Flipflops klatschen bei jedem Schritt auf den kalten Betonboden. Wo schlief er? Slater hatte gesagt, meines wäre das Gästezimmer und auch, wenn es sich so anfühlte, als wäre Jackson in seiner eigenen Wohnung nur zu Gast, so vermisste ich einen Ort, an dem er schlief. Schlief er überhaupt?

Da entdeckte ich am Ende der Küchenzeile eine steile, schwarz getünchte Leiter, die auf eine Empore über der Küche führte. Ich schlüpfte aus den Flipflops und setzte meine nackten Füße auf die Holzsprossen, bis ich oben ankam und tatsächlich in das Herz der Wohnung stieß. Ich hatte ihre Seele entdeckt. Jacksons Seele.

Die Empore erstreckte sich über die Hälfte des Lofts, etwa noch einmal 80 Quadratmeter groß. Eine Regalwand zog sich über eine komplette Seite des Raumes und war bis unter die Decke gefüllt mit Büchern. Kleine, große, bunte, blasse. Teure Kunstschmöker, Ausstellungsdrucke, Romane. Deutsche, französische, italienische. Kunstgeschichte von der Renaissance bis zur Moderne.

Gegenüberliegend reihten sich mindestens zehn Staffeleien nebeneinander, auf denen Jacksons Bilder am Entstehen waren. Alle zeitgleich. Kleine, große, bunte, niemals blasse. Farbeimer, Tuben, Pinsel, Schwämme. Große, kleine, gebrauchte, neue. Inmitten des Raumes war, als würde es schweben, ein Bett. Ungemachte, weiße Laken.

Der Boden war übersät mit Farbspritzern, man hatte sich keine Mühe gemacht, ihn zu reinigen. Die Spritzer zogen sich bis zum Bett, sprenkelten sogar das Laken. Sie waren frisch, Jackson hatte gemalt.

Die Decke des Raumes war geschlossen, zum Glück nicht noch mehr Glas, und mit dunklem Holz vertäfelt. Einzig eine etwa zwei auf zwei Meter quadratische Aussparung ließ das Tageslicht hinein. Ansonsten gab es kein Licht. Nur Tageslicht von den Fenstern und der Aussparung in der Decke. Ich war fasziniert. Jackson malte nur bei Tageslicht oder im Licht der unzähligen Kerzen, die samt eingetrocknetem Wachs den Boden säumten.

Ich fühlte mich auf einmal wie ein Eindringling. Auch wenn Jackson damit gerechnet haben musste, dass ich mich in seinen großen vier Wänden umsah, wenn er mich hier schon alleine ließ, so hatte ich auf einmal das dringende Bedürfnis, nicht weiter einzudringen. Er müsste mich erst hineinlassen. Zumal er sicherlich hier gewesen wäre, hätte sich mein Flug nicht derart verspätet.

Das war mein Stichwort, denn das flaue Gefühl im Magen machte meinem Hunger Platz. Es war bereits kurz vor acht.

Slater hatte mir nicht gesagt, wann Jackson mich erwartete, aber acht Uhr erschien mir angemessen. Also legte ich etwas Tusche und Lipgloss auf und begab mich dann durch den gläsernen Tunnel zurück in den Aufzug und fuhr in die Lobby hinunter. Slaters Anweisung war kurz und freundlich. Das Restaurant La Bouche lag nur zwei Blocks von hier, ich könne es nicht verfehlen.

Und dann trat ich in die aufgeheizte Dämmerung Brooklyns. Noch immer fiel heißer Dampf in die Schluchten nahe des East Rivers, die Stadt bereitete sich auf die Nacht vor. Meine Nervosität hatte meinen Körper jetzt fest im Griff. Ich konnte mich nicht erinnern, wann ich das letzte Mal so aufgeregt gewesen war. Als ich Jackson in Berlin treffen wollte? Nein, da war ich unsicher. Da wusste ich nicht, was mich erwartete. Jetzt wartete er auf mich. Ich leckte mir unruhig die

Lippen, als ich aus der Ferne das Logo entdeckte. La Bouche – der Mund, wie passend. Ich sog meine Lippen ein, sie brannten ob der Trockenheit im Flieger vorhin. Doch ich wusste, wie ich dieses Gefühl würde stillen können.

Vor dem Restaurant herrschte Gewusel. Auf wild durcheinander gewürfelten Couchen samt kleinen Tischen genossen Menschen einen Aperitif, lachten, waren ausgelassen.

Ich überlegte kurz, ob es mir überhaupt zustand, in diese Ausgelassenheit hineinzuplatzen. Stand es mir zu, mich an meinem Glück zu versuchen? Das zu tun, was ich wirklich wollte? Hatte ich nicht zu viel riskiert? War ich wirklich richtig hier?

Meine Gedanken überschlugen sich, bis sie mit einem Schlag verstummten.

Da war er.

Ich konnte ihn in der Menge ausmachen. Im Pulk der Ausgelassenheit stand er einfach so da. Lässig. In einem luftigen, hellen Leinenhemd und kurzen Jeans. Die längeren Haare hinter die Ohren geschoben. Er lachte, als eine Frau im leichten Sommerkleid auf ihn einredete, doch dann wurde er schlagartig ernst. Als er mich direkt ansah.

* * München, 2000 * *

Ich hatte München seit meiner Ankunft keinerlei Beachtung geschenkt. Es war ein merkwürdiges Gefühl, wieder bei meiner Mutter einzuziehen. Auch wenn sie mir zu vermitteln versuchte, es wäre mehr eine WG als eine Mutter-Kind-Situation, so fühlte ich mich komplett gescheitert.

Ich stand kurz vor meinem 24. Geburtstag. Andere lebten da schon eine ganze Zeit alleine, wohingegen ich nur damit beschäftigt war zu überlegen, was das zu bedeuten hatte. Leben. Leben?!

Nach dem Abitur hatte ich, ehe ich mich dazu durchringen konnte, Christoph davon zu überzeugen, mir mein Studium in den USA vorzufinanzieren, einige Zeit mit Reisen verbracht. Ehe ich meinen Exfreund Nils kennenlernte, sofort mit ihm zusammenzog und darauf wartete, dass er mich betrog und unsere Beziehung scheiterte. Seit ich 18 war, hatte ich nicht mehr zu Hause gewohnt und, auch wenn meine Mutter alles versuchte, um es so annehmbar wie möglich zu machen, in meinem ehemaligen Kinderzimmer sah ich meine komplette Vergangenheit wieder aufploppen.

Die ständigen Kämpfe mit Christoph, wenn es um meine Zukunft ging, die Streitereien zwischen meinen Eltern, die Hilflosigkeit dabei zuzusehen, wie Mama aufhörte, um ihre Ehe zu kämpfen. Das Scheitern der Liebe meiner Eltern, das Scheitern meiner eigenen Liebe. Den Verrat, als ich davon erfuhr, dass Nils mit meiner vermeintlich besten Freundin im Auto vor unserer gemeinsamen Wohnung Sex hatte, nachdem mich die beiden angetrunken ins Bett verfrachtet hatten. Ich fand es nur heraus, weil meine Freundin damals ein so schlechtes Gewissen plagte, dass sie mir die Wahrheit sagen musste. Nils hatte geschwiegen. Als wir dann getrennt waren, zog ich wieder zu meinen Eltern und bewarb mich an der Uni in New York. Duldete erst die Absagebriefe. Dann auf einmal die Zusage.

Mein Herz fühlte sich jetzt so schwer an, wenn ich an New York dachte. Meine Gedanken waren so düster, sie ließen keinen Raum dafür, mein altes Zuhause, meine Heimat wertzuschätzen.

Ich war in München geboren und aufgewachsen, wusste, wie es war, in der geordneten Stadt sicher durch die Straßen zu ziehen. Heimat. Das Gegenteil von Abenteuer? Von Fremde?

Ich vertraute darauf, dass meine Erinnerung an eine unbeschwerte Zeit in München mir schließlich helfen würde, wieder zu mir zu finden. Und dennoch sehnte ich mich nach dem Gegenteil, nach Fremde und Abenteuer. Jetzt, wo ich es verloren hatte, sehnte ich mich nach New York, so wie ich es einst empfunden hatte. Davor. Ehe ich Jackson getroffen hatte. Ehe ich die Uni schmeißen musste.

Ich versuchte ein Buch zu visualisieren, indem ich das Kapitel New York einfach schloss. Aber die Seiten blätterten sich immer wieder auf. Das Kapitel wehte nach. Und das würde es noch eine ganze Weile tun.

Ich hatte mich darauf eingelassen in der Kindermalschule einer Freundin von Mama Grundschülern das Malen näherzubringen. Aber was wusste ich schon? Mit jedem Versuch, die Kunstwerke der Kleinen mit meinem Wissen zu beeinflussen, wurde ich betrübter. Ich wusste gar nichts.

Die Bitte meines Vaters, mich zu treffen, lehnte ich ab. Ich wusste, dass meine Schulden für das Studium zur Sprache kämen, und das wollte ich vermeiden. Ich wollte mir erst einen

Job suchen und dann würde ich die Schulden abbezahlen. Es würde dauern, aber ich wollte ihm nichts schuldig sein. Mein Studium selbst zu bezahlen, war immer mein Wunsch gewesen und dieser war jetzt der einzige, der mir noch übrig blieb.

München kam mir im Gegensatz zu New York nicht sehr aufregend vor. Alles war beim Alten, jeder Stein an der Isar noch da, wo ich ihn vor meiner Abreise hinterlassen hatte. Ob das gut war oder nicht, ich wusste es in diesem Moment nicht einzuordnen. München war wie ein stoischer Partner an meiner Seite. Es verzieh mir all meine Mätzchen. Das Meckern darüber, wie langweilig es doch hier sein konnte. Mein Fremdgehen. München hielt zu mir, war nicht beleidigt, dass ich weggegangen war, begegnet mir gar eher arrogant, denn es wusste um seine Vorzüge. Die Beschaulichkeit, das Schöne, das Gefühlige. München war sich seiner Wirkung ebenso bewusst wie New York.

New York brodelte, an jeder Ecke gab es etwas Neues zu entdecken und wenn man sich nicht beeilte, war es am nächsten Tag schon wieder verschwunden, wohingegen München sich sehr müßig auf Veränderungen einstellte und lieber mit alter Vertrautheit auftrumpfte. In München konnte man nur schwer über eine rote Ampel huschen, ohne dass man von irgendjemandem dafür gemaßregelt wurde.

»Die Leut' schauen hier aufeinander!«, hatte meine Oma mir mal gesagt. Jeder kannte jeden. Oder zumindest kannte man immer einen und der wiederum kannte einen anderen, den man dann wieder kannte. Weswegen ich auch nie Probleme gehabt hatte, in München alleine auszugehen. Im Laufe des Abends stieß ich immer auf jemanden, den ich kannte. In New York hingegen konnte man tun und lassen, was man wollte, ohne dass es jemand mitbekam. Man konnte noch so auffällig und durchgeknallt durch die Gegend laufen, keiner stellte es infrage.

Ich haderte damit, ob München zu meinem jetzigen Lebensabschnitt passte. Ich wollte keinesfalls damit auffliegen, dass ich in New York gescheitert war, aber das würde hier wohl niemandem lange verborgen bleiben. Andererseits lag es auch einzig allein an mir, an New York gescheitert zu sein und daher musste ich mich also mit meiner neuen alten Umgebung arrangieren. Aber wie?

Mama hatte mir die Mappe für die Münchner Kunsthochschule hingelegt, das Datum für den Infoabend stand fest. »Mit deinem vorausgegangenen Studium in New York nehmen sie dich vielleicht?«

Na, das klang ja sehr verlockend. Und wollte ich das überhaupt noch? Im Kopf hatte ich für den Moment mit Kunst jeglicher Art abgeschlossen.

»Das kannst du doch nicht aus einer Laune heraus entscheiden!«, hatte Mama mir gesagt. Aber woraus denn sonst? Schließlich war es diese doch auch gewesen, die mich überhaupt ein Kunststudium in Erwägung hatte ziehen lassen. Wie sollte ich mich also an einer Kunsthochschule egal wo verkaufen? Wie sollten dort irgendwer an mich glauben, wenn ich es selbst nicht tat?

Weil ich überhaupt keinen Plan hatte, wie ich meine Zukunft gestalten sollte, kramte ich stattdessen in meiner Vergangenheit. Vielleicht gab es ja jemanden, der mir jetzt beistand?

Ich suchte Kontakt zu meiner ehemalige Schulfreundin Mimi. Wir hatten gemeinsam Abitur gemacht, uns aber schon bevor ich nach New York gegangen war, aus den Augen verloren. Eigentlich hatte ich alle aus den Augen verloren. Meine ganze Vergangenheit, weil ich mir irgendwie immer sicher gewesen war, ich würde meine Zukunft nicht in München verbringen.

Alles wieder hochzuholen, kam mir vor wie zehn Schritte rückwärts. Aber vorwärts kam ich gerade einfach nicht und so traf ich mich mit Mimi, die sich ehrlich freute, wieder was von mir zu hören. Mimi hatte ihre Ausbildung als Sozialpädagogin schon vor einer ganzen Weile abgeschlossen und arbeitete leidenschaftlich gerne in einem Kindergarten. Als wir uns auf einen Kaffee am Englischen Garten trafen, war ich überrascht, wie erwachsen sie mir im Vergleich zu mir selbst vorkam. So angekommen.

»Ich liebe die Arbeit mit den Kids. Ich will bald eigene! Mindestens drei«, verkündete sie fröhlich.

»Dass du das schon weißt …«, staunte ich. Mein eigener Kinderwunsch lag so weit entfernt, ich konnte nicht einmal ehrlich sagen, ob ich überhaupt welche wollte. Ich, die meinen eigenen Belangen nicht gerecht wurde, konnte doch nicht für die von Kindern verantwortlich sein.

»Was ist mit dir? Hast du einen Freund? Was willst du denn vom Leben? Was hat das Leben wohl noch mit dir vor?«

Ich wich jeder Frage von Mimi über meine Person aus. Die immer tiefgründiger werdenden Gespräche gingen mir auch allmählich auf die Nerven. Oh, wie sehnte ich mich nach Amy und Sukis Oberflächlichkeit.

Schließlich brachte mich die Vorstellung, dass Mimi ohne Kunstverstand in der Malschule viel mehr bei den Kindern bewirken konnte als ich, dazu, wieder zu kündigen und Mimi den Job zu geben. Die Kunst und ich, wir brauchten eine Pause. Eine lange Pause.

Mimi überredete mich zum Ausgehen und zeigte mir ein paar neu eröffnete Bars in München und einen Club, der tatsächlich Techno spielte und Eintritt kostete, was für München eher ungewöhnlich war. Aber das Jahr 2000 hielt wohl doch ein paar Neuerungen bereit. Im Club tummelten sich schon zu früher Ausgehstunde etliche hip anmutende Gestalten, die ich zuvor nur in Berlin verortet hätte. Kaputte Hosen, einfache Shirts, alles einen Touch zu gewollt schlampig. Mimi erklärte mir, dass hier eine Generation entstehe, die das spießige München revolutionieren würde. Schließlich war ein neues Jahrtausend angebrochen! Ich war mittlerweile so genervt von Mimis Laissez faire und der pädagogischen Besserwisserei, dass ich keinen Bock mehr hatte, mich krampfhaft an meiner alten Freundin festzuhalten. Waren wir denn überhaupt jemals so dicke gewesen? Ich konnte mich nicht erinnern. Techno jedenfalls war für mich auch nichts, also ließ ich Mimi mit der neuen Feiergeneration alleine.

Um mich besser zu fühlen, wollte ich das tun, was ich früher gerne gemacht hatte: mich in Münchens Schickeria bis zum Morgengrauen durch die Nacht schnorren. Ich musste nur vorbei an der angeblich härtesten Tür Deutschlands, hinein in den Club, der eben keinen Eintritt kostete. Hinein zu den reichen Feierwütigen, bis ich irgendjemanden traf, den ich noch über vier Ecken kannte und der mir einen Drink ausgab. Dann würde ich eine Nacht lang durchtanzen und darauf warten, dass ab halb fünf die U-Bahnen wieder fuhren und hoffen, dass ich nicht kontrolliert wurde und dafür 30 D-Mark zahlen musste.

Aber was mit 16 funktionierte, war mit fast 24 komplizierter. Denn München hatte auch einen Haken, einen großen Haken. Wer der Schickeria untreu war, war raus. Und ich war in der Tat untreu gewesen. Ich musste dem Türsteher sehr auf die Sprünge helfen, damit er sich an mich erinnerte. Und auch wenn München noch so aussah wie eh und je und selbst die Türsteher sich nicht verändert hatten, so suchte ich im

Inneren des Clubs vergeblich nach einem bekannten Gesicht. Stattdessen musste ich jetzt versuchen, im Pulk von 18-Jährigen im Designer-Mickey-Mouse-Shirt mit Daddys Kreditkarte nicht unterzugehen.

Ich japste nach Luft, so schwer war die geldgetränkte Luft im Edelclub. Kohle, Kohle, Kohle. Ich hatte keine. Und wie ich den Kids so dabei zusah, wie sie die ihrer Eltern für Magnumflaschen Wodka rauschmissen, nur um am Ende einen gewöhnlichen Rausch zu haben, wollte ich sie auch nicht.

Anfang April war von dem nahenden Frühling schon etwas zu spüren, dennoch fröstelte ich, als ich auf meinem Heimweg durch die Stadt schlurfte. Ich wollte noch ein wenig die Zeit totschlagen und sichergehen, dass meine Mutter fest in ihrem Bett schlief und nicht auf mich wartend vor dem Fernseher eingenickt war. Ich wollte mir ersparen, wie sie meinem Blick begegnen würde, um herauszufinden, ob sich meine Stimmung gebessert hatte. Ob ich mich mit der neuen Situation würde anfreunden können. Angesichts all dessen kam mir die kleine Bar am Eck in Schwabing wie gerufen.

Meine Einsamkeit war bei dem Anblick der Menschen in der Bar, die sich gemeinsam in Nischen um runde Tische herum tummelten, jedoch kaum auszuhalten. Ich war drauf und dran, wieder kehrtzumachen, zog aber meine Schultern hoch und sah mich mutig um. Alle Ecken besetzt. Allerdings wäre ein Tisch für mich alleine sowieso überflüssig gewesen. Ich überlegte kurz, ob ich mich nicht einfach irgendwo dazusetzen sollte. So à la: »Hi, ich bin's, die Kata! Ich brauche dringend eine Ablenkung!«

Am Tresen an der Bar waren noch ein paar Hocker frei, und ich nahm deren imaginäre Einladung dankend an.

Der Barkeeper lächelte mich aufmunternd an, als ich meine Bestellung aufgab. Einen Schnaps und ein Augustiner Bier.

Hurra! Ich exte erst den Schnaps, musste mich fast übergeben, so widerlich brannte der Obstler in meinem Mund. Dann legte ich mit einem großen Schluck Bier nach, das gemächlich meinen Gaumen hinabfloss. Hoffentlich beobachtete mich keiner, hoffentlich spürte keiner, wie lost ich war. Wie absolut daneben ich mich fühlte. Als wäre ich aus meiner eigenen Person getreten und stünde buchstäblich neben mir. Ich bemerkte, wie sich Tränen von meinen Lidern lösten und sich meine Wangen hinabbewegten. Hoffentlich waren alle in der vollen Bar so sehr mit sich beschäftigt, dass meine jämmerliche Erscheinung nicht aufflog.

Mein Wunsch wurde nicht erhört.

Ich sah ihn nur wie einen Schatten aus der Tiefe auf mich zukommen.

»Wenn ich den Platz neben dir trockenlege, darf ich mich dann setzen?«, hörte ich eine dunkle, warme Stimme sagen.

Ich schniefte unappetitlich und sah in zwei ehrliche, unbeeindruckte Augen. In ein aufgeräumtes Gesicht. Sein Blick begegnete meinem und es war, als würde er mich augenblicklich durchschauen.

»Hä?«, fragte ich wenig charmant.

»Ich bin Samu«, sagte er einfach, während er darauf wartete, dass ich mein Okay gab, sich neben mich setzen zu können.

»Kata«, brachte ich nur heraus. Signal genug. Er setzte sich. Dann gab er dem Kellner ein Zeichen, zwei neue Schnäpse zu bringen.

»Auf dass du den Typen, der dich hier sitzen lässt, schnell vergessen kannst«, sagte Samu, als er seinen Obstler in die Höhe hielt, um mit mir anzustoßen.

Ich nahm den Schnaps und exte ihn, was für eine Frechheit, dachte ich, lass mich in Ruhe. Aber anstatt es auszusprechen, suchte ich seinen Blick. Ich konnte nicht wegsehen.

New York, 2017

Während ich mich ihm näherte, riss der Blick zwischen uns nie ab. Ich fühlte mich wie nach einem Marathon, als ich endlich vor ihm stand. Meine Glieder schmerzten vor Anspannung.

»Hi«, sagte er leise.

»Hi yourself«, erwiderte ich kaum hörbar.

Wir waren unsicher, auch wenn man es uns nicht ansah. Er fand zuerst meine Hand und drückte sie einen Moment. Dann schloss er mich erst zögerlich, dann mit Nachdruck in seine Arme. Ich war bereit, ihm schon in diesem kurzen Moment zu erliegen, brauchte wirklich alle Kraft, um aufrecht stehen zu bleiben. Er löste sich, elektrisierte mich mit seinem Blick, beugte sich vor und gab mir einen kurzen, aber gewissenhaften Kuss auf den Mund.

Er wusste, worum es ging. Um alles.

Ich brauchte einen Moment.

»Jackson«, sagte ich zögerlich, er sah mich nicht an.

»Ich weiß«, seufzte er.

Ohne ein weiteres Wort schob er mich an dem ihm bekannten Oberkellner an der Tür vorbei, der uns zu unseren Plätzen brachte.

Falls ich mich schon schwertat, die richtigen Worte zu finden, so war es für Jackson offensichtlich unmöglich. Ich beobachtete ihn, was ihn merklich aus der Fassung brachte, während er die Weinkarte studierte. Dabei wirkte er ansonsten so entspannt, so angekommen, so eins mit seiner Umgebung. Er machte vollkommen Sinn in diesem Ambiente. Er und New York, das passte. Kein Vergleich zu unserer letzten

Begegnung in Berlin, da war er fahrig gewesen, ähnlich verloren wie ich jetzt, auf der Suche. Seine Souveränität machte ihn sexy, unwiderstehlich.

»Du willst also kein Wort darüber verlieren, was zwischen uns passiert ist?«, brach es aus mir heraus, nachdem der Kellner den Wein serviert hatte und wir anstießen.

»Ihr Deutschen seid so korrekt. Kannst du nicht den Augenblick genießen?«

Ich ließ das Weinglas sinken. War das sein Ernst?

»Wie kann ich diesen Augenblick genießen, wenn ich nicht weiß, wie der nächste wird? Springst du gleich wieder auf und meldest dich wochenlang nicht?«

Moment mal, hatte ich mir nicht eigentlich vorgenommen, ihm keine Szene zu machen, weil ich Szenen hasste? Sie offenbarten nur Schwäche, und ich wollte keinesfalls die Fassung verlieren. Zu spät.

Jackson nahm einen großen Schluck Wein, dann stellte er das Glas ab und beugte sich zu mir hinüber. »Dein Auftauchen in Berlin kam für mich völlig unerwartet. Du warst mir da einen Schritt voraus.«

Ich schwieg. Er hatte recht. Ich hatte den Schritt in sein Leben gemacht. Er war darauf vollkommen unvorbereitet gewesen.

»Ich musste mich erst einmal sortieren. Das sortieren. Das zwischen uns. Das ist schon …«

Er suchte nach Worten, ich war zu ungeduldig.

»Was?«

»Groß«, sagte er.

Ich war baff.

»Es tut mir leid«, sagte ich schließlich.

Er musterte mich. »Was genau? Dass du mich vor 17 Jahren wie einen Arsch in der Kälte hast warten lassen, oder dass du dann, als wären nicht 17 Jahre vergangen, auf der anderen Seite des Globus wieder aufgetaucht bist?«

Oh, er hatte nachgedacht, über alles. Das wurde mir auf einen Schlag bewusst und machte mir klar, wenn er mich nach alledem hier haben wollte, ging es um was. Mein Herzschlag verdoppelte sich.

»Ich bin heute nicht mehr die, die ich damals war«, sagte ich schließlich bedeutungsschwer und war mir über die Aussage dieses Satzes gar nicht hundertprozentig klar.

»Das sind wir beide nicht. Und überhaupt: Keiner ist das! Guck dich um. Vor 17 Jahren wollte keine Sau nach Brooklyn.«

Ich nahm einen Schluck Wein, überlegte, was ich sagen sollte. Es dauerte einen Moment, ehe ich meine Worte fand. »Ich habe New York im März 2000 verlassen. Ich habe alles hinter mir gelassen, weil ich dachte, versagt zu haben. Ich dachte, ich hätte keinen Anspruch.«

»Worauf?«, fragte Jackson angespannt.

»Auf New York, auf mein Studium.«

Eine Pause entstand.

»Auf mich?«, fragte er schließlich und kam mir ein Stück näher.

Ich spürte, wie es immer noch schmerzte, über die Zeit in New York zu sprechen, und ich war es leid. Wirklich leid. Ich wollte da raus, wieder in die Gegenwart hinein.

»Also hast du es jetzt?«, ging er darüber hinweg, als ich schwieg. Was meinte er?

»Anspruch auf mich?«, führte er aus. »Oder warum bist wieder aufgetaucht?«

Ich lehnte mich zurück und musterte ihn erneut. Der Schlag auf die Nase in Berlin hatte eine zierliche Narbe hinterlassen, seine Augen funkelten in der Dämmerung. Ich wollte wirklich nur eines: in der Realität auftauchen und das, was war, hinter mir lassen. Ich wollte meine Gefühle endlich zulassen. Also antwortete ich kurz und einfach.

»Ja.«

Ja, ich hatte Anspruch auf ihn. Jetzt nach all der Zeit, dem ganzen ja, nein, vielleicht. Den Umwegen über Umwegen. Dem Warten. Ja! Ja! Ich hatte Anspruch auf ihn. Und er auf mich.

Jackson seufzte und lehnte sich ebenfalls zurück. Dann legte er seine Hand flach auf meine. Eine kleine Geste, strotzend vor Bedeutung. Du gehörst zu mir.

»Good«, sagte er, als wäre jetzt alles klar zwischen uns. Als bedürfe es keinerlei Worte mehr. Gut. Er löste die Hand erst, als das Essen kam, und wir aßen.

Wir smalltalkten über meine Reise und über den wichtigen Auftrag, wegen dem Jackson so überstürzt nach New York zurückgemusst hatte. Wir sprachen wie Freunde, die sich eine Weile nicht gesehen hatten. Und dabei waren wir so viel mehr als das.

Wir zögerten das Essen hinaus, da wir wussten, was uns danach erwartete. Wir genossen die Phase davor und reizten sie aus. Auch wenn wir schon miteinander geschlafen hatten, so war es jetzt eine andere Situation. Jetzt war klar, warum wir hier waren, was uns bevorstand. Eine Liebe.

Die Liebe, die wir bisher nicht in der Lage gewesen waren zu leben. Und auch wenn es keiner auszusprechen wagte, die wenigen Worte, die wir über unsere Vergangenheit verloren, gaben uns Bestätigung. Wir fühlten beide gleich. Diese Verantwortung lag jetzt gewichtig in der Luft und keiner wollte riskieren, das Glück, das wir hatten, einander wiedergefunden zu haben, aufs Spiel zu setzen. Der Einsatz war klar und er war hoch. Sehr hoch!

München, 2000

Es war Viertel nach drei. Ich fragte Samu, ob man von Alkohol tatsächlich blind werden könnte, und er schlug mir vor, mit den Schnäpsen aufzuhören.

Ich torkelte vor die Tür, ich war nicht beschwingt, es war kein positiver Rausch. Ich wusste, ich würde es bitter bereuen, so viel getrunken zu haben. Und dennoch hatte sich mit dem Auftauchen des, wie ich fand, ganz sympathischen Kerls meine Grundstimmung auf einen Schlag verändert. Ich fühlte mich weniger verloren.

Samu hatte seinen Kollegen, die mit ihm in der Bar waren, gesagt, er würde mich nach Hause begleiten und sie hatten ihm verständnisvoll zugenickt. Nicht anfeuernd zugezwinkert, kein »Hol sie dir!«, sondern eher ein »Ja, die braucht dringend Hilfe«. Offensichtlich war ich in ihren Augen nicht der Typ, den es sich zu holen lohnte. Es war sicher mein Glück, denn in diesem Zustand hätte man alles mit mir machen können.

Je mehr ich versuchte, mich meinem Rausch zu widersetzen und meine wankenden Schritte zu kontrollieren, desto mehr verlor ich die Kontrolle über meinen Körper. Samu hakte mich unter und stützte mich wie ein Kleinkind, das das erste Mal mit dem Fahrrad fuhr, als ich ihn zur Wohnung meiner Mutter lotste.

Im Rausch plapperte ich mir all meinen emotionalen Ballast von der Seele. Ich erzählte Samu, dass ich New York verbockt und freiwillig das Feld geräumt hatte und, dass ich jetzt in meinem alten Kinderzimmer wohnte und auf einen baldigen Einfall hoffte, um diesem kindlichen Ambiente wieder zu entkommen. Beinahe wäre ich Samus Griff entglitten und zwischen zwei parkende Autos gestürzt, aber er bekam mich gerade noch zu packen und zog mich zurück auf die Füße. Er hielt mich fest.

Es war schon halb vier, als ich vor der Haustür des Altbaus in der Nähe des Englischen Gartens feststellte, dass ich keinen Schlüssel dabeihatte.

»Lass uns doch zu dir gehen!«, faselte ich. Die Vorstellung, meiner Mama in diesem Zustand gegenüberzutreten, war nicht besonders verlockend. Die Häme und den erhobenen, mahnenden Zeigefinger würde ich nicht überstehen. Samu ignorierte mein Flehen und klingelte schließlich, als er meinen Namen zugeordnet hatte.

»Deine Mama wird dich schon nicht schimpfen«, grinste er, und ich kam mir vor wie 14.

»Du hast geklingelt!«, staunte ich über seinen Aktionismus. »Du willst also auf keinen Fall, dass ich mit zu dir komme!« Meine Zunge war schwer, Samu stellte mich vor sich ab.

»Ich würde dich sofort bei mir einziehen lassen. Aber erst, wenn du wieder nüchtern bist«, sagte er mit einem entwaffnenden Lächeln, bei dem er seine perfekt weißen Zähne offenbarte.

Ich war von so viel Offenheit überrascht, hatte Mühe, mich auf den Beinen zu halten und verlor als Reaktion darauf das Gleichgewicht und donnerte gegen die Hausmauer. Dabei stieß ich mir den Kopf und biss die Zähne zusammen. Samu hielt mich sofort fest.

»Hau ab!«, rief ich ihm zu, gereizt durch die Schmerzen und hielt mir dabei den Hinterkopf.

Als der Buzzer endlich summte, fiel ich mitsamt der Tür ins

Innere. Samu blieb vor der Schwelle stehen, er ignorierte meinen zornigen Ausbruch.

»Glaubst du, du schaffst es alleine nach oben?«, fragte er leicht besorgt.

Ich taumelte, und er war sofort da, um mich zu stützen. Ich war zu erschöpft, zu müde. Am liebsten hätte ich mich von ihm die zwei Stockwerke nach oben tragen lassen. Aber das wäre wohl wirklich zu viel verlangt.

»Danke«, hauchte ich und bemerkte, wie sehr mein Atem nach Alkohol roch. »Den Rest schaffe ich schon.«

Ich ging ein paar Schritte, versuchte gerade zu gehen, spürte ihn aber bereits einen kurzen Moment später hinter mir. Er stützte mich, und ich war so froh darüber. Was machte ich hier eigentlich? Wer war der Typ? Ich sah zu ihm auf. Seine freundlichen Augen nickten mir auffordernd zu.

»Geh einfach weiter, ich bin direkt hinter dir.«

O Mann, er war direkt hinter mir, er würde mich auffangen, wenn ich fiel. Die Stufen des Altbaus knarrten.

Während wir mühsam eine Stufe nach der anderen nahmen, erinnerte ich mich an seinen Namen. Samuel, und dass er studierte. Architektur? Ja, er war in seinem letzten Semester und arbeitete bereits in einem Architekturbüro. A-Liga. Ich seufzte. Noch einer, der einen Plan für sein Leben hatte.

Ich hörte, wie sich im zweiten Stock eine Tür öffnete und hätte mich am liebsten versteckt. Meine Mutter rief mit leiser Stimme ins Treppenhaus. »Kata?«

»Ja, Mama«, rief ich viel zu laut zurück und versuchte dabei so nüchtern wie möglich zu klingen.

»Du kannst jetzt wirklich gehen!«, flüsterte ich Samu zu, aber er wich nicht von meiner Seite. Jede immer beschwerlicher werdenden Stufe meisterte er mit mir und als wir schließlich oben ankamen, hörte ich meine Mutter: »Oh.«

Mehr nicht, und dennoch reichte es völlig aus, um zu wissen, was sie dachte. Oh, wer sind Sie? Oh, was ist denn mit ihr? Oh, ist sie betrunken? Oh, wie wird das alles mit ihr enden?

Ich wagte nicht, meine Mama anzusehen. Als wäre ich wirklich 14 und hätte die verabredete Zeit nicht eingehalten. Als wäre ich auf Klassenfahrt beim Saufen erwischt und nach Hause geschickt worden. Nein, als wäre ich fast 24 und nach einem abgebrochenem Studium wieder zu Hause eingezogen, hätte mich jämmerlich betrunken und von einem Fremden bis an die Wohnungstür bringen lassen. Die Wahrheit war viel bemitleidenswerter.

Meine Mutter wich keinen Schritt aus dem Türrahmen, und so drückte ich mich an ihr vorbei. Ich sah Samu nur kurz an. »Danke.« Für mehr war keine Zeit, kein Raum und keine Kraft mehr.

»Schon okay«, rief er mir nach.

Meine Mama bewachte die Tür. Ich hörte Samu in meinem Rücken. »Ich bin Samuel. Könnten Sie Ihrer Tochter morgen bitte ausrichten, dass ich sie gerne wiedersehen würde.«

Mama schwieg.

»Ich arbeite in dem Architekturbüro der Firma Limmer. Immer Dienstag und Donnerstag. Gute Nacht.«

Meine Mutter schwieg immer noch. Ich hörte erst die Tür sich schließen und dann dumpf wieder die Stufen knarren, ehe ich mich in mein nicht gemachtes Bett fallen ließ.

Wenn er mich nach diesem jämmerlichen Auftritt wirklich wiedersehen wollte, dann musste er wirklich hart gesotten sein.

Ich hatte die Augen weit aufgerissen, denn sobald ich sie schloss, drehte sich alles. Ja, die Welt drehte sich. Die Welt drehte sich weiter. Und auch wenn ich es nicht einzuordnen wusste, so überkam mich eine große Zuversicht. Ich spürte in diesem Moment, auch meine Welt würde sich weiterdrehen.

New York, 2017

Das La Bouche war brechend voll. Nach dem schier niemals enden wollenden Essen hatten wir es dann doch eilig, zu zweit alleine zu sein. Der Weg zur Wohnung dauerte keine fünf Minuten. Der Asphalt strahlte immer noch eine klebrige Wärme aus. Ich hatte mich bei Jackson eingehakt. Wir beide hier an diesem Ort, das war noch so unglaubwürdig, dass es mich immer wieder in ein seltsames Starren versetzte. Jackson suchte meinen Blick.

»Wenn du mich so ansiehst, denke ich jedes Mal, jetzt gleich rennt sie wieder weg.«

Seine Stimme war sanft, beinahe ängstlich. Ich ging einen Schritt auf ihn zu. »Wenn ich wegrenne, dann vor der Situation, sie ist so surreal.«

Jetzt legte er den Kopf etwas schief und sah mich an. Ich konnte mich nicht länger zurückhalten. Ich näherte mich seinem Gesicht und tat endlich, worauf ich den ganzen Abend gewartet hatte. Wir küssten uns. Nicht verhalten, nicht zaghaft. Wir nahmen uns, was uns zustand. Das hatten wir ja geklärt. Meine Zunge schob sich selbstbewusst in seinen Mund und ließ ihn einen Moment handlungsunfähig zurück. Gefangen. In meinem Kuss, in meiner Leidenschaft.

Er küsste mich zurück, sein Körper schmiegte sich sofort an meinen, und wir verwoben uns in einer innigen Umarmung, die keiner in dieser Sekunde hätte trennen können.

Jackson löste sich, küsste meinen schwitzigen Hals, meine Wange, dann die Stirn.

»Real genug?«, fragte er mit einem durchdringenden Blick.

Ich ließ zu, dass dieser mich durchbohrte, als ich simpel zurückgab: »Fast.«

Wir wussten, was das bedeutete. Er nahm meine Aufforderung an. Wir hatten keinen Augenblick mehr zu verschwenden.

Slater, der in ein Marvel-Comic vertieft war, grüßte uns freundlich. Er schien von unserem untrennbaren Auftritt kurz überrascht. War das Neid, den ich kurz über sein Gesicht huschen sah?

Noch ehe sich die Türen des Lastenaufzugs schlossen, drückte Jackson mich gegen die Wand, verbarg seine Lippen an meinem Hals und wanderte mit seinen filigranen Fingern durch den Jerseystoff meines Kleids zu meinem Schritt. Mir war so heiß, dass ich jeden Moment zu explodieren drohte. Ich rang nach Luft, als die Aufzugstüren sich öffneten und der Dampf der heißen Augustnacht keinerlei Abkühlung brachte.

Jackson zog mich durch die Glastüren ins Innere des Lofts.

»Hast du dich schon umgesehen?«, fragte er wissend, dass ich das längst getan hatte.

Ich folgte ihm wortlos ins Innere des Lofts. Hier war es angenehm kühl. Mein Blick wanderte über die Fensterfronten, die den Blick auf das nächtliche New York freigaben. Im Loft war es stockdunkel, aber um uns herum funkelten die unzähligen Lichter der Stadt. Jackson hatte wohl erwartet, dass ich durch die einmalige Aussicht geflasht und von ihm abgelenkt wäre. Er war in den Wohnraum vorausgegangen, wo er jetzt im dumpfen Licht der Küchenzeile Drinks zubereitete. Ich hörte, wie das Geräusch der Eiswürfel, die in die Gläser fielen, die Stille durchbohrte.

Ich war tatsächlich sprachlos. Die Aussicht war unfassbar. Von hier oben hatte man einen Blick auf die nachts hell erleuchtete Williamsburg Bridge, die Brooklyn mit Manhattan verband. In der glatt glänzenden Oberfläche des East Rivers spiegelten sich die Skyline Manhattans und erweckte den Eindruck, man könne über die Wasseroberfläche einfach hinweglaufen. Über den Lichtern der Stadt funkelten die Sterne, als wären sie der Skyline entwischt.

»Das hier ist ja wie ein eigener Planet«, staunte ich. Jackson, der ohne, dass ich ihn bemerkt hatte, mit den Drinks wieder zu mir gekommen war, streifte mich mit dem eiskalten Glas im Nacken. Ich zuckte zusammen, dann spürte ich einen winzigen Tropfen meinen Rücken hinunterrinnen.

»Man gewöhnt sich an die Aussicht«, sagte er cool und nahm einen großen Schluck.

»Niemals.« Ich schüttelte ungläubig den Kopf, als ich feststellte, dass über dem Glasdach über unseren Köpfen auch Sterne leuchteten. Jackson folgte meinem Blick.

»Zwei davon gehören uns. Erinnerst du dich?« Ich dachte an die Nacht unserer ersten Begegnung.

»Ich habe öfters daran gedacht damals. Dass, egal, wo du steckst, wir die gleichen Sterne sehen.« Er hatte es nicht vergessen.

Ich trank, der eiskalte Gin brannte kurz in meinem Rachen.

»Vor allem, nachdem ich deinen Zettel in meiner Jeans gefunden habe und dich angerufen habe.«

Ich verschluckte mich beinahe.

»Du hast angerufen?« Ich dachte nach, wann war das gewesen? »Wann?«

Jetzt überlegte Jackson. »Na, nachdem du nicht gekommen bist. Ein, zwei Tage später? Ich musste erst mal meine Wunden lecken. Ich habe zunächst niemanden erreicht. Dann sagte mir deine Mitbewohnerin, dass du zurück nach Deutschland bist.«

Ich versuchte die Information einzusortieren. Er hatte also angerufen. Jackson hatte sich gemeldet, nachdem ich ihm in der Nacht vor Gigis Wohnung von meiner Nachricht in seiner Jeans erzählt hatte. Er hatte angerufen, da war ich schon in München.

»Deine Freundin wollte mir deine Nummer in Deutschland geben, aber ich wollte sie nicht.«

Ich nickte. Entschuldigte mich gedanklich bei den Mädels, da sie versucht hatten uns zu connecten. Auch wenn sie es in einem unserer späteren Telefonate nicht erwähnten. Vielleicht wollten sie mich schützen, mich nicht unnötig aufwühlen, jetzt, da ich doch eh aus New York verschwunden war.

»Da du einfach abgehauen warst, dachte ich, du willst mich nicht mehr sehen.«

Ich schluckte. Er hatte ja auch recht. Wir schwiegen einen Moment.

»Jetzt bin ich hier«, sagte ich pathetisch.

»Und jetzt zählt«, stimmte er mir zu und nahm einen weiteren Schluck. »Und, du hast recht, hier oben ist es ziemlich cool. Als das Loft zwei Stockwerke tiefer, in dem ich zur Miete wohnte, verkauft wurde, hatte ich den Besitzer gebeten, mir das Dach zu geben. Er dachte wohl, ich schlage einfach ein Zelt auf. Er hätte nie gedacht, dass so was möglich ist. Aber ich kenne noch ein paar Architektenfreaks von früher.«

Ich wollte es nicht, aber ich musste sofort an Samu denken. Er wäre von diesem Bauwerk, das man in Deutschland niemals so umsetzen hätte können, genauso beeindruckt gewesen wie ich. Samus Prämisse war es immer gewesen, das Unmögliche möglich zu machen. Obwohl seine Illusionen der Realität weichen mussten, seit er damals anfing für die Stadt München zu arbeiten. Aber jetzt in diesem Moment an meinen

Ex zu denken, hielt ich für echt daneben. Also kniff ich kurz die Augen zusammen und schüttelte meine Gedanken ab. Ich trank ein paar Schlucke aus dem eiskalten Glas. Den Gin spürte ich jetzt erst im Nachgang.

»Ich möchte dich nicht zum harten Alkohol verführen«, sagte ich, als ich mich daran erinnerte, dass Jackson mir in Berlin gesagt hatte, dem Schnaps abgedankt zu haben.

»Wozu dann?«, spielte er mit einem Grinsen an und stellte das Glas weg.

Er stand jetzt hinter mir. Ich spürte die Wärme, die von ihm ausging. Als ich mein Gewicht verlagerte und mich an ihn lehnte, hielt er mir stand. Seine Hände, durch das Glas angenehm kalt, wanderten über mein Kleid, noch unentschlossen, für welche Richtung sie sich entscheiden sollten.

Ich stellte den Drink ab und nahm ihm die Entscheidung ab. Zog mein Kleid über den Kopf und ließ es zu Boden fallen. Da Jackson zu sehr damit beschäftigt war, sich mit dem Anblick meines Körpers erneut vertraut zu machen, nestelte ich an seiner Jeans, die, sobald ich den Gürtel geöffnet hatte, zu Boden sauste. Wir mussten lachen.

»Hatte nicht sonderlich großen Hunger die letzten Wochen«, kommentierte Jackson und atmete schwer, als meine kalten Hände unter sein Hemd glitten. Er half mir mit den kleinen Knöpfen, die im Dämmerlicht kaum auszumachen waren. Erst jetzt erkannte ich, dass Jackson unter den Jeans nackt gewesen war. Um nicht ins Stocken zu kommen, öffnete ich meinen BH, der an meinem Körper klebte und schob meinen Slip so elegant wie möglich nach unten.

Meine Eigeninitiative verunsicherte mich kurz, aber Jackson war zu sehr in meinem Anblick gefangen. Nackt standen wir voreinander. Ich konnte meinen Blick nicht von ihm, von jedem Zentimeter seiner nackten Haut abwenden.

Die Distanz zwischen uns war minimal, aber derart aufgeladen, dass jede Überschreitung uns elektrisierte. Ich schlang behutsam mein Bein um Jacksons Körper und zog ihn zu mir heran. Er griff unter meinen Po, hob mich an und im nächsten Moment spürte ich bereits, wie er in mich eindrang. Ich schwang das zweite Bein um seinen Körper. Wir schoben uns ineinander. Erst noch zögerlich, beinahe in Zeitlupe, um uns ja nichts vom anderen entgehen zu lassen. Dann etwas gieriger. Ich spürte, wie Jackson unter meinem Gewicht langsamer wurde und setzte ein Bein ab. Ich drückte ihn zurück auf die Couch, seine nackte Haut quietschte auf dem abgewetzten Leder. Dann setzte ich mich auf ihn und genoss, dass er meiner Leidenschaft komplett ausgesetzt war. Unsere Bewegungen wurden präziser, nicht mehr steuerbar.

Wir kamen hintereinander, erst ich, dann Jackson.

Wir sackten zusammen und suchten Distanz, um alleine, jeder für sich, nachzuspüren, ehe wir uns wieder einander zuwandten. Schweigend tranken wir den durch die Eiswürfel verflüssigten Gin. Suchten nach Worten, aber kein einziges wäre diesem Moment gerecht geworden.

München, 2000

Ich war noch nicht bereit. Noch nicht. Nicht für mein neues altes Leben und schon gar nicht für einen neuen Mann. Einen neuen Mann? Wo es den anderen Mann doch gar nicht richtig gegeben hatte. Ich ihm überhaupt nicht die Möglichkeit gegeben hatte, vielleicht der Mann in meinem Leben zu werden. Mir ging es letztendlich besser, wenn ich daran glaubte, dass das mit mir und Jackson niemals hätte funktionieren können und so bastelte ich an dem gedanklichen Haken, den ich unter unsere Geschichte setzen wollte.

Es war eher aus einer Laune heraus, ein Impuls. Schon einmal war ich an dem kleinen Architektenbüro der Firma Limmer im Lehel vorbeigegangen. Hatte erfahren, dass Samu montags zur Uni ging und nicht arbeitete. Deswegen war ich zurückgekommen. Erneut an einem Montag, um sicherzustellen, dass ich ihm nicht über den Weg laufen würde. Noch nicht. Ich war noch nicht so weit, ihn wiederzusehen.

Der St.-Anna-Platz strahlte beinahe eine ländliche Ruhe aus im beschaulichen Getümmel der Innenstadt. Ich hatte mir in einem italienischen Café einen Caffè Latte geholt und saß auf den Stufen vor der Kirche. Noch immer fühlte ich mich wie ein Gast in meiner alten Heimat, noch immer war mir München nicht wieder vertraut.

Letzte Nacht hatte ich Amy in New York auf dem Festnetz erwischt. Wir hatten ein Gespräch versucht, aber das distanzierte Geplänkel machte mir schnell bewusst, dass sich diese Freundschaft erledigen würde. Durch mein Verhalten in den Wochen vor meiner Flucht aus New York hatte ich die Mädels so vor den Kopf gestoßen, sie konnten sich nicht damit abfinden. Oder aber ich war ihnen schlichtweg nicht wichtig genug, schließlich bestand eine Freundschaft aus viel Akzeptanz und akzeptieren konnte Amy mein Verhalten wohl immer noch nicht. Ich hatte gehadert, ob ich sie fragen sollte, ob Jackson sich eventuell gemeldet oder sie etwas von ihm gehört hatte. Aber wozu? Was sollte es bringen? Wir waren neun Flugstunden voneinander entfernt. Mehr als 6000 Kilometer. Wir beide hätten keine Chance. Niemals. Zumal Jackson mich bestimmt nie wiedersehen wollte, nachdem ich ihn ein zweites Mal einfach stehen gelassen hatte.

Meine Gedanken sprangen zwischen dem Hier und Jetzt und dem Geschehenen hin und her, und ich hing irgendwo dazwischen fest. Sich für eine Richtung zu entscheiden, dazu war ich noch nicht bereit.

»Ich wusste nicht, dass du ausgerechnet montags herkommst!«

Erwischt!

Samu stand vor mir und verdeckte die Sonne, aber ich musste dennoch blinzeln, um seine Gestalt auszumachen. Er trug schlichte Stoffhosen, ein Shirt, eine Schultertasche quer über seinen Oberkörper, außerdem strahlend weiße neue Turnschuhe. Seine Neugierde blitzte in seinen hellen Augen auf, die sich wunderbar in seine markanten Gesichtszüge einordneten.

Mir war es echt unangenehm, auf der Lauer enttarnt worden zu sein, aber Samu schien damit unbeeindruckt umzugehen, als er sich neben mich auf die Stufen setzte.

Seit wir uns getroffen hatten, waren fast drei Wochen vergangen.

»Ich war letzten Montag schon hier«, gab ich ehrlich zu.

»Ich weiß.« Er grinste souverän.

Ich wusste nicht, was ich sagen sollte, um nicht vollkommen dämlich rüberzukommen. »Ich wollte einfach …«

»… mich sehen«, beendete Samu meinen Satz.

Ich war sprachlos.

»Ist okay, ich hab mich eh gewundert, dass du so lange gewartet hast.«

Ich war von seiner Direktheit überfahren. Es herrschte einen Moment Stille zwischen uns.

»Mann, man kann dich denken hören!«, sagte er schließlich und stand auf. »Heb dir deine Neugierde bitte auf, okay? Ich muss ins Büro, das Projekt für meine Abschlussarbeit fertigstellen. Aber ich werde dir alles beantworten, was du über mich wissen willst.«

Wollte ich das wirklich? Ertappt! Schon wieder.

So erschrocken ich über Samus unerwartetes Auftauchen gewesen war, so enttäuscht war ich jetzt, dass er gleich wieder weg wäre.

»Was ist mit heute Abend? Die Biergärten haben schon auf. Was hältst du vom Chinesischen Turm? Oder ist der zu vorbelastet?«, fragte er auf dem Sprung.

Ich kam nicht hinterher. Seine für einen Mann ungewöhnlich vielen Sätze irritierten mich, seine Offenheit auch. »Vorbelastet?«

»Na, irgendwelche Exfreunde, mit denen du öfters dort warst? Trennungen? Dramen? Du hast mir bei unserem letzten Treffen erzählt, dass ein Typ dir dein Herz gebrochen hat.«

Ich war kurz perplex. Ich brachte nicht mehr alles zusammen, was ich Samu unter Alkoholeinfluss erzählt hatte.

»Der ist in New York. Und irgendwie ist nicht klar, wer wem das Herz gebrochen hat«, sagte ich defensiv und bereute es sofort. Über Exfreunde zu reden, gehörte sich nicht, wenn man jemand Neues kennenlernen wollte. Und das wollte ich.

Das wurde mir schlagartig bewusst, als Samu, von meinem Gefühlsdilemma offensichtlich unbekümmert, dort vor mir stand und mich anlächelte. Und wenn man es genau betrachtete, war Jackson nicht wirklich ein Exfreund.

»Na wunderbar. 18 Uhr? Und nimm eine Jacke mit, abends wird's noch kühl.«

Und weg war er.

Als ich am Abend noch einmal umkehrte, um eine Jacke zu holen, musste ich lachen.

Im Biergarten am Chinesischen Turm waren noch etliche Tische frei, man konnte die Sehnsucht nach dem Münchner Sommer im Freien spüren. Die Leute saßen vor Maßkrügen mit Bier, prosteten sich zu und lachten.

Samu stand etwas abseits neben dem Turm. Er guckte in Richtung Restaurant und sah mich nicht kommen. Obwohl ich in der Nähe wohnte, war ich spät dran. Typisch.

Samu ruhte in sich, das konnte ich schon von Weitem sehen, und irgendwie übertrug sich seine Ruhe auf mich. Ich war nicht nervös, nicht fahrig. Ich hatte mein Ziel klar vor Augen. Samuel.

Meine Mama war froh, dass ich dem zuvorkommenden, jungen Mann, der mich nach ihrem Wortlaut »völlig blau« neulich zu Hause abgeliefert hatte, eine Chance gab. Ich sah das genau umgekehrt: Samu gab mir eine Chance. Er war meine Chance, mal an etwas anderes zu denken als an New York, an mein Scheitern, an Jackson.

Jetzt tauchte Samu aus seinen Gedanken auf und wandte den Blick. Als er mich sah, richtete er sich auf. Er trug wieder Stoffhosen, einen Strickpullover, Turnschuhe, alles in Beigetönen, die alle bewusst unbewusst gewählt waren. Alles sehr stilvoll, alles sehr souverän.

Er wartete, erst als ich bis auf wenige Schritte an ihn herangetreten war, ging er auf mich zu.

»Hallo.« Mehr war da nicht. Kein Küsschen rechts, kein Küsschen links. Keine Oberflächigkeiten, keine Unsicherheit.

»Holen wir uns ein Bier?«

Ich nickte, das machte man so in Bayern. Ehe man ins Gespräch kam, holte man sich ein Bier. Das lockerte die Stimmung auf, wie wir ja von unserer ersten Begegnung wussten.

Ich folgte ihm zum Ausschank und zur Kasse, war stets nicht weiter als einen Schritt von ihm entfernt. Es fühlte sich nicht so an, als würde ich ihm folgen, als würde ich in seinem Schatten hinter ihm herlaufen. Wir waren gleich auf, und das mochte ich. Ich zierte mich, als er mein Bier bezahlte, nahm seine Einladung aber an.

»Das nächste Mal zahle ich!«, schwor ich mit erhobenen Fingern.

»Ja«, sagte er unprätentiös, und ich wusste, dass es ein nächstes Mal zwischen uns geben würde.

Es war tatsächlich, als würde ich mich mit einem alten Freund unterhalten. Auch wenn das, was Samu unbeschwert über sich und sein Leben erzählte, natürlich alles neu wahr, so hatte ich mich selten in einem Gespräch so entspannt gefühlt, so unaufgeregt. Samu schien sich nicht gut verkaufen zu wollen, er war einfach, wie er war. Offen und sympathisch. Er urteilte nicht, er lauschte meinen Erzählungen. Er verstellte sich nicht. Gab ehrlich zu, dass er mit moderner Malerei nicht viel anfangen konnte. Normalerweise wäre das ein Stich in mein Herz gewesen. Wie konnte man sich nicht dafür interessieren? Aber da ich selbst gerade eine künstlerische Pause eingelegt hatte, war ich froh, diesen Punkt gedanklich von unserer Übereinstimmungsliste streichen zu können.

»Für mich war eigentlich alles klar, als daheim im Nachbarsdorf die Eishalle eingestürzt ist. Ich war da dreimal die Woche zum Training, und auf einen Schlag war alles vorbei. Die Gemeinde hatte keine Kohle, um die Halle wiederaufzubauen und meine Eltern keine Zeit, um mich immer 60 Kilometer weiter in die nächste Stadt zu fahren.«

Samu hatte eine angenehme Art zu sprechen. Ich hörte ihm gerne zu.

»Hätte die Statik von der Halle gepasst und die Architekten sich ein bisschen mehr bemüht, wäre ich Eishockeyprofi geworden.«

»So wurdest du stattdessen Architekt!«, grinste ich ihn an, während ich mich mit der Radlermaß zurückhielt, ich wollte einen weiteren Rausch in seiner Gegenwart vermeiden.

»Na ja, das war für meine Eltern schon ein Klopper. Sie hatten gehofft, dass ich den Landwirtschaftsbetrieb weiterführen würde.«

»Darauf hattest du keinen Bock?«

Er nahm einen großen Schluck. »Ich bin Vegetarier. Schon seit dem Kindergarten! Die hauseigene Schlachterei ist da sicher nicht ganz unschuldig.«

Ich nickte und verzichtete, ihm von meiner Leidenschaft für Burger und Steaks zu erzählen. Eine weitere Nichtübereinstimmung. Samu hatte eine so herzliche Art zu erzählen, ich erwischte mich beim Abwägen, ob es mich langweilte, was er erzählte. Ob es reichte, was er erzählte, ob es spannend genug war. Ob er an Jackson herankam.

Ich fühlte mich schlecht. Es war total unfair, die beiden miteinander zu vergleichen. Dennoch tat ich es. Aber eigentlich verglich ich eher mich selbst. Wie unterschiedlich ich in ihrer Gegenwart empfand. Bei Jackson hatte mein Herz gerast. Ich war fahrig, unsicher und dauerverwirrt. Samu stattdessen gab mir Ruhe, ich war unaufgeregt und voll bei mir.

»Du bist echt toll.«

Der Satz kam so direkt aus meinem Mund, dass ich ihn mit keiner Ergänzung hätte relativieren können.

Samu zog einen Mundwinkel hoch und grinste. »Das klingt echt scheiße.«

Ich wollte widersprechen, musste aber lachen.

Samu ruderte zurück. »Ich mein, toll klingt wie nett und nett …«

»… klingt wie scheiße. Schon klar.«

Jetzt mussten wir beide lachen und stießen mit den Maßkrügen an. Samus Stimme war ruhig und bestimmt. »Sagen wir mal so, ich finde dich auch toll und ich würde dich gerne so gut kennenlernen, um das zu superlativieren.«

Nie zuvor hatte ich dieses Verb gehört, existierte es überhaupt? Wahrscheinlich kam es in meinem normalen Leben einfach nicht vor. Superlative. Ab jetzt existierte es, denn alles, was ich mit Samu erlebte, superlativierte alles.

»Gut«, sagte ich mit voller Zuversicht.

Wir würden einander kennenlernen, und das fühlte sich super an.

New York, 2017

In meinem Unterbewusstsein nahm ich das Geräusch einer entfernten Sirene wahr. Sie war schriller und klang nicht nach den Sirenen, die mir vertraut waren. Ich schlug die Augen auf. Ich war in New York.

Ich lag alleine im Bett des Gästezimmers, über meinem Körper nur das dünne Leinenlaken, darunter war ich nackt.

Ich dachte an letzte Nacht und drückte mich dabei verlegen in das gestärkte Kissen.

Ich war nach Gin und Sex sofort eingeschlafen. Nach deutscher Zeit war es zu diesem Zeitpunkt schon fünf Uhr morgens gewesen und auch mein absolutes Verlangen nach Jackson hatte mich nicht weiter wachhalten können.

Er musste mich wohl in das Bett im Gästezimmer getragen haben. Auch wenn mir die Vorstellung eigentlich gefiel, wie er mich schlafend durch die Wohnung schleppte, so ärgerte ich mich, dass ich davon überhaupt nichts mitbekommen hatte. Und warum ließ er mich nicht einfach auf der Couch liegen?

Ich schlüpfte in Top und Shorts und machte mich auf den Weg zum Wohnraum. Meine nackten Füße saugten sich am kalten Betonboden fest.

Als ich um die Ecke bog und den Wohnraum enterte, hörte ich erst das Stimmengewirr, ehe ich die Ansammlung von Menschen sah, die um Jackson herum an dem nüchternen Mahagonitisch saßen und auf ihn einredeten.

Ja, es wäre wahrlich ein Spektakel gewesen, hätte ich nackt auf der Couch geschlummert, während Jackson offensichtlich ein Arbeitsmeeting abhielt. Unter den Anwesenden, es waren mindestens fünf sehr geschäftig wirkende Menschen, erkannte ich Naomi.

Die Asiatin nickte mir kühl zu. Jackson sah auf und mich direkt an. In seinem Blick lag alles. Begierde, Lust und Zärtlichkeit. Ich hielt inne, meine Brustwarzen wurden hart, was unter meinem sehr dünnen Top wohl keinem verborgen blieb.

Das Stimmengewirr nahm ab, als Jackson aufstand. Und auch wenn sich alle um die größte Selbstverständlichkeit der Situation bemühten, so ließen sie Jackson und mich keine Sekunde aus den Augen. Ich versuchte mich noch aus der Situation zu winden, da stand Jackson schon bei mir und gab mir einen zielgerichteten Kuss auf den Mund. Der Kuss hatte eine Botschaft. »Seht alle her. Sie ist mein.« Seine Hand schnürte sich um meine Taille, als er mich zu sich heranzog.

»Gibst du uns noch 10 Minuten? Wir planen gerade meine nächste Ausstellung in Australien.«

Er zog mich hinter sich her zu einer futuristischen Kaffeemaschine, schob eine Tasse darunter und drückte den Knopf. Während er das tat, hielt er die ganze Zeit meine Hand.

Naomi durchbrach die Anspannung, als sie in die Hände klatschte und das Team wieder ins Hier und Jetzt zurückholte. »So Leute, lasst uns fertig werden. Wir alle haben ein Privatleben.«

Ich nahm die Spitze war, ignorierte sie aber. Mit dem dampfenden Kaffee in der Hand verschwand ich beinahe in Zeitlupe wieder in Richtung meines Zimmers. Ich war mir meiner Wirkung in den kurzen Shorts durchaus bewusst und genoss es. Als ich in meinem Zimmer angekommen, einen kurzen Blick auf meine Rückansicht warf, sah ich meinen nicht mehr makellosen Hintern und ignorierte ihn. Ich fühlte mich gut und vor allem sexy.

Nachdem die Meute endlich weg war, stattete Jackson mir einen Besuch in meinem Gästezimmer ab und hielt es für eine gute Idee, ein zweites Mal am Tag zu duschen. Ich hatte keine guten Erfahrungen mit Sex unter der Dusche. Denn anders, als es in Filmen wirkte, war es in der Realität ziemlich ungelenk und rutschig. Dennoch hielten wir für ein paar unbefriedigende Stöße an unserer Phantasie fest, ehe wir auf dem kalten Betonboden landeten. Die Lust aufeinander hielt die Schmerzen auf dem unnachgiebigen Boden in Grenzen.

Befriedigt, in der Anwesenheit des anderen schwelgend, waren wir schließlich bereit, New York zu erkunden. Jackson wollte mir zeigen, wie sehr sich die Stadt seit meinem Studium vor 17 Jahren verändert hatte. Seit ich gegangen war, seit ich ihn hatte stehen lassen. Obwohl wir die Vergangenheit ruhen lassen wollten, so war sie doch derzeit das Einzige, was uns verband. Wir hatten uns beide zu erinnern versucht, was genau passiert war.

Jackson legte die Stirn kraus. »Die Bahn fuhr damals nicht, und ich kam echt zehn Minuten zu spät zu unserem Treffpunkt am Waverly Place. Ich hatte Angst, dass du nicht warten würdest. Ich hab nirgendwo ein Taxi bekommen und bin schließlich gerannt. Aber du warst nicht da.«

Ich erinnerte mich, wie nervös und zugleich leer ich mich gefühlt hatte, als ich nur noch gehofft hatte, die Zeit würde schnell verstreichen.

»Ich hab fast zwei Stunden auf dich gewartet, aber du bist nicht gekommen.«

Ich konnte die Verletzung spüren, die in seiner Stimme lag, und wunderte mich ehrlich, warum sie noch derart präsent war. Galt sie wirklich mir, oder war da noch mehr?

Wir schlenderten mit zwei Coffee to go durch Williamsburg ans Wasser zum Domino Park und ließen uns einen Moment nieder. Die Sonne versteckte sich hinter ein paar Wolken und machte die Hitze erträglich. Jackson hatte mir seine Lieblingsplätze im Viertel gezeigt. Ich war zu meiner Zeit damals kaum in Brooklyn gewesen, deswegen bewegte ich mich hier auf komplettem Neuland. Auch im Umgang mit ihm.

»Ich habe damals nach dir gesucht. Nach unserer gemeinsamen Nacht. Nachdem mir klar war, dass dich meine Nachricht nicht erreicht hat, habe ich nach dir gesucht.« Der Kaffee schmeckte leicht süß von der aufgeschäumten Sojamilch, die ich zum ersten Mal probierte. »Stattdessen fand ich Gigi.« Ich lachte beinahe sarkastisch auf. Wir schwiegen, und dann nahm Jackson meine Hand und hielt sie einfach. Ich verstand nicht, woher sie auf einmal kam, aber mit einem Schlag lag eine Schwere darin und eine plötzliche Wehmut, die uns daran hinderte, unser Beisammensein einfach zu genießen. Ich fuhr Jackson zärtlich über die Schulter.

»Woran denkst du?«, fragte ich vorsichtig.

»Gigi«, sagte er schließlich leise.

Da war er, der Elefant im Raum. Ich hatte mich schon gefragt, wann Jacksons Exfreundin wirklich zur Sprache käme. Ich ärgerte mich, dass ich ihren Namen zuerst erwähnt hatte.

Ich löste meine Hand von seiner Schulter und stellte mich neben ihn. Auch wenn ich neugierig war, was damals zwischen den beiden gelaufen war, es beunruhigte mich jetzt über Gigi zu sprechen. Jackson wirkte durcheinander.

»Sie hat damals versucht, sich umzubringen.« Er sah mich nicht an. »An dem Tag, an dem ich dich am Waverly Place treffen sollte, bekam ich abends den Anruf aus der Klinik.«

»Warum? Ich meine, warum wollte sie nicht mehr leben?«, war die einzige Frage, die mir einfallen wollte.

Jackson richtete sich auf, er kramte in seiner Erinnerung,

stützte sich auf seine Ellbogen. »Es war eine toughe Woche damals. Ich hatte mich von Gigi getrennt, sie ist völlig ausgetickt und hat um sich geschlagen. Die anderen mussten die Polizei holen und dann ist sie aus der WG geflogen. Das Theater, für das sie arbeitete, hatte sie gefeuert, weil sie ständig betrunken war.«

Ich schwieg, das klang wirklich bedrückend. Ich konnte Jackson ansehen, wie sehr er sich bemühte, das längst Vergessene jetzt wieder hochzuholen.

»Konntest du das mit Gigi klären?« Unsicher fügte ich hinzu: »Sie hat doch überlebt, oder?«

Jackson machte eine Pause und seufzte schwer, ich befürchtete das Schlimmste. »Als sie aufwachte, nahmen ihre Eltern sie mit nach Ohio. Sie gaben mir die Schuld an allem. Ich habe sie nie wieder gesehen.«

Ich schluckte, sie gaben ihm die Schuld, und er gab sie sich.

»Jackson, du weißt, dass du keine Schuld daran hast, dass Gigi versucht hat, sich umzubringen.«

»Hab ich nicht?«, sagte er auf einmal schroff und sah mich an. In mir gingen alle Alarmlämpchen an. Gab er etwa mir die Schuld? Hatte er mir nur davon erzählt, damit er seine mittlerweile tief verborgenen Schuldgefühle endlich mit jemandem teilen konnte?

»Gibst du mir die Schuld?«

Man konnte uns beide atmen hören. Stille. Er antwortete nicht sofort, richtete sich dann aber schnell auf und reichte mir die Hand. »Was? Nein, jeder ist für sein Leben selbst verantwortlich. Das weiß ich mittlerweile.«

Das »mittlerweile« implizierte für mich, dass er eine Zeit lang gebraucht hatte, ehe er die Situation so sehen konnte. Dass er mir zumindest eine Teilschuld gegeben hatte, eine Mitschuld. Hätte ich ihn nicht gesucht und gefunden, er wäre mit Gigi zusammen geblieben, und sie hätte nicht versucht, sich umzubringen.

Ich konnte dazu nichts weiter sagen, folgte ihm einfach in Richtung Williamsburg Bridge. Wir wollten über den East River nach Manhattan laufen.

Ich hasste es, wenn man sich zu lange mit seiner Vergangenheit beschäftigte, so dass man die Gegenwart komplett an sich vorbeiziehen ließ. Doch die dunkle Wolke folgte uns, wir konnten sie nicht abschütteln. Auf der Mitte der Brücke blieb ich stehen und stoppte somit Jackson, dessen architektonischer Vortrag über die Konstruktion der Brücke mir auf einmal mächtig belanglos vorkam.

»Du wirfst es mir vor, oder?«

Jackson kräuselte die Stirn. Er hatte offenbar keine Ahnung, worüber ich sprach.

»Das mit Gigi. Wenn ich nicht gewesen wäre …«

Er unterbrach mich schnell. »Bullshit. Ich wollte nur, dass du es weißt!«, wehrte er sich. Ihm war anzusehen, dass ihm leidtat, was er in mir angerichtet hatte. Aber dafür war es jetzt zu spät.

»Warum, Jackson? Warum willst du, dass ich weiß, dass deine Ex sich, nachdem du dich von ihr getrennt hast, um mit mir zusammen sein zu können, fast umgebracht hat?«

Ich war so verwirrt, dass ich vollkommen hilflos vor ihm stand.

»Du hättest kommen müssen«, sagte er leise. »Wenn wir zusammen gewesen wären, hätte es wenigstens einen Sinn gemacht.«

Er zog mich weiter. Ich blieb wieder stehen. Trotzig wie ein Kind. »Du meinst, wenn du wenigstens mit mir zusammen gewesen wärst, hätte es Sinn ergeben, Gigi durch die Trennung so zu verletzen, dass sie sich daraufhin etwas antat?«

Meinte er das ernst? »Wärst du mit ihr zusammengeblieben, wenn du gewusst hättest, dass ich nicht komme?«

»Warum bist du nicht gekommen?«

Ich holte tief Luft. Das Wirrwarr in meinem Kopf bäumte sich zu einem Tumult auf. Jackson war es ein Anliegen gewesen, dass ich von der Geschichte erfuhr. Dass ich mich dafür verantwortlich fühlte, dass ich mich deswegen schlecht fühlte. Ich hatte keine Ahnung, was in ihm vorging, verstand nicht, was ihn jetzt nach all der Zeit dazu brachte. Und ja, ich fühlte mich schlecht.

»Jackson, das ist lange her. Ich kann es nicht mehr ändern.«

Er nickte. Er tat sich schwer, die Vergangenheit ruhen zu lassen. Wir würden die Wolke nicht abschütteln können an diesem heißen, sonst wolkenlosen Augusttag.

Jackson nahm mich in den Arm und hielt mich einen Moment fest.

»Sorry«, sagte er. »That's really in the past.«

Ja, es lag in der Vergangenheit und dennoch beeinflusste es unsere Gegenwart enorm. Ich gab ihm einen Kuss, und wir liefen von der Brücke und hinein in das East Village.

Ich war wirklich beeindruckt, was sich hier getan hatte. Schicke Hotels wechselten sich ab mit neu hochgezogenen Apartmentanlagen. Cafés und Restaurants, Shops und hippe Bars säumten die Straßen, die einst eher Sperrgebiet in Manhattan gewesen waren. Wir waren nicht unweit der WG, in die ich Gigi damals abgeliefert hatte. Für einen kurzen Moment dachte ich, Jackson wolle dorthin, um mich noch mehr an die Vergangenheit zu erinnern, aber wir liefen bis zur Ecke Bowery Street, um dort bei einem kleinen Asiaten haltzumachen. Ich war sehr dankbar, meine Füße brannten nach dem Marsch. Ohne mich zu fragen, orderte Jackson zwei Nudelgerichte.

»Du musst das Pad Thai hier essen, das ist legendär.« Er zog das »legendary« dabei in die Länge und zwinkerte mir zu. Ich mochte kein Pad Thai, ich hätte lieber eine Suppe bestellt. Ich ließ es gut sein, denn Jackson meinte es so. Gut. Er konnte nicht aus seiner Haut.

Ich betrachtete ihn. Er hatte sein Leben hauptsächlich alleine verbracht, hatte sich noch nie für einen anderen Menschen als sich selbst verantwortlich gefühlt und alles immer für sich und alleine entschieden. Er war es nicht gewohnt, auf jemand anderes Rücksicht zu nehmen.

Ich auf der anderen Seite musste mir meinen Egoismus erst wieder zurückerobern. Ich war daran gewohnt, meine Emotionen auf mein Umfeld abzustimmen.

Ich beschloss in diesem Moment Jackson so zu nehmen, wie er war. Es würde ein Weilchen brauchen, ehe die Leichtigkeit zwischen uns zurückkehrte. Doch je tiefer ich in mich hineinhorchte, desto mehr stellte ich fest, richtig leicht war es eh nie zwischen uns. Eher emotional und dramatisch. Ich wusste nicht, ob es überhaupt das war, was ich für mein Leben wollte, aber ich wusste, ich wollte ihn und deswegen musste ich mich darauf einlassen.

Nach dem Essen ließen wir uns einfach treiben. New York hatte sich kolossal verändert, es aber geschafft, die Metamorphose zu vollziehen.

Vielleicht würde mir das ja auch gelingen.

München, 2000

Es dauerte noch zwei weitere Verabredungen, ehe wir uns küssten. Ich hatte schon das Gefühl, es würde nie dazu kommen. Ich hatte sogar Zweifel, ob ich es überhaupt wollte. Ich fühlte mich so wohl in Samus Gegenwart, ich wollte die Stimmung zwischen uns nicht durch irgendein Liebesding ins Wanken bringen. Aber als wir vor dem strömenden Regen nach einem sonntäglichen Ausflug in den Bergen zurück nach Schwabing flohen, lag es in der Luft.

Der Tag war perfekt gewesen. Wir hatten einen Spaziergang zu einer Ausflugshütte gemacht, der sich aufgrund der Länge eher als Wanderung entpuppte. Ich war das stetige Bergauf überhaupt nicht gewohnt und, da ich zugegeben eher unsportlich war, war ich vollkommen erschöpft auf der Hütte angekommen. Ich hatte gedanklich wieder eine Unstimmigkeit verzeichnet, als Samu mir von seinen Touren erzählte. Wir passten einfach nicht zusammen.

Ja, ich versuchte wirklich alles, um mich nicht in Samuel zu verlieben und die Möglichkeit in Betracht zu ziehen, dass er den Platz an meiner Seite füllen könnte. Ich wollte ihn noch frei halten, nur noch ein bisschen.

Jackson und New York schienen mir dennoch meilenweit entfernt. Das stimmte ja auch. Und wenn man gedanklich etwas lange genug von sich wegschiebt, bleibt es irgendwann auch ganz weg. So bemühte ich mich, immer weniger an New York zu denken, das noch kein halbes Jahr zurücklag.

Wir beeilten uns, schnell vom Berg runterzukommen, ehe das Unwetter uns erreichte, sprachen kaum, rannten fast. Ich war fix und alle und döste die gesamte Rückfahrt, was Samu mir aber nicht übel nahm.

Als wir in Schwabing ankamen, ergoss sich der Regen über uns. Wir wollten das Gewitter noch im Auto abwarten, aber ich war derart k. o., ich musste dringend auf die Couch!

Samu hatte mir gentlemanlike die Beifahrertür geöffnet und mich ins Haus begleitet. Wir waren nass bis auf die Knochen.

»Danke für den mega Tag«, sagte ich müde.

»Das nächste Mal entscheidest du«, erwiderte Samu, während er sein klitschnasses Haar schüttelte.

»Dann wird es was Entspanntes im Liegen.«

Die Worte hatten meinen Mund so schnell verlassen, dass ich mir ihrer Bedeutung erst bewusst wurde, als Samu grinsen musste.

»Alles klar, ich bin dabei«, sagte er aufgeräumt.

Ich versuchte mich rauszureden. »Ich meinte, mal chillen auf der Couch, 'nen Film gucken oder so.«

Alles, was ich jetzt sagte, war zu viel. Ich war verlegen, und Samu gefiel das.

»Ruh dich aus«, sagte er mit einem Zwinkern und ließ zu, dass ich mich von ihm abwendete und auf die erste Stufe trat. Ich war bereits aus seinem Radius getreten, als er plötzlich zu mir aufschloss und vor mir stand. Wir waren nun auf Augenhöhe, und ich auf das, was jetzt passierte, wenig vorbereitet. Selbst wenn man sich lange vorstellt, wann und wie etwas geschehen könnte, trifft es einen letztlich dennoch unerwartet.

»Hab ich was vergessen?«, fragte ich naiv. Und der sonst so redselige Samu sagte kein Wort. Er legte seine Hand in meinen Nacken und zog mich zu sich heran. Sein warmer Mund ruhte einen Moment auf meinen Lippen, ehe er ihn ganz umschloss. Es war ein Kuss ohne viel Tamtam, ohne Zunge und ohne Zweifel. Es war ein »Ich komme wieder«-, »Schlaf gut«-, »Denk an mich«-Kuss.

Als Samu sich von mir löste, schob er seinen Zeigefinger zum Abschied sanft über meinen Nasenrücken. Dann drehte er sich um und verschwand durch den Regen zu seinem Auto, und ich wusste, er kam wieder, ich würde gut schlafen und auch an ihn denken.

Der Kuss war zwar schnell verflogen, aber nicht das Gefühl, das er bei mir hinterlassen hatte. Ein unbefriedigendes Gefühl. Wie wenn du ein Nutellaglas öffnest, und nur vom Deckel kosten darfst. Ich aber wollte eintauchen. Tief eintauchen in das ganze Glas.

Die Haustür fiel ins Schloss, und der Hall durch das Treppenhaus des Altbaus ließ mich erzittern. Sollte ich ihm hinterherrennen? Durch den Regen? Das wäre doch romantisch? Oder eher verzweifelt.

Samu hatte das Tempo zwischen uns vorgegeben, auch wenn es mich ausbremste.

Ich machte mir plötzlich Gedanken, wie ein weiteres Date aussehen würde. Ich konnte ihn nicht in die Wohnung bitten, in der ich mit meiner Mutter wohnte. Und in seiner Studenten-WG war auch zu viel Trubel. Eine Couch war also passé, stattdessen schlug ich vor, zu meinem Lieblingsasiaten in der Innenstadt essen zu gehen. Die Phở-Suppe dort war die Beste der Stadt.

Beide nutzten wir den Ausflug in die asiatische Küche, um über unsere Erlebnisse in Asien zu erzählen. Ich von meiner Zeit auf Reisen, als ich auf einer Reisfarm bei der Ernte half, und Samu von seiner mehrmonatigen Rucksackreise quer durch den Kontinent. Die Frage, ob er die Reise alleine angetreten hatte, umging er charmant. Mir war klar, eine Frau war dabei gewesen. Aber ich wollte mir Samu nicht in Begleitung einer Frau vorstellen. Einer anderen als mir selbst, dachte ich, während ich den Chardonnay viel zu hastig herunterstürzte. Ich war erstaunlicherweise nervös. Obwohl ich das mit Samu nie war. Alles, was zwischen uns passierte, geschah einfach. Alles ergab sich, nichts wurde heraufbeschworen. Und dennoch hatte ich den ganzen Abend nur daran gedacht, wie ich den Kuss, den mir Samu vor dem Essen wie selbstverständlich zur Begrüßung gegeben hatte, würde fortsetzen können.

Ich wollte gerade aus der Toilettentür zurück zum Platz, da stand Samu vor mir. Ich war so überrumpelt, dass er mir gefolgt war, dass ich ihn fragend ansah.

»Ich muss mal …«, sagte er, und ich schob mich zur Seite, dass er an mir vorbeikam. Dabei streifte ich seine Hand, und er griff zu.

»Ich muss mal ganz dringend.«

Ich zuckte die Achseln. »Dann geh doch.« Ich deutete auf die Toilette.

»Das mein ich doch nicht.«

Ohne ein weiteres Zögern, ohne ein weiteres Fragezeichen, zog er mich zu sich heran und küsste mich. Es war offensichtlich, dass er den ganzen Abend versucht hatte sich zurückzuhalten. Und auch bei diesem Kuss wartete er erst auf meine Einladung, dass ich meinen Mund öffnete, ehe sich seine Zunge auf Erkundungstour in meinen Mund begab. Zugegeben, eine schnelle Tour, denn im nächsten Moment löste sich Samu bereits wieder von mir.

»Das konnte nicht warten«, sagte er erleichtert.

»Schon klar.« Ich lächelte.

Er nahm mich an der Hand. »Ich hab gezahlt, wir können gehen.«

Ich sah ihn verblüfft an. Er zuckte mit den Achseln. »Ich habe dich den ganzen Abend angesehen und mir vorgestellt, wie es ist, dich richtig zu küssen.« Aufrichtig, ehrlich, direkt. Samu.

Unsere Finger verkeilten sich, sie symbolisierten Zusammengehörigkeit, und wir verließen das Lokal.

Kaum im Freien, führten wir den eben begonnenen Kuss aus. Lange und beständig. Wir knutschten, während Menschen ausweichend an uns vorbeizogen. Wir knutschten immer wieder, während wir durch die Straßen schlenderten. Samu blieb plötzlich stehen.

»Was machen wir jetzt?« Er fragte so ernst, dass ich mir nicht sicher war, was er tatsächlich meinte.

»Wir zwei überhaupt oder jetzt?«

Samu musste lachen, er gab mir einen Kuss auf die Wange.

»Ich würde gerne mit dir schlafen«, sagte er mit fester Stimme. Wow, alles klar. Seine Aufrichtigkeit war entwaffnend. Ich sah mich um, hatten das auch alle um uns herum gehört? Nie zuvor hatte mir ein Mann so direkt gesagt, was er wollte. Nie zuvor war für mich etwas so klar gewesen, wie jetzt mit Samu zu schlafen. Und diese Bestimmtheit machte mich wahnsinnig. Es würde passieren. Wir würden passieren.

»Ich auch mit dir.«

Wir schwiegen, während wir erwartungsvoll durchs Glockenbachviertel zogen, wo Samu mit zwei Freunden eine WG bewohnte. Wir hatten Glück, der Abend war noch jung und die Wohnung leer.

Schon im Gang zogen wir einander zwischen Küssen aus. Wir klaubten hinter uns brav die Klamotten wieder auf, um alle Beweise für unsere Anwesenheit in der WG zu beseitigen und ließen uns in Samus Zimmer nackt aufs Bett fallen.

Sein Gewicht neben mir auf der Matratze war kaum spürbar. Ich versank in seiner Wärme, als ich mich auf ihn rollte, genoss seinen Geruch. Er war so präsent in allem, was er tat.

Jede Bewegung war zielgerichtet. Ich spürte, wie seine Hände meinen Hintern packen, als er mich höher auf seinen Schoß zog. Als ich ihn schließlich in mir spürte, stöhnte ich leise, ich wartete auf sein Go, bis er miteinstimmte. Wir fanden einen gemeinsamen Rhythmus, bemühten uns, nicht zu kommen. Zögerten es heraus, brachen ab, ließen uns Zeit, änderten die Position. Er presste seinen Körper von hinten an meinen, wir wurden eine Einheit. Als er seine Hand von hinten in meinen Schritt gleiten ließ und mich fester an sich heranzog, hielt ich es nicht mehr aus. Er folgte mir unmittelbar und hielt mich ganz fest, als wir kamen.

Nach dem Sex lagen wir nackt nebeneinander und musterten uns. Wir mochten, was wir sahen. Die Stimmung war unbeschwert. Wir lachten.

Ich fühlte mich hier in diesem Moment mit Samu so frei, dass ich am liebsten nie wieder aufstehen wollte, um dieses Gefühl ja nicht zu verlieren.

New York, 2017

New York war wie eine Blase, ihre Wände zerbrechlich. Ich hatte Angst, was passieren würde, wenn ich diese Blase verließ oder sie einfach platzte. Peng! Die Vorstellung, wie es sein müsste, wieder in mein altes Leben einzutauchen, beschäftigte mich sehr, ansonsten war ich wie schwerelos.

Der Gedanke an meine Kinder schmerzte mich, ich vermisste sie sehr. Ich hatte per Facetime meiner Tochter Emma ein Geburtstagsständchen gesungen, während sie am Strand mit Paul und Samu und einer Horde Fremder eine Party feierte. Sie hatte ausgelassen gewirkt. Ich war traurig darüber, nicht in ihrer Nähe sein zu können. Würde ich auch zu einer Fremden mutieren? Oh, ich sehnte mich nach meinem Alltag mit den Kindern. Andererseits hatte ich nichts dagegen, für immer in dieser Blase hier in New York weiter zu existieren und zuzulassen, dass ich die Routine meines Lebens in München komplett vergas.

Was mir wirklich zu schaffen machte, war, dass ich diese beiden Leben nicht zusammenbekam, nicht im Moment.

Jackson und ich, wir hatten eine gute Zeit, eine intensive Zeit, genossen einander, alles an uns. Wir hatten aufgehört, nachholen zu wollen, was wir möglicherweise all die Jahre verpasst hatten. Und ich wollte mir auch nicht vorstellen, wie eine, unsere, gemeinsame Vergangenheit ausgesehen hätte. Ich hatte eine andere und das war gut so.

Jackson zeigte mir seine Lieblingsplätze, zeigte mir sein New York, das nicht mehr annährend der Stadt glich, die ich damals verlassen hatte.

Wir liefen die gesamten 2,4 Kilometer des High Line Park von der Gansevoort Street nach Norden bis zur 34th Street. Der Park zog sich schmal als ehemalige Hochbahnstraße vom Village bis nach Chelsea und glich einem schier niemals enden wollenden, grünen Laufsteg mit unzähligen Sitzgelegenheiten, Essensständen und jeder Menge Menschen, Touristen und New Yorker. Ich fand es großartig, auf Augenhöhe mit den Häusern über die Stadt zu schlendern und genoss jeden Meter davon. Auch hier wurde deutlich, wie aufgeräumt New York mittlerweile geworden war.

»Es gibt immer weniger Orte für Underdogs«, schimpfte Jackson. »Künstler zu sein, muss man sich hier mittlerweile wirklich leisten können.« Ich sah ihn an, er musste lächeln. Er konnte es sich leisten.

»Die Individualität ist dem Kapitalismus gewichen. Die Schlupflöcher für Künstler sind noch rarer, für Improvisation gibt es wenig Platz.«

Auch Chelsea Piers hatte sich verändert. Wo einst noch freie Flächen oder alte Lagerhallen vor sich hin gemodert hatten, faszinierten mich jetzt viele moderne Bauwerke. Manhattan war dichter besiedelt denn je, die ganze Welt war hier vertreten. Wo wir einst unsere ersten gemeinsamen Falafel aßen, stand jetzt ein hippes Sportzentrum mit Blick auf den Hudson River.

Ich konnte Jackson überreden, einen Abstecher hoch zum Times Square zu machen, den ich noch nicht verkehrsberuhigt kannte, obwohl es schon etliche Jahre zurücklag, dass man die Autos aus dem bekanntesten Ort der Welt verbannt hatte. Noch immer beeindruckten mich die riesigen Bildschirme auf denen 24/7 Werbung lief, die gigantischen Werbeplakate und die Ansammlung der vielen Menschen aus aller Herren Länder. Damals war ich hierhergekommen, um New

Yorks Größe spüren zu können, auch wenn mich die Massen bereits nach ein paar Minuten überforderten. Jackson hasste es hier. Zu viel Kommerz, zu viele Farben, zu wenig kreativ, alles durcheinander.

Wir liefen am Port Authority Busbahnhof vorbei in Richtung Central Park. Hier war ich damals abgehetzt in den Bus zum Flughafen gestiegen, um New York so schnell wie möglich den Rücken kehren zu können. Ich seufzte, Jackson zog mich zu sich heran.

»Falls du müde bist, nehmen wir ein Taxi zurück nach Brooklyn.«

Ich drückte seine Hand und schüttelte den Kopf. »Barfuß im Park! Du hast es versprochen!«

Jackson rollte die Augen. Er war selten im Central Park, wo sich seiner Meinung nach immer zu viele Touristen tummelten. Dennoch ließ er sich bereitwillig von mir in Richtung Columbus Circle ziehen, der an meine alte Neighborhood angrenzte.

Ich dachte zurück an die Zeit, in der ich mit meinen damaligen Mitbewohnerinnen Amy und Suki am Fenster gesessen und geraucht hatte. Es war eine mega Zeit gewesen. Bis ich gegangen und der Kontakt zu ihnen abgebrochen war. Nachdem ich durch Jacksons Auftauchen wieder an die alte Zeit erinnert worden war, hatte ich mich auf Spurensuche gemacht und Suki und Amy bei Facebook gefunden. Amy war zurück in ihre Heimat nach Texas gegangen und Mutter von vier Kindern. Sie betrieb einen Blog, auf dem sie Backrezepte veröffentlichte, was kaum an die damalige Amy erinnerte, die ehrgeizig ihr Journalismus-Studium verfolgt hatte. Suki hingegen war eine Überfliegerin. Sie arbeitete für einen großen Technikkonzern in San Francisco. Beide waren nicht mehr in New York, beiden konnte ich nicht einfach so über den Weg laufen. Aber was sie wohl sagen würden, wenn sie mich hier unbeschwert Arm in Arm mit Jackson gehen sehen würden? Jackson, der Unbekannte, dem ich wochenlang hinterhergelaufen war? Den wir gemeinsam im Affenhaus gesucht hatten. Das »Arschloch«, das vor mir seine Freundin verheimlicht hatte.

Ich schob die Gedanken an Gigi schnell beiseite und drückte Jackson Hand etwas zu fest.

»Autsch.« Er verzog das Gesicht.

»Wollte nur sichergehen, dass das alles hier wirklich passiert.«

Er nahm mich in den Arm und küsste mich wieder. Wir hatten uns viel gehalten die letzten Tage. Innegehalten in der Umarmung, festgehalten, an dem, was wir jetzt hatten. Wir beide wussten, wir müssten uns bald wieder trennen. Es würde viel Kraft und Kompromisse kosten, um unsere aufkeimende Beziehung am Laufen zu halten.

Im Whole Foods Market holten wir uns etwas zu essen und schlenderten durch den Park. Die großen Bäume boten angenehme Kühle in der aufgeheizten Stadt. Ich bestand darauf, dass wir barfuß über die Wiese liefen. Es fühlte sich nach Freiheit an. Als wir uns unter eine Platane in den Schatten setzten, und ich mich an Jackson drückte, streifte er mir über den Haaransatz, und ich wünschte mir, die Zeit würde einfach stehen bleiben.

Auch wenn ich beschlossen hatte, die Realität so gut es ging auszublenden, sie ploppte immer wieder auf. Dort im Schatten der Platane im Central Park in Form von Nachrichten meiner Kinder aus Frankreich. Ich übersetzte sie für Jackson und erzählte von Emma und Paul. Ich erzählte ihm von den Schwierigkeiten, die ich mit Paul seit der Trennung von Samu hatte und davon, wie erwachsen sich Emma verhielt. Ich plauderte unbeschwert über mein Leben in Deutschland.

»Emma ist gerade 11 geworden und Paul ist 15. Du musst sie unbedingt kennenlernen!«

Es war der Moment, in dem zwei Welten versuchten sich einander anzunähern, aber kollidierten. Die Blase war kurz vorm Zerplatzen. Ich spürte, wie Jacksons Körper sich anspannte und er mir auswich.

»Ja, unbedingt.«

Eigentlich wollte ich das Thema gerne vertiefen. Wie würden wir weitermachen, wenn die nächste Woche vorbei wäre und ich zurück nach München flog? Aber für den Moment schoben wir es weiter auf. Jackson hätte im nächsten Monat eine Ausstellung in Sydney, er wäre also noch viel weiter weg. Wir würden dann sprechen, wenn es unausweichlich war.

Am Abend flüchteten wir in ein klimatisiertes Kino. In dem auf wahren Begebenheiten basierenden Drama bekämpfen Josh Brolin und Jeff Bridges als Feuerwehrmänner einen verheerenden Flächenbrand. Das Kino war kaum besucht, und ich hatte Mühe, dem Film weiter zu folgen, als ich Jacksons Hand auf meinem Oberschenkel spürte. Seine Finger wanderten wie in Zeitlupe unter mein Kleid, die Schenkel hinauf in meine ihm mittlerweile schon vertraute Mitte. Ich zuckte zusammen, als Jackson seine Finger unter meine Panties gleiten ließ. Meine Lust kam so unvorbereitet, sich ihr zu widersetzen war unmöglich. Ich sah mich kurz um, was machten wir hier? Was, wenn uns jemand zusah und wir aus dem Kino geschmissen wurden. Erregung öffentlichen Ärgernisses war in den USA keine Bagatelle. Erregt waren wir aber beide. Und wie. Jackson schob seine Finger in mich hinein und zog mich zu sich heran. Wir küssten uns so leidenschaftlich, alles um uns herum war uns scheißegal. Beinahe zeitgleich mit dem Film vor uns auf der Leinwand, auf der das tosende Feuer alles mit sich riss, hatte auch ich meinen Höhepunkt.

Ich hatte es in Jacksons Bett geschafft. Das hatte laut seiner Aussage noch nie jemand zuvor getan.

Das Bett auf der Empore in seiner Galerie. Das war sein magischer Ort. Deshalb schlief er dort nur alleine, diese Magie zu teilen war er bisher nicht bereit gewesen. Vielleicht dachte er, seine Inspiration hier oben würde erlöschen, wenn er sie mit jemandem teilte.

Aber ich hatte es geschafft, auch wenn wir es vor Lust aufeinander kaum die steile Leiter nach oben schafften und erst auf dem Boden miteinander schliefen, ehe wir tatsächlich im Bett landeten. Es stand mitten im Raum, nicht abgegrenzt, grenzenlos. Das passte zu ihm, so, wie ich ihn die vergangenen Tage kennengelernt hatte. Er schränkte sich nicht gerne ein. Er kannte keine Grenzen, wohl auch, weil er sich mit deren Überschreitung nicht auseinandersetzen wollte.

Der Sex mit Jackson war herausfordernd. Ich ahnte, dass er die Jahre über viel Abwechslung mit diversen Partnerinnen gehabt hatte. Mich kostete es viel Überwindung, mich mit ihm vollends gehen zu lassen. Ich fragte mich nach einer Weile sogar, ob ich ihm genügte. Um aus meinem Kopf zu kommen, musste ich alles um mich herum vergessen. Nicht immer, aber ab und zu gelang es mir. Dann vergaß ich alles, hörte auf zu zweifeln. Ja, wir genügten einander. Zumindest für den Moment.

Das hier, dieser Ort, mit Jackson, war tatsächlich etwas Besonderes. Ich fühlte mich, als schwebten wir weit über allen Dingen. Es war ein Privileg, auf die Stadt herunterzugucken, und uns dem Himmel so nah zu fühlen, obwohl wir umgeben waren von einer Millionenmetropole.

Wir lagen satt in der Mitte des Bettes, da glitt Jacksons Arm nach oben und er zeigte durch die die Glasscheibe in den entfernt erleuchteten Nachthimmel. »Hey, Kata.«

Ich erschrak kurz, als er meinen Namen sagte. Er war plötzlich sehr ernst.

»Egal, was passiert. Da draußen sind sie. Zwei Sterne für uns.«

Ich folgte seinem Blick und wurde schwermütig. Das klang nach Abschied. Und ich wusste, dass das seine Art war, mir Goodbye zu sagen. Aber ich wollte es nicht wahrhaben. Also rollte ich mich in seine Armbeuge und machte mich ganz klein.

Ich erwachte erst, als verlockender Kaffeeduft mich in der Nase kitzelte. Am liebsten wäre ich für immer liegen geblieben, ich wollte mich nicht mit der Realität auseinandersetzen. Schließlich erhob ich mich zäh und stieg noch verschlafen von der Empore. Mein Blick fiel als Erstes auf eine gepackte Reisetasche. Es war Jacksons. Ich hatte also recht gehabt, es war ein Abschied gewesen letzte Nacht.

Jackson saß lässig auf der Kante des Mahagonitisches. In kurzen Jeans, oberkörperfrei, ein grau melierter Flaum auf seiner Brust. Seine Haare waren noch nass vom Duschen, mit der Kaffeetasse in der Hand überflog er die *New York Times*.

Als er mich sah, hielt er in seinem Tun inne, musterte mich, als atmete er mich ein. Als würde er für seine innere Galerie ein Foto schießen. Ein Erinnerungsfoto?

Ich stand vor ihm in seinem ausgewaschenen Shirt, das mir über meine weichen Kurven fiel.

»Morning, Beautiful«, sagte er mit so viel Zärtlichkeit, dass ich Mühe hatte, trotz des aufkommenden Kloßes in meinem Hals Luft zu bekommen. Ich wollte zu ihm, ihn halten, ihn abhalten. Aber das Gepäck stand zwischen uns.

»Du musst wieder weg?«

Ja, ich hatte Angst. Das hier kam zu früh. Ich war noch nicht so weit.

»Wir müssen weg. Hier ist es so stickig. Wir fahren zu einer Freundin nach Long Island.«

Ich sah ihn irritiert an.

»Und Sydney?«, fragte ich, meine Befürchtungen heraufbeschwörend. Er legte die Zeitung weg.

»Lass uns noch nicht wieder auftauchen, okay?«, bat er. »Long Island wird dir gefallen. Ein bisschen Wind um die Nase.«

Er ging zur Kaffeemaschine und machte mir einen Kaffee. Ich war ehrlich baff. Zum einen, weil der Abschied in weite Ferne gerückt war, und dann darüber, dass er einfach so über meinen Kopf hinweg entschieden hatte. Schon wieder. Ich hatte ihm gesagt, dass ich das nicht leiden konnte und er hatte es ignoriert.

»Warst du schon mal dort? Auf Long Island?« Er klang beinahe überheblich.

Ich schüttelte den Kopf. Ich wollte immer schon einmal dorthin, aber das verschwieg ich ihm. Und wer war diese Freundin? Wahrscheinlich seine Ex?

»Eine Freundin?«, platzte es aus mir heraus, und ich ärgerte mich, dass ich hier die Eifersüchtige spielte. Jackson reichte mir die Kaffeetasse, der Kaffee war tiefschwarz. Er musste grinsen.

»Sie hat in Soho mal meine Bilder ausgestellt. Sie feiert Geburtstag und hat uns eingeladen.«

»Uns?« Ich hätte mich wirklich ohrfeigen können für so wenig Souveränität.

»Ja, uns.« Jackson kam auf mich zu, schob das Gepäck beiseite und küsste mich. Er nahm mich in den Arm und fuhr mir am Rücken unter mein Shirt, seine Hand ruhte dann auf meinem nackten Hintern. Er küsste mein Haar, wanderte mit den Lippen zu meinem Ohr.

»Ich habe doch nicht ein Leben lang auf dich gewartet, um dich jetzt vor allen zu verstecken.«

Seine Worte trafen mich mitten rein. Jackson wollte mich allen zeigen.

Aber wollte ich das auch? Wollte ich bereits jetzt das Commitment? Eine Beziehung mit ihm? Ich schloss meine Arme um ihn und vergrub mich in seinem nackten Oberkörper. Das alles hier hatte ich mir doch erhofft? Aber konnte ich mir wirklich wünschen, wofür die Realität noch keinen Plan hatte? Keinen Plan, unsere zwei Leben miteinander zu verbinden?

München, 2000

Noch am gleichen Tag, an dem ich nach unserer ersten gemeinsamen Nacht neben Samu in seiner WG aufwachte, lernte ich seine Eltern kennen.

Ich hatte durchgeschlafen, was ich selten tat, und war erst aufgewacht, als ich spürte, dass seine Wärme neben mir verschwunden war. Er war weg, sein Platz leer. Das versetzte mich sofort in Panik.

Samu durfte nicht gehen, er musste bleiben.

Die Tür öffnete sich, und er kam arglos aus dem Bad vom Duschen. Gott sei Dank! Er stand vor mir, ein Handtuch um die Hüften, seine Haut noch feucht. Ich betrachtete ihn vom Bett aus. Man sah ihm an, dass er viel Sport machte. Sein Oberkörper war weich, aber definiert, seine Oberschenkel und Waden muskulös. Sein kurzes Haar kringelte sich, wenn es nass wurde. Er schlüpfte gemächlich in seine Boxershorts.

Ich unterdrückte mein Verlangen nach ihm und stülpte mir ein Shirt über meinen nackten Oberkörper. Jetzt war es Samu, der mich beobachtete.

»Deine Brüste sind perfekt«, sagte er ehrlich.

Wie schaffte er das nur? Geradeheraus zu sagen, was er dachte? Ich stand mutig auf und ging auf ihn zu. Als ich direkt vor ihm stand, war ich völlig ruhig. Der Sex hatte uns auf eine neue Ebene gebracht. Wir waren emotional verbunden. Er hatte meinen Wunsch, in seiner Nähe zu sein, bestärkt. Die Befürchtung, alles würde sich zwischen uns ändern, wenn wir den nächsten Schritt gingen, war nicht eingetreten. Es war nur noch intensiver, ich mochte ihn umso mehr. Es war also völlig überflüssig, das, was zwischen uns war, infrage zu stellen oder ihm einen Titel zu geben. Es war klar, was es war.

Samu nahm meinen Kopf zwischen seine Hände und küsste mich, dann schob er das Shirt hoch und küsste die seiner Meinung nach perfekten Brüste. Ich schmolz in seinem festen Griff dahin und wollte sofort mehr. Aber Samu setzte mich ab.

»Meine Eltern kommen.«

»Was?«, fragte ich erschrocken. »Geht das nicht ein bisschen schnell?«

Er musste lachen, erkannte dann meine Panik in den Augen. »Das ist Zufall. Sie kommen spontan nach München, müssen in der Stadt ein paar Dinge erledigen.«

Ich schluckte, darauf war ich null vorbereitet.

»Dann hau ich ab«, sagte ich schnell und sah mich suchend im Zimmer um. Wo waren meine Klamotten?

Samu beobachtete mich einen Moment, ihm war die Enttäuschung ins Gesicht geschrieben. »Warum?«

Unsere Blicke trafen sich. Was meinte er damit?

»Samu, deine Eltern. Was sollen die denn von mir denken, wenn sie mich hier sehen? In deiner Wohnung? Am Morgen?«

Samu war irritiert und sagte dann völlig selbstverständlich: »Dass du meine Freundin bist?«

Seine Stimme ging am Ende hoch und machte die Aussage zu einer Frage, deren Richtigkeit ich nur noch bestätigen müsste.

Da war es. Das Wort. Die Verbindlichkeit. Der Platz an meiner Seite, den ich hatte reservieren wollen, er war mit einem Wort besetzt. Ich war seine Freundin. Und er mein Freund. Und alles andere wäre Bullshit. Wir waren ein Paar, und es fühlte sich gut an.

Ich hatte alles versucht, um mich von meiner besten Seite zu zeigen, als ich kurz darauf Samus Eltern Anna und Max ge-

genübersaß. Sie kamen aus der Kleinstadt in Oberbayern regelmäßig nach München, wenn es größere Dinge zu erledigen gab und natürlich, um zu sehen, wie ihr Sohn seinem Traum, ein Architekt zu werden, ein Stück näher kam. Sie waren stolz, das konnte man ihnen ansehen und das machte mich echt neidisch. Auf mich war keiner stolz, so fühlte es sich zumindest an. Die Anrufe von Christoph ignorierte ich eben sowie die ständigen Vorschläge meiner Mutter, was ich jetzt als Nächstes mit meinem Leben anzufangen hätte.

Das Besondere an der Beziehung von Samu zu seinen Eltern war, sie wären auch stolz gewesen, wenn ihr Sohn weniger hohe Ziele verfolgt hätte. Sie liebten ihn so, wie er war, das spürte man in jedem der Blicke, in jedem Wort. Ich war in der Tat neidisch darauf, und so locker die Stimmung auch war, ich spannte mich immer mehr an. Würde ich jemals so geliebt werden?

Als Samu mir Kaffee einschenkte, sagte er geradeheraus: »Du musst dich locker machen, sonst brichst du dir noch was vor lauter Anspannung.«

Anna, Samus Mutter, schimpfte: »Will dich mal sehen, wenn du der Kata ihre Mutter kennenlernst.«

»Die kenne ich schon«, sagte er mit einem Grinsen, und ich flehte ihn mit meinen Blicken an, er würde nichts von unserer ersten Begegnung erzählen. Zu spät.

»An unserem ersten Abend habe ich Kata völlig blau daheim abgeliefert. Ich glaub, ihre Mama war mir dankbar.«

Ich konnte es nicht fassen. Wollte er mich bloßstellen? Ich überlegte, ob ich sauer sein sollte, da sah ich, wie ein Grinsen über Max' Gesicht huschte, ein ähnliches Grinsen wie das von Samu.

»Nur im Rausch entfaltet man wahre Größe«, zitierte Samus Vater und sah uns dabei an. »Und deine scheint ihn sehr beeindruckt zu haben. Der Samu hat uns noch nie eine Freundin vorgestellt.«

Samu sah mich nicht an, während der Satz seines Vaters im Raum stand, er beschäftigte sich mit der Kaffeemaschine. Also wandte ich mich Max zu. In seinem Blick lag so viel Wärme, so viel Herzlichkeit, ich hätte ihn am liebsten umarmt. Ich wusste, warum Samu so krass ehrlich war. Weil er es konnte. In dieser Familie wurde kein Blatt vor den Mund genommen, jeder konnte so sein, wie er war.

Nachdem wir mit dem Frühstück fertig waren und seine Eltern in die Stadt aufbrachen, hätte ich sie am liebsten begleitet.

»Bei der nächsten Landpartie kommt ihr uns besuchen«, forderte Max ein und knuffte seinen Sohn spielerisch in die Seite.

»Nicht, dass es der Kata so gut gefällt und sie womöglich dableibt?« Ich mochte Samus oberbayerische Dialektfärbung, die er annahm, sobald er mit seinen Eltern sprach.

»Wär doch schön, wenn'st wieder näher an uns dran wärst.«

»Mama!« Samu blickte sie strafend an. Es sah so aus, als wäre das ein Thema in der Familie.

Anna und Max umarmten mich herzlich zum Abschied und betonten, wie sehr sich schon auf das nächste Mal freuten.

»Sie sind toll«, sagte ich, sobald die Wohnungstür hinter ihnen zufiel.

»Ganz gut, sie nicht direkt in der Nähe zu haben«, seufzte Samu, und ich kapierte es. Jeder empfand die Dinge unterschiedlich. Offensichtlich hatte Samu die Distanz gewählt, weil ihm die Beziehung zu seinen Eltern zu eng war.

Um den Fokus zurück auf uns zu lenken, schien uns ein Kuss – und ein bisschen mehr – angemessen. Doch ich hatte meine Hand gerade in Samus Hose geschoben, als sein Mitbewohner in der Küchentür stand. Er sah verschlafen zwischen uns hin und her, die Situation richtig einschätzend.

»Hier geht's ja zu wie auf dem Bahnhof«, meckerte er verpennt.

Wie in Zeitlupe zog Samu meine Hand aus seiner Hose. »Malte, das ist Kata, und sie ist jetzt öfters hier.«

Ich hielt Malte die Hand hin, die noch eben in Samus Hose gesteckt hatte, er wollte sie nicht.

»Hi«, sagte ich, meine Wangen verfärbten sich vor Verlegenheit.

Samu zog mich hinter sich her in sein Zimmer. Dort dauerte es keine Sekunde, ehe wir übereinander herfielen.

»Bahnhof!«, hörten wir Malte aus der Küche unsere Lustschreie kommentieren und mussten beide lachen.

Das war's. Von diesem Moment an waren Samu und ich zusammen, und alle wussten Bescheid. Ein halbes Jahr, nachdem ich dachte, in der Silvesternacht mit Jackson die Liebe meines Lebens getroffen hatte, traf ich mit Samu die zweite Liebe meines Lebens. Real und in Farbe. Ja, Samu war echt. In allem, was er tat, was er sagte. Er dachte nie ums Eck, er war Rationalist. Gefühle waren dazu da, um sie zu fühlen. Und Bedenken, um sie auszusprechen und zu teilen.

Ende Juli, nachdem wir von einem Geburtstagsfest von Samus bestem Freund durch München nach Hause radelten, machte er plötzlich eine Vollbremsung. Ich wäre beinahe in ihn hineingedonnert.

»Was machst du denn?«, brüllte ich ihn an.

»Ich habe etwas Wichtiges vergessen.«

Ich rollte die Augen. »Müssen wir echt noch mal zurück auf die Party?«

»Nein, aber warte kurz.«

Er lehnte sein Fahrrad an den Baum nahe der Isar und ging auf mich zu. Ich kapierte gar nichts, was war denn mit ihm los?

»Musst du pinkeln?«

Samu schüttelte den Kopf und zog mich vom Fahrrad. Er hob mich hoch und setzte mich auf seine Hüften.

»Nicht hier, Samu, das ist mir echt zu heikel. Du kennst doch München!«

Aber Samu presste seine Lippen auf meinen Mund und hielt mich fest. »Ich habe was ganz Wichtiges vergessen. Ich wollte dir das schon die ganze Zeit sagen.«

»Bist du bescheuert?«

»Nein, verliebt.«

Er setzte mich vor sich ab und streifte mir das Haar aus dem Gesicht und hinter die Ohren. Dann nahm er mein Gesicht und schob es nah an seines heran.

»Ich liebe dich.«

Da war es. Kein Grinsen, kein Schmunzeln. Nur Ehrlichkeit und ganz viel Gefühl.

Long Island, 2017

Wir hatten die Fahrt über nicht viel gesprochen. Wir hatten genossen. Die vorbeifliegende Landschaft, den Wind auf unserer Haut, das Beisammensein.

Jackson hatte von einem Bekannten ein altes Golf Cabrio geliehen – ein Erdbeerkörbchen hatte ich ihm zu erklären versucht, so nannte man das kastige Cabrio mit dem Überrollbügel in Deutschland.

Der Wind blies in das Körbchen hinein und auch deshalb konnten wir nicht viel sprechen. Jacksons Hand ruhte auf dem Schaltknüppel in meine Finger verhakt. Wir sorgten dafür, dass unsere Verbindung nicht abriss. Ich fühlte mich, umgeben von dem Wind, der meine Gedanken wegpustete, völlig unbeschwert und frei.

Die Anspannung folgte erst, als wir uns unserem Ziel näherten. Ich wusste nicht, was mich erwartete. Je weiter wir die lang gezogene Landzunge hinaus Richtung Southampton fuhren, desto nervöser wurde ich. Jackson zwinkerte mir zu, aber seine Lässigkeit machte es für mich noch schlimmer.

Ich sah ein paar Villen an mir vorbeirauschen. Hier war das Geld zu Hause, hier unterhielten die Reichen ihre Wochenendhäuser, ihre Landsitze mit Blick auf den Ozean. Die Hamptons waren ein Sehnsuchtsort, das hatte ich schon oft gehört. Als wir uns jetzt näherten, verstand ich sofort, warum.

Eine kerzengerade Straße führte hinauf bis nach Montauk, daran entlang versteckten sich hinter Sanddünen riesige Anwesen. Das satte Grün wechselte sich ab mit dem hellen Sand, dahinter das endlos tiefblaue Meer, begleitet von einem mit weißen Wolken durchzogenen Himmel. Melancholisch, aber wunderschön.

Ich schloss die Augen und schob meinen Kopf aus dem Fenster, so dass mein Gesicht vom Wind massiert wurde.

Jackson drückte meine Hand, als wir auf eine Privatstraße abbogen, ein großes Tor öffnete sich, nachdem er einen Zahlencode eingegeben hatte. Er konnte den Code auswendig. Er war schon öfters hier gewesen, stellte ich beunruhigt fest.

Hinter einer mit Gras überzogenen Düne offenbarte sich ein geräumiges maritimes Landhaus. Es strahlte mit seiner gräulichen Holzvertäfelung und seinen weißen Fensterläden Eleganz aus. Eine amerikanische Flagge wehte auf dem Garagendach.

Jackson parkte das Cabrio direkt vor dem Eingang des Hauses. Er klingelte nicht, er klopfte nicht. Er enterte einfach das Haus, als gehöre es ihm. Ich folgte ihm und griff unsicher nach seiner Hand. Mein Signal, einen Moment innezuhalten.

Er sah mich an und lächelte. »Relax, sie werden dich lieben.«

Er küsste mich und zog mich hinein in das Haus.

»Thelma?«, rief er und erhielt prompt Antwort.

»Right at the pool.« Eine tiefe Frauenstimme. Wir folgten der Quelle ins Freie.

Ein riesiger Pool, quadratisch, eingebettet in einen wunderschönen Garten, dahinter das Meer. Ich war völlig geflasht.

Auch von der Frau, die in Badeanzug und einem leichten Seidenkimono auf einer Liege lag, ihr Gesicht hinter einer dunklen Sonnenbrille verbarg und durch ein Headset wütend auf eine Person am anderen Ende der Leitung ein schimpfte.

Sie sah auf, lächelte Jackson und mich kurz entschuldigend an und fuhr mit dem Schimpfen fort. Es ging wohl um die

Zustellung eines wichtigen Paketes, die sich verspätete. Die Frau, Thelma, war eine Erscheinung und mir auf Anhieb sympathisch.

Wir ließen Thelma ihr Gespräch in Ruhe zu Ende führen, und Jackson zeigte mir den Weg um den Pool herum in den großen Garten. Ein Meer aus blauen und rosafarbenen Hortensien schmückte die Beete, dazwischen stand ein alter Apfelbaum, der Früchte zu tragen begann, dahinter ein Farbenspiel aus Büschen pastellfarbener Rosen. Lachs, hellblau, rosa. Ich staunte.

Jackson winkte ab. »Ich finde die Hamptons furchtbar kitschig.«

Ich musste lachen, natürlich fand er das. In keinem einzigen seiner Bilder gab es auch nur den Ansatz eines pastellfarbigen Tons. Rot, grün, gelb, braun, schwarz, blau. Alles echte Farben, wie Jackson sie nannte.

Als ich ihn so betrachtete, inmitten des pompösen Kitsches, wie er ihn bezeichnete, wirkte er wirklich, als wäre er aus seiner Welt gefallen. Es entspannte mich, dass auch er nicht hierhergehörte.

Wir gingen bis zum Ende des Gartens, öffneten ein Holztür und liefen über einen Holzsteg, der direkt zum Strand führte. Jackson streifte seine Slipper von den Füßen und trat in den weißen Sand. Ich brauchte einen Moment, um mich meiner Turnschuhe zu entledigen und folgte ihm.

Der Sand war warm, aber nicht zu heiß. Generell war es für Mitte August dank der vielen Wolken am Himmel gut auszuhalten. Wir gingen ein paar Meter den Strand hinunter, jetzt sah ich das Haus in voller Größe. Es war wunderschön.

»Es sieht aus wie eine Filmkulisse.«

»Ja, war es sogar schon ein paarmal. Thelma ist nicht oft hier und vermietet es gerne an Hollywood«, sagte Jackson unbeeindruckt und ließ den Sand durch seine nackten Zehen gleiten.

»Es muss ein Vermögen kosten.« Ich staunte über jedes Detail, es war wirklich kitschig, aber wunderschön.

Jackson würdigte das Haus keinen Blickes. »Jetzt ja. Aber nach dem Bankencrash mussten hier so viele verkaufen, Thelma hatte fast freie Auswahl, welches sie nimmt.«

Ich war etwas enttäuscht, dass sich hinter der Historie des Hauses keine exzentrische Familiengeschichte verbarg. Thelma hatte es sich einfach aus einer Liste leer stehender Häuser aussuchen können.

Wir gingen eine Weile nebeneinanderher. Zu gerne wollte ich mehr über Thelma erfahren, ohne zu neugierig zu wirken.

»Das alles verdient Thelma nur mit Bildern?«, fragte ich bemüht beiläufig.

»Na ja, sie hat mittlerweile zehn Galerien weltweit, gerade eröffnet sie eine in Dubai. Außerdem ist sie Teilhaberin der größten Onlineversteigerungsplattform.«

»Das Internet, natürlich.« Ich war ehrlich beeindruckt. Jackson nahm mich in den Arm.

»Sie wird morgen 50. Verbringen wir einfach eine schöne Zeit. Unbeeindruckt.«

»Das wird schwer«, seufzte ich ob des ganzen Pomps.

Jackson streifte mir ein vom Winde verwehtes Haar aus dem Gesicht und küsste mich. Bedacht, aber auch wissend, welche Wirkung seine Küsse auf mich hatten. Sie waren der Eintritt nach mehr. Ich drückte mich an ihn. Er löste sich.

»Sei beeindruckt. Von uns. Von unserer Geschichte.«

Er hatte recht, wir hatten einander. Durch seine Kunst, sein Bild hatte ich ihn wiedergefunden und war jetzt mit ihm hier. Das war wirklich beeindruckend.

Wir küssten uns noch einmal ausgiebig mit dem Versprechen auf mehr, sobald wir alleine sein würden, und gingen zurück zum Haus.

Als Thelma uns durch den Garten kommen sah, stand sie auf. Ihr Telefonat hatte sie beendet.

»Na, ihr Lovebirds?« Sie hielt mir höflich die Hand entgegen. Ich sah sie irritiert an.

»Das macht man doch so in Deutschland, oder?«, fragte sie in gebrochenem Deutsch. »Zumindest habe ich das dort so kennengelernt.«

Ich lächelte bemüht und drückte kurz ihre Hand. How awkward, dachte ich mir. Thelma nahm Jackson kurz, aber intensiv in den Arm. Sie beide verband etwas, das konnte ich fühlen. Was es war, wollte ich unbedingt herausfinden. Ich hatte echt Mühe, meine Gedanken nicht zu sehr darauf zu versteifen.

Thelma stellte Jackson ein paar Fragen über die nahende Ausstellung in Sydney, als es an der Tür läutete.

»Guys, fühlt euch wie zu Hause. Die Partyplaner sind da, und ich habe eine Schlacht vorzubereiten. Man wird nur einmal fucking 50. Brennen wir die Bude nieder!«, lachte Thelma schrill und übertrieben.

»Wir sehen uns heute Abend!«, sagte sie im Vorbeifliegen und drückte mir dabei freundschaftlich den Arm.

»Ich bin froh, dich kennenzulernen.« Das klang ehrlich genug, ich entspannte mich.

Wir hörten Thelmas tiefe Stimme, wie sie Personal durch das Haus schickte, und verzogen uns mit unserem Gepäck in das Poolhaus, das für Gäste vorgesehen war.

Okay, Poolhaus wurde ihm nicht gerecht. Es allein war schon wie eine kleine Villa. Ein Wohnzimmer mit angrenzendem Schlafplatz, eine Küchennische, außerdem eine eigene kleine Terrasse, die zum Pool führte.

Jackson lümmelte auf dem Bett und kritzelte eine Zeichnung in sein Notizbuch, während ich meine etwas verkrumpelten Klamotten in den Schrank hängte.

»Ich fürchte, alles, was ich zum Anziehen dabeihabe, macht keinen guten Eindruck.«

»Dann geh nackt«, sagte Jackson, ohne aufzusehen. »Wenn du Eindruck machen willst.«

»Wer will das denn sehen?«, entgegnete ich leicht.

Jackson klappte sein Notizbuch zu und setzte sich auf. »Du must dringend an deinem Ego arbeiten.«

»Warum? Du hast Ego genug für uns zwei!« Ich verzog mein Gesicht zu einem Grinsen, aber er lächelte nicht. Er wusste, dass ich recht hatte.

Er seufzte. »Yep. Keine Ahnung, wie man das abstellt. War zu lange allein, um zu wissen, wie es sich anfühlt, wenn man für zwei entscheidet.«

Ich ließ die Bügel sein, ging auf ihn zu und schob mich auf seinen Schoß. Ich streifte ihm zärtlich sein grau meliertes Haar aus dem Gesicht und küsste ihn sanft auf seine rauen Lippen. Ich fühlte mich plötzlich unheimlich jung, hier, mit ihm, an diesem Ort. Nur wir zwei. Ich umarmte ihn und mit ihm den Moment.

»Mach dir keinen Kopf. Ich war zu lange nicht mehr allein, um zu wissen, wie es sich anfühlt, für sich alleine zu entscheiden.« Ich küsste seinen Hals und er hielt mich fest.

»Wo bist du nur die ganze Zeit gewesen?«

Reflexartig dachte ich an meine Kinder, an mein Leben zu Hause in München. So sehr ich die Unwirklichkeit, in der ich mich gerade bewegte, auch genoss, sobald die Realität mich einholte, kam ich mir wieder wie eine Verräterin vor. Ich konnte meine Gefühle für Jackson nicht aufhalten und dennoch schauderte ich beim Gedanken daran, mein bisheriges

Leben infrage zu stellen. Es war ein gutes Leben gewesen. Ich hatte so viel gegeben, geliebt, war geliebt worden, wurde immer noch geliebt. Wie konnte man etwas, das sich immer so richtig angefühlt hat, plötzlich für nichtig erklären?

Jackson hatte seinen Kopf auf meiner Brust abgelegt. Die Schwere, die in der Luft lag, war erdrückend.

»Ich bin genau hier«, entgegnete ich und suchte seinen Blick, küsste ihn erneut. Ein Kuss, mein Versprechen, dass ich bleiben würde. Er erwiderte den Kuss, der schnell fordernder wurde. Doch wir schliefen nicht miteinander. Wir hielten uns einfach innig und abwartend, dass uns jemand sagen würde, was als Nächstes passierte, uns erklärte, wie unsere Geschichte weiterging.

München, 2000

Der Sommer war da, seine Inspiration steckte allen in den Knochen. Die Menschen trieb es hinaus auf die Straßen, in die Biergärten, an die Isar, an die umliegenden Seen.

Samu hatte seine Abschlussprüfung bestanden und die Firma Limmer hatte ihm auf Anhieb den Juniorpartner angeboten. Das war ein Ritterschlag. Er hatte sich schon während seines Studiums derart bewiesen, sie wollten ihm die Chance geben, gleich eigenständig zu starten. Und das tat er. Enthusiastisch bewarb es sich um diverse Ausschreibungen und war mehr als zuversichtlich, dass mindestens eine klappte.

Seine Zuversicht hatte auf mich abgefärbt. Das verwunderte sogar mich selbst. Ich hatte befürchtet, ich wäre eifersüchtig auf seinen Erfolg. Glaubte zu wissen, dass sein Gelingen mir mein Misslingen noch mehr vor Augen führen würde. Aber Samu war so fair, er teilte seinen Erfolg gerecht mit mir. Er gab seinem Glück, mich getroffen zu haben, einen Anteil daran, so dass ich gar nicht anders konnte, als selbst davon beflügelt zu werden.

Ich nahm also all meinen Mut zusammen und schrieb mich bei der Uni ein. Dennoch machte ich um die Akademie der Künste einen großen Bogen. Ich wollte keine Künstlerin mehr sein, ich wollte nicht mehr malen. Diesen Teil von mir hatte ich in New York gelassen. Ich hatte mich dazu entschieden, Kunst verstehen zu wollen und alles über sie in Erfahrung zu bringen. Und so entschied ich mich für Kunstgeschichte. Aufgrund meines vorangegangenen Studiums in New York konnte ich die Semester verkürzen, musste als Nebenfach eine romanische Sprache wählen und entschied mich für Latein. Errare humanum est – Irren ist menschlich. Wie wahr.

Mit einem Plan in der Tasche und der Anmeldung in der Post fühlte ich mich beinahe angekommen in München. Beinahe.

Als meine Mutter mit ihrer Freundin von der Malschule eine Woche nach Griechenland abhaute, konnten Samu und ich endlich einmal aufatmen und die Zweisamkeit genießen. Wir hatten die Wohnung für uns. Das ging ein, zwei Tage gut, ehe mich die Auseinanderersetzung mit der Vergangenheit überforderte.

Nach dem Sommerfest der Uni kamen wir spät und angetrunken in die warme Wohnung. Unsere Lust aufeinander ließ uns nicht weiter als bis in die Küche kommen, wo wir direkt auf dem großen Esstisch Sex hatten. Direkt im Anschluss befiel mich ein beklemmendes Gefühl. Der Tisch, an dem ich nach der Schule immer gegessen hatte. Der Tisch, an dem mein Vater Christoph meiner Mutter gesagt hatte, dass er sie verließe. Der Tisch, an dem ich nach meiner Ankunft aus New York in Tränen ausgebrochen war.

Ich musste hier raus! Ich brauchte einen Cut. Einen klaren Strich unter allem, was gewesen war, um frei zu sein für das, was jetzt kam.

Samu strich mir verschwitzt die Haare aus dem Gesicht.

»Was ist denn los?«, fragte er atemlos, als er meinen aufgewühlten Blick bemerkte.

Als er meine Körpersprache, denn zu mehr war ich in diesem Moment nicht fähig, richtig deutete, tat er das einzig Richtige. Nach einem Kuss schlug er vor: »Lass uns eine gemeinsame Wohnung suchen.«

Ich war froh, ich war ihm dankbar. Auch wenn ich tief drinnen wusste, wie gut es mir täte, erst einmal alleine zu wohnen. Ganz für mich zu sein. Das war ich noch nie gewesen. Noch nie hatte ich die Stille um mich herum aushalten müssen. Noch nie war ich meine eigene Heldin in meinen vier Wänden gewesen. Doch ich wollte zu Hause raus, ich musste raus und, ja, ich wollte mit Samu zusammen sein.

Ich zweifelte daran, ob mein unbedingter Wunsch, Samu immer bei mir zu haben, nicht daher rührte, dass ich blanke Panik vor dem Alleinsein hatte. Mich mit mir selbst dann beschäftigen zu müssen, mich letztlich für das akzeptieren zu müssen, wer ich wirklich war. Darauf hatte ich überhaupt keine Lust und ich wusste, mit Samu bei mir, konnte ich mich auf uns und unser Zusammenleben konzentrieren. Auf uns zu zweit.

Natürlich konnte ich der Kunst nicht komplett aus dem Weg gehen und so fing ich als Guide im Haus der Kunst an, um bis zu meinem Studium, das ich zum Wintersemester im Oktober beginnen würde und vielleicht auch darüber hinaus, einen festen Job zu haben. Ich erzählte Wissenshungrigen alles, was ich über die ausgestellte Kunst wusste, oder in Erfahrung gebracht hatte. Dabei ermahnte ich mich oft, in meinen Ausschmückungen nicht zu tief einzutauchen und meine Zuhörer zu verwirren. Ich war schnell beliebt. Manche Kurse der Kunsthochschule buchten nur dann eine Führung, wenn ich Dienst hatte.

Zum September hin fanden Samu und ich eine kleine Wohnung in der Au unweit der Isar. Sie hatte zwei kleine Zimmer und einen Balkon. Die Wohnung kostete 800 Mark, wovon Samu weit mehr als die Hälfte zahlte, da er im Moment mehr verdiente. Auch wenn mir es widerstrebte, nicht alles durch zwei zu teilen, so hielt Samu es für gerecht.

»Wir passen die Miete an, sobald es bei dir mehr wird.« Das klang verbindlich, das klang nach Zukunft, das beunruhigte mich im Gegenteil zu Samu, der gedanklich bereits sein komplettes Leben mit mir geplant hatte.

Worauf wartest du blöde Kuh eigentlich?, schrie es in meinem Kopf immer genau dann, wenn ich mich in die Geborgenheit der neuen Situation fallen lassen wollte. Was ist dein fucking Problem?

Samu schaffte es, aus der simplen kleinen Wohnung eines Siebziger-Jahre-Baus ein Platzwunder zu machen. Er baute aus Brettern in beinahe jede Nische Regale, einen Schrank unter den Küchentresen und ein Regal unter das Bett, so dass ich dort meine angehäuften Besitztümer komplett verstauen konnte. Alles war sortiert, alles hatte seine Ordnung.

Nur in meinem Kopf herrschte absolutes Chaos, seitdem ich von ihm gehört hatte. Jackson. Da war er wieder. Er hatte sich einfach in meine neu erschaffene Welt hineingemogelt. Ich hatte ihn gedanklich so weit hinten verstaut und dennoch katapultierte er sich mit nur einer E-Mail wieder ganz nach vorne. Und die Mail war nicht mal von ihm. Sie war von Suki. Ich hätte sie gar nicht entdeckt, wäre ich meinem dringenden Wunsch, meinen alten E-Mail-Account aufzuräumen und dann zu löschen, nicht nachgekommen.

Zwischen unzähligen Werbungen und Spams, entdeckte ich den einst vertrauten Absender mit dem Betreff: *Is this him?*

Ich schob vorsichtig den Finger über die Mail und öffnete sie zögerlich mit der Vorahnung, worauf meine ehemalige Freundin anspielte.

Nach ein paar Zeilen Geplänkel, wie schade es wäre, dass wir uns aus den Augen verloren hätten und dass ich mich doch mal melden sollte, um zu erzählen, wie es mir back in Germany erging, war ein Zeitungsausschnitt des *New Yorker* angehängt. Es war eine Seite über die Newcomer der Kunstszene des Millenniumjahrs in New York City. Und vor einem gewohnt frech gemalten, abstrakten Fratzengemälde stand er in vertrauter Pose, den Mittelfinger lässig provokant emporgestreckt. Jackson.

Als ich ihn sah, sank ich komplett in mir zusammen auf dem Stuhl im Büro der Galerie, in dem ich meine Touren koordinierte. Er war es.

Er sah gut aus und posierte stolz vor einer vier mal vier Meter großen Leinwand, die er für ein Bühnenbild für ein Stück von Sam Shepard in einem Broadwaytheater gemalt hatte. Stars des Stückes waren Philipp Seymour Hoffmann und John Reilly. Wow!

Ich las den Text, saugte alle Informationen auf, um mehr darüber zu erfahren. Mehr über ihn, mehr über Jackson. Ich hatte noch fünf Minuten, ehe meine nächste Tour losging. Eine Führung für eine Klasse der Abendschule in moderner Kunstgeschichte. Ich hatte mich besonders gut für die ambitionierte Gruppe vorbereitet, aber jetzt war sie mir gerade scheißegal, jetzt war mir überhaupt alles egal. Ich nahm den Blick vom Bildschirm und erinnerte mich an sein Gesicht.

Wie er mich angesehen hatte, als ich halb erfroren vor seiner Wohnung stand. Mit welcher Zärtlichkeit er mich in den Arm geschlossen, mich geküsst hatte. Ich verharrte einen Moment in meinen Gedanken gefangen und überlegte, wer ich damals gewesen war in New York. Eine andere Version der Kata im Hier und Jetzt in München. Ich versuchte es abzuschütteln, aber die Neugierde tackerte mich auf meinem Stuhl fest. Und anstatt es einfach gehen zu lassen, tat ich das, was ich bisher immer unterbunden hatte: Ich gab seinen Namen in die Suchmaschine ein und drückte auf Enter.

Jackson Carter.

Da war er. Durch seinen neuen Ruhm war über ihn mehr im Netz zu finden, als vermutet. Sein bisheriges Leben, fein säuberlich aufgeschrieben. Ich holte tief Luft, betrachtete einige Sekunden sein Bild auf dem Screen und winkte innerlich Goodbye. Es war das letzte Mal, dass ich ihn googeln würde, versprach ich mir. Aber ich war mir ebenso bewusst, dass es noch dauern würde, ehe die Erinnerung an ihn verschwand.

Long Island, 2017

Wir hatten uns Zeit gelassen, bis wir das ruhige Kleinod im Poolhaus verließen.

Durch die Scheibe hatten wir verstohlen das Ankommen der ersten Gäste beobachtet. Dass Jackson sich über ihre Looks lustig machte, entspannte mich. Wie diese anmutig wirkende Horde laut Thelma »die Bude abfackeln« sollte, war uns schleierhaft.

Ich trug ein leichtes, cremefarbenes Leinenkleid, das dank Thelmas Haushälterin und deren geschickten Bügelkünsten sich tatsächlich entblättert hatte. Oh, was hätte ich für eine Bügelfrau geben! War Bügeln nicht die dümmste Sache der Welt? Etwas mit nur viel Mühe glatt zu bekommen, in dem definitiven Wissen, es nach dem nächsten Waschgang wieder völlig verknittert vorzufinden, war einfach lästig. Den aalglatten Stoff jetzt auf meiner Haut zu spüren, fühlte sich hingegen gut an. Wie eine Rüstung, aber war ich das denn – gerüstet? Ein Panzer hätte mir wohl mehr geholfen. Ich wollte niemanden da draußen an mich heranlassen. Keinen.

Jackson trug eine abgeschnittene Hose und ein Vintage-Hawaiihemd in Primärfarben. Blau, gelb, rot. Mir war jetzt schon klar, dass er mit seinem provokanten Look auffallen würde und ich liebte ihn dafür. Ja, dafür auch.

Ich verbot mir diesen Gedanken, auch wenn ich einsehen musste, dass meine Gefühle für Jackson diesen Titel mittlerweile verdient hatten. Liebe.

»Bist du bereit?«, fragte er und bot mir übertrieben den Arm an.

»Ma'am.« Er grinste herausfordernd.

Ich funkelte wütend zurück. »Ma'am mich noch einmal!«

Gleich darauf seufzte ich. »Ich glaube aber, nein, ich bin nicht bereit.«

»Stell sie dir alle ohne Geld vor«, zwinkerte er mir zu.

Das half. Jetzt waren wir alle auf Augenhöhe, oder ich ihnen sogar überlegen. Geld machte nicht zwingend glücklicher. Das wurde mir auch jetzt wieder bewusst, als Thelma uns ein paar ihrer superreichen Freunde vorstellte. Einen Investmentbanker von der Wall Street samt gelangweilter Ehefrau. Offensichtlich hatte eine Schönheitsbehandlung dafür gesorgt, dass ihr die Langweile für immer ins Gesicht getackert stand. Dann noch ein Paar aus den Südstaaten, das durch eine mobile Agrarfirma Millionen scheffelte. Der Mann war ein Poser, die Frau hatte ihre Stimme verloren und lächelte nur zu allem, was er sagte. Ich spürte Jacksons innere Anspannung. Das tat er, wenn er gezwungen wurde, über belangloses Zeug zu reden. Er musste sich zusammenreißen, denn laut Thelma waren alle hier potenzielle Kunden seiner Kunst.

Nach einer Weile kam ich mir tatsächlich wie bei einer Auktion vor. Hier wurde alles und jeder verkauft. Sich besonders gut zu vermarkten war das Endziel. Dabei hatte ich immer mehr das Gefühl, verheizt zu werden.

Ich ließ mich auf ein Gespräch mit einer extrem durchtrainierten Frau in ihren Fünfzigern ein. Nancy war Fitnesstrainerin in den Hamptons, machte vierzehnmal die Woche Sport, also jeden Tag zweimal, und war bereits dreimal geschieden. Sie berichtete mir davon, wie erleichternd es war, keinen Ehemann mehr mit sich herumzuschleppen und im Leben der eigene Chef zu sein. Als sie mich nach meinem Beziehungsstatus fragte, war ich mir nicht sicher, was ich antworten sollte, um Nancy nicht zu sehr zu begeistern.

»Ich lebe von meinem Mann getrennt.«

Nancy gratulierte mir wie erwartet und feuerte mich an, die Scheidung bald hinter mich zu bringen. Das Trennungsjahr zählte in New York erst, wenn man mindestens fünf Jahre verheiratet gewesen war, daher hatte sie es nie gebraucht. Und sollte sie wirklich noch einmal so weit sein, vor Gott die ewige Treue zu schwören, dann würde sie zum Heiraten nach Kalifornien gehen, da wäre das Sich-scheiden-Lassen »total eeeeasy«.

Nancy zog in ihrem glatt gebügelten Gesicht ihre gebleachten Zähne auseinander, wenn sie sprach und ich hatte, geblendet von so viel aufgesetzter Schönheit, Mühe, ihrem breiten Akzent zu folgen. Generell deprimierten mich solche Gespräche. Wie konnte man sich einen Staat für die Hochzeit aussuchen, in dem man sich dann möglichst schnell wieder scheiden lassen konnte? Sollte man es dann nicht lieber gleich sein lassen?

Ich hatte unsere Trennung nie geplant. Die Scheidungspapiere waren vorbereitet und die genaue Aufteilung der Besitztümer und die Regelung der Kinderbetreuung bereits schriftlich festgehalten. Aber das war niemals mein Ziel gewesen. Ich hatte Samu geheiratet, weil ich ehrlich dachte, es würde funktionieren. Wir wären füreinander gemacht, für die Ehe gemacht, für die Ehe miteinander gemacht. Für ein gemeinsames »Für immer«. Oder besser ein »Vielleicht für immer«, ein »Wir versuchen ein Für immer«.

In Anbetracht der Vergänglichkeit des »Ja, ich will« hierzulande, fühlte es sich für mich an, als hätten Samu und ich es wirklich geschafft. 16 Jahre Ehe waren in den USA wohl wie ein Leben lang.

Ich wollte Nancy Lebensratschlägen nicht mehr folgen und suchte nach Jackson. Ich fand ihn in der gigantischen Holzküche, in der einiges an Personal herumwuselte, um die Gäste zu bewirten. Ich trat aber nicht ein, als ich Thelma mit ihm sah. Sie waren im Streit. Zumindest las ich das Jacksons zu Schlitzen zusammengezogenen Augen ab. Thelma versuchte scheinbar ihn zu beschwichtigen, legte ihm immer wieder sanft ihre Hand auf seine Schulter, er wich ihr stets aus. Es war eine vertraute Geste.

Ich wusste nicht, was sie tun sollte. Gehen, bleiben, zuhören, worüber sie stritten? Ich verstand nur Fetzen, aber offensichtlich war Jackson wütend auf Thelma, dass sie seine Kunst so verscherbelte.

Ich entschied mich fürs Gehen und schlich mich aus der Küche hinaus zum Pool. Es waren bestimmt 300 Gäste, die sich auf dem Anwesen tummelten, und niemand hätte bemerkt, wenn ich einfach gegangen wäre.

Es zog mich an den Strand, ans Meer, das sich unter dem Nachthimmel wie eine schwarze Wand vor mir aufbaute. Der Sand unter meinen Füßen war abgekühlt, und ich verbarg meine Zehen darin. Ich hüllte mich in meinen Schal, obwohl die Luft noch angenehm warm war. Dennoch ließ sie mir einen Schauer über den Rücken laufen.

Was machte ich hier, so unendlich weit weg von zu Hause? Und dazu in einem Leben, das sich nicht nach meinem anfühlte? War ich wirklich bereit dazu, noch einmal neu anzufangen, konnte ich neuen Menschen Platz in meinem Leben machen? Würde ich Jackson genug lieben, dass ich die Kraft aufwenden konnte, unsere beiden komplett unterschiedlichen Leben miteinander zu verbinden? War ich überhaupt bereit, mich für ihn zu verändern? Denn das würde ich müssen, wurde mir schlagartig bewusst. Ich würde mein Leben um seines stricken müssen, wenn ich mit ihm zusammen sein wollte. Wo lag darin die Gemeinsamkeit, wenn sich einer immer mehr verbog als der andere? Auch wenn Jackson sich bemühte, sich anzupassen – das konnte ich spüren –, es würde Zeit brauchen. Es würde dauern. Lange, vielleicht zu lange? Würde uns nicht irgendwann die Luft ausgehen? War ich dafür nicht schon an anderer Stelle in meinem Leben zu weit? Zu alt? Zu müde?

Ich stieß schwer die Luft aus, als Jackson plötzlich hinter mir auftauchte.

»Hier bist du. Ich dachte schon, du seist gegangen«, sagte er ehrlich besorgt.

»Wohin soll ich denn gehen?« Ich erkannte die Panik in seinem Gesicht. Ich fragte geradeheraus. »Welche Rolle spielt Thelma in deinem Leben?«

Jackson seufzte, er wollte nicht darüber reden. Das war klar. »Kata. Ehrlich jetzt?«

»Ich habe dich nur gefragt.« Ich zuckte arglos mit den Schultern. Mir wurde kalt, richtig kalt.

Jackson sog die Luft ein und hielt den Atem einen Moment an.

»Wir alle haben ein Leben davor. Wollen wir es nicht dabei belassen?«, versuchte er mich abzuwimmeln, was ich ehrlich für bescheuert hielt. Noch vor ein paar Tagen war die Vergangenheit rund um Gigi ein bestimmendes Thema gewesen.

»Nur hast du mich in dein Leben davor mitgenommen«, sagte ich. Touché. Treffer versenkt.

Jackson war getroffen, er sah zu Boden. Wie ein kleiner Junge, der etwas angestellt hatte.

»Thelma ist meine Ex«, rückte er schließlich heraus. »Sie ist die Frau, mit der ich am nächsten dran war zu heiraten. Wir haben uns dagegen entschieden. Gegen uns als Paar. Für unsere Freundschaft und für unsere Jobs.«

Jackson wartete ganz offensichtlich auf die Schelte, er wartete auf den Vorwurf. Auf die Frage, warum um alles in der

Welt er mich ausgerechnet hierher mitgenommen hatte. Ob er mich bloßstellen wollte, mir zeigen wollte, gegen wen ich antrat, oder besser gesagt nie antreten konnte. Ob er mir einfach demonstrieren wollte, in wessen Arme ich ihn nach Gigi getrieben hatte.

Das alles schoss mir durch den Kopf. Wie bescheuert!! Hör auf zu denken, ermahnte ich mich.

Die Schelte blieb allerdings aus. Ich hatte kein Recht dazu. Ich war noch auf der Suche, meinen Platz neben ihm zu finden. Wenn er denn tatsächlich frei war.

Also ging auf ihn zu und hakte mich bei ihm ein.

»Gut. Danke, dass du es mir gesagt hast.«

Ich führte ihn zurück zur Treppe. Jackson war sichtlich erstaunt, seine Körperhaltung war schon auf Konfrontation ausgerichtet gewesen. Aber sie war ausgeblieben.

Es machte auf einmal einen lauten Knall, und wir zuckten zusammen, als sich über uns der Himmel erhellte und bunte Raketen sich durch das Dunkel bahnten. Das Feuerwerk war gigantisch, kein einziger Stern am Himmel.

Jackson nahm meine Hand und sprach mir ruhig ins Ohr. »Wir fahren zurück nach New York.«

Ich nickte. Wenn wir eine Zukunft haben wollten, mussten wir die Vergangenheit hinter uns lassen. Zumindest mussten wir es versuchen.

Weit nach Mitternacht erreichten wir sein Loft. Weit nach Mitternacht lagen wir wach Arm in Arm. Weit nach Mitternacht sagte Jackson mir, dass er mich liebte.

** München, 2000 **

Als Samu mich darauf ansprach, war ich komplett überfordert.

»Ich glaube nicht, dass du das hier überhaupt willst.«

Er war nicht wütend. Er war nicht verletzt, er war einfach ehrlich.

Er hatte Pasta gekocht und sie alleine gegessen, nachdem ich keinen Hunger hatte. Er saß auf dem Balkon und blickte, begleitet von den sommerlichen Klängen der Großstadt, in die dunkle Wohnung. Wir hatten die Lichter ausgemacht, um die Mücken draußen zu halten.

Ich kam mir so gemein vor. Ich hatte doch alles und wollte nichts lieber, als ihm ein »Doch« entgegenzuschleudern, aber war ich wirklich dazu bereit? Seine Fairness auch in dieser Situation machte mich echt fertig. Er interessierte sich ehrlich dafür, wie es mir ging, obwohl ich alles infrage stellte.

»Wie kann man etwas beenden wollen, wo es noch gar nicht richtig angefangen hat?«, fragte er mich, als er den schmutzigen Teller in die kleine Spülmaschine räumte. Es war eine Singlespülmaschine, zumindest stand das unter dem Logo in geschwungenen Buchstaben. Wie passend.

Ich spürte, wie mir die Tränen aus den Augen traten, ich schmeckte das Salz, als ich sie mit der Zunge auffing.

»Ich meine, wir haben unser ganzes Leben noch vor uns. Wenn du willst zusammen.« Er sagte das so aufrichtig, ich wäre ihm am liebsten direkt um den Hals gefallen. Hätte all meine Zweifel weggewischt und das große »Aber« zurückgenommen.

»Ich muss mich sortieren. Muss erst mal wissen, was ich will«, gab ich kleinlaut zurück.

Samu seufzte und schaltete die Spülmaschine an. »Ich glaube einfach nicht, dass ich es nicht bin.«

Er machte das Licht an und sah mich dort sitzen. Das Häufchen Elend. Dicke schwarze Schlieren von meiner tränenverlaufenen Wimperntusche gruben sich mittlerweile durch mein Gesicht. Er hatte Mitleid mit mir. Ich war mir nicht sicher, ob ich sein Mitleid wollte.

»Ich meine, ich weiß, dass ich es bin, den du willst. Nur hast du gerade zu viel Panik davor, dir das einzugestehen. Dein Hirn ist gerade zu vernebelt, um dich auf das zu konzentrieren, was direkt vor dir liegt.«

Er hatte recht.

»Ich liebe dich«, schoss es aus meinem Mund. Nicht zum ersten Mal, aber immer noch fühlten sich diese drei Worte merkwürdig an. Auch wenn ich sie meinte.

»Eben«, sagte er aus einiger Distanz. Er lehnte am Küchentresen und betrachtete mich. Ich fand es beeindruckend, dass jemand so sachlich über Gefühle sprechen konnte und dabei den Nagel derart auf den Kopf traf. Alles in seiner Haltung war weich, offen für mich. Und ich?

Konnte nicht.

Nach ein paar Minuten des Schweigens, beschloss Samu noch ein Bier trinken zu gehen und tat das Grausamste, was er in diesem Moment hätte tun können. Er ließ mich allein. Allein mit meinen verschwurbelten Gedanken, allein mit dem Versuch, eine Lösung zu finden. Die es nicht gab.

Als Samu um vier Uhr früh nach Hause kam, war ich bereits verschwunden. Ich schlief bei meiner Mutter. Die Stille um mich herum hatte den Lärm in meinem Kopf nur noch lauter gemacht. Ich brauchte jemanden um mich.

Meine Mutter war gedanklich ganz woanders, was mir unheimlich guttat. Sie regte sich darüber auf, welches neue Haus Christoph mit der Frau nach ihr, so nannte sie Christophs Freundin, am Starnberger See gekauft hatte. Mich deprimierte das Leid meiner Mama, aber es lenkte mich von meinem eigenen ab.

Um uns ein wenig Distanz zu verschaffen, nahm Samu ein Kollaborationsprojekt in Mailand an. Er würde den Herbst über dort sein und ich konnte so lange in der Wohnung bleiben und mich auf den Start meines Studiums konzentrieren.

Als er seinen silbernen Rimowa-Koffer aus der Tür schob, sah er mich offen an. »Ich kapier's nicht, Kata. Bis gerade eben konnten wir doch nicht genug voneinander bekommen. Du lebst so sehr in dem ›Was, wenn‹, dass du das, was wir jetzt gerade haben, komplett ignorierst.«

Er ging und ließ mich mit dem Gefühl zurück, einen Fehler begangen zu haben.

Samu respektierte, dass ich nicht bereit war. Er würde abwarten, bis ich es war. Es machte ihn zwar offenbar wahnsinnig, nicht in meiner Nähe sein zu können, und doch wählte er aus Respekt zu mir die Entfernung.

Ich war überwältigt von seiner Geduld und vermisste ihn schon nach ein paar Tagen. Da wir nicht regelmäßig kommunizierten, bekam ich ständig Panik, ihn durch meine Unentschlossenheit in die Arme einer heißen Italienerin getrieben zu haben. Und offenbar war Samu durch die Arbeit zu beschäftigt, um mir bei der Entscheidung, ob er nun der Richtige für mich war oder nicht, beizustehen.

Das Projekt in Mailand war nervenaufreibend und immer kurz vorm Einstürzen. Im wahrsten Sinne des Wortes. Materialien wurden falsch oder gar nicht geliefert, alles stand auf der Kippe. Er hatte mir gesagt, er würde mir meinen Raum geben und hielt sich dran.

Ich hatte es endlich aufgegeben, einem Phantom hinterherzujagen und versuchte Jackson als gute Erinnerung in meinem Leben abzuhaken. Mit Suki schrieb ich jetzt regelmäßiger, was mir tatsächlich half, über New York hinwegzukommen. Denn je mehr ich über Sukis und manchmal auch Amys Leben in Manhattan erfuhr, desto realer wurden die zwei Parallelwelten und ich fing an zu akzeptieren, dass ich zwar mal dort gelebt hatte, aber jetzt eben in München war. Ich fing an, mich neu zu justieren.

Mein erster Tag in der Uni fühlte sich dann tatsächlich gut an. Kein Neuanfang, sondern ein Wiedereinstieg in etwas, das einfach zu meinem Leben gehörte. Kunst.

Um mein Latein aufzufrischen, besuchte ich einen Kurs auf der Abendschule und fühlte mich unter Fremden erstaunlich geborgen. Auch wenn ich noch keinen Schimmer hatte, was ich nach dem Studium machen wollte, so wusste ich immer mehr, dass es das Richtige war, jetzt in diesem Moment den Vorlesungen zu lauschen.

Da ich nebenbei den Job im Haus der Kunst rockte, bot man mir bald eine Vollzeitstelle für die Vorbereitung von Ausstellungen und der Bearbeitung von Bestands- und Ausstellungskatalogen an. Ich fühlte mich geehrt, lehnte jedoch ab. Mein Ziel war es diesmal, das Studium durchzuziehen, was mit einer Vollzeitstelle wenig realistisch war.

Mein Leben verlief mit einem Schlag in solch geregelten Bahnen, dass ich mich mental sortieren konnte. Und als ich damit fertig war, war nur noch eines übrig: Ganz viele Gefühle. Für Samu.

Er war mir entglitten, abhandengekommen. Durch mein Zutun hatte ich ihn gehen lassen. Ich hoffte inständig, dass die Verbindung zwischen uns nicht gekappt war, dass ich den Riss, der entstanden war, wieder würde kitten können.

Es fühlte sich merkwürdig an, in der Wohnung allein zu sein. Die Wohnung, die er für uns beide perfektioniert hatte.

Ich wollte ihm nicht sagen, dass er so schnell wie möglich zurückkommen sollte, aber schließlich hatte er ein Projekt und mich gebeten, mir die Zeit nehmen. Bäte ich ihn jetzt zurückzukehren, sähe es so aus, als überstürzte ich es wieder.

Auf dem Festnetz in seinem Apartment war er schwer zu erreichen und so war ich auf seine Anrufe angewiesen. Unser immer rarer werdender Kontakt schmerzte mich zunehmend, so dass einer Erlösung gleichkam, als er plötzlich wieder da war.

Als ich aber sah, was von ihm übrig war, zog es mir die Füße unter dem Boden weg. Er hatte bereits jeglichen Halt unter seinen verloren. Ich fand ihn vollkommen unerwartet heulend auf dem Küchenboden unserer gemeinsamen Wohnung vor, als ich von einer erfolgreichen Tour im Museum nach Hause kam. Mit dem standfesten Mann, der meinem Leben Liebe und Stabilität gegeben hatte, hatte er nichts mehr gemein.

Er hatte sich nicht angemeldet, ich hatte seit Tagen nichts von ihm gehört und mir schon Sorgen gemacht. Und jetzt saß er da. Nein, er kauerte. Seine Wangen waren nass, seine Augen verquollen.

Im ersten Moment erschrak er, als ich ihn so sah. Er hatte sich offenbar hierher zurückgezogen, um seinem unaufhaltsamen Schmerz freien Lauf zu lassen. Was auch immer ihn derart umtrieb, es brach sich hier Bahn.

Ich war hilflos. Die Rolle, mich für ihn verantwortlich zu fühlen, war ich nicht gewohnt. Ich sah sein Leid, fühlte es nach. Wie sein Spiegel füllten sich meine Augen mit Tränen.

»Samu. Was ist denn?«, fragte ich panisch.

Er schüttelte nur den Kopf. Als ich mich ihm näherte, schlug er meine ausgestreckte Hand weg.

»Samu!!!«, rief ich verzweifelt und setzte mich still neben ihn. Erneut griff ich nach seiner Hand und diesmal ließ er es zu. Dann legte ich fest meinen Arm um seine Schulter und obwohl er sich wehrte, zog ich ihn an mich. Er schluchzte an meine Schulter, ich spürte, wie seine Tränen mein T-Shirt durchfeuchteten. Nie zuvor hatte ich einen Mann derart weinen gesehen.

»Was ist passiert?«, fragte ich erneut.

Er sagte nichts, kein Wort. Er weinte, wurde leiser und wischte sich schließlich die Tränen weg. Es dauerte eine halbe Stunde, bis er seine Stimme und die passenden Worte fand. Ich konnte nichts dazu sagen. Was ich hörte, schockierte mich zutiefst und änderte alles.

»Er ist tot.«

Ich verstand kein Wort. Wer war tot?

Samu sortierte sich, kämpfte mit dem tief sitzenden Schmerz, der seine Emotionen im Zaum hielt. Es dauerte dennoch eine weitere halbe Stunde, ehe Samu mir alles erzählte: Auf der Mailänder Baustelle war alles aus dem Ruder gelaufen. Der Bauleiter hatte sich krankgemeldet und da die italienischen Kollegen sich nicht befugt fühlten, weil die Leitung den Deutschen oblag, und sie mit dem nächsten Bauabschnitt derart in Verzug waren, war Samu eingesprungen, bis das Büro Limmer aus München adäquaten Ersatz schicken konnte. Unter Samus Aufsicht war einer der Arbeiter abgestürzt und zu Tode gekommen, die Baustelle bis auf Klärung der Vorkommnisse gesperrt. Das Büro Limmer hatte ihn von dem Auftrag ausgeschlossen und ihm geraten, seine anderen Projekte so lange auf Eis zu legen, bis die Ermittlungen abgeschlossen wären. Es könnte sein, dass ein Verfahren gegen ihn eingeleitet würde.

Jetzt, wo alles raus war, war Samu ruhig. Als hätte er sich wahrheftig den Schmerz von der Seele geredet. Und doch war er gebrochen, das sah ich ihm an. Es ging ihm nicht um seinen Job oder das Verfahren.

»Ich habe versucht, ihn wiederzubeleben. Eine halbe Stunde lang, bis der Krankenwagen kam.« Er schluckte und sah mir das erste Mal, seitdem ich ihn auf dem Küchenboden gefunden hatte, direkt an.

»Er ist vor meinen Augen gestorben«, sagte er mit leerer Stimme. »Seine Frau war schwanger mit ihrem ersten Kind.«

Ich nahm ihn in den Arm, mehr konnte ich nicht tun. Alles, was Samu ausmachte, alles, wofür er stand – seine Stabilität, seine Zuversicht –, all das war weg. Er war mit einem Schlag gebrochen und würde vermutlich nie wieder ganz heilen.

München, 2017

Es fühlte sich merkwürdig an, wieder in München zu landen. Körperlich war ich anwesend, mein Kopf aber noch in den Wolken.

Ich stand gedankenverloren am Gepäckband und nahm nur die Umrisse der Koffer wahr, die vor mir im Kreis fuhren. Ich vergegenwärtigte mir noch einmal unsere gemeinsame Zeit, die letzte Woche.

Nachdem Jackson mir seine Gefühle gestanden hatte, hatte unsere Beziehung eine andere Ebene erreicht. Der Umgang miteinander war behutsamer geworden, es gab viel zu verlieren, der Einsatz wurde um ein »Ich liebe dich« erhöht.

Ich hatte es nicht sofort erwidert, ich ließ mir ein paar Tage Zeit. Vielleicht wollte ich seine Emotionen mit einem »Ich auch« nicht schmälern.

Ich liebte ihn.

Liebe. Das Wort, das alles zusammenbringt, was zwischen zwei Menschen sein kann.

Ich versuchte die Liebe zu Jackson mit der zu meinen Kindern zu vergleichen. Es ging nicht. Letztere war purer, an keine Bedingungen geknüpft. Ja, meine Liebe zu Paul und Emma ging über alle Grenzen hinaus, war niemals endend. Die zu Jackson hingegen war neu, noch zaghaft und musste erst noch beweisen, ob sie dem Titel standhielt.

Ich atmete schwer, als ich meine Koffer vom Gepäckband schob. Ich vermisste ihn schrecklich. Die Zeit nach Long Island war eine besondere Zeit gewesen. Ich hatte Jackson und auch New York mit anderen Augen gesehen. Weniger majestätisch, weniger ehrfurchtsvoll. Weniger sehnsuchtsvoll, schließlich hatte ich es endlich geschafft, dass meine Sehnsucht dort gestillt worden war. Weniger ehrfurchtsvoll, weil ich jetzt wusste, dass man auch in New York das Glück finden konnte.

Wir waren die letzten Tage nicht von der Seite des anderen gewichen, so dass ich jetzt körperlich spürte, dass neben mir etwas fehlte. Wir waren einfach durch New York geschlendert, hatten uns Kunst angesehen. Jackson liebte es, dass ich Ahnung davon hatte, dass er sich mit mir intensiv darüber austauschen konnte. Und ich war froh darüber, mich endlich wieder in mir einst so vertrauten Gefilden zu tummeln. Kandinsky, Hopper, Paul Klee, Gaugin, Edvard Munch, Jackson Pollock. Ich sog auf, was ich konnte. New York war ein wunderbarer Ort dafür. Ich fühlte mich jung, neu. Als wäre ein Teil von mir reaktiviert worden, der seit Jahren stillstand. Ich wusste, der reanimierte Teil würde Mühe haben, in München weiter so bestehen zu können. Aber wieso konnte ich nicht beides haben? Warum konnte ich nicht diejenige sein, die unbeschwert war, für Kunst brannte und zeitgleich in München mit meinen Kindern lebte? Warum konnte ich das kosmopolitische Gefühl, die Freiheit, die ich in New York verspürte, nicht mit nach Hause transportieren?

Ich wusste die Antwort. Weil es Jackson war. Das Leben, das ich in New York mit ihm lebte, war sein Leben.

Seine Anwesenheit inspirierte mich.

Er war er.

Und ich war ich.

Ein Wir waren wir in New York. Was, jetzt, wo ich die Stadt verlassen hatte?

Als ich im Bus nach München Schwabing saß, fühlte ich mich, als wäre ein entscheidender Teil von mir in New York geblieben. Als hätte ich etwas vergessen, etwas zurückgelassen.

Außer Jackson natürlich. Einen Teil von mir, der nur zusammen mit ihm funktionierte.

Ich versuchte vehement den Kloß herunterzuschlucken, aber er kam immer wieder hoch. Wie sollte das funktionieren zwischen uns? Wie sollten wir zusammen sein, wo unsere bisher gelebten Leben uns mit allen Konsequenzen trennten?

Wir beide hatte uns ein Leben geschaffen, das, wenn wir uns jetzt sahen, pausierte und sobald man den Startknopf drückte, in völlig verschiedene Richtungen driftete. Wie sollte das gehen? Wie sollten wir auf lange Sicht zusammenleben? Ich mit ihm in New York, wann immer meine Kinder Ferien hatten und bei Samu waren?

Sich Jackson mit mir gemeinsam in München vorzustellen, fühlte sich unwirklich an. Mit München verband ihn nichts. Dennoch hatte er gesagt, er wolle es versuchen.

Als ahnte er, dass er genau in diesem Moment Inhalt meiner Gedanken war, ploppte seine Nachricht auf meinem Display auf.

See you in three weeks.

In drei Wochen käme Jackson nach München.

Direkt im Anschluss von Sydney. Er würde meine Welt entern, so viel Zeit wie möglich mit mir in meiner Heimatstadt verbringen. Den Grund dafür kennenlernen, warum ich München nicht verlassen konnte. Meine Kinder.

Der Gedanke daran ließ mich schwindelig werden. Er würde kommen. Er würde es versuchen.

Ich gab mir Mühe, in der Realität anzukommen und rief Samu auf dem Handy an, um mich zu erkundigen, wo sie steckten. Sie waren gerade auf dem Weg über die Schweizer Grenze. Das Timing war perfekt.

Ich konnte es kaum erwarten, Emma und Paul nach drei Wochen wieder in meine Arme zu schließen. Selbst Paul hatte mir die letzten Tage immer öfters liebe Grüße ausrichten lassen. Ein Gefühl, das mich beschwingte und mich darüber hinwegkommen ließ, wie sehr mir Jackson bereits fehlte.

Zu Hause trieb ich den Staub aus der Wohnung, riss die Fenster auf, wusch meine Klamotten, wusch New York aus meinen Sachen. Im Anschluss kaufte ich ein.

Ich war fix und fertig und bereit für mein Leben in München, als am frühen Abend die Kinder eintrudelten. Braun gebrannt, urlaubsverwöhnt, den Geruch von Wind und Meer noch in den Haaren. Ich nahm sie in die Arme. Erst Emma und dann Paul, der mich ließ. Ich hielt sie beide fest. Mir kam es vor, als hielt ich mein Leben in den Händen und war nicht bereit, es wieder loszulassen.

»Du bringst sie noch um«, scherzte Samu, der mit dem Gepäck in der Tür stand und wartete.

Ich atmete meine Kinder noch einmal tief ein. Seit Monaten hatte ich Paul nicht mehr gehalten und er gab nicht nach in diesem Moment, hielt meiner Umarmung stand.

»O Mama. Du hast wirklich was verpasst!«, berichtete Emma euphorisch.

Ja, das wusste ich. Ich hatte Zeit verpasst. Die Zeit mit meinen Kindern. Diese Zeit war verloren. Dafür die mit Jackson gewonnen.

Weder Emma und Paul noch Samu wussten von Jackson. Auch wenn Samu seinen Namen schon einmal gehört hatte. Damals, nach meiner Rückkehr aus New York, als wir uns kennenlernten, so war ich mir nicht sicher, ob er ihn immer noch mit New York verband.

Samu schob das Gepäck in die Wohnung.

»Ich kann auch einen Teil waschen, wenn dich das entlastet?«

Ich zögerte kurz. Ich hatte noch nie zuvor gehört, dass Samu sich um meine Wäscheberge sorgte.

»Ist schon okay«, sagte ich schnell und nahm ihm eine der Taschen ab.

Wir standen einen Moment irritiert im Raum. Was jetzt? Alle waren aufgeladen von den Geschehnissen der letzten Wochen, ich wollte nicht diejenige sein, die das jäh unterbrach.

»Ich hab was gekocht. Bleib doch zum Essen, dann könnt ihr mir alles erzählen.«

Samu sah mich dankbar an und nickte.

Wir aßen zusammen. Emma brodelte vor Begeisterung, wenn sie vom Surfen erzählte und auch Paul schien der Urlaub entspannt zu haben. Samu ergänzte die Erzählungen hier und da. Es sah so aus, als hatten sie eine phänomenale Zeit gehabt.

»Wie war es in New York?«, fragte Paul schließlich.

Ich hatte gehofft, der Frage noch einen Moment zu umgehen.

»Es war toll. Die Stadt hat sich so verändert.« Auch ich hatte es, aber den Grund dafür behielt ich noch für mich. Sie würden ihn erfahren, wenn es so weit war. In drei Wochen.

Hätte man es nicht gewusst, man hätte gedacht, dort in der Altbauwohnung in Schwabing äße eine ganz normale Familie. Als wären wir eine Einheit. Doch das waren wir nicht. Nicht mehr. Es war alles ganz anders.

München, 2000

Ich ging nicht gerne nach Hause im Moment. Das musste ich mir eingestehen, auch wenn ich es nicht aussprach. Ich war für ihn da, keine Frage. Aber mein Leben hatte gerade wieder Fahrt aufgenommen und durch Samus Gemütszustand machte es eine Vollbremsung. Meine Gedanken waren gemein, das wusste ich. Aber es waren meine und ich konnte nicht einfach abstellen, so zu fühlen.

Die Bäume vorm Balkon an der Isar verloren ihre Blätter und bereiteten sich im kahlen Gerüst auf den bevorstehenden Winter vor. Man konnte jetzt den Fluss erkennen, die Kälte des Wassers erahnen, mystisch wirkender Dampf stieg von ihm auf.

Im Inneren der Wohnung schlugen wir uns in dicke Decken ein, da die Heizung ausgefallen war. Ich hatte schon ein paarmal versucht den Vermieter zu erreichen, der jedoch irgendwo in Costa Rica am Strand lag. Die Hausverwaltung war mit der Instandhaltung von zehn Häuser komplett überfordert. Normalerweise kümmerte sich Samu um solche Dinge, aber Samu schwieg oder wurde wütend und das abwechselnd. Er hatte sich nach seiner Rückkehr aus Mailand ein paar Tage komplett in der Wohnung verschanzt; dass er frieren musste, war wohl sein Karma. Wir fühlten uns wie in der Oper *La Bohème*.

Als meine Mutter einen Elektroofen und Hühnersuppe vorbeibrachte und vorschlug, wir sollten doch ein paar Tage bei ihr unterkommen, lehnte ich ab. Samu war wie ausgeknockt und unbeweglich. Erst als er Besuch von einem befreundeten

Anwalt bekam, redete er. Ich machte den beiden Kaffee und war erstaunt, dass er sich dem für mich nur flüchtigen Bekannten derart anvertraute.

Samu kam gut aus der Sache in Mailand raus. Das in diesem Projekt ihm überstellte Büro Limmer hätte ihn niemals als Bauleiter einsetzen dürfen, sie trugen die komplette Verantwortung. Nach Akteneinsicht war klar, dass sie dieses Bauvorhaben verlieren würden. Samu müsste eine Aussage machen über die Zustände auf der Baustelle, was ihn komplett ins Wanken brachte. Er war zwar erleichtert, dass ihn offensichtlich keine Schuld traf, man verlangte aber von ihm, dass er seinem Arbeitgeber und größten Unterstützer in den Rücken fiel. Wenn er das tat, konnte er seine Zusammenarbeit mit dem Architekturbüro und auch seinen Büroplatz in Zukunft vergessen. Wahrscheinlich würde es sich herumsprechen, dass er gegen sie ausgesagt hätte. Was, da das Büro sehr gut vernetzt war, nicht unbedingt förderlich für seine Karriere wäre, wo er doch noch am Anfang stand.

Es war ein Hin und Her, ein Her und Hin. Zwischenzeitlich wäre Samu am liebsten abgehauen, aber ich riet ihm zur Besonnenheit. Er war noch so jung, er könnte problemlos ganz von vorne anfangen.

»Du hast mir nach New York das Gleiche geraten«, versuchte ich ihn zu animieren.

Samu verlor wie befürchtet seinen Job. Als dem Architekturbüro der Prozess gemacht wurde, bat man ihn noch vor dem endgültigen Urteil, seinen Schreibtisch zu räumen und das Büro zu verlassen. Da seine bisher akquirierten Aufträge über das Büro Limmer liefen, blieben sie in ihrem Bestand.

Samu hatte so gut wie alles verloren.

Er hatte nur noch mich.

Und ich hatte ihn.

Mir kam es vor, als hätten wir Rollen getauscht. Das, was vor einem knappen Jahr ich gewesen war, war jetzt Samu. Wir waren einfach aufgestanden und hatten die Plätze gewechselt. Nein, einfach war es nicht. Es war eine Prüfung für uns und unsere Liebe.

Samu gestand mir ehrlich, wie es sich für ihn anfühlte, dass er wieder bei null stand. »Das ist wie nach einem mega anstrengenden Wettlauf. Du nimmst all deine Kraft zusammen, um ins Ziel zu laufen. Und dann stellst du fest, dass die Stoppuhr nicht gelaufen ist und du den Weg noch mal laufen musst.«

Ich mochte diesen Vergleich. Auch, dass Samu sich nicht als Versager sah, dass er mittlerweile rational einzuschätzen wusste, dass ihn keine Schuld traf. Dennoch wachte er nachts von Alpträumen geplagt auf, weil er den Toten vor sich sah. Ich stand dann mit ihm auf, wir tranken ein Glas Wein oder ein Bier, um wieder herunterzukommen.

Meine Nähe war seine Rettung. Unser Sex war das Bindeglied, das unsere unterschiedlich getakteten Leben wieder in Einklang brachte. Wir wurden dabei immer besser, wobei wir die Aussage »gut im Bett« eines Nachts auseinanderklamüserten.

»Eins bis zehn?«

Samu war verblüfft. »Steht das nicht eher den Männern zu? Ich meine, ›Hey, Baby, bin ich eine null oder eine zehn?‹«

Ich sah ein, wie doof meine Frage war. Er küsste meinen Busen.

»Wenn man es in Zahlen packen will, wäre es eher eine ganze Aufgabe. Also zwei Komponenten und das Ergebnis muss stimmen. Es bringt ja wohl kaum etwas, wenn man eine zehn und eine null multipliziert, oder?«

Ich musste lachen. Es hätte mir klar sein müssen, dass Samu

mit seinem Zahlen-Know-how eher technisch an diese Frage heranging.

»Und was beim einen eine zehn ist, kann beim anderen nur eine vier sein. Ich glaube, das ist relativ.«

»Genug von deiner Relativitätstheorie!«, rief ich schließlich und hielt mir übertrieben die Ohren zu.

Samu grinste. Es tat gut, ihn wieder unbeschwerter zu sehen. Mir kam ein neuer Gedanke.

»Gab's bei dir denn bisher schon jemanden, bei dem die Aufgabe gestimmt hat?«

Samu nahm einen Schluck aus der Flasche und ließ das mittlerweile warme Bier aus seinem Mund in meinen Bauchnabel gleiten.

»Willst du mich jetzt fragen, ob ich schon mal eine zehn gegeben habe?« Er schleckte das Bier ab, ich zuckte zusammen.

»Ich dachte, es lässt sich nicht in Zahlen messen?!« Ich funkelte ihn an, er funkelte zurück.

»Ich finde es ziemlich unromantisch im Bett mit dir über den Sex, den ich mit anderen hatte, zu sprechen.«

Ich seufzte. »Tja, Romantik ist nicht mein Ding.«

»Ja, und du bist nicht gerne im Moment!«, sagte er schlicht und schob seinen Körper langsam empor. Er küsste mich, schob mit dem Knie meine Beine auseinander und drang in mich ein. Ich bäumte mich lustvoll auf und war völlig überwältigt von seiner Antwort. Er hielt mich fest und bohrte sich noch tiefer in mich hinein. Wir waren uns nahe, sehr nahe.

Ich wusste, wir würden dieses Tal durchqueren, gemeinsam. Wir wären füreinander da. Wir kuschelten uns eng aneinander in dieser kalten Nacht, als um kurz nach zwei die Heizung wieder ansprang.

Samu hatte die ganze Zeit wach neben mir gelegen, und wir beide hatten kaum in den Schlaf gefunden. Als er von der

Toilette zurückkam, sah ich seine nackte Silhouette im Lichtkegel, erkannte sein herausforderndes Gesicht.

»Arbeiten wir an der zehn«, sagte er beinahe tonlos.

Ich brauchte einen Moment, ehe ich verstand, dass er auf unser vorangegangenes Gespräch anspielte. Ich richtete mich auf und lehnte mich auf den linken Unterarm, so dass meine Brüste zur Seite rutschten.

»Du bekommst echt nicht genug!«, ermahnte ich ihn spielerisch.

Da ging der ganze nackte Kerl in der mittlerweile warm gewordenen Wohnung vor mir auf die Knie.

»Heirate mich.«

Seine Stimme war ehrlich, aufrichtig, erlösend und traf mich mittenrein.

München, 2017

Ich wartete bis zur letzten Minute. Ich wollte sie nicht überfordern, ich wollte ihnen nicht das Gefühl geben, irgendjemand anderes stünde über ihnen. Also schwieg ich, bis der Tag unausweichlich war.

Es war schwer, die richtigen Worte zu finden. Wie sagt man seinen Kindern, dass sie in einem Tag den Mann kennenlernen werden, der einen Platz in meinem Herzen eingenommen hat? Ich war mir ehrlich nicht sicher, wie sehr ich ins Detail gehen sollte. Denn seit der Geburt meiner Kinder wusste ich, dass ein Herz sehr viel Platz beherbergte und es unterschiedliche Arten gab, jemanden zu lieben. Ich wollte ihnen auf keinen Fall das Gefühl geben, Jackson würde meine Liebe zu ihnen oder die, die ich einst mit Samu hatte, ersetzen. Ich musste behutsam sein, wenn ich wollte, dass sie Jackson eine Chance gaben, dass sie uns zusammen eine Chance gaben. Paul, der angefangen hatte, sich mit seinen Gefühlen auseinanderzusetzen, würde die Blicke zwischen mir und Jackson richtig einzuordnen wissen. Und Emma mit ihrem Gespür für Menschen wüsste sofort, welche Rolle Jackson für mich spielte. Er machte mich glücklich. Der Gedanke an ihn machte mich glücklich. Jeden Tag ein bisschen mehr. Je näher der Tag rückte, an dem Jackson nach München kam, desto leichter wurde mein Herz und wechselte sich mit der Nervosität ab, die jetzt vorherrschte.

Ich wollte mich nicht verstellen, hatte die Wohnung nicht mehr als sonst aufgeräumt. Nur das Bild, das Jackson und ich in New York zusammen gemalt hatten, hatte ich rahmen lassen und über das Klavier ins Wohnzimmer gehängt. Die vertrauten Primärfarben und die kunterbunten Fratzen, die wir zusammen hatten entstehen lassen, erinnerte mich an unsere gemeinsame Zeit. An das andere Ich, das im Alltag oft zu verschwinden drohte. Ich war unglaublich froh, dass durch Jacksons Ankunft das surreale Gefühl, das ich mit ihm und unserer gemeinsamen Zeit verband, echt werden würde. Manchmal glaubte ich tatsächlich, ich bildete mir alles nur ein. Auch, weil ich nicht davon sprechen konnte. Noch nicht.

Da meine liebe Nachbarin Lu eine Woche in Venedig war, hatte ich mit ihr vereinbart, dass Jackson ihre Wohnung würde haben können. So waren wir nah, aber mit genug Distanz zu den Kindern. Ich wollte niemanden überfordern. Die Kinder nicht, Jackson nicht und mich selbst nicht. Ich wollte allen die Möglichkeit geben, die neue Situation zunächst zu beschnuppern und erst, wenn man sich gut riechen konnte, weiter zu erleben.

Die Kinder saßen am Tisch und spielten Monopoly. Eine Einheit, die ich kaum kannte.

»Ich bekomme morgen Besuch aus New York«, öffnete ich.

Emma sah mich an, Paul würfelte und beendete seinen Spielzug.

»Cool, schläft sie bei dir?«, fragte Emma.

»Es ist ein Mann.« Ich hörte mich fremd an, als ich sprach. Paul sah auf, mich direkt an.

»Ein Bekannter«, versuchte ich es. Verräterin!

»Mein Zimmer kriegt der nicht«, sagte Emma schnell. »Männer stinken echt!«

Mein Vorhaben, dass alle sich gut riechen sollten, schien unerreichbar. Ich holte tief Luft.

»Nein, nein, er wohnt bei Lu nebenan.«

»Also ist es Lus Freund?«

»Er ist von niemandem der Freund. Er ist ein Bekannter.« Ich wurde rot und drehte mich weg. »Und Lu ist in Venedig. Er ist also allein in der Wohnung nebenan.«

Emma kaufte ein Haus in der Wiener Straße und triumphierte über ihren Bruder, der seine Wut darüber bemüht in Zaum hielt.

»Du kleine, fiese Drecks…«

Ich unterbrach ihn schnell: »Paul!«

Er sah mich herausfordernd an, ich kam ins Straucheln.

»Wie bekannt ist dein Bekannter denn?«, fragte er mich provokativ. Ich wusste, was er dachte.

»Ich kenne ihn von meinem Studium.« Was nicht komplett gelogen war. Und doch: Verräterin!

Paul hörte auf, mich mit seinen Blicken zu durchbohren.

»Also, ihr lernt ihn dann morgen Abend beim Essen kennen.«

»Cool«, sagte Paul bemüht lässig. »Ich quatsch mit dem über New York, hab mir überlegt nach'm Abi da hinzugehen.«

Ich schluckte. »Ach ja?«

»Yep«, sagte er selbstbewusst.

Ich überlegte kurz, ob ich das für eine gute Idee hielt. Paul und New York?

Emma vollendete ihren Spielzug und sah mich an. »Wie heißt er denn? Dein Freund.«

»Er ist nicht mein Freund!« Ich wurde laut. Die Kinder waren irritiert.

»Bekannter klingt so doof«, sagte Emma, und Paul musterte mich skeptisch. Er ahnte was, das konnte ich ihm ansehen.

»Jackson. Er heißt Jackson.«

Es war ein ungewohntes Gefühl, seinen Namen in meinen eigenen vier Wänden zu hören. Nie zuvor war er hier gefallen.

Jackson hatte hier in München nicht stattgefunden. Das würde sich ändern.

Die Kinder beendeten das Spiel, als Paul zu einem Kumpel aufbrach und Emma sich mit ihrer Freundin aus dem Nachbarhaus in ihr Zimmer verkrümelte.

Ich war erschöpft, so erschöpft. Ich hatte Angst. Angst davor, dass die Blase zerplatzen könnte und Jackson und wir in meiner Realität nicht existent waren. Dass wir scheitern würden am Versuch, alles und alle zusammenzubringen.

Jackson hatte mir geschrieben, ehe er in Sydney in den Flieger gestiegen war, und war seitdem auf dem Weg zu mir. In mein Leben. Er passierte den Luftraum von der Blase in die reale Welt. Hoffentlich ging es gut, hoffentlich kam die Unbeschwertheit zurück. Meine Leichtigkeit, wenn ich mit ihm zusammen war. Ich freute mich auf ihn. Sehr. Und das war ein ungewohntes Gefühl. Wenn ich alles um mich herum vergessen und mich voll und ganz auf meine Gefühle einlassen konnte.

Ich ließ meinen Blick aus dem Fenster gleiten. Der Herbst hüllte München in eine bunt verkleidete Augenweide.

Ich hatte aus der Galerie noch ein paar Unterlagen mitgebracht, die ich dringend bearbeiten musste. Aber ich konnte mich nicht konzentrieren. Ich stand auf, machte mir einen Kaffee. Zog eine Jacke über, zog sie wieder aus. Machte mir einen Tee, zog die Jacke an und ließ nach und nach zu, dass Jackson meine Gedanken beherrschte.

Mir kam es vor, als hätte ich nur dagesessen und vor mich hin gestarrt, als Paul nach Hause kam und sofort hungrig die Küche enterte. Er fischte sich kalte Spaghetti aus dem Topf. Ich erschrak, als ich Samu in der Küchentür sah.

»Hab die Jungs abgeholt«, sagte er verteidigend.

Ich kannte ihn, ich sah es in seinem Blick, der Kränkung verriet. Er wusste Bescheid.

»Wollen wir nicht gleich zusammen essen?«, fragte ich Paul, der schon Soße über die Nudeln gestülpt hatte und den Teller in die Mikrowelle hievte.

Die herunterzählenden Sekunden bis zum erlösenden »Pling« schienen erdrückend. Ich sah zwischen Paul und Samu hin und her. Samu betrachtete mich, als wäre ich ihm völlig fremd. Erst als Paul sich samt Teller in Richtung Couch aufgemacht hatte, schloss ich die Tür.

»Gibt es noch was?«, fragte ich Samu, der sich nicht aus dem Türrahmen bewegte.

»Eigentlich nicht.« Er blieb dennoch stehen.

Ich spürte, dass das nicht stimmte.

»Es geht mich eigentlich nichts an. Aber …«

Mein Herz raste, ich wusste genau, was er fragen wollte.

»Dieser Jackson, der morgen zu Besuch kommt, ist das der Jackson, wegen dem du damals aus New York abgehauen bist?«

»Du hast recht, es geht dich nichts an«, sagte ich schnell.

Er kannte die Geschichte, er hatte mir geholfen, sie zu vergessen. Samu schwieg. Ich sah ihm an, dass er in seinem Hirn alles zurechtzurücken versuchte. Er wirkte ehrlich verletzt, das konnte ich ihm ansehen.

»Hattet ihr die ganze Zeit Kontakt? Ich meine, war er immer da? Zwischen uns?«

Mein Herz pochte bis zum Hals, ich spürte den Kloß, der mich daran hinderte, sofort zu antworten. Ich drehte mich zu Samu auf, sah ihn direkt an. Meinen Ex, mit dem ich einen Lebensabschnitt verbracht hatte. Durch dessen Anwesenheit ich zu dem Menschen geworden war, der ich heute war. Zu dem Menschen, in den Jackson bereit war sich zu verlieben.

»Nein«, sagte ich und meinte es 100 Prozent ehrlich.

Samu nickte. Er sagte kein weiteres Wort und das quälte mich am meisten. Er traf mich immer noch dort, wo es mir am meisten wehtat. Dabei musste ich selbst entscheiden, was richtig war und was falsch. Dazu hatte er mich immer gebracht. Diese Gabe hatte er.

Er ging. Ohne eine Ermahnung. Ohne die Bitte, den Kindern keinen neuen Freund vorzustellen, bei dem ich mir nicht wirklich sicher war. Ohne die Eifersucht, dass der neue Mann seinen Platz einnehmen könnte. Er ließ mich einfach stehen mit meinen Gefühlen.

Es fühlte sich beschissen an. Mich trotz alledem auf das zu freuen, was mir bevorstand, war eine riesige Überwindung.

* München, 2000 *

Mir war nicht bewusst gewesen, dass er so tickte. Dass ihm wirklich etwas an der Ehe lag. Seitdem er seinem oberbayerischen katholischen Elternhaus entkommen war, lagen ihm auferlegte Verbindlichkeiten eigentlich fern. Und mit mir als Scheidungskind, für das die Ehe eher etwas war, was man tunlichst vermeiden sollte, hatte er keinen leichten Sparringspartner für dieses Thema.

Aber es schien für Samu absolut logisch, mich zu heiraten. Rational betrachtet hatten wir festgestellt, dass wir von der zehn nicht weit entfernt waren und dass wir nicht mehr ohne den anderen sein wollten, abgesehen von den Zeiträumen, in denen es zwingend erforderlich war.

In jener Nacht, als er mich fragte, ob ich ihn heiraten wolle, war Samu so offen, so aufrichtig und das Gefühl zwischen uns so unbeschreiblich echt, dass ich ihm einfach zustimmte. Ja, auch ich wollte mich bekennen. Nicht für die anderen, sondern für mich selbst. Vielleicht gerade, weil ich ein Scheidungskind war, das das Trauma der zerrissenen Familie gut überstanden hatte, wollte ich zeigen, dass ich meine Panik vor Bindung dank Samu überwunden hatte. Dass ich gelernt hatte zu lieben und, noch viel wichtiger, zuzulassen, zurückgeliebt zu werden.

Ich hatte nie über Hochzeit nachgedacht und daher gab mir die Vorstellung, wirklich Samus Frau zu werden, einen unerwarteten Kick. Bei all meinem Hadern und Zögern der letzten Monate fühlte sich dieses Bekenntnis zu ihm so richtig an. Und mutig. Noch nie zuvor in meinem Leben hatte ich mich so mutig gefühlt.

Ich war 24 und Samu 26. Wir waren noch jung, aber wir hatten schon so viel Leben hinter uns gebracht, um das, was vor uns lag, von nun an gemeinsam beschreiten zu können. Wir liebten uns, und es gab keine Zweifel daran, dass sich das verändern würde.

Da sich herausstellte, dass Samu mit Romantik auch nicht viel am Hut hatte und es uns um uns ging und nicht um die Qualität der Feierlichkeiten, verzichteten wir auf viel Tamtam. Nur unsere Familien und ein paar Freunde luden wir ein. Bei mir beschränkte sich das auf meine Mutter und deren Freundin Petra. Seit ich wieder aus New York zurück war, war ich mit meinem Leben zu sehr beschäftigt gewesen, um mir einen neuen Freundeskreis aufzubauen. Meine Freunde von früher waren zu weit weg und die neuen, gerade entstehenden Freundschaften noch nicht nah genug, um meine Hochzeit miterleben zu dürfen.

»Was ist mit deinem Vater?«, fragte Samu mich, während er damit beschäftigt war, Bewerbungen für einen neuen Job zu schreiben. Er war jetzt drei Monate arbeitslos und hatte die Schnauze voll. Die vielen Absagen hatte er alle zur Kenntnis genommen und akribisch notiert.

»Ich habe keinen Kontakt zu ihm.« Ich wälzte auf dem Schreibtisch ihm gegenüber gerade ein 1000-Seiten-Buch über den Expressionismus.

»Ich würde ihn gerne kennenlernen.« Er sagte das so leicht, so unvoreingenommen, so nicht Partei ergreifen wollend.

»Aber es geht nicht um dich. Nicht mit ihm.« Ich war störrisch wie ein kleines Kind.

»Ja klar.« Er schwieg und wendete sich seinen Unterlagen zu. Ihm war bewusst, dass er jetzt die Saat gesetzt hatte. Ich musste an meinen Vater denken und die Tatsache, dass ich ihm verwehrte, bei unserer Hochzeit dabei sein zu können, kam mir plötzlich sehr unreif vor. Unreif und egoistisch. Also rief ich ihn an.

Ich hatte Christoph seit knapp vier Jahren nicht länger als ein paar Minuten gesehen. Der Mann, der jetzt vor mir stand, beeindruckte mich. Mein Vater beeindruckte mich.

Er wirkte aufgeräumt, war leicht gebräunt von ein paar Tagen Skifahren auf dem Gletscher, seine 51 sah man ihm nicht an. Ich musste Samus Hand loslassen, damit er sie Christoph reichen konnte. Sobald wir saßen, griff ich wieder danach. Als wäre die ständige Verbindung zu ihm meine Garantie, dass das Treffen mit Christoph milde verlief.

»Ihr wollt heiraten.« Christoph schien nicht überrascht, er urteilte nicht, er freute sich einfach.

»Krass, oder?«, bemerkte ich, meinen Sarkasmus nur schwer zügeln könnend.

»Nein. Wenn es passt. Du hattest schon immer ein unglaubliches Gespür für Menschen, hast dich nie von deinen Emotionen täuschen lassen.«

»Hatten wir deshalb keinen Kontakt?«, fragte ich ihn straight ins Gesicht. Samu drückte meine Hand. Christoph schwieg.

Mein Vater kannte mich kaum. Und die Tatsache, dass ich ihm vom Wesen her eigentlich sehr ähnlich war, wollte ich mir nicht eingestehen.

Wir saßen eine Weile zusammen an unserem Küchentisch. Tranken Kaffee, aßen Kuchen, ehe Samu zu dem Schluss kam, Christoph müsste sich mit meiner Mama einigen. Meine Eltern müssten ihre Differenzen so weit beilegen, dass ich mich am Tag meiner Hochzeit nicht zwischen ihnen beiden entscheiden müsste.

Mir, aber vor allem Christoph imponierte Samus Vorschlag, nein, es war eher ein Entschluss. Christoph stimmte willig zu.

»Macht euch keine Sorgen. Euer Tag wird nicht durch unsere Streitigkeiten gestört werden.«

Ein flüchtiger Kuss auf die Wange, mehr konnte ich ihm nicht geben. Noch nicht. Der erste Schritt war gemacht, die geschlossene Tür zwischen uns wieder einen kleinen Spalt geöffnet. Sie knarrte und quietschte und es würde auch noch eine Weile dauern, ehe sie ganz aufging, aber ein Spaltbreit stand sie nun offen.

»Danke«, sagte Christoph aufrichtig, als er unsere Wohnung verließ.

Natürlich grämte sich meine Mutter. Sie fürchtete, er würde mir zu sehr imponieren und ich mich letztendlich für ihn entscheiden.

»Ich entscheide mich für keinen von euch«, versicherte ich ihr. »Nur für mich und für Samu. Es ist unser Tag, es wäre toll, wenn ihr ihn nicht zu eurem macht.«

»Warum heiratet ihr überhaupt?«, versuchte sie ihren Gram auf mich zu übertragen, aber ich ließ die Zweifel nicht zu.

»Es ist mein Leben, Mama. Versuch es nicht mit deinem zu vergleichen, ja?«

Ich wollte nicht bereuen, es nicht einmal versucht zu haben, mich mit meinem Vater zu versöhnen. Ich konnte nicht an dem Gefallen, meiner Mutter zuliebe meinen Vater für alle Zeiten zu verschmähen, festhalten. Wir stritten heftig.

»Ich habe dich nie gebeten, dich auf meine Seite zu schlagen!« Ich sah, wie sich auf dem Hals meiner Mutter rote Flecken bildeten.

»Mama, was soll das denn jetzt?« Ich hatte echt keinen Bock zu streiten, es war ihr Thema.

»Warum jetzt? Warum kommt dein Vater jetzt an?« Ich musste tief Luft holen, ich hatte die ständige Kritik satt. Alle um mich herum schienen besser zu wissen, wie ich mein Leben zu leben hatte, dabei lief es doch jetzt endlich wieder gut. So, wie ich es wollte. Ich wollte meine Emotionen gegenüber meinem Vater jetzt selbst filtern. Welche Wut und welcher Schmerz richteten sich gegen ihn, weil ich mich nie von ihm akzeptiert gefühlt hatte? Und was davon war der Schmerz meiner Mutter, als er sie hatte sitzen lassen und mir die Verantwortung übertrug, sie wieder aufzubauen?

»Mama, es geht nicht um dich. Wenn du deine Gefühle nicht für einen Moment zurückstellen kannst, dann lass es. Komm nicht zu unserer Hochzeit.«

Ich hatte es satt. Es war mein Leben. Unseres. Samu half mir dabei, meine Gefühle zu sortieren. Er war meine Stütze, und das, obwohl er sich durch ständige Jobabsagen mental selbst kaum länger auf den Beinen halten konnte. Sein Fundament, nämlich die Überzeugung von sich und seinem Können, wackelte gewaltig. Ich bat ihn, sich Hilfe zu suchen, damit er die Situation, in der vor seinen Augen ein Mensch gestorben war, verarbeiten konnte. Vielleicht war sie die Quelle seines Nichtvorankommens. Samu aber schmetterte meinen Vorschlag immer wieder ab. Er könne es nur alleine und aus eigener Kraft schaffen, mit sich und den Geschehnissen ins Reine zu kommen.

Da sich das Millenniumjahr mit gigantischen Schritten dem Ende näherte und wir für uns entschieden hatten, es mit einem Höhepunkt abschießen zu wollen, legten wir Silvester als Termin unserer Hochzeit fest. Den 31. Dezember 2000. Ein Jahr, nachdem ich Jackson das erste Mal sah. Doch das spielte keine Rolle mehr. Samu nicht zu heiraten, dafür gab es keinen Grund.

München, 2017

Es gibt Momente im Leben, da überwiegt die Euphorie der bösen Vorahnung. Dann kann man nichts akzeptieren als das, was man sich in diesem Augenblick unabdinglich wünscht – bis man sich auf dem Boden der bitteren Tatsachen wiederfindet.

Er kam nicht.

Ich hatte am Ausgang von Gate B schon den zweiten Espresso getrunken, eine nette Dame vom Lost and Found gefragt, ob noch jemand bei der Gepäckausgabe stand, und immer wieder bei ihm angerufen, aber außer der automatischen, amerikanischen Ansage, die mir verlautete, dass der Teilnehmer vorübergehend nicht zu erreichen war, *the person you have called is temporarely not available,* keine Auskunft erhalten. Tenporarely – vorübergehend? Oder überhaupt?

Wo steckst du?

Die sich leerende Ankunftshalle hatte mich zum Überbleibsel deklariert. Zum naiven Stillleben.

Ich fragte mich ehrlich, was passiert war, dass er zwischen Sydney und hier die Richtung gewechselt hatte. Ich schloss mit gutem Gewissen aus, dass ihm etwas passiert war. Wenn dann war er passiert. Jackson. Er hatte bewusst die Richtung gewechselt, wahrscheinlich aus der gleichen Angst wie ich, doch in eine Einbahnstraße zu rasen, aus der wir nicht wieder heil herauskamen.

Es war keine Schmach, meinen Kindern zu erzählen, dass mein Bekannter aus New York nicht zum Essen kam, es war eine Tatsache. Eine schmerzhafte, der ich ins Auge sehen musste. Kein Anruf, keine Nachricht, der Teilnehmer ist vorübergehend nicht und erst wieder, wenn sein Vorübergehend beendet ist, zu erreichen.

Wo bist du, Jackson?, tippte ich in mein Handy ein.

»Mama, du bist aber schon traurig, oder? Ich mein, dass dieser Jackson nicht gekommen ist«, erkundigte sich Paul, als er mir half, die Spülmaschine einzuräumen. Ich straffte mich innerlich, nach außen gelang es mir kaum.

»Du, ihm ist was dazwischen gekommen. So was passiert im Leben«, sagte ich mit einem bemühten Lächeln in seine Richtung.

Pauls Blick ruhte auf mir, er versuchte mich zu lesen. Ich lächelte erneut, und er akzeptierte es für diesen Moment und verabschiedete sich, er wollte mit seinen Kumpels in den Englischen Garten. Emma war, da sich meine Pläne ja jetzt geändert hatten, bei Samu, und ich allein. Mit mir und meinen Gedanken. Ich war fahrig, ich war gereizt, ich war traurig, ich war müde und leer.

Als sein Anruf mich nachts um Viertel nach drei aus einem ruhelosen Schlaf riss, brauchte ich einen Moment, um in der Realität anzukommen.

»Wo bist du?«, schrie ich fast.

»Frankfurt«, sagte er entschuldigend, seine Stimme war müde.

»Ich hatte noch einen Termin auf meinem Zwischenstopp in Singapur. Der dauerte ewig und dann habe ich den Anschluss nach München verpasst und bin nur noch nach Frankfurt gekommen.

Seine Worte klangen wie eine Absage, eine lange Absage.

»Warum hast du mir nicht Bescheid gegeben?«

»Es ging alles so schnell. Ich dachte, ich kriege in Frankfurt noch einen Flug oder ’nen Zug. Aber hier geht ja nichts mehr nach Mitternacht!«

»Eine Nachricht? Irgendwas?« Ich lechzte nach einer Art Entschuldigung, jedenfalls nach etwas mehr als das, was er mir gab. Es kam nicht. Stattdessen herrschte einen Augenblick Stille, und ich fragte mich, ob er überhaupt noch in der Leitung war. Als ich seinen Atem hörte, fühlte es sich an, als stünde er direkt neben mir. Aber er tat es nicht.

»Ich wollte dich nicht enttäuschen.«

»Jackson, das macht es noch viel schlimmer. Ich habe meinen Kindern gesagt, dass du kommst.«

Er schwieg. Ich auch. Es dauerte eine Weile, bis ich endlich kapierte.

»Du wusstest nicht, wie du mit meiner Enttäuschung umgehen sollst«, stellte ich fest.

»Ja.«

Am liebsten wäre ich durch die Leitung gesprungen, am liebsten hätte ich ihn zu mir herangezogen und ihn umarmt. Er versuchte es, das spürte ich. Aber er konnte es nicht besser. Es war ein großes Stück Arbeit für ihn, mich in sein Leben mit einzubeziehen und im Moment scheiterte er daran. Und ich daran, es zu akzeptieren.

»Kata, ich liebe dich.«

Ich schwieg, lauschte seiner weichen Stimme, die meine Sehnsucht nach ihm schürte und meine Wut schmälerte.

»Wann machst du dich auf den Weg nach München?«

Meine Frage tickerte durch die Leitung. Als bräuchte sie Minuten, um bei ihm anzukommen.

»Ich muss zurück nach New York.«

Ich schloss die Augen. Der Moment, in dem die Blase zerplatzt war, lag schon eine Weile zurück. Wahrscheinlich irgendwo über dem Indischen Ozean.

»Wann?«, fragte ich schroff. Jetzt war ich ehrlich verletzt.

»Ich muss die Maschine heute Abend nehmen, damit ich vor dem Nachtflugverbot noch aus Deutschland komme.«

War das sein Ernst?

»Jackson, seit wann weißt du, dass du nicht nach München kommen wirst?« Ich kam mir vor wie bei einem Verhör, das Gespräch mit ihm machte keinen Spaß.

»Bei meiner Ankunft in Frankfurt ist etwas Krasses passiert. Die University of New York hat angerufen und mir einen Lehrstuhl angeboten. Kannst du dir das vorstellen? Die schmeißen mich erst raus und holen mich Jahre später zurück. Ich muss da hin!«

Seine Euphorie war nicht zu überhören. Er musste da hin. Das war mir klar. Das wusste ich. Die Stille in der Leitung war bedrückend. Sie waberte um uns herum, dann sprach er es aus.

»Bitte. Komm mit mir nach New York!«

Es war, als flehte er, als wollte er sich an irgendetwas festklammern.

»Ich komme nach Frankfurt«, sagte ich und legte auf.

Es kostete mich sehr viel Überwindung, Samu die Wahrheit zu sagen. Ich musste es tun, damit ich auf seine Unterstützung hoffen konnte. Er hasste es, wenn man ihm etwas vormachte, wenn man nicht ehrlich war.

Und so erzählte ich ihm die Geschichte von mir und Jackson. Ich ließ ein paar Details aus, um ihn nicht über die Maßen zu verletzen. Sagte, ich hätte in Berlin zufällig von Jacksons Vernissage erfahren und nicht bewusst nach ihm gesucht. Ich log, um ihn zu schützen, und es fühlte sich schrecklich an.

Ich wollte nicht, dass Samu dachte, Jackson wäre immer präsent gewesen. Auch wenn ich das nicht mehr definitiv verneinen konnte. Ich glaubte aber, dass es nicht Jackson an sich war, der unterbewusst über unserer Ehe geschwebt hatte, sondern vielmehr mein Gefühl, nicht genug gelebt zu haben, etwas verpasst zu haben, keinen Abschluss gefunden zu haben bei einer Geschichte, die ein Ende verlangte. Ob dieses Jetzt gekommen war? Ich wusste es nicht.

»Danke.«

Das konnte nur Samu. Sich für das Geständnis des Menschen, den er immer noch aufrichtig liebte und der ihm erzählte, dass es einen anderen gab, zu bedanken. Ich wusste nicht, was ich sagen sollte.

»Du bist ehrlich, das ist gut«, fuhr er fort.

Er versprach mir, dass er sich um die Kinder kümmern würde, solange ich klärte, was ich zu klären hatte. Im Nachhinein erschütterte mich, was ich da von Samu verlangte. Ich verstand, dass das wahre Liebe war. Dem anderen den Raum zu geben, den er braucht. Ihn nicht im Stich zu lassen, wenn es darauf ankommt und dessen Schwächen zu akzeptieren. Bedingungslos.

Ich bemühte mich, mich nicht über den horrenden Preis des Zugtickets zu ärgern, was mir erst gelang, als ich nach etwas über drei Stunden auf der Zielgeraden war. Der Zug war pünktlich, als ahnte er, mit mir war nicht mehr zu spaßen.

Ich beeilte mich aus dem futuristischen Gebäude des Bahnhofes am Frankfurter Airport zu kommen. Auf der Suche, gleichzeitig auf der Flucht.

Ja, am liebsten wäre ich wieder abgehauen, am liebsten hätte ich es sein gelassen. Ich hatte so Panik vor dem, was kam. Mein Kopf hämmerte mir immer wieder ein, umzukehren. Aber Bauch und Kopf waren sich uneinig, sie rasten in zwei verschiedene Richtungen. Für eine musste ich mich entscheiden.

Bereits zum dritten Mal reiste ich ihm hinterher. Ich kam mir mittlerweile vor wie Jacksons Groupie, aber dieses Gefühl war auf einen Schlag vorbei, als ich ihn plötzlich unter der großen Anzeigetafel sah. Unserem vereinbarten Treffpunkt, lässig das Gewicht auf ein Bein verlagert. Jetzt war mein Kopf komplett verstummt, und der Bauch triumphierte.

Ich sog ihn ein, bemüht, seinen Anblick zu genießen. Er spürte es und sah auf.

Unsere Blicke trafen sich und augenblicklich war das, was uns verband, nicht mehr zu durchtrennen. Da war so viel Gefühl, so viel Sehnsucht, Liebe. Sie wischte die Missverständnisse, die Wut, einfach weg.

Ich blieb stehen und zwang ihn, auf mich zuzugehen.

»Hi.«

Sein Kapuzenpulli und eine orangene Beaniemütze, die er über sein längeres Haar gezogen hatte, erinnerten mich an den jungen Kerl von damals. Den Mann, in den ich mich binnen weniger Sekunden verliebt hatte. Den Mann, der mein Herz im Sturm erobert hatte und der mich jetzt dazu brachte, mich genauso jung, naiv und mit meinen Gefühlen vollkommen überfordert zu fühlen wie damals.

»Hi«, sagte ich, meine Stimme war noch nicht ganz da.

Jackson seufzte, dann drückte er mich an sich, er hielt mich fest. Als wir uns kurz lösten, fanden unsere Lippen einander und erinnerten uns daran, was wir für einander empfanden. Mir wurde knallheiß, ich hatte ihn vermisst.

Er nahm mich an der Hand und führte mich in Richtung des angrenzenden Hotels, in dem er Quartier bezogen hatte.

Es war Mittagszeit, die Lobby des Businesshotels füllte sich mit Verabredungen zum Lunch.

»Hast du Hunger?«

Ich schüttelte den Kopf. Eigentlich kam ich um vor Hunger. Aber ich wollte mit ihm alleine sein, das hatte ich mir verdient.

Wir enterten den gläsernen Aufzug, der uns mit Ausblick in die beeindruckende Lobby in den 5. Stock gleiten ließ. Ich lehnte mich an Jackson, seinen Widerstand zu spüren, beruhigte mich. Was machte ich hier? Warum war ich ihm schon wieder gefolgt? Was erwartete ich? Wartete ich auf die Antwort, die ich womöglich gar nicht hören wollte? Dass er nicht nach München gekommen war, weil er es nicht konnte? Nicht wollte? Keinen Fuß in mein reales Leben setzen wollte, von dem er bereits wusste, dass es nicht seines war? In der Blase verweilen? Wo sie doch längst geplatzt war.

Noch ehe die Aufzugtür sich öffnete, sprach ich es aus. Es war keine Frage.

»Du hattest nie vor zu kommen.«

Ich mied seinen Blick, weil ich wusste, dass ich darin die Antwort fand. Jackson folgte der Aufforderung der aufspringenden Tür und verließ den Aufzug, er hielt mich fest an der Hand. Ich blieb stehen. Ich wollte eine Antwort, hier, auf der Stelle. Ehe wir alleine waren, ehe es keine Grenze mehr zwischen uns gab.

Jackson drehte sich um, wir standen einander gegenüber und duellierten uns mit unseren Blicken.

»Ich wusste schon in Sydney, dass ich pünktlich in New York sein muss, wenn ich den Lehrstuhl wirklich haben will. Ich konnte es dir nicht sagen.« Er wagte es nicht, mich anzusehen. »Ich will dich nicht verlieren, Kata.«

Er hatte gelogen, ich sah ihn irritiert an.

Ein Mann im Anzug ging an uns vorbei zum Aufzug. Jackson war die exponierte Situation auf dem Gang sichtlich unangenehm, aber ich zwang ihn, es auszuhalten.

Ich war ehrlich wütend. Auf ihn, auf mich, auf die Situation. Tränen schossen mir ungewollt in die Augen. Jackson war meinem Gefühlsausbruch hilflos ausgesetzt. Man sah ihm an, dass er keinen Plan hatte, wie er mit meinen Emotionen umgehen, geschweige denn dafür die Konsequenz tragen sollte.

Er nestelte an der Hotelkarte herum. Ich wollte weg. Was hatte ich hier auch noch zu suchen? Falls Jackson mich wirklich liebte, so wie er es sagte, musste er anfangen, Kompromisse einzugehen. So wie ich es tat, so wie ich es gewohnt war, so wie ich es mein Leben lang getan hatte.

»Lauf!!!«, schrie mein Kopf. »Halt die Fresse!«, hielt mein Bauch dagegen.

Seine Hilflosigkeit verstörte mich, gab mir aber auch Oberwasser. 2:0 für meinen Bauch. Ich nahm ihm die Hotelkarte ab und öffnete das Zimmer Nummer 668. Jackson folgte mir. Die Tür fiel ins Schloss, und wir waren allein.

München, 2000

Mir war schon seit ein paar Tagen flau im Magen, aber ich schob es auf die anstehenden Veränderungen in meinem Leben statt auf die tatsächlich vorhandene Magen-Darm-Grippe.

Samu und ich gerieten in einen heftigen Streit darüber, wie es nach der Hochzeit weitergehen würde. Nicht mit uns als Paar, sondern mit Samu und seiner aussichtslosen Jobsituation. Ich war mittlerweile sehr wütend darüber, dass ihm keine Stelle gut genug war und er krampfhaft versuchte, an seine Erfolge mit dem Büro Limmer anzuknüpfen. Er hatte ein paar Angebote, aber an jedem fand er etwas, was ihm nicht passte.

»Wenn du zu lange raus bist, verpasst du den Anschluss!« Ich war der Überzeugung, er müsste erst wieder hineinfinden und sich die Jobs zu eigen machen, der Rest käme dann schon von allein. Aber Samu blieb stur und überheblich. Er kannte seinen Marktwert und auch wenn dieser durch die Geschehnisse der letzten Monate gelitten hatte, so wollte er es allen erst recht beweisen. Dass er nicht schuld war, dass er keinen Fehler gemacht hatte. Dass er noch genauso gut war wie vor dem Unfall. Er fand das alles so unfair und sah sich als Opfer. Es zermürbte ihn, dagegen anzukämpfen, anstatt nach vorne zu sehen, und mich machte diese Ignoranz wahnsinnig. Wo war seine Selbstverständlichkeit geblieben, die Dinge anzupacken und zu sehen, wohin sie ihn brachten?

Unsere Freunde, oder besser gesagt Samus Freunde, die ich mittlerweile auch in mein Leben gelassen hatte, hatten einen Junggesellenabschied organisiert. Da Samu aber keinen Anlass sah, an einem vorgeschriebenen Abend ohne mich die Sau rauszulassen, wollten er dies mit mir zusammen tun.

Die Unstimmigkeiten standen noch zwischen uns und meine aufkommende Panik, ob eine Hochzeit daran etwas verändern würde, wie ein Mahnmal im Weg. Wir waren noch nicht so lange zusammen, noch nicht mal ein Jahr. Würde diese gemeinsame Zeit ausreichen, um darauf ein Leben mit ihm aufzubauen?

Ich übergab mich zweimal, ehe ich zum verabredeten Treffpunkt mit unseren Freunden aufbrechen konnte. Mein Magen spielte verrückt, ich musste mich unbedingt beruhigen. So wie Samu. Denn in einer Sache hegte er nicht den geringsten Zweifel: uns.

Also verließ ich mich auf sein Gefühl, dass es einfach logisch war, das Band zwischen uns fester zu schnüren und versuchte den bevorstehenden Abend zu genießen.

Es war ein voller Erfolg. Als würden alle Zweifel, alle »Ja, aber«, alle »Was, wenn« einfach verpuffen. Wir feierten. Uns selbst, das Leben an sich und unsere große Liebe.

Auf einmal war es ein Leichtes, den Streit, der als dunkle Wolke über uns schwebte, zu vergessen. Wir feierten ekstatisch. Grölten »It's My Life« von Bon Jovi und »Türlich, türlich« von Das Bo und fühlten uns unbesiegbar. Der Alkohol erledigte den Rest, ich übergab mich noch zweimal in einem Hauseingang, und Samu hielt mir dabei fürsorglich die Haare zurück. Tja, Liebe geht eben durch den Magen.

Die Eiseskälte, die Mitte Dezember die Stadt erfasste, brachte uns dazu, nicht lange auf offener Straße zu verweilen und so enterten wir Bar um Bar, bis wir alle feierleer waren.

Im noch stockdunklen Wintermorgen torkelten Samu und ich glücklich nach Hause. Wir hielten einander, stützen uns und waren verliebt. Die Unstimmigkeiten wie weggeblasen.

Samu schob im Treppenhaus seine kalte Hand unter meinen Pullover, und ich quietschte kurz auf. Ich zog ihn, er schob mich die Treppe hinauf. Im Treppenabschnitt vor unserer Wohnungstür kamen wir zum Stehen, und ich zog ihn zu mir heran.

»Ehemann!«, grinste ich ihn an.

»Bald«, lallte er zurück, und ich schob ihm etwas ordinär meine Zunge in den Mund, auf der sich die Geschmäcker des vergangenen Abends niedergelassen hatten. Doch das war egal, die Lust aufeinander schmeckte süß und übertünchte alles.

An Ort und Stelle, mitten im Treppenhaus, öffnete ich Samus Jeans und zog auch seine Shorts herunter. Er presste mich auf das Fenstersims und zerriss beim Versuch, meine Strumpfhose herunterzuziehen, das dünne Nylon. Hektisch drang er in mich ein. Hektisch liebten wir uns auf der Fensterbank. Trunken kamen wir sofort. Torkelnd trug er mich die letzten Stufen bis zu unserer Wohnung, wo wir auf dem Bett zusammensanken und sofort einschliefen.

Am nächsten Tag lagen wir nackt und schwitzig in der überheizten Wohnung, die Luft war trocken, unsere Kehlen waren es auch. Der Restalkohol vergangener Nacht hatte sich wie ein dünner Nebelschleier über uns gelegt.

»Ich freue mich auf alles, was kommt«, sagte Samu während er mein Haar zwischen seinen Fingern hin und her rieb, das Geräusch konnte ich nicht leiden, außerdem machte es meine Haarspitzen spröde. Ich band es zu einem Knoten zusammen. Er grinste und symbolisierte mit den Fingern in der Luft, wie er ein Foto machte.

»Für mein Erinnerungsalbum.«

Ich küsste ihn, ich war glücklich, beinahe schwerelos und frei.

»Wir machen doch erst einmal weiter wie bisher?«, fragte ich schließlich.

»Also außer …«

Er unterbrach mich jäh. »Ich finde einen Job, vertrau mir.«

Ich nickte schnell, natürlich vertraute ich ihm.

»Ich bin mir nicht sicher, ob die Galerie mir die Stelle freihält, bis ich mit dem Studium fertig bin.« Ich legte meinen Kopf auf seinen Bauch. Samu strich sanft über meinen Busen. Er dachte nach.

»Wir könnten auch weggehen? Ich meine, nach deinem Studium. Nichts hält uns hier. Woanders könnte ich beruflich komplett neu anfangen.«

Man konnte die Bilder, die uns beiden in diesem Moment durch den Kopf schossen beinahe sehen. Ich setzte mich auf. Da war es! Das Abenteuer, von dem ich immer gehofft hatte, es würde uns verbinden.

»Ja. Barcelona! Das ist der Ort, an dem sich Architektur und Kunst verbinden.«

Wir waren auf einen Schlag so begeistert, dass wir noch vom Bett aus, nackt, wie wir waren, alle geladenen Gäste zur Hochzeit frech darum baten, ihre Geldgeschenke vorab zu überweisen, so dass wir unsere Flitterwochen, gleich im Anschluss an die Hochzeit, in Barcelona verbringen konnten. Dem Sehnsuchtsort, der uns beide verband, obwohl wir nie zuvor darüber geredet hatten.

Noch am selben Abend buchten wir Flüge und eine einfache Pension in Barcelonas Künstlerviertel El Born. Es beflügelte uns. Die Vorstellung, München wieder den Rücken zu kehren und mit Samu die Welt zu erobern, gab mir die Sicherheit, mit ihm überall hingehen zu können.

Am Silvesterabend feierten wir im kleinen Kreis unsere Hochzeit. Mein Vater Christoph hatte seine Beziehungen spielen lassen, so dass wir als einziges Paar am letzten Tag des Jahres im Standesamt in Schwabing getraut wurden.

Danach ging es zu unserem Stammitaliener an der Ecke. Wir saßen unter etlichen Silvestergästen und fielen kaum auf. Christoph wagte es, mich zu umarmen. Ich drückte ihn einen kurzen Augenblick.

»Der Abend geht auf mich. Habe gehört, das ist so üblich.«

Ich sah ihn verblüfft an. Alles in mir schrie danach, sein Angebot abzulehnen, aber die Tatsache, dass ich noch ewig brauchen würde, um meine New-York-Schulden bei ihm abzubezahlen, stimmten mich milde.

»Okay«, sagte ich kurz und: »Danke.«

Wir aßen Pasta und Pizza, tranken Wein aus Karaffen und Grappa aus viel zu großen Gläsern und feierten das Versprechen, das alle füreinander da wären in guten wie in schlechten Zeiten.

Meine Mutter saß so weit wie möglich weg von Christoph, der sich dazu bereit erklärt hatte, an diesem Abend seine Lebensgefährtin des lieben Friedens willen zu Hause zu lassen. Unsere Annäherung war noch zu frisch. Und würde ja bald wieder auseinanderklaffen, da ich erneut nicht dem Lebensplan folgte, den Christoph sich insgeheim für mich wünschte.

Apropos Lebensplan. Wir schwiegen über unser Vorhaben, München den Rücken kehren zu wollen und kamen ins Stocken, als Samus Eltern uns ihr Geschenk präsentierten, das mit Barcelona rein gar nichts zu tun hatte. Sie hatten eine Wohnung in Giesing gekauft.

»Vor dem Balkon fließt ein Stück Isar vorbei. Ist das nicht toll?« Wir könnten gleich nach unserer Hochzeit dort einziehen.

Anna und Max warteten auf eine Reaktion. Uns war klar, dass ihnen die Wahrheit nicht gefallen würde. Ihr Sohn noch weiter weg in der Ferne! Und so lächelten wir und bedankten uns. Die Wahrheit verschoben wir.

Später dann, als Tiramisu und Panna Cotta aufgegessen waren und eine weitere Runde Grappa uns alle noch mehr aufgekratzt hatte, gingen wir kurz vor Mitternacht beschwingt nach draußen. Samu und ich wollten diesen Moment nur für uns haben und entfernten uns ein wenig von unseren Gästen. Am Silvesterabend mit meinem Ehemann in Schwabing zu stehen und die Silvesterraketen zu bestaunen, wie sie ihre Bahnen durch den Nachthimmel zogen, erfüllte mich mit großer Zufriedenheit. Zwischen ihnen entdeckte ich einen hellen Stern und einen zweiten, der neben ihm verblasste.

Das Silvester vor einem Jahr in New York fühlte sich an wie aus einem anderen Leben.

Frankfurt, 2017

Es war kein versöhnlicher Sex. Er war leidenschaftlich, vielleicht ein Ticken zu sehr. So hatte ich mich nie zuvor gefühlt. Bereit, alles zu geben, ohne Angst, alles verlieren zu können. Ich nahm mir, was ich wollte. Und doch spürte ich, dass sich etwas verändert hatte. In mir, in meiner Haltung zu ihm. Während Jackson sich emotional immer mehr an mich klammerte, löste ich mich von ihm. Ich liebte ihn, ich wollte ihn lieben, aber ich wusste nicht wie.

Erst einmal satt von uns, aber ausgehungert, orderten wir anschließend beim Zimmerservice alles Essbare auf der Speisekarte. Hier, in der Anonymität des Hotelzimmers, hielt unsere Blase noch an, hier waren wir eins. So versuchte ich mich zu entspannen, es zu genießen, bei Jackson zu sein, aber der drohende Abschied lähmte mich zunehmend. Es war eine Vorahnung, die die ganze Zeit über uns lag. Die bevorstehende Trennung, seit wir uns getroffen hatten, ja eigentlich, seitdem wir uns kannten. Uns trennten zwei Welten und auch wenn Liebe darüber hinausging und nicht rational bestand, Grenzen überwinden konnte, waren unsere jetzt klar abgesteckt.

»Es tut mir so leid, Kata«, sagte Jackson schließlich, als er sich vollgegessen auf den Rücken legte. Seine grau melierten Brusthaare standen in alle Richtungen ab. Was tat ihm leid? Dass er nicht nach München gekommen war? Dass er nie kommen würde? Dass er seinen Job vorzog? Dass er sich für das entschied, was ihm vertraut war, für das er sein Leben lang gekämpft hatte?

»Ich weiß, Jackson«, erwiderte ich und hüllte mich in seinen zu großen Pullover.

Mein Blick glitt durch das Hotelzimmer. Sollte so meine Zukunft aussehen? Die Geliebte eines erfolgreichen Künstlers sein, ihn nur während eines Overlaystopps sehen? Ich musste auflachen.

»Was ist?«, fragte Jackson unsicher.

»Ich stelle gerade fest, wie krass unterschiedlich wir sind.«

Jackson schenkte tiefschwarzen Kaffee aus einer Kanne ein und reichte mir eine Tasse. Der Kaffee war bitter und lauwarm.

»Ist das denn so schlimm?« Jackson verzog das Gesicht, als er aus seiner Tasse trank. »Mein Gott, der Kaffee schmeckt echt scheiße.« Er wusste nicht wohin damit und würgte ihn herunter. Wir mussten beide lachen.

Ich liebte es, wenn sich seine tiefen Grübchen beim Lachen in seine Wangen schoben. Konzentriere dich!, meldete mein Kopf meldete sich. Ich holte tief Luft.

21, 22, 23 …

»Es wird nicht funktionieren.«

Er setzte sich auf, nahm mir die Tasse ab und hob mich auf seinen Schoß. Er strich mir meine Haare aus dem Gesicht und küsste mich zärtlich. Er atmete mich ein, schmiegte sein Gesicht an meine Schulter, sein warmer Atem bescherte mir Gänsehaut.

Wir wussten es. Wir wussten es beide.

»Ich will dich nicht verlieren, Kata.«

Er hatte mich verloren. Schon vor einer ganzen Weile.

»Ich kann nicht nach New York mit dir, Jackson. Mein Leben ist in München. Meine Kinder sind in München.«

Er nickte, ich umarmte ihn und drückte ihn an mich. Vor meinem inneren Auge rauschte die Vergangenheit vorbei, sortierte sich in vorbeifliegenden Bildern. Wie wäre mein Leben verlaufen, wenn ich ihn damals nicht hätte gehen lassen? Wo wäre ich jetzt? Wie wären wir miteinander? Wäre er der erfolgreiche Künstler geworden, der er heute war? Und ich? Wäre ich eine Mutter? Eine liebende Mutter, die ihre Kinder über alles stellte? Hätte ich mich in seiner Welt gefunden? Oder hätte ich mich verloren?

Ich drückte ihn fester, hielt ihn fest.

Welches Leben hätte ich heute, wenn ich bei Jackson geblieben wäre? Als ich die Augen öffnete, wusste ich die Antwort: nicht meines. Es wäre nicht mein Leben.

Ich hatte mich gegen ihn entschieden und für das Leben mit Samu und meinen Kindern. Es war mein Wille gewesen, es so geschehen zu lassen. Und ich würde es wieder tun.

Ich löste mich von ihm und stand auf.

»Was hast du vor?«, fragte er.

»Ich fahre nach Hause.«

Jackson wurde fahrig.

»Kata, bitte. Ich liebe dich«, sagte er. Ehrlich, aber hilflos.

»Und ich liebe dich. Aber ich bin müde, Jackson. Ich habe mein bisheriges Leben damit verbracht, mich nach anderen zu richten. Und so will ich nicht mehr leben.«

Er stand auf, auf der Suche nach einer Lösung. Er fand keine.

»Du warst zu lange allein, um zu wissen, was man tun muss, um einen Menschen neben dir existieren zu lassen. Das hast du selbst gesagt. Du hast zu viel erreicht in deinem Leben. Und wirst es nicht aufgeben. Ich will auch gar nicht, dass du es aufgibst.«

Er ging auf mich zu, er war zwar groß, viel größer als ich, aber ich war ihm so überlegen in diesem Moment. »Mit dir kann ich mir alles vorstellen. Sogar eigene Kinder.«

»Das glaube ich nicht. Ich glaube, ehrlich gesagt, dass du zu egoistisch bist für Kinder. Und ich habe welche. Wunderbare, großartige Kinder.« Meine Augen füllten sich mit Tränen. »Ich will keine anderen.«

Er fiel in sich zusammen, ich glaubte zu erkennen, dass seine Augen feucht wurden.

»Ich kann mein Leben nicht einfach so ändern, ich habe eine Verantwortung«, führte ich weiter aus. »Meine Kinder warten nicht auf mich.«

»Aber dein Leben auch nicht«, widersprach mir Jackson.

»Ja.« Ich nickte und suchte nach Worten. »Aber mit dir in New York zu leben, ist das wirklich, was ich will?«

Er sah mich an, sein Blick wurde fahrig.

»Wir müssen es versuchen, Kata!«

»Das habe ich, Jackson. Ich habe versucht, dich zu lieben. Aber mein Leben ist in München. Ich bin dabei, mir was aufzubauen, mich zu finden. Meine Kinder brauchen mich nach der Trennung noch mehr als zuvor.«

Er schwieg, die Argumente erdrückten ihn beinahe.

Eine Pause trennte uns, eine lange Pause. Dann nahm ich all meinen Mut zusammen.

»Was ist mit dir? Warum kommst du nicht zu mir nach München? Malen könntest du überall.«

Er sah mich an, beinahe verständnislos, er schwieg.

Er konnte es nicht. Ich hatte es gewusst, ehe ich die Frage gestellt hatte.

Während er im Bad verschwunden war, hatte ich mich angezogen. Ich hörte ihn. Er weinte nicht, er versuchte seine Emotionen zu zügeln, wusste nicht, wohin mit sich.

Ich war in der Mitte meines Lebens angekommen. Ich hatte einen Neunanfang gewagt und wollte jetzt selbst bestimmen, wohin mich mein weiteres Leben trug. Frei sein, mich nicht nach jemandem richten, der nicht bereit war, seine Gewohnheiten ein Stück weit an mich anzupassen.

An einem Punkt in unserer Vergangenheit, schon weit bevor wir uns wiedertrafen, hatten Jackson und ich unterschiedliche Abzweige genommen. Wir beide hatten verschiedene Wege gewählt, die sich nie vollends kreuzen würden.

Ihn zu lieben schien mir so leicht, mit ihm zu leben jedoch unmöglich.

Leise ließ ich die Tür ins Schloss gleiten. Das Klicken, als sie endgültig zufiel, glich dem Knacken in meinem Herzen. Ich hatte zugelassen, dass die Narbe wieder aufklaffte. Ich war emotional zu weit, zu erfahren mit meinem Schmerz, um mein Herz wieder komplett brechen zu lassen. Aber es schmerzte höllisch, als ich ihn zurückließ, als ich das Hotel verließ, als ich in den ICE zurück nach München stieg.

Ich weinte nicht. Ich hatte keine Tränen mehr. Ich war dankbar. Froh, dass ich es zugelassen hatte, Jackson wieder in mein Leben gelassen zu haben.

** Barcelona, 2001 **

An meinem Ringfinger an der Hand zu meinem Herzen glänzte ein kleiner schmaler Ring, einfach, ohne viel Schnickschnack. Wider Erwarten zu der Schwere seiner Bedeutung fühlte er sich ganz leicht an.

Das Leben passiert, während du andere Pläne machst. Wir hatten einen Plan gemacht. Starteten das neue Jahr, unser neues Leben mit den Eindrücken Barcelonas. Mit der Stadt, die uns beide in der Vergangenheit schon schwer beeindruckt hatte. Mich während einer Abifahrt und Samu auf einem Wochenendtrip während des Studiums. Diese Stadt lebte und würde uns aufnehmen, da waren wir uns beide völlig sicher. Barcelona würde gut zu uns sein und wir zu ihr.

Wir trafen uns mit einer ehemaligen Studienkollegin Samus, Roji aus Stockholm, die uns beiden fernab der touristischen Attraktionen ihr Barcelona zeigte, uns über das Visum und die aktuelle Lage auf dem Wohnungsmarkt aufklärte. Roji riet Samu, sich von Deutschland aus auf einen Posten in einem der sehr angesagten und aufsteigenden Architekturbüros zu bewerben. Meist startete man dort mit einer dreimonatigen Probezeit, ehe ein Einsteigervertrag angeboten werden würde.

»Mit Englisch habt ihr beide kein Problem. Barcelona ist sehr international vertreten! Aber viele Arbeitgeber bieten zusätzlich Sprachkurse an.«

Bei einem Abstecher auf den Campus der Universität Barcelonas fand ich heraus, dass die Uni ein internationales Austauschprogramm mit der Uni in München hatte. Wenn ich also ganz viel Glück hatte, könnte ich mein Studium sogar hier beenden.

»Die nehmen nur die Besten«, seufzte ich.

»Dann sollte das für dich ja kein Problem sein!«

Es war alles klar.

Wir waren glücklich, wir waren frei, wir lebten das Abenteuer und die Stadt und ihre Menschen fühlten sich absolut richtig an. Wir wollten alles versuchen, um so schnell wie möglich dauerhaft nach Barcelona ziehen zu können.

Selbst im Winter lagen die Temperaturen bei angenehmen 15 Grad. Roji hatte uns auf ein Fest in ihrer WG eingeladen. An die 50 Menschen tummelten sich in der kleinen Wohnung unterhalb des Sants-Montjuïc.

Tagsüber waren wir nach ausgiebigen Museumsbesuchen mit der wackeligen Seilbahn auf den Berg hinaufgefahren, um durch den historischen Montjuïc Park zu schlendern. Dalí, Picasso, Gaudí, Miró, Tàpies, sie alle waren Persönlichkeiten dieser beeindruckenden Stadt. Sie prägten ihr Stadtbild, sie prägten die ganze Welt. Ich wusste alles über sie und beeindruckte Samu mit meinem Wissen, der es wiederum durch seinen architektonischen Verstand ergänzte.

Auf der Party verloren wir uns nie aus den Augen, wir fügten uns ein in die Menge der freundlichen Menschen aus aller Herren Länder. Sie nahmen uns auf, als ob es die normalste Sache der Welt war.

»Diese Stadt gehört niemandem«, sagte ein Spanier aus der Provinz Valencia, der dabei war eine kleine Firma zu gründen, die es den Bewohnern Barcelonas möglich machte, auf einem Internetportal Teile ihrer Wohnung zur Untermiete anzubieten. Ich war begeistert, vielleicht fänden wir ja über ihn eine Bleibe für die erste Zeit.

Unser Enthusiasmus war nicht zu bremsen. Er offenbarte, was ein Neuanfang hier für uns bereithalten würde. Und doch kam es anders.

Ich fühlte mich verändert, als wir wieder in München waren. Die Bilder der letzten Tage loderten bunt in meinem Kopf. Der Geschmack von Fideuà und den variantenreichen Tapas, der scharfen Gazpacho und des Vino Tinto lagen mir auf der Zunge. Der rege Austausch der vielen Menschen, die wir getroffen hatten, hatte mich ebenso inspiriert wie die Aura der Stadt, von der wir bald ein Teil werden wollten. Unser Vorhaben beschwingte uns und der gedanklich geplante Abschied tröstet über die grau verhangenen Winterberge hinweg, die wir rund um München erblickten, als wir wieder dort landeten.

Das pulsierende Leben der Straßen Barcelonas spürte ich selbst noch in meinen Knochen, als ich wieder über meinen Uniunterlagen brütete. Erst als wir kurz innehielten, reflektierten, überlegten, welchen Schritt wir als Nächstes gehen sollten, fiel es mir auf.

Die unberührte Tamponpackung in meinem noch nicht ausgepackten Koffer starrte mich an. Sofort überschlugen sich die Zahlen in meinem Kopf, um herauszufinden, wann ich zuletzt meine Tage gehabt hatte. Aber das konnte nicht sein, ich nahm seit gut einem halben Jahr akribisch genau die Pille, Samu hatte sich abgewöhnt, mich danach zu fragen, weil er wusste, wie konsequent ich damit war. Ich spürte, wie mich eine Nervosität ergriff, die meinen Körper bleiern machte. Das konnte nicht sein! Wie denn? Schallte es durch meinen Kopf. Auf dem Weg zur Apotheke schob ich meine Gedanken an die mögliche Magen-Darm-Grippe im Dezember beiseite. Hatte sie die Wirkung der Pille beeinflusst?

Fünf Minuten können einem vorkommen wie fünf Stunden. Ich erlebte in der Zeit, in der ich auf das Testergebnis wartete, eingeschlossen auf der Toilette, was ich sonst nie tat, jegliche Gefühle und wusste keines davon einzuordnen. Noch vor ein paar Monaten hatte ich beschlossen, meinen Weg alleine zu gehen, durch Samu hatte ich mir dann aber kurze Zeit später eingestanden, dass wir besser zu zweit wären. Aber immer noch mit der Option, dass jeder sein eigenes Ding machen konnte. Sich beruflich ausprobieren und als Paar zu wachsen. Als ich die zwei Striche auf dem Test sah, riss es mir die Füße weg, und ich hatte eine Panikattacke.

Ich wusste, auch wenn Samu und ich unseren eigenen Weg gehen würden, ich wäre ab sofort nie wieder allein.

Ich taumelte ins Wohnzimmer. Samu war gerade dabei, seine Bewerbungen für den internationalen Markt anzupassen und die vor ihm liegende Liste der angesagten Firmen in Barcelona abzuhaken. Leise trat ich an ihn heran. Barcelona war mit zwei kleinen Strichen komplett in die Ferne gerückt.

»Ich bin schwanger«, sagte ich in die Stille der Wohnung, die nach der Lebendigkeit und dem bunten Farbenspiel Barcelonas beinahe spießig wirkte.

Samu sah mich an. Er zog seine Augenbrauen zusammen, um sicherzugehen, dass er mich richtig verstanden hatte. Meine Worte hatten ihre Wirkung nicht verfehlt, sie würden sein Leben genauso auf den Kopf stellen wie meines. Das erste Mal erlebte ich ihn sprachlos. Nach einer gefühlten Ewigkeit aber, schob er seine Liste beiseite und klappte den Laptop zu.

Er lächelte und legte den Kopf zur Seite, als könnte er all meine Sorgen verstehen.

»Das ist großartig«, sagte er mit tiefer Aufrichtigkeit. Dann nahm er mich in die Arme, und in seinem Halt spürte ich, dass alles gut würde. Ich ließ mein Gefühl siegen, das die Vernunft versucht hatte auszulöschen und dann war da nur noch eines: Freude.

Auch wenn ich es nicht geplant hatte, nicht zu diesem Moment, so verstand ich, dass das Leben einfach passiert und wir alleine es in der Hand haben, glücklich zu sein.

München, 2017

Die Neujahrsnacht war eiskalt, der Rauch des Feuerwerks hatte sich noch nicht gelegt und tauchte die Stadt in einen mystischen Nebel. Ich konnte kaum atmen, was aber auch daran lag, dass ich mich in letzter Zeit generell schwertat, Luft zu bekommen.

Seit ich Jackson vor über zwei Monaten in Frankfurt zurückgelassen hatte, stockte mir oft der Atem. Ich haderte nicht mit meiner Entscheidung, nicht mehr. Manchmal aber bekam ich einen Anflug von Panik, wie es jetzt weitergehen sollte. Auch jetzt bahnte sie sich an. Also schnappte ich nach Luft, atmete in den Bauch und beruhigte mich langsam.

Ich hatte Jacksons immer weniger werdende Nachrichten, die schließlich ganz aufhörten, gelöscht. Das, was ich für ihn empfand, würde irgendwo in meinem Herzen Platz finden und für immer dort bleiben, dessen war ich mir sicher. Ebenso sicher aber wusste ich, dass es richtig war, hierzubleiben, in München, bei meinen Kindern, bei meinem Job in der Galerie, der mir jeden Tag mehr Freude bereitete. Ich hatte es sogar gewagt und wieder einen Pinsel in die Hand genommen. Emma hatte sich gewünscht, dass ich sie male. Das Ergebnis war ganz passabel, es versöhnte mich mit meinem ursprünglichen Wunsch, eine bedeutende Künstlerin zu werden.

»Guads Neues!«, grölten mir ein paar Jugendliche zu, die auf einem Fahrrad und mit Sektflaschen in der Hand an mir vorbeiradelten und mir zuprosteten.

»Euch auch!«, rief ich und hüllte mich tiefer in meinen Daunenmantel. Es war gut, dass ich noch mal vor die Tür gegangen war. Meine Mama war schon nach dem zweiten Glas Champagner einfach zur Seite gekippt. Emma hatte sich kaputtgelacht und mit ihrem Smartphone Fotos von Oma gemacht. Jetzt schliefen sie in der Wohnung selig dem neuen Jahr entgegen, es war Viertel nach zwei. Paul hatte mir kurz nach zwölf eine Nachricht geschickt: *Happy New Year, Mama. Hab dich lieb!* Er war mit seinem Kumpel beim Snowboarden in den Bergen.

Ich genoss die Stille um mich herum. München war wie leergefegt und ich dachte an den Song von Pauls Lieblingsband Moop Mama, »Die Stadt, die immer schläft«.

Ach, es ist schon spät. Wieso bin ich noch immer wach, wenn doch nichts geht? Ich hab die ganze Nacht noch nichts erlebt. Ich bin zu Hause in der Stadt, die immer schläft.

Ich musste schmunzeln. Ich mochte München, es entschleunigte mich und meine Gedanken. Meine Heimatstadt legte sich wie ein vertrauter Mantel um mich und gab mir Geborgenheit.

Und es gibt viel zu tun für denjenigen, der jede Nacht die Bürgersteige aufklappt. Nicht mal das Glück liegt noch auf der Straße. Alles sauber.

Das wollte ich doch mal sehen, ob das neue Jahr nicht doch etwas Glück für mich parat hielt.

Ich enterte die Bar gegen halb drei. Ein paar übriggebliebene Feierwütige tanzten auf einer kleinen Tanzfläche vor einer Jukebox zu »YMCA«. An den runden Tischen in den Nischen saßen kleine Grüppchen und stießen auf das Leben an. Der mir bekannte Barmann prostete mir zu. »Gutes Neues, Kata!«

Ich ging auf ihn zu und nahm am Tresen Platz. »Ein Augustiner.«

»Und einen Schnaps«, ergänzte er.

Kaum standen die Getränke vor mir, sah ich ihn.

Er kam aus Richtung der Toiletten, trug einen schlichten Pullover, darunter blitzte ein weißes T-Shirt hervor. Jeans, Boots, seine Haare waren etwas länger und standen ihm verwegen vom Kopf. Und obwohl er sich perfekt in die gewohnte Kulisse einfügte, traf mich sein Anblick wie ein Schlag und irritierte mich so sehr, dass ich beinahe das komplette Bier verschüttete. Mein Herz stoppte einen Moment und fing erst wieder an zuschlagen, als ich erneut Luft holte.

Als er mich sah, blieb er abrupt stehen, zögerte kurz. Mir war, als wirkte er größer als früher, im Schatten seiner männlichen Statur fühlte ich mich beinahe klein. Ich dachte, er würde jetzt einfach zurück zu seinem Tisch gehen, wo sein Kumpel Carlo schon auf ihn wartete. Aber er löste nur kurz seinen Blick, ehe er langsam auf mich zukam.

Ich räusperte mich. »Ich dachte, du bist in den Bergen.«

»Carlo hat die Hütte doch seiner Ex überlassen.«

»Warum hast du denn nichts gesagt?«

Samu schwieg und setzte sich neben mich. Der Barmann stellte ihm ohne Aufforderung ein Bier hin.

Wir schwiegen, und es fühlte sich richtig an. Selten hatte ich mich in der Stille so wohlgefühlt.

Ich betrachtete ihn aus dem Augenwinkel, nahm seine feinen, mir so vertrauten Gesichtszüge wahr. Ich wollte es nicht, aber meine Augen füllten sich unweigerlich mit Tränen.

Als Samu mich ansah, nickte er zustimmend. Ich hörte im Kopf seine Stimme: »Kata, was für eine Scheiße!« Stattdessen sagte er: »Heute ist unser Hochzeitstag.«

In seinem Blick lag kein Schmerz, nur, dass alles in Ordnung war.

Wortlos stand er auf und machte einen Schritt auf mich zu. Durch einen Tränenschleier sah ich ihn an. Wie selbstverständlich wischte mir Samu eine Träne aus dem Gesicht und wie selbstverständlich schloss er mich in seine kräftigen Arme. Ich spürte sofort seine Wärme und ließ mich komplett fallen.

Alle Anspannung und das Leid der letzten Monate, die Aufregung, die Unsicherheit, die Neugierde auf das Ungewisse – all das löste sich in dieser einzigen Umarmung auf, und mir fehlten die Worte, es zu umschreiben, weil es Liebe war.

New York, 2023

New York machte mich nicht mehr nervös, es war mittlerweile wieder Teil meines Lebens.

Ich stand unter dem Wahrzeichen vom Waverly Place, umgeben von Studenten, die alle auf der Suche waren. Oh, war ich froh, dass meine Suche beendet war.

Auf meinem Smartphone öffnete ich die Nachricht eines Kunden, der ein weiteres meiner Bilder kaufen wollte. Ich schmunzelte der Spiegelung meines Gesichtes auf dem Display entgegen. Die Sonne blendete mich, und ich trat in den Schatten, genau unter den Triumphbogen.

Ja, ich triumphierte, als ich ihn auf mich zukommen sah. Mein Herz platzte beinahe aus allen Nähten. Wir hatten es bis hierher geschafft. Das machte mich so stolz, so glücklich.

Seine Silhouette fügte sich fabelhaft ein in das Bild, in diese Umgebung, in diese Stadt. Er war wie ein fehlendes Puzzleteil.

Ich konnte sein Grinsen schon von Weitem sehen, lächelte zurück, als er es tat. Das mir so vertraute Lachen. Das ich so liebte.

Als er vor mir stand, realisierte ich, wie groß er war. Wie stattlich.

»Und?«, fragte ich, obwohl ich wusste, was er antworten würde. Ich konnte so gut nachempfinden, wie er sich fühlte.

»Es ist der Hammer, Mama. Und mein Prof war mal ein bekannter Maler. Jackson Carter. Seine Bilder sind eine Frechheit. Kennst du ihn?«

Ich betrachtete meinen Sohn. Paul erinnerte mich an mich selbst.

»Hab schon mal von ihm gehört«, sagte ich ganz ruhig und ließ zu, wie ein Teil tief verborgen in meinem Herzen aufflammte.

Ich hakte mich bei meinem Sohn ein und genoss es, einen Fuß in sein Leben zu setzen, in seine Zukunft, die ein Teil meiner Vergangenheit war.

ENDE

Ich möchte Danke sagen an:

Matthias, Camillo, Penelope, Connie, Bert, Gerty, Sabrina, Christina Weiser, dem Aufbau Verlag, Simone Hasselmann, Liane Kolf

und allen, die an die Liebe glauben.

Liane Wilmes
Das Glück tanzt aus der Reihe
Roman
379 Seiten. Broschur
ISBN 978-3-7466-3969-7
Auch als E-Book lieferbar

Ab heute hat das Herz die Hosen an

Dieses Jahr geht's ans Eingemachte, schwören sich Ava, Ellie und Susanna. Die Freundinnen werfen alle Vorsicht über Bord, um ihrem Glück auf die Sprünge zu helfen. Dreifachmutter Ellie nimmt ihr Chemiestudium wieder auf, Romantikerin Ava will unerwiderter Liebe entsagen, und Herzensbrecherin Susanna verspricht, es mit einer monogamen Beziehung zu versuchen. Mit so manch einer Begegnung der nächsten zwölf Monate hat jedoch keine von ihnen gerechnet …

Ein herzergreifender Roman über all die Fettnäpfchen und Stolpersteine, die das Leben und die Liebe bereithalten

Regelmäßige Informationen erhalten Sie über unseren Newsletter.
Jetzt anmelden unter: www.aufbau-verlage.de/newsletter

atb aufbau taschenbuch

Marilena Sommer
Liebe ist eine komplizierte Phase
Roman
320 Seiten. Broschur
ISBN 978-3-7466-4003-7
Auch als E-Book lieferbar

Kopf aus, Herz an!

Charlie, 29, liebt Zahlen, Formeln, Codes und ist ziemlich tough. Muss sie auch sein, um sich als Informatikerin an der Uni gegen die männliche Konkurrenz durchzusetzen. Dann verkündet ihre jüngere Schwester, dass sie verlobt ist. Und Charlies Welt steht kopf: Heiraten, mit Kniefall, Ring, Kitsch, das will sie auch, obwohl sie diese Klischees eigentlich hasst. Plötzlich stellt sie alles infrage: Langzeitfreund David, den Traum von der Uni-Karriere. Und dann taucht auch noch Nate auf und bringt ihr System zum Absturz …
Frech, intelligent und witzig: eine RomCom mit Suchtfaktor über eine junge Informatikerin und die Unberechenbarkeit der Liebe

Regelmäßige Informationen erhalten Sie über unseren Newsletter.
Jetzt anmelden unter: www.aufbau-verlage.de/newsletter

atb aufbau taschenbuch